LA SCIENCE CVRIEVSE,

OV

TRAITÉ

DE

LA CHYROMANCE,

Récueilly des plus graues Autheurs qui ont
traité de cette matiere, & plus exactement
recherché qu'il n'a esté cy-deuant
par aucun autre.

ENRICHY D'VN GRAND NOMBRE
de Figures pour la facilité du Lecteur.

Ensemble la methode de s'en pouuoir seruir.

Qui in manu omnium hominum signat vt nouerint
singuli opera sua. Iob cap. 37. v. 7.

guyon   de sardiere

A PARIS,

Chez FRANÇOIS CLOVSIER, dans la Court du Palais,
proche l'Hostel de M. le Premier President.

M. DC. LXV.
AVEC PRIVILEGE DV ROY.

MON CHER LECTEVR, Si ma curiofité dans l'e-
xacte recherche que i'ay fait de l'eftude de la
Chyromance, paffe les bornes que ie luy auois prefcrit
dans le premier deffein que i'en auois formé, qui n'e-
ftoit autre que de la renfermer dás mon Cabinet pour
ma fatisfaction particuliere, & pour donner quelques
momens de diuertiffement à mon efprit; C'eft pluftoft
vn effet de ma complaifance que de ma vanité,
je n'ay iamais eu d'ambition pour la qualité d'Au-
teur, elle eft commune aujourd'huy à trop de perfonnes, & ie fouhaite auec bié plus de raifon de paffer pour
vn Amy complaifant, que pour vn Autheur ambitieux:
Mais ie n'ay pû me deffendre de la priere d'vn de mes
plus intimes Amis auec lequel i'ay eu nombre de con-
ferences fur ce fuiet, qui eft fans contredit l'vne des
plus fçauantes & experimentées perfonnes dans les
Sciences curieufes qui foit dans l'Europe, qui m'en a fi
viuement preffé, que ie me fuis tout à fait liuré à fes puiffantes follicitations. Ce qui me confole dans ce rencontre, c'eft que ma curiofité dans cette eftude n'eft
pas de ces curiofitez inutiles qui paffent plus fouuent
pour des amufemens d'efprit que pour des occupations
ferieufes; & cóme ie n'y ay épargné ny foin ny recherche, auffi ie me perfuade qu'elle eft tout à fait aduanta-
geufe, & qu'elle pourra eftre tres-vtile à ceux qui s'en
voudront feruir; car comme la connoiffance d'vn mal,
eft vn precaution neceffaire pour s'en deffendre, l'ef-

perance d'vn bien est vn tres-puissant motif pour nous
engager à sa recherche. Tu trouueras (ie pourois presque dire infailliblement si les critiques n'y trouuoient
quelque chose à redire) du moins me permettront-ils de
dire que tu y trouueras la connoissance de l'vn & de
l'autre auec quelque sorte d'asseurance, puisque le bon
Iob nous asseure que Dieu a tracé dans nos mains des lignes qui sont les interpretes de nostre vie: l'experience
nous a confirmé cette verité, & tous ceux qui en ont fait
vne exacte recherche ont iustifié leur pronostic par l'e-
uenement des accidens qu'ils ont predits. Au reste i'e-
stime qu'il n'est pas necessaire de te dire que tous ceux
qui ont écrit de cette matiere, pas vn n'en a écrit, (du
moins de nos modernes) auec tant de soin & d'exactitu-
de que i'en écris, parce qu'ils n'y ont pas tât pris de peine: tu connoistras facilement cette verité par celle que
tu prendras à la conferer auec les autres, ayant dessein
la donnant au public de ne rien faire d'imparfait: C'est
la raison qui m'a obligé à faire vne dépence tout à fait
extraordinaire dans les planches qui te montrent au
naturel ce que i'ay tâché de t'énoncer par mon discours, desquels tu te pourras tres-facilement seruir &
auec succés, si tu te sers de la methode suiuante que i'ay
bien voulu adjouster icy pour t'en faciliter les moyens,
faisant vne paste de trois parties de cire & d'vne de sain
de porc auec huile d'oliue meslez ensemble, laquelle
pressée entre les mains en retiendra la figure sans s'y
attacher, auec laquelle tu pourras l'estudier à loisir
pour en tirer toutes les connoissances necessaires à sa-
tisfaire ta curiosité, en obseruant exactement le xv.
Chapitre de la premiere Partie page 30.

TABLE
DES CHAPITRES
contenus en ce Liure.

PREMIERE PARTIE.

TABLE.

SECONDE PARTIE.

TABLE.

FIN DE LA TABLE.

EXTRAIT DV PRIVILEGE
du Roy.

LE Roy par ſes Lettres Patentes données à
Paris le 4. iour d'Octobre 1664. Signées par
le Roy en ſon Conſeil, LE MARESCHAL, & ſcellées
du grand ſceau de cire jaune, a permis à FRAN-
ÇOIS CLOVSIER, Marchand Libraire à Paris,
d'imprimer ou faire imprimer, vendre & debiter,
La Science curieuſe, ou Traité de la Chyromance, &c.
pendant le temps & eſpace de ſept ans, & deffen-
ces ſont faites à toutes autres perſonnes de quelque qualité & condition qu'ils ſoient de contrefaire ou faire contrefaire ledit Liure, ſur peine de
quinze cent liures d'amende, confiſcation des exemplaires, & de tous dépens dommages & intereſts,
ainſi qu'il eſt plus au long contenu eſdites Lettres.

Acheué d'imprimer pour la premiere fois le 15 No-
uembre 1664.

Les exemplaires ont eſté fournis.

PREMIERE PARTIE

DE LA

CHYROMANCE.

CHAPITRE I.

La deffinition de la Chyromance, de son excellence, & de son vtilité.

C'EST vne passion que la nature a Imprimée dans l'Ame de l'homme, & qui d'ailleurs peut passer pour vne des principales excellences de son estre, que le desir de sçauoir toutes choses ; Ce fut cette passion mal reglée qui le rendit criminel, presque aussi-tost qu'il parut dans le monde, & que pour l'auoir voulu étendre au delà des bornes que Dieu luy auoit prescrittes, luy fist, sinon perdre toutes ces belles lumieres, du moins les obscurfit tellement, que toutes ces connoissances furent bornées, & qu'il n'aquift en suite qu'auec beaucoup de peines & de trauaux, ce qu'il possedoit auparauant par vn appanage de sa nature, pour auoir voulu trop sçauoir il deuint ignorent, & apres vn attentat si funeste à luy, & à toute sa posterité ; ayent perdu toutes ses belles Sciences, il n'en eut point de plus solide que celle que luy aprift sa disgrace, en luy faisant connoi-

A.

ftre qu'il eftoit criminel. Il eft vray qu'eftant en quelque façon vne fecrette participation de la Diuinité, & vn écoule-
ment Sacré de cet eftre adorable, il participa à ces excellences, & Dieu ne deffit pas tellement fa copie qu'il ne luy laif-
faft encores beaucoup de raport auec fon original dans les deux
eftats aufquels il s'eft rendu le plus fenfible aux Hommes, &
dans les belles alliances qu'il auoit contractées auec eux, im-
primant dans fon Ame l'expreffion de fa Diuinité, & fur fon
corps l'Image de fon Humanité, pour l'exprimer dans fes
plus nobles operations. Soit dans fon Ame, foit dans fon corps;
Et comme la plus noble operation de Dieu au dedans de luy-
mefme. C'eft de connoiftre, & de fçauoir toutes chofes, puifque
par vne excellence particuliere, il fe fait appeller par fon Pro-
phete le Dieu, & le Seigneur des Sciences; Ainfi il a voulu
conferuer ce defir dans la creature raifonnable pour perfecti-
onner les fecrets raports de fes excellentes copies, auec cet
adorable original, qui dans cet état ne feront iamais plus
parfaites, que lors qu'elles auront plus de conformité auec
leur principe dans ce qu'il poffede de plus particulier, du
moins dans l'ordre des Sciences, entre lefquelles celles de
penetrer dans l'auenir, & de preuoir les chofes futures, eft
celle qui fait vne de fes principales excellences de fon eftre
adorable, & la mefme qui excite auec plus de paffion le defir
de l'imiter, & de fi conformer de plus pres: A quoy il femble
que Dieu a vonlu faire contribuer fes plus parfaites productions pour faciliter ces connoiffances, fi nous exceptons celles qui ne doiuent eftre preueus que de luy feul; C'eft pour
ce fujet qu'il a voulu que le Ciel fut vn grand liure ouuert,
où les aftres fuffent les caracteres, où nous pouuons lire nos
deftinées, & tirer en quelque façon des Leçons pour la conduite de noftre vie, auffi bien que pour preuoir le reglement
des Saifons; C'eft pour ce fujet qu'il a mis fur nos vifages des
lignes, lefquels quoy qu'exterieurs ne laiffe pas fouuent d'e-
ftre les miroüers de nos Ames, & des fecretes expreffions de

nos inclinations les plus cachées : Et c'eſt enfin pour ce ſujet
que ſon Patriarche Iob nous inſinuë dans les Saintes Lettres,
apres nous auoir fait le plan, & comme le denombrement de
ſes plus importantes productions, qu'il a mis dans les mains
de châque creature raiſonnable, des ſignes pour marquer
leurs inclinations, & pour donner vne ſecrete intelligence de
leurs operations, ſoit interieures, ſoit exterieures.

Toutes ces connoiſſances, & tous ces ſignes precedens, ont
tellement occupé l'eſprit des Hommes naturellement curieux, qu'ils en ont fait des Sciences admirables, qu'ils ſe ſont
enſuite acquiſes par leurs trauaux, par leurs ſoins, par leurs
aſſiduités, & par leurs longues experiences : Châcune deſquelles a tiré le nom de ſon principe, & a emprunté la denomination de ſa ſituation differente ; Les lumieres, & les connoiſſances qui ſe tiroient des aſtres, ont donné le nom, & le merite à cette belle Science que nous appellons Aſtronomie,
qui depuis a donné tant d'exercice aux eſprits les plus êleués,
& qui ſe ſemble les a detachés par auance de la maſſe de leurs
corps pour les êleuer dans les Cieux, par l'eſtude continüelle
qu'ils faiſoient de ſa ſituation, de ſon cours, de tous ces mouuemens, & enfin de ſes influences.

La connoiſſance qu'ils auoient par les lignes ſur les viſages
a eſté appellée Phiſionomie, comme auſſi celles qui ſont imprimées dans nos mains, a eſté nommée Chyromance, & que
Dieu luy-meſme par vn ordre ſpecial de ſa prouidence, a voulu y tracer.

Mais comme châcune de ces belles ſciences a occupé châque eſprit, pour nous en exprimer ſes plus-hautes, & ſes plus-
nobles excellences, châcun agiſſant, & ſelon ſes lumieres, &
ſelon ſes inclinations, laiſſant apart les deux precedentes, deſquelles l'vne appartient à l'Aſtronomie, & l'autre à la Phiſionomie, & Metopoſcopie : Mon deſſein eſt de parler ſeulement
dans ce preſent diſcours de cette belle, & curieuſe Science que
nous appellons Chyromance, c'eſt à dire des connoiſſances
que nous pouuons probablement tirer par l'inſpection des li-

gnes qui font tracées dans nos mains, fondées par le rapport
qu'elles ont auec les parties interieures de nos corps ; C'eſt le
deſſein de cet ouurage ſur lequel i'ay à aduertir le Lecteur qu'il
ne s'occupe pas tellement l'eſprit de ſes connoiſſances exterieures, & tirées de ces ſignes exterieurs qu'il les paſſe pour infaillibles ; C'eſt ce que ie n'ay iamais pretendu de ce petit racourcy que i'ay dreſſé apres les plus excellens Genies qui nous
ont precedé, & qui en ont eſcrit ; mais bien d'exercer les eſprits, & les rendre capables des plus ſublimes connoiſſances,
les conformer à la conduite de Dieu, & de les obliger de croire
qu'il y a vne ſouueraine intelligence qui preſide infailliblement à toutes les productions ſublunaires, qui eſt la ſouueraine
maiſtreſſe des corps, & des eſprits, & qui ſeule par vn droit ſpecial de ſon eſtre connoiſt tout, & penetre dans les choſes les
plus ocultes, & les plus cachées.

CHAPITRE II.

Ce que c'eſt que la Chyromance, & qui en ont eſté
les Autheurs.

POur auoir d'abord vne parfaite intelligence de la Chyromance conformement au deſſein que nous auons d'en
traitter dans ce petit racourcy. Il faut ſçauoir que c'eſt
vne Science occupée à la connoiſſance des lignes, & lineamens
qui ſont tracées dans nos mains : Elle prend ſa denomination
des Grecs, qui dans l'aſſemblage de deux mots en vn ſeul nous
exprime cette Science ſous le nom de Chyromance ; C'eſt à
dire Science, ou ſi vous voulés, Diuination de la main, par
laquelle l'on connoiſt la complection, les accidens, les infortunes, les auantages, le bon-heur, & les inclinations des
Hommes.

Ie ſçay bien qu'il s'eſt rencontré des Philoſophes, qui voulant destruire son principe luy ont disputé cette excellente qualité de Science qu'elle possede auec tant de iustice, & qu'on ne luy peut dênier, sans luy faire injure, puisque malgré tous leurs raisonnemens, elle en possede les plus excellentes conditions : Elle a son sujet, son genre, sa difference, & ses solides demonstrations, & toutes ces parties qui la composent, contribuent non seulement à luy donner la qualité de Science, mais encore de la plus belle Science de toutes les Sciences qui sont fondées dans la nature, son sujet estant l'vn des plus nobles, luy donne sans difficulté cette haute excellence, & il suffit de la considerer toute occupée à la connoissance de l'Homme dans son estre naturel, & raisonnable, aussi bien que dans la conduite de sa vie pour la croire la premiere de toutes les Sciences naturelles, puisque l'Homme estant comme le Monarque de la naturelle, luy donne ce glorieux auantage par luy-mesme : Son genre est des plus nobles, puis qu'il approche le plus pres de la Diuinité, vers laquelle elle suppose toûjours vne excellente subordination ; Sa difference adjouste encores à sa noblesse, puis qu'on peut asseurer auec verité que le sujet de toutes les autres Sciences estant incomparablement au dessous de l'Homme, sera par consequent moindre que celuy-cy, qui comme i'ay déja dit, est absolument occupé, non seulement à la connoissance, & interieure, & exterieure, mais encore à l'exacte consideration de tous les euenemens de sa vie : Enfin sa demonstration n'est pas moins certaine, puis que son principe est infaillible, & que raisonnant, non pas seulement sur de simples lignes, qui comme a voulu dire Porphire, auec quelques autres Philosophes, naissent & disparoissent dans les mains, & qui ne sont iamais dans vn mesme estat, mais que de ces lignes tracées dans nos mains, en tire des consequences asseurée, non pas comme lignes seulement, mais comme correspondantes aux principales parties du corps humain : Comme au cœur, à la teste, au foye, & ainsi des autres, qui estant infaillibles ; Et elles-mesme conduites par les quatre humeurs qui establissent nos corps dans leur estre, &

A iij

dans leur exiſtence, & qui font touſiours infailliblement leur effet, rendre par conſequent toutes les conſequences, qu'on en peut tirer, infaillibles.

Mais pour mieux encore eſtablir ſon excellence au deſſus de toutes les autres Sciences : Et pour ne rien obmettre de tout ce qui peut contribuer à ſon éleuation, Il ne faut qu'à conſiderer ſoigneuſement, & le ſuiet des autres Sciences par rapport à la Chyromance, & le merite particulier des grands Hommes qui en ont ſi dignement traitté : Pour le premier ne pouuon-nous pas dire, que ſi la Phiſique parmy les Philoſophes, paſſe pour vne des plus importantes, & des plus vtiles Sciences? C'eſt à ſon ſujet, qu'elle doit cet auantage, & c'eſt aſſez de l'auoir occupée à la conſideration de toute la nature preſiſement, ſans aucune abſtraction pour bien iuger de ſon merite ; Si la Medecine nous paroiſt vne Science preſque plus qu'Humaine, ſi les premiers Autheurs ont eu rang parmy les Dieux anciens, que les Idolatres adoroient auec tant de ſuperſtition, & ſi Dieu meſme nous a preſcrit l'honneur que nous leur deuons par leur neceſſité, les auantages qu'en reçoiuent les Hommes dans la gueriſon de leurs corps, leur a procuré cet honneur

Cela donc ſuppoſé du merite, & de la dignité des autres Sciences, ne faut il pas auoüer, que la Chiromance exactement conſiderée, & auec toutes ces circonſtances, eſt encore incomparablement au deſſus ; En effet la Phyſique conſidere la nature en general, celle-cy conſidere l'Homme en particulier, qui eſt dans cet ordre la plus excellente, & la plus noble des productions de Dieu ; Si la Medecine conſidere le mſeme Homme, comme ſujet de ſon aplication, dans la gueriſon de ſon corps, par l'vſage de ſes remedes ; La Chyromance prediſant les éuenemens diuers de ſa vie, & la diſpoſition de ſes parties interieures, ſemble par cette connoiſſance les precautionner contre le mal aduenir, ſoit en les preuenant par les remedes, ſoit en faiſant violence à ſon temperament par vne vertu premedité ; Et c'eſt ainſi qu'en parle le S. Eſprit dans

les Saintes Lettres par la bouche du Patriarche Iob, lors qu'il
asseure que Dieu, dont la conduite a si sagement disposé de
toute la nature, a mis dans les mains des Hommes des signes
qui expriment leurs operations, & qui marquent precisement
les differentes affections de leurs ames : *In manu omnium ho-*
minum Deus signa posuit; vt nouerint singuli opera sua Et si ie
ne me trompe, c'est la mesme raison qui a enseigné à la nature, en mettant les enfans dans le monde, de leur faire dans ce
premier moment ouurir la main, comme pour donner l'intelligence, & la parfaite connoissance des differens euenemens
de leur vie, Dieu ny la nature ne faisant rien en vain,

Chp.37.
V.7.

Pour ce qui regarde l'honneur qu'elle merite, & l'excellence des grands Hommes qui en ont si dignement traitté, il ne
faut qu'en iuger, sans parler de l'authorité des Saintes Lettres, cy dessus rapportées par le merite, & l'excellence du
Prince des Philosophes Aristote, ce merueilleux Genie de toute
la nature, qui semble estre né pour ne rien ignorer dans l'heureuse rencontre qu'il fist d'vn liure de cette merueilleuse Science sur vn autel dedié au Dieu Hermes, escrit en lettre d'Or
pour marque de la noblesse, & de l'excellence de son sujet,
suiuant le tesmoignage qu'il en rapporte luy-mesme, lors
qu'auec vne ioye inconceuable il l'enuoya à son diciple Ale-
xandre, lequel liure fut depuis traduit de langue Arabique en
Latin, en laquelle langue il estoit composé par Iean Hispa-
nus, celebre personnage, à quoy vous pouuez adjouster Albert
le grand, qui en a composé vn liure tout entier, Ptolomée,
Auicene, Auerroes, Platon, Gallien, Antiochus Tibertus,
Indagine, Tricasse, Taisnier, Belot, Goclenius Frœlichius,
Deperuchio, & plusieurs autres tres-grands, & tres-signalez
Philosophes, qui tous ensemble ont merueilleusement, & tres
doctement écrit de cette curieuse Science, pour nous en exprimer plus parfaitement l'estime & l'excellence particuliere
que nous en deuons faire & auoir.

CHAPITRE III.

De la diuifion de la main.

LA main fe diuife en quatre parties, à fçauoir, haute, & baffe, fuperieure, & inferieure ; La haute fe prend à l'extremité des doigts, & la baffe à la rafcette, ou reftrainte ; la fuperieure eft celle qui eft vers le poulce, & l'inferieure eft vers la percuffion, ou le mont de la main.

Elle fe diuife de plus en trois parties principalles ; La premiere eft la rafcette, ou reftrainte, laquelle confifte en quelques lignes trauerfantes.

La feconde eft la paulme, ou dedans de la main, qui commance au poignet, & fe termine à la racine, ou premiere iointure des doigts, qui eft communement appellée la partie interieure de la main.

La troifiéme font les cinq doigts, qui commancent depuis leur racine, ou premiere iointure, iufques à l'extremité des vngles.

Il y a cinq doigts dans châque main, entre lefquels eft le poulce, ainfi appellé, parce qu'il eft le plus fort, & le premier de tous les autres ; Le fecond, & celuy qui le fuit immediatement, eft nommé l'indice, pour eftre celuy auec lquel on demonftre quelque chofe ; Le troifiéme eft celuy du milieu plus long que les autres, ainfi appellé, à caufe de fa fituation ; Le quatriéme eft l'Annullaire, duquel on fe fert à porter communement les bagues & anneaux ; Et enfin le dernier eft le petit doigt ou l'auriculaire, lequel fert naturellemant à nettoyer les Aureilles.

Les doigts de la main ont chucuñ trois iointures, à l'exception du poulce qui n'en a que deux feulement, defquelles celles qui tiennent à la paulme de la main, font proprement

les

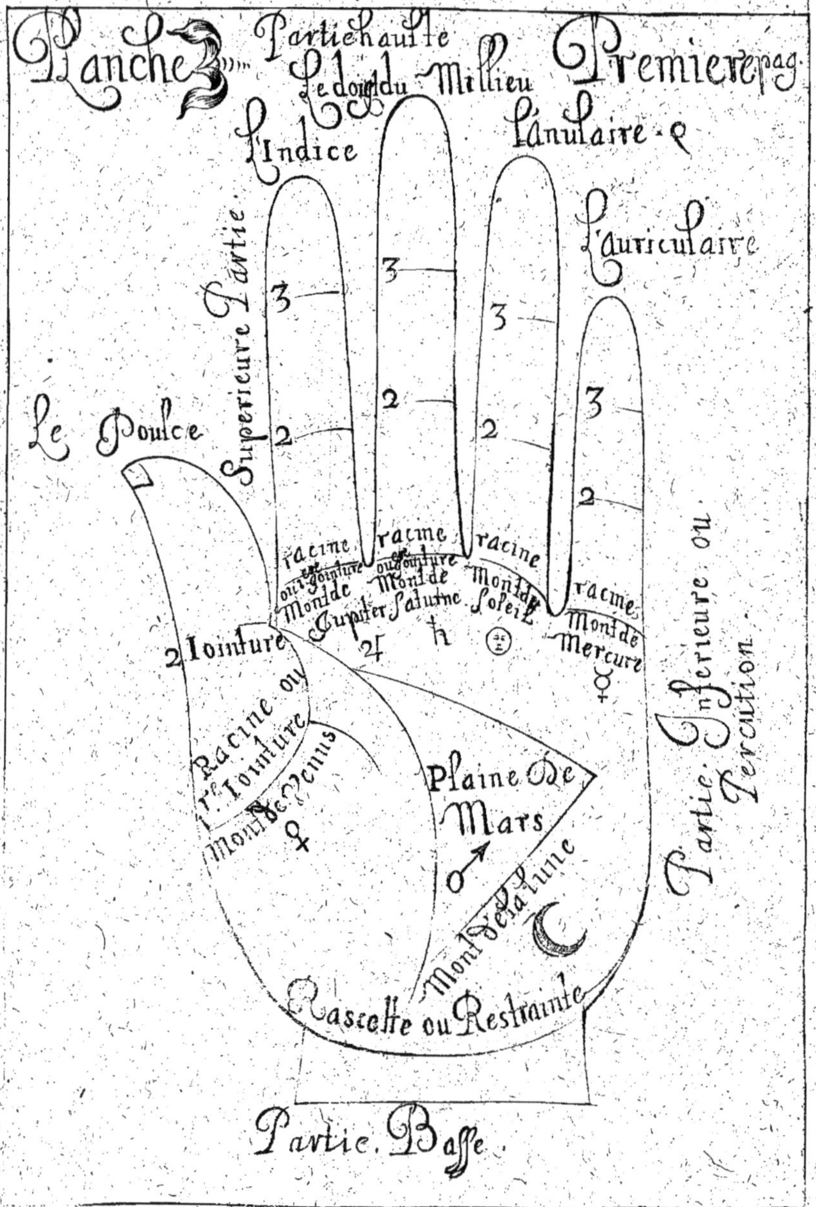

Planche Partie haulte Premiere pag

Le doigt du Millieu

L'Indice L'anulaire

L'auriculaire

Superieure Partie

Le Poulce

3 3

3

2 2 2 3

racine racine racine
ou Jointure ou Jointure Mont de racine
Mont de Mont de Soleil Mont de
Jupiter Saturne ⊙ Mercure
♃ ♄ ☿

2 Jointure ♃

Racine ou
1re Jointure
Mont de Venus
♀

Plaine de
Mars

Partie Inferieure ou Percution

Mont de la Lune
☽

Rascette ou Restrainte

Partie Basse.

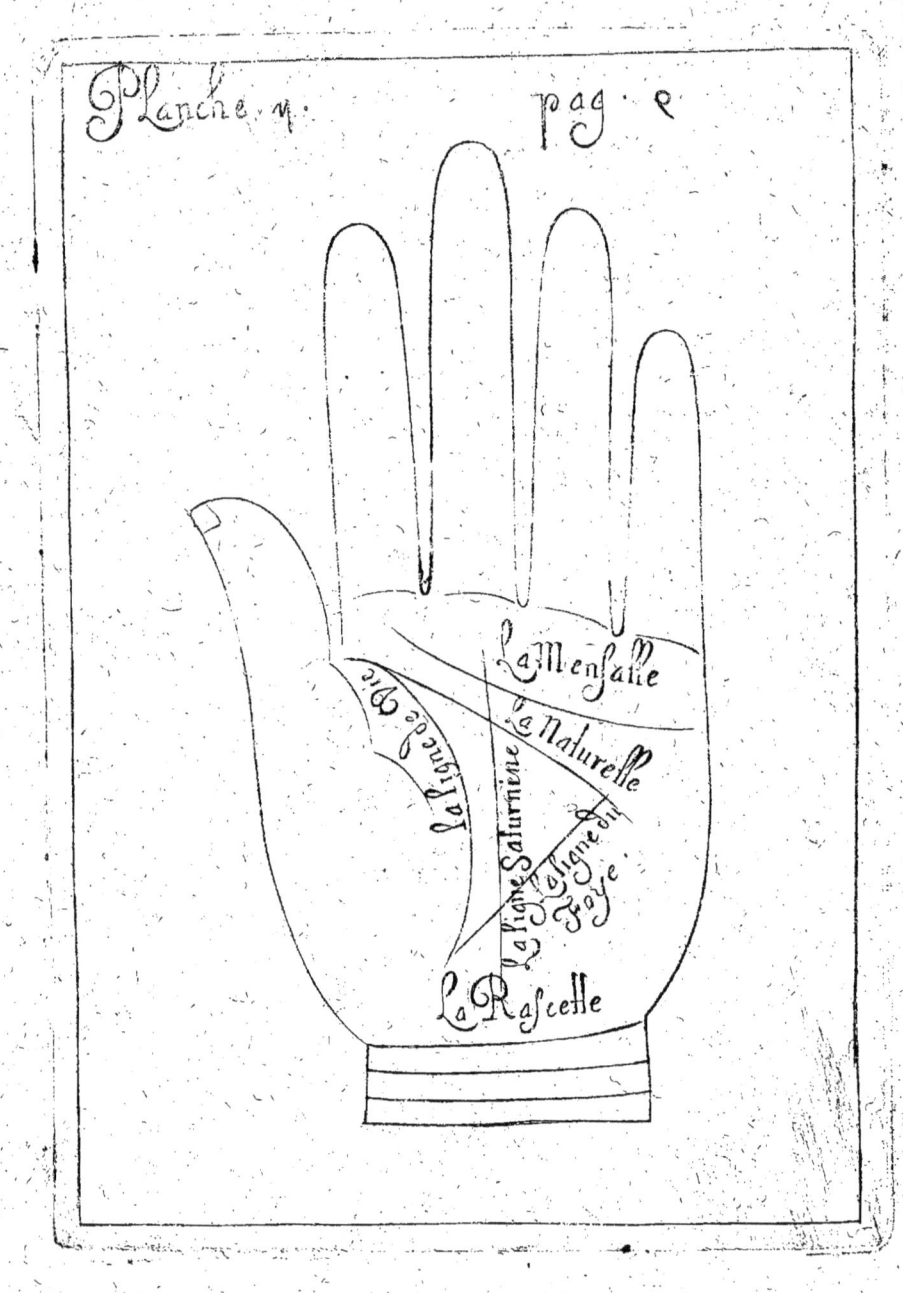

Planche. 4.   pag. 2

La Mensalle

La Naturelle

La Saturnienne

La Ligne du Foye

La Ligne de vie

La Rascette

les racines des doigts, ou les premieres iointures.

La paulme de la main est communément diuisée en sept parties, sur châcune desquelles preside, & domine l'vne des sept planettes selon leur application particuliere; Sçauoir Venus sur l'éleuation, Mont, ou Tubercule située sous le poulce, Iupiter sur le mont de l'Indice, Saturne sur le mont du doigt du Milieu, le Soleil sur celuy de l'Annulaire, Mercure sur celuy de l'Auriculaire, Mars dans le Triangle, ou plaine de Mars, ou concauité de la main : Et enfin la Lune sur le mont de la main, ce que l'on peut voir dans la premiere planche. Premiere Planche.

Les lignes de la main sont fort differentes, & fort multipliées, entre lesquelles il y en a six principales; Sçauoir la ligne de Vie, qui commance entre le Poulce, & l'Indice au dessous du mont de Iupiter, faisant le circuit du mont de Vénus, & se terminant vers la Rascette: La Naturelle prend son origine vers le commencement, ou proche de la ligne de Vie, & s'estend dans la concauité de la main, se terminant vers le mont de la Lune : La Mensalle commence sous le mont de Mercure, & se termine vers le mont de Iupiter. La ligne du Foye, ou Hepatique commence ordinairement vers l'extremité de la ligne de Vie, & se termine vers l'extremité de la Naturelle en perfectionnant le Triangle: La Rascette sont des lignes trauersantes, la iointure commune du bras, & de la paulme de la main : La ligne Saturnine, ou ligne de Prosperité est celle qui monte communément de la Rascette en trauersant la plaine de Mars iusques au mont de Saturne, & diuise d'ordinaire la paulme de la main en deux parties : Ce qui ce voit dans la seconde planche. Planche deuxiéme.

Outre les susdites lignes principales, il s'en trouue encores plusieurs autres accidentelles qui augmentent, ou diminuent la signification de ces lignes principales, entre lesquelles il s'en trouue trois, dont l'vne prent son principe vers la Rascette, & se va rendre par le mont de la Lune, ou percussion, iusques au mont de Mercure, laquelle est appellée communément la Voye de l'ait; La seconde est la ligne Solaire, qui a son principe

B

vers le milieu de la concauité de la main, & se va rendre à la racine du doigt Annulaire; La troisiéme appellée la ceinture de Venus, qui prent son principe entre l'indice, & le doigt du Milieu, & se termine entre les doigts Annulaire, & Auriculaire, comme l'on peut voir par la troisiéme planche.

Planche 3. Entre les susdites six lignes principales, il y en a quatre, sçauoir les lignes de Vie, Naturelle, Hepatique, & Mensalle, au pres desquelles il se trouue quatre autres lignes qui sont proprement appellées leurs sœurs, d'autant qu'elles suppleent à leur deffaut, lesquelles prenent leur denomination de la ligne qui leur est plus voisine, ou plus proche, comme seroit par exemple appellée sœur de la ligne de Vie, la ligne qui est sa plus proche, & ainsi des autres, sçauoir la Naturelle, l'Hepatique, & la Mensalle; Ce que l'on peut remarquer dans la quatriéme planche.

Planche 4. De l'espace qui se trouue entre les lignes principales, sçauoir des lignes de Vie, Naturelle, & de Foye, il se forme vn triangle composé de trois angles, entre lesquels celuy qui est formé par le commencement de la ligne de Vie, & Naturelle, se nomme l'Angle supreme; Celuy qui est formé par l'extremité de la ligne de Vie, & le commencement de celle du Foye, est appellée l'Angle droit, & celuy qui est formé par l'extremité des lignes Naturelles, & Hepatique est appellée l'Angle gauche.

Planche 5. Le quadrangle est formé de l'espace qui est entre la Naturelle, & la mensalle; Comme on peut voir par la cinquiéme planche.

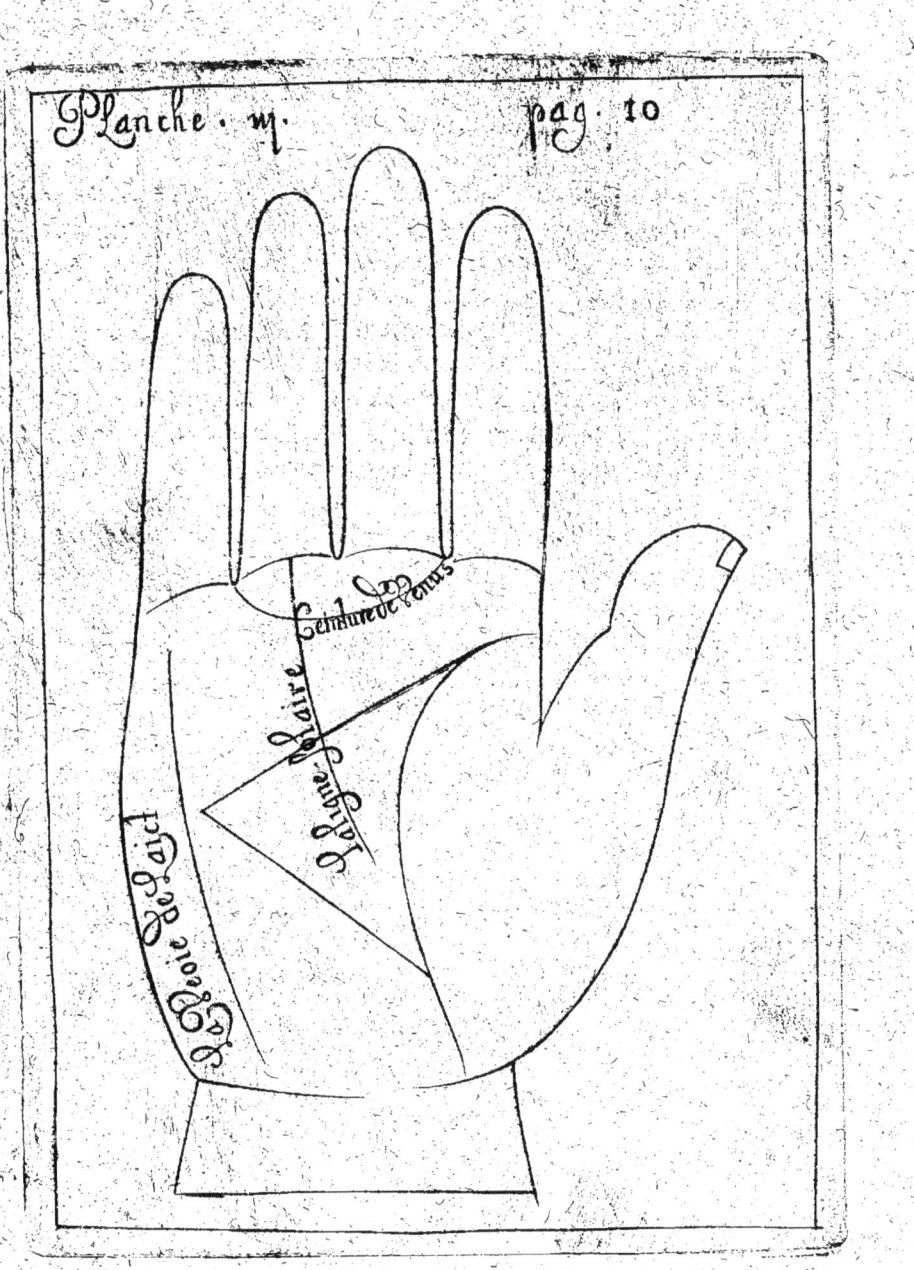

Planche · iiij · pag · 10

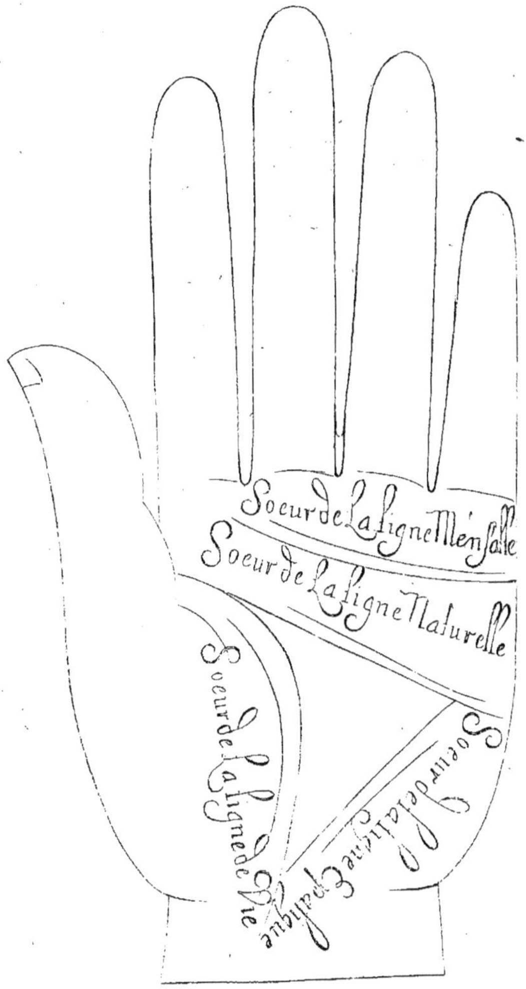
Soeur de La ligne Mensalle
Soeur de La ligne Naturelle
Soeur de La ligne de Vie
Soeur de la ligne Epatique

Planche. 6.   pag. 10

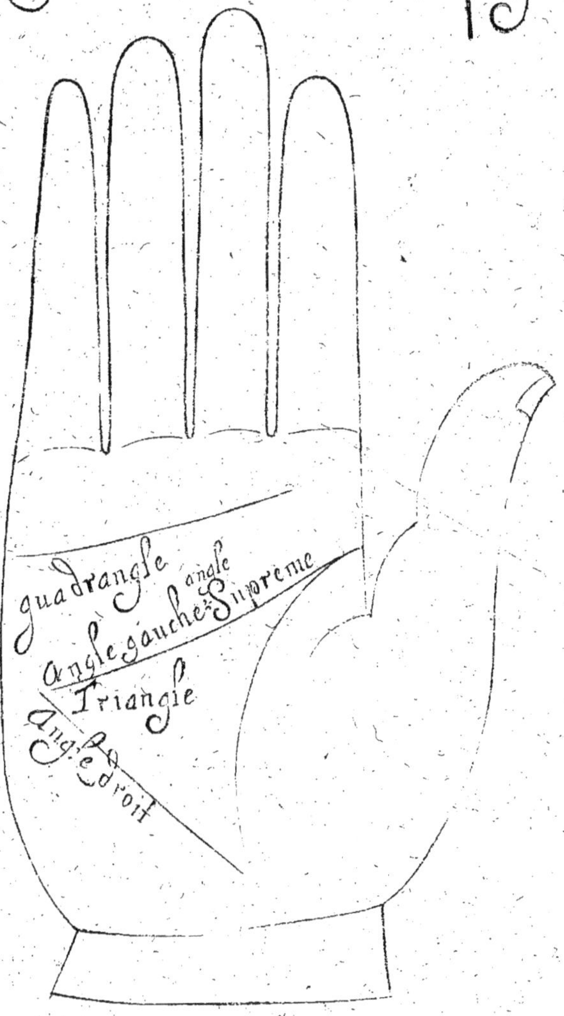

quadrangle
angle
Angle gauche Supreme
Triangle
Angle droit

CHAPITRE IV.

Des quatre principes Naturels.

C'Eſt le ſentiment commun des anciens Philoſophes, &
Naturaliſtes, qu'il ſe trouue quatre Elemens, deſquels comme de quatre cauſes principales ſont compoſez tous les corps ſublunaires, & par le mêlange deſquels châque Creature eſt differente dans ſon eſpece; Et ſelon
ces quatre Elemens, il ſe trouue quatre qualitez dans les corps,
qui comme elles en empruntent le nom, & elles rendent auſſi
leurs operations ſemblables. Le feu qui dans l'ordre de ces
quatre elemens, tient le premier lieu, eſt le principe de la chaleur naturelle qui fait ſubſiſter tous les corps ; L'air rafraichît
la trop grande chaleur naturelle ; L'eau humecte les parties
neceſſaire de la vie : Et enfin la Terre deſeiche la trop grande
humidité, qui pouroit corrompre les meſmes corps. Deſorte
que châcun de ces elemens, ou qualité (quoy qu'ils exiſtent
châcun dans leur particulier) ne laiſſe pas neantmoins d'a-
gir par leur vertu vnie, & ſans aucune diuiſion les vns des autres, au nombre pour le moins de deux, ou trois, ou de tous
les quatre enſemble dans châque mixte, du mêlange deſquels
ſont compoſez les differentes eſpeces des generations, que
nous voyons icy bas ; Entre leſquelles il s'en trouue toûjours
vne predominante ſur toutes les autres qui cooperent enſemble à la compoſition des corps.

Ces quatre qualitez ſuppoſées que nous appellons communement les quatre elemens ; Sçauoir le Feu, l'Air, l'Eau & la
Terre, l'on peut tirer vne connoiſſance aſſeurée de la nature
de châque homme, auſſi bien que des animaux, & des plantes,
qui empruntent leurs qualités de ces quatre cauſes principales,
qui ſont leur propre principe dans l'ordre de la nature, & qui

se font connoître par leurs operations. La difference desquelles a fait cette belle diuersité des Sciences naturelles touttes occupées à l'exacte consideration des corps sublunaires châcun selon sa nature, & ses proprietés; La Medecine à appliquer ses remedes; La Phisionomie à estudier les inclinations; **La Chyromance** à predire les accidens de la vie par l'inspection des lignes imprimées dans les mains; Et ainsi des autres auec la mesme subordination à la conduite des choses naturelles.

Pour donc appliquer ces connoissances naturelles à nôtre Chyromance, il faut sçauoir que la premiere de toutes ces qualitez êtant la chaleur, elle êtend, & dilate les corps, & ainsi elle les fait grands, & êtendus: Et par consequent les lignes longues, & larges dans les mains.

La froideur retrecissant les mesmes corps, les fait plus petits, & par consequent les lignes des mains feront, & plus courtes, & plus deliées.

L'humidité êlargissant les mesmes corps, & les dilatant, elle imprime par consequent des lignes grosses & courtes.

La seichereße faisant les mesmes corps, & longs, & deliés, rend par consequent les lignes des mains subtiles, delicates deliées & longues.

Secondement il faut sçauoir qu'entre toutes ces nobles qualités (principes de tous les corps naturels) la chaleur, & l'humidité êtant les plus actiues, sont les formatrices de tous les corps, d'autant que la chaleur estant également proportionnée auec l'humidité dilate, & êtand parfaitement auec vne iuste proportion les mesmes corps, d'où vient que les personnes qui ont les lignes dans les mains longues, & larges, & profondes, & d'vne couleur rouge, & vermeille, sont par consequent d'vn temperament Sanguin.

Que si la chaleur preuault sur l'humidité, ensorte que le temperamment passe iusqu'à la seichereße, & qu'il soit à proprement parler chaud, & sec, pour lors, elle êtend beaucoup les corps, mais elle les dilatte tres-peu: Et ainsi les lignes qui se trouuent dans les mains sont longues, mais delicates, deliées,

& peu apparentes, & de couleur iaulnâtre, ou faffrannées, ce qui fuppofe vn temperament Colerique, & Bilieux

Que fi la froideur fe trouue mêlée auec l'humidité, les corps qui en font compofés font groffiers, mais de tres-petite ftature, & ont par confequent des lignes groffes, & courtes, & de couleur pâle, & liuide, ce qui marque vn temperament Flematique, & Pituiteux.

Que fi la mefme froideur fe trouue mêlée auec la feichereffe, les corps qui en font compofés font longs, mais grêles, & deliés, & ont dans les mains des lignes longues, & deliées, & de couleur brune, obfcures, ou plombines, ce qui fuppofe vn temperament Melancolique.

Cela fuppofé, & les lignes des mains exactement confiderées, il fera fort facile de connoître la complexion, la nature, & le temperament de chaque corps.

Le Sanguin rend les perfonnes gayes, liberales, fidelles, affables, ioyeufes, ouuertes, pacifiques, veritables, modeftes, religieufes, pieufes, douces, debonnaires, pardonnantes fafacilement les offences, agreables dans les compagnies, aymant les conuerfations, & enfin plus addonnés à leur diuertiffement particulier qu'à l'étude.

Le temperament Colerique, rend les perfonnes promptes à fe fâcher, querelleufes, vindicatiues, ambitieufes, importunes, imperieufes, temeraires, inconftantes, qui s'expofent facilement à toutes fortes de peril; Et enfin qui caufent des difcordes, des tumultes, & des diuifions.

Le temperament Flegmatique fait les perfonnes timides, pufillanimes, inconftantes, effeminées, peu fecrettes, incredules, tardiues, ftupides, & hebetées.

Le temperament Melancolique, fait les perfonnes pareffeufes, negligentes, fourbes, diffimulées, rêueufes, prudentes, feueres, opiniâtres, foubçonneufes, triftes, timides, & tremblantes, qui ne fe fâchent pas facilement, mais qui conferuent vn fouuenir immortel des injures, qui font en vn mot inexorables, ambitieufes, & méprifantes,

CHAPITRE V.

De la forme & de la figure des lignes.

LEs lignes peuuent estre formées par diuers moyens, & pour ce sujet elles ont differens noms, & des signiffications aussi differentes.

1. Il y en a qui sont parfaites, & proportionnées, d'autres imparfaites, & disproportionnées.

2. Les vnes grosses, les autres subtiles, & deliées.

3. Les vnes apparantes, & les autres confuses.

4. Les vnes continües, & les autres separées, ou entrecoupées.

5. Les vnes entieres, & les autres entrecoupées.

6. Les vnes droites, & les autres tortues.

7. Les vnes profondes, & les autres mal apparantes.

8. Les vnes en forme d'arc, & les autres reflechies.

9. Les vnes fourchues, & les autres côme par petis ramaux.

10. Les vnes enflées, & apparantes, les autres larges, & mal apparantes.

11. Les vnes comme des points, & les autres comme des fosses.

12. Les vnes comme des fosses longues, & les autres comme des fosses quarées, soit obscures, ou claires.

13. Les vnes circulaires, & les autres demi circulaires.

14. Les vnes en forme de quadrangle, ou quaré, & les autres en forme de triangle.

15. les vnes comme des Estoilles, & les autres comme des Croix.

16. Les vnes faisant vn angle, les autres estant paralelles.

De toutes lesquelles il faut auoir vne entiere connoissance, pour l'intelligence parfaite de la Chyromance

N. 4	N. 3	N. 2	Nombre. 1
N. 5	N. 6	N. 7	N. 8
N. 9	N. 01	N. 11	N. 21
N. 31	N. 41	N. 31	N. 61
N. 71	N. 18	N. 19	N. 20
N. 21	N. 22	N. 23	N. 24
N. 25	N. 26	N. 27	N. 28
N. 29	N. 30	N. 31	N. 32
N. 33	N. 34	N. 35	N. 36

1 La ligne parfaite doit estre longue, entiere, profonde, apparante, & peu grosse, bien que la profondeur ne se puisse figurer, toutes fois, elle se peut imaginer, suiuant les definitions d'Euclide, comme l'on peut voir en la sixiéme planche, nombre 1.

Planche 6.

La ligne imparfaite, & opposée à la precedente, n'est ny entiere, ny profonde, ny apparente, mais confuse, ou ayant quelque autre deffaut, ce qui toutesfois ne se trouue pas dans les lignes circulaires, ou demy circulaires en forme d'arc, ou tortuës, pourueu qu'elles soient entieres, & apparantes, & non trop grosses, nombre 2.

2. La ligne grosse doit être profonde, & large, comme elle est marquée, nombre 3.

La ligne subtille n'est ny profonde, ny large, ny beaucoup apparante comme la parfaite, bien qu'elle soit entiere, & continuë nombre 4.

3. La ligne apparente est vn peu profonde, & grosse, & presque semblable à la parfaite, nombre 5.

La ligne confuse est peu apparante dans la main, & sans aucune profondeur, Mais seulement dilatée en sa superfice, nombre 6.

4. La ligne continuë doit être entiere, sans coupures, & sans aucune separation nombre 7.

La ligne separée est celle qui est composée de plusieurs lignes, nombre 8. ou bien de cette sorte, les vnes sur les autres nombre 9.

5. La ligne entiere est semblable à la continuë nombre 10.

La ligne entre-coupée est celle qui est coupée d'autres lignes, nombre 11.

6. La ligne droite est celle qui ne decline d'vn costé, ny d'autre, & monte selon qu'elle le doit: Et bien que la Vitalle, la Naturelle, & la Mensalle apparoissent vn peu courbées, neantmoins elles ne laissent pas d'estre droites, par ce que c'est leur naturel de ce courber vn peu dans leurs extremités, nom. 12.

La ligne tortuë est celle qui est comme des ondes, nom. 13.

Le lecteur sera aduerti que le graueur a transposé les chiffres dans la 6 Planche, depuis n. 10. iusques à n. 18.

7. Les lignes profondes ont grand rapport auec les apparentes, nombre 14.

Les lignes mal apparentes ont rapport auec les confuses, n. 15.

8. La ligne en forme d'arc est celle qui est égallement courbée, tant dans son commencement, que dans sa fin, nom. 16.

La ligne reflechie est celle, qui a vne de ses extremitez crochuë, ou recourbée, nombre 17.

9. La ligne fourchuë est celle, qui a deux rameaux à l'vne de ses extremitez, nombre 18,

La ligne rameusculeuse est celle, qui a plusieurs rameaux, n. 19

10. La ligne enflée, & apparente est formée comme vne ligne vn peu enfoncée, & large en la superfice, nombre 20.

La ligne large, & mal apparente est presque formée comme la confuse, nombre 21.

11. Les points sont comme enfoncés sur vne ligne, & ne sont ny larges, ny êtendus, nombre 22.

Les fosses sont comme des points, auec cette difference qu'elles sont plus larges, & plus estenduës, y en ayant de plusieurs façons.

12. Les fosses vn peu longues, ont quelque rapport auec la ligne enflée, apparente, & large en la superfice, nombre 23.

Les fosses quarrées sont appellées de la sorte, à cause de leur figure quarrées, nombre 24.

Les fosses noires sont comme des gros points enfoncés, n. 25

Les fosses claires, ou figures circulaires vn peu longues sont depeintes par deux lignes qui se ioignent par les extremités, nombre 26,

13. La figure circulaire est apparente par sa rotondité, n. 27

La figure demy circulaire est la moitié de la circulaire, & a du raport aux lignes courbées, & en forme d'arc, nombre 28.

14. Les figures quadrangulaires sont celles qui nous paroissent comme quarrées, bien qu'elles ne le soient pas en effet dans toutes leurs formes, nombre 29.

Il y en a aussi en forme de triangle, ou trianglaire, nom. 30.

15. Il y a des figures en forme d'Etoille, qui sont plusieurs
lignes

lignes qui s'entrecoupent comme vne croix, nombre 31.

Il y en a aussi en forme de croix, qui sont deux lignes qui s'entre-coupent, nombre 32.

16. La figure Angulaire, est faite par l'vnion de deux lignes, lesquelles forment vn Angle, dont il y en a de trois sortes : Le premier est aigu, l'autre droit, & le troisiéme obtus, n. 33. 34. 35.

Les lignes Paralelles, ce sont lignes, lesquelles estant continuées sur vn mesme plan, & prolongées de part, & d'autre à l'Infini, ne se rencontrent iamais, nombre 36.

CHAPITRE VI.

De la signification des lignes.

1. LEs lignes de la main estant parfaites, & entieres, c'est à dire continües, profondes, apparentes, & vn peu larges, signifient vne bonne nature, d'autant que la qualité actiue (qui est la chaleur) est bien disposée dans la personne, ce qui marque vn esprit sincere, fidelle, & ingenieux.

Que si elles sont imparfaites, c'est à dire separées, mal apparentes, larges & non profondes, elles supposent vne nature indisposée, d'autant que la qualité actiue, ou la chaleur naturelle, est imparfaite, ce qui marque par consequent la personne méchante, & d'vn esprit malicieux.

2. Les lignes grosses, supposent vne nature intemperée, d'autant qu'elles marquent vne surabondance d'humidité, & par consequent vne personne méchante, infidelle & impudique.

Que s'il se trouue (comme il arriue souuent) des personnes qui ayent peu de lignes dans la main, & qu'elles soient grosses, pour lors elles supposent vn esprit pesant, & grossier ; Si toutefois elles sont déliées, & apparentes : Il ne faut pas pour cela supposer absolument vne nature froide, d'autant, comme

C

nous auons remarqué cy-deſſus : Il n'y a point de regle ſi generalle qui n'ait ſouuent ſon exception.

Pour le regard des femmes, il s'en trouuent qui ont les lignes
groſſes & apparentes, qui pour lors ſuppoſent vne conſtitution
maſle, & virile, & peu capable de generation, deſquelles neantmoins l'acouchement eſt facilité par l'abondance de leur
chaleur naturelle ; Comme au contraire ladite chaleur naturelle eſt marquée ſuffoquée, & éteinte par les lignes deliées, &
delicates. Tout ce que deſſus doit toûjours être entendu des
quatre lignes principales.

3. La ligne aparente, (ſuppoſé ce qui eſt par elle ſigniſſié) eſt
tres-parfait, & tres-accomply, d'autant qu'elle marque la perfection de la chaleur naturelle, & ſe trouuant ſous la domination de quelque Planette, elle le marque fortuné, bien que
cette ligne eût quelque mauuaiſe ſignification de ſoy.

La ligne confuſe, & mal formée, eſt oppoſée dans ſa ſigniſi-
cation à la ligne precedente, d'autant qu'elle ſuppoſe debilité
de chaleur naturelle.

4. La ligne continuë, & entiere, ſuppoſe la perfection de la
choſe par elle ſigniſſiée, auec vne fauorable influence de la
Planette ſous la domination de laquelle elle ſe trouue.

La ligne diſcontinuëe & rompuë, eſt oppoſée dans ſa ſignification à la precedente, auec deſauantage du coſté de la Planette qui luy predomine.

5. La ligne entiere, eſt ſemblable dans ſes effets, & dans ſa
ſignification à la ligne continuë.

La ligne coupée, a meſme raport auec la rompuë.

6. La ligne droite, ſelon ſa diſpoſition naturelle, ſuppoſe la
meſme choſe que la ligne apparente.

La ligne tortuë, a meſme rapport que la confuſe.

7. La ligne profonde (ſi c'eſt vne des quatre lignes principalles,) ſuppoſe la perfection de la partie, à laquelle elle eſt attribuée, d'autant que la chaleur naturelle eſt forte, vigoureu-
ſe, & marque la Planette qui luy predomine fauorable dans
ſes influences.

La ligne mal apparente, & superficielle, est opposée dans sa signification à la precedente.

8. La ligne Arcualle ou en forme d'arc, signifie toûjours diminution, & imperfection de la chose qui est marquée, ou promise par la ligne droite, & quelquefois elle suppose malignité d'esprit, comme dans les Monts de Mercure, du Soleil, & de Venus, & plaine de Mars.

La ligne reflechie, est toûjours mauuaise en quelque lieu qu'elle se trouue, d'autant qu'elle suppose empeschement de la chaleur naturelle.

9. La ligne fourchuë, marque diminution de l'effet par elle signifié, bien qu'elle soit entiere, d'autant qu'elle marque vn empeschement de la chaleur naturelle.

La ligne Ramusculeuse, est toûjours mauuaise dans ses effets en quelque lieu qu'elle se trouue, d'autant qu'elle marque, ou excés, ou diminution de la chaleur naturelle.

10. La ligne enflée, & apparente, est toûjours mauuaise dans ses effets, en quelque lieu qu'elle se trouue, d'autant qu'elle marque surabondance de chaleur naturelle auec humidité excessiue, ou quelquefois defroid; Ce qui rend ses effets toûjours pernicieux.

La ligne beaucoup large, & mal apparente, suppose toûjours vn temperament Colerique, d'autant qu'elle marque excés de chaleur, & de seicheresse.

11. & 12. Les points, ou fosses, de quelque façon qu'ils soient, ont toûjours mauuais effet & subit.

13. Les figures Circulaires, demy Circulaires, Croix & Estoilles, nous en parlerons cy-apres.

14. & 15. La figure Triangulaire, ou quarrée, suppose, tantost bien, tantost mal, selon leur situation.

16. La figure Angulaire, peut auoir bon, & mauuais effet, suiuant sa forme, & sa situation.

Les lignes Paralelles, sont toûjours bonnes, sinon quand elles sont trop longues, & apparentes.

De tout ce que dessus bien compris, & bien étudié, l'on

C ij

peut facilement auoir vne parfaite connoiſſance de cette belle
& curieuſe Science de la Chyromance.

CHAPITRE VII.

De la ſignification des lignes en quelque lieu qu'elles ſoient.

Toute ligne droite, parfaite, apparente, entiere, continuë & profonde en long dans quelque Mont qu'elle ſe
trouuë, ſuppoſe vne fauorable influence de la Planette
qui luy predomine, excepté vers la Percuſſion, ou Mont de
la Lune.

Toutes lignes Arcualles, courbées, ou réflechies, ſont toûjours mauuaiſes, en quelque Mont qu'elles ſe trouuent.

La figure Circulaire, eſt toûjours mauuaiſe, excepté dans
les Monts du Soleil, & de Iupiter, dans leſquels lieux, elle
marque vne fauorable influence, & vn bon effet de la Planette
qui luy predomine.

La figure Circulaire vn peu longue, eſt toûjours malheureuſe, & infortunée, excepté dans le Mont de Mercure.

La ligne demie Circulaire, ſuppoſe toûjours vne mauuaiſe
influence de la Planette dans le lieu où elle ſe trouue, excepté
ſur le Mont de Venus.

Les figures Triangulaires, ou quarrées, ſuppoſent communement vn bon effet, quelquefois mêlé de trauaux, excepté
dans la Plaine de Mars, où elle ſignifie procez auec ſes proches, & homicides, & ſemblablement dans le Mont de la Lune.

Les lignes coupées en forme de petites Croix, profondes, &
apparentes, ſuppoſent vne influence fauorable de la Planette
qui predomine; Mais quand elles ſont longues auec des rameaux, elles marquent des infortunes, & des contrarietez.

Les Eſtoilles, ont meſme ſignification que les Croix, &
quelquesfois meilleures.

Toute

Toute ride, calus, foſſes, ou points en quelque lieu qu'ils ſoient, ſont toûjours mauuais.

La figure Angulaire, dont l'angle eſt vers la racine des doigts, ſuppoſe mauuaiſe influence de la Planette qui la predomine ; Mais ſi elle n'eſt pas de telle ſorte, elle marque vn effet tout oppoſé.

Deux Angles oppoſez l'vn à l'autre, marquent auſſi vne bonne influence.

La ligne confuſe, imparfaite, mal apparente, fourcheuë, ou Ramuſculeuſe, eſt toûjours mauuaiſe, excepté dans les Monts de Mercure, & de la Lune, dans le commencement de la Vitalle, & dans l'extremité de la Naturelle.

La ligne coupée, ou ſeparée, ſuppoſe diminution de l'effet par elle ſignifié, bien qu'elle ſoit entiere.

La ligne tourtuë, ſuppoſe toûjours vn mauuais effet, auec vne influence mauuaiſe de la Planette, où elle ſe trouue.

La ligne groſſe, enflée, & apparente a meſme ſignification que la precedente.

La ligne deliée, ſoit courte, ou longue, a toûjours vne ſignification foible, ſi ce n'eſt qu'elle ſoit au commencement, ou à la fin de la Vitalle.

Sur tout quoy, vous remarquerez, que quand vne ligne prend ſon origine entre deux Planettes ; C'eſt à ſçauoir, entre les lieux où elles dominent, l'on doit conſiderer la vertu des deux Planettes, pour en attribuer l'effet a la ligne. Exemple vous trouuerez vne ligne qui prend ſon origine ſur le Mont de Saturne, & dans ſon extremité s'encline vers le Mont de Iupiter ; De façon que pour en iuger ſeurement vous conſidererez le lieu, où elle commence qui eſt le Mont de Saturne, & où elle finît dans le Mont de Iupiter ; Si bien qu'elle ſignifie mêpris & trauail dans les affaires des perſonnes nobles, & puiſſantes, d'autant plus grand, que plus ladite ligne aura ſon principe vers le Mont du Milieu, & cette ligne ſe trouuant dans ſon commencement coûrbée ou reflechie ſur le Mont de Saturne, ſignifie d'autant plus d'amitié des perſonnes nobles; Ou au contraire, ſi la ligne ſort du Mont de Iupiter,

D

& fe rend fur celuy de Saturne, elle fuppofera au commencement amitié des nobles, & enfin mêpris & prifon par eux-mefme.

Autre exemple, Vous trouuerez vne ligne qui a fon principe dans le Triangle, & fe rend aux Monts du Soleil, ou de Mercure, de laquelle vous defirez fçauoir le fignification, vous fuppoferez premierement pour regle generalle, que toute ligne qui monte au Mont du Soleil, fignifie amitié des grands, & bon efprit, & celle qui monte au Mont de Mercure, fignifie profperité & faueur, foit par les femmes, ou par fa vertu. Secondement vous confidererez fous qu'elle Planette la ligne prent fon commencement, & commençant dans le Triangle, qui eft fous la domination de Mars, vous confidererez la vertu de Mars. Troifiémement vous direz que cette ligne montant au Mont du Soleil, fignifie faueur des grands par les valureux exploits de la Guerre, fi elle monte au Mont de Mercure, ce fera par la faueur des femmes de condition, fi elle commence fur le Mont de la Lune, elle fignifie perfonnes moins nobles, & moins puiffantes. Vous deuez obferuer le mefme iugement en toutes les lignes accidentelles,

CHAPITRE VIII.

De la complexion de ceux qui font fous la domination de Saturne, ou qui font appellez Saturniens.

LEs inflences des Planettes qui tombent fur les hommes rendent leur nature, & leurs complexions tres differentes, Pour connoiftre ceux fur lefquels Saturne preside principalement ; ils ont beaucoup plus de lignes fur le Mont de Saturne, qu'en quelqu'autre lieu de la main que ce foit, et particulierement la ligne Saturnine prend fon principe à la Rafcette, & fe va terminer iufques à la racine du doigt du Milieu, ledit Mont pour eftre bien conditionné, doit eftre bien éleué, & rempli de plufieurs belles lignes, & alors il fuppofe vn entendement profond, vn efprit penetrant, vn fage confeil, peu de hardieffe dans les entreprifes, affection pour les fciences occultes, & cachées, patience dans le trauail, & dans la peine, fuperbe, & ambition, diffimulation, commandement, & empire, empreffement pour les richeffes, paffion pour l'Agriculture, & enfin rend les perfonnes graues, & bien morigerées auec vne grande authorité, & toûjours taciturnes,

Que fi ledit Mont de Saturne étoit peu éleué, & rempli de lignes imparfaites peu apparentes, ou tortuës, il marqueroit pour lors Saturne fort mal difpofé, & fuppoferoit les perfonnes villes, abjectes, baffes dans leurs penfées, querelleufes, negligentes, timides, folitaires, triftes, impudiques, opiniâtres, foubçonneufes, enuieufes, fuperfticieufes, malines, deffiantes, auares, pareffeufes, fourbes, menteufes & ennemies de la vertu.

D ij

CHAPITRE IX.

Des Iouiaux & des lettres Diuines.

CEux qui sont de la nature de Iupiter, ils ont semblablement (comme nous auons dit du Mont de Saturne) de
plus belles lignes sur le Mont de Iupiter que sur les autres
Monts qui doit estre aussi êleué, & marqué de belles croix
bien formées.

Il marque les personnes Honnestes, Religieuses, bienfai-
santes, humaines, fidelles, misericordieuses, pitoyables, can-
dides, ouuertes, liberalles, prudentes, qui parlent beaucoup,
qui ayment la compagnie des femmes, & qui enfin ayment
le bien, & haïssent le mal.

Lesquelles qualités ne laissent pas de se rencontrer dans
ceux desquels ledit Mont de Iupiter n'est pas si êleué, & n'est
pas rempli de lignes si accomplies, ny si parfaites auec cette
differance toutesfois qu'au lieu de deuotion il marque imperfection, & dissimulation pour fidelité.

Que si sur cedit Mont il se trouue les lettres suiuantes que
l'on appelle communement diuines à cause de leur signification, elles supposent ce qui suit, & marquent les personnes,
sçauoir.

A.　Abondantes en richesses, veritables, aymées des personnes nobles.

B.　Fortes, riches, & aymées des personnes, & si ladite lettre
est bien formée, Religieuses, ou affectionner leur conuersation.

C.　Aymées des grands, & grands Capitaines, ou Generaux
d'Armée, heureuses & fortunées par le moyen des femmes,

D.　Fidelles, affectionner la conuersation des personnes
de qualité, incestueuses, riches par le moyen des femmes, &
peu affectionnées à leurs parens.

E.　Richesses, & qui sera hay de ses parens.

F. Aymées, desRoys, sages & prudens dans leurs conseils estans Spirituels.

G. Bonne reputation, mais impudiques.

CHAPITRE X.

Des Martiaux & des lettres Diuines.

L'On connoît ceux dans lesquels Mars predomine particulierement en ce qu'ils ont les lignes deVie, & Naturelle de couleurs differentes; Et pour lors telles personnes sont genereuses, fortes, coleres, cruelles, courageuses à la guerre, promptes, ouuertes, temeraires, vindicatiues, impatiantes, peu affectionnées pour les richesses, & impudiques.

Et si dans la Concauité de la main qui est le lieu de la domination de Mars, il se trouue de cesdites lettres Diuines cy-dessus marquées, pour lors elles supposent les personnes, sçauoir.

A. Sans pitié, mêchantes, & coleres.

B. Richesses, & bien venuës aupres des grands, & Generaux d'Armées.

C. Iuges equitables, ingenieuses, Geomêtres, ou affectionnées à cette science, mais en peril d'estre blessées en trahison soit par le fer, ou par le feu & peutêtre quelque cheute, des heritages par sucessions.

D. Patricides, mais d'ailleurs fort heureuses, suiettes aux maladies du foye, & à auoir douleurs dans les iointures.

E. Litigieuses, & dont les procez reussiront mal, & en causeront, & au surplus impudiques auec des femmes de basse condition & filles.

F. Fourbes par trop d'addresse, faussaires, menteuses, & mal traittées pour leurs trahisons.

G. Frequentation de mêchantes compagnies, comme de larons, & sorciers, & les femmes tres-lâciues, & la personne folle,

CHAPITRE XI.

Du Solere, & des lettres Diuines.

CEux aufquels prefidera le Soleil, auront les lignes plus delicates, & deliées à la racine de l'Annulaire qu'ailleurs, & la ligne Solere belle, & longue, & fans incifion, ny coupures, Telles perfonnes font fuppofées Illuftres, fortes, magnanimes, chaftes, deuotes, paffionnées pour l'honneur, cruelles, qui conferueront long-temps leurs coleres, qui inuentent des Arts nouueaux, qui feront du bien à des ingrats, & qui feront enfin honnorez des Eftrangers.

Et fi fur ledit Mont du Soleil les lettres fuiuantes fe trouuent, elles fuppofent, fçauoir.

A   S'il eft bien formé, force, & bonne fortune; & foibleffe, s'il ne paroît que peu.

B   Sageffe, bon confeil, amitié generalement de tout le monde, eleuation aux charges, & dignitez.

C   Deftruction, mal aux yeux, & à l'eftomac, & femblablement mal par le fer, ou par le feu, mort fubite, patricides, voyageufes, & tres-ingrates.

D   Force, richeffes par le moyen des Eftrangers, & quelque fois eleuation aux charges, & dignités.

E   Amour pour les femmes, impudicité, & du bien par icelles.

F   Sageffe, heureufe memoire, auec fcience dans l'inuention de nouueaux Arts, & qui fe mêleront de differentes Sciences.

G   Ioye, conuerfation auec les grands, auec douleur de tête, & d'eftomach.

CHAPITRE XII.

Des Veneriens & des lettres Diuines.

POur connoiſtre ceux ſur leſquels Venus preſide, ils ſeront marquez par des lignes qui commencent ſur ledit Mont, & montent vers l'Indice, & telles perſonnes ſeront bōnes, aymables, de bonne conuerſation, agreables à tout le monde, qui ſe ſoucient peu des biens du monde, qui viuent delicatement, qui s'addonnent facilement aux femmes, & les ayment, qui ont quantité de baſtards qui ſeront beaux, qui parlent auec douceur, heureuſes, & qui deſirent toutes choſes voluptueuſes, impatiantes au trauail, à la colere & aux infortunes, qui ayment les dances, les banquets, & la Muſique.

Et ſi leſdites lettres Diuines cy-deſſus ſi rencontrent, elles ſuppoſent ſçauoir.

A Infidelité, amour pour les femmes de baſſe condition, & maladies dangereuſes cauſées par icelles.

B Ioye, gayeté, frequentation de perſonnes de qualité, principalement des femmes, mariages auec perſonnes riches, & heureuſes.

C Iniurieuſes en parolles, impudicité, mêchanſeté, & douleur aux yeux, ſoit par le fer, ou par le feu.

D Interpretation des ſonges, prediction des choſes futures & cachées, impudicité, & effronteries.

E Ioye, affection pour la compagnie des femmes, & ſcandale pour icelles, & au ſurplus bonheur en toutes autres choſes.

F Bonheur par le moyen des Sciences, & des femmes.

G Amour pour les femmes, & richeſſes à cauſe d'icelles.

CHAPITRE XIII.

Des Mercuriaux & des lettres Diuines.

CEux fur lefquels Mercure prefide fe pourront connoiftre par des lignes obfcures, imprimées dans le doigt Auriculaire, & pour lors telles perfonnes pourront eftre inconftantes, laroneffes, impudiques, fourbes, infidiatrices, forciares : Et en vn mot abandonnées à toute forte de mal.

Que fi au contraire cefdites lignes font belles, & apparentes, elles feront vn figne d'éloquence, de beaucoup parler, d'excellence, de fubtilité d'efprit, d'eftude, de capacité pour toute forte de Science, d'inuention de plufieurs fecrets, de rufes, & de fineffes, de Geométerie, de Retorique, d'heureufe memoire, de Mufique, d'inclination au traffic, de Peinture, & de Sculture.

Et fi les lettres cy-deffus fi rencontrent, elles fuppoferont fçauoir.

A. Curiofité pour toutes fortes de Secrets, mais toutes fois peu auantageufe, grauité dans les paroles, efprit maling, & enuie.

B. Negociation, fidelité, richeffe, & propre aux actions du trafic.

C. Negligence, inclination au ieu, compofition de liures, Sciences dans plufieurs langues, faulfairez, & beaucoup d'adreffe pour viure du trauail de l'efprit.

D. Sageffe, Science, inclination à faire du bien à tout le monde, pauure ieuneffe, & riche vieilleffe, d'ouleurs d'eftomach ; Et enfin s'addonner à la magie, & qui aymera les petites filles.

E. Religion, inclination pour le trauail, ouurage & ornement des femmes & auffi pour la Peinture.

F. Grand, & excellent Philofophe.

G Bonne

G. Bonne vie & grand efprit auec inclination pour toutes fortes de petites chofes.

CHAPITRE XIV.

Des Lunaires & des lettres Diuines.

L'On peut connoiftre fur lefquels prefident les influances
de la Lune par vne croix de Saint André qu'ils ont bien
formée dans le Quadrangle, auec vne fort belle éleuation dudit Mont de la Lune marqué pareillement de belles lignes, & pour lors elles fuppoferont la perfonne riche & heureufe tant auprez de Princes Ecclefiaftiques que Seculiers, à laquelle le mariage ne fera pas trop auantageux, & enfin qui aymera la vie quiette & tranquille.

Que fi au contraire cefdites lignes font mal formées & ledit
Mont trop abbaiffé ce fera pour lors vn figne euident d'opiniâ-
treté, de peu d'efprit, de perfonne vagabonde, ville & abiecte,
de timidité, de folie, de peu de iugement & enfin de pareffe &
de negligence dans les affaires.

Et fi lefdites lettres cy-deffus s'y rencontrent, elles fuppoferont, fçauoir.

A. Plufieurs maladies, prodigalité & diffipation de bien
de fes parens.

B. Bonheur, inclination pour la compagnie des Religieux
& puteftre le deuenir foy-mefme.

C. Nobleffe, fubtilité, profondeur dans les fciences, hardieffe, inclination au mal, douleur aux yeux & enfin mort fubite ou du moins longue & fâcheufe maladie.

D. Empreffement pour toutes fortes d'affaires, douleur
aux yeux & à l'eftomach.

E. Effronterie, impudicité, inconftans en toutes chofes
& voyages.

F. Fidelité, bonne volonté, fortuné par le moyen des
femmes & voyages.

G. Nobleffe, courage & enfin beaucoup de bien par le
moyen des femmes ou par le fien propre.   E.

30 Nota que si cesdites lettres ne sont pas belles , & bien formées, on poura souffrir plusieurs maladies differentes.

CHAPITRE XV.

Ce qu'il faut soigneusement obseruer dans la Chyromance
pour en iuger dignement.

C'Est vne pensée qui n'a iamais trouué de doute dans l'esprit des hommes que l'amour, & la haine sont pour l'ordinaire les arbitres de nos sentimens sur les differens suiets qui se presentent, puisqu'il est vray que si le premier au-
gmente la valeur des plus petites choses, la haine fait tous ses
effors pour en diminuer le merite : Ce qui fait que pour bien
iuger de cette curieuse Science de la Chyromance , & pour
donner vne connoissance parfaite de tous les éuenemens de la
vie par l'inspection des lignes que la prouidence éternelle a ce
semble imprimée pour ce suiet dans nos mains ; Il faut affran-
chir son esprit de haine , d'amour, d'interest & de toutes les
autres passions qui le preoccupent ordinairement, & en ce qu'il
l'empêche de iuger equitablement de tous les suiets qui se rencontrent ; Il faut donc premierement que la Main que l'on
veut exactement considerer que ce soit au moins trois heures
apres auoir cessé toute sorte de trauail, & qu'elle soit soigneusement lauée puisqu'elle doit estre plus humide que seiche ;
Que l'on obserue les lignes dans la plus grande clarté du iour,
non pas toutesfois sous les rayons du Soleil à decouuert, que
ce soit à ieun , ou du moins apres vne refection sobre , & temperée : & autant que se poura en temps d'Esté , dans vn lieu
éloigné des plus fortes chaleurs, comme aussi dans l'Hyuer,
dans vn lieu qui ne soit pas trop froid,& que lad. main non plus
que le corps ne soient point fatiquez du trauail, que la personne ne soit point accablée d'infirmitez , & qu'elle ait au moins

attaint l'âge de sept ans, que les mains ne soient point caleuses,
autant que faire se poura, c'est à dire remplies de duretés contractées par l'exercice d'vn long trauail, comme il arriue souuent dans celles des artisans, d'autant qu'elles sont ordinairement obstacles au iugement que l'on en pouroit faire, & à la
connoissance que l'on en pouroit tirer ; que l'on regarde
les deux mains si elles ont du rapport l'vne à l'autre dans leurs
lignes, pour en donner vn iugement asseuré.

Tout ce que dessus supposé, il faut exactement considerer les
deux mains, d'autant que la gauche est pl⁹ fauorable à ceux qui
sont venus au monde la nuit, côme la droite l'est à ceux qui sont
nais le iour; aux hommes principalement la main droite, comme aux femmes la gauche dans le sentiment de quelqu'vns (ce
qui toutesfois doit estre entendu particulierement des quatre
lignes principales en châque main, les autres estans commu-
nes à toutes les deux) Enfin il faut considerer la qualité, l'ê-
renduë, la forme & la situation des lignes; De plus il faut prendre garde à l'éleuation, aussi bien qu'à l'abaissement des Monts,
sur châcun desquels preside châque Planette, à la couleur
desdites lignes, à leur longueur, à leur delicatesse, à leur interruption, ou discontinuation, à leur entrecoupure, à leur profondeur, à leur largeur, à leur rectitude, à leur ponctuation,
à leur quarré, à leur cercle & demy cercle, à leurs croix & à
leurs Etoilles ; D'autant que toutes les lignes discontinuées,
diuisées, entretrecoupées, mal apparentes & confuses supposent
des maladies, des trauaux, & des infortunes, lesquelles neantmoins par leur discontinuations, diuisions, coupures, & con-
fusions dans vne mauuaise signification, en diminuent souuent
les effets, comme les lignes palles, qui sont presque toûjours vn
signe infaillible d'vn mauuais temperamment, diminuent la
malignité de leur effet lors qu'elles supposent vn temperamment colerique, ou quelque accident causé par le feu.

Sur quoy il faut remarquer, que les hommes doiuent auoir
les lignes de leurs mains plus formées, & profondes, que les
femmes pour n'auoir rien d'effeminé, & pour être dans leurs

conftitutions naturelles, lesquelles si elles les auoient semblables aux hommes, elles pouroient plutost passer pour hommes que pour femmes dans leurs operations, puisque pour être proportionnées à leur temperament & constitution, elles doiuent être à la verité bien formées, mais delicates & deliées & en nombre, par ce qu'en ayant peu cela denoteroit impudicité.

A tout ce que dessus l'on doit adjoûter l'exacte consideration des doigs de la Main & prendre garde s'ils sont serrés, élargis ou transparans, qu'elle est leur figure & leur forme, qu'elle est la forme & la figure de chacun de leurs articles, qu'elle est la forme, la transparance ou obscurité des ongles.

Deplus il faut considerer la ligne de Vie, l'Hepatique, la Naturelle, la Solaire & les Monts des Planettes; La qualité du Mont de Mercure par proportion auec la ligne Naturelle, d'autant que nous connoissons par là qu'elle est la qualité de l'esprit; Le sexe, l'Aage, le pais, l'estat, la condition & l'exercice: La difference des Nations, d'autant qu'autre est la consideration des François, autre celle des Allemans, autre celle des Espagnols, autre celle des Italiens, soit qu'on les considere dans leur coûtume, soit qu'on les considere dans leurs parans, lesquelles les vnes & les autres impriment des qualités differentes dans les personnes; Car autres sont celles des enfans legitimes d'auec les Naturels, autres sont celles des Nobles d'auec les Roturiers, autres celles des Bourgeois d'auec les Païsans, & enfin autres sont celles des hommes que celles des femmes & ainsi des autres.

Dauantage il faut prendre garde à ne pas iuger absolument par l'inspection d'vne seule ligne, de la vie, de la mort & d'autres semblables accidens & infortunes, particulierement aux femmes, à cause de leur timidité ou en tirer des consequences asseurées & infaillibles, si ce n'est que l'on y fust tout à fait obligé par la nature & qualité de ladite ligne, encore faudroit-il adoucir son iugement en disant que la personne est menacée de quelque danger ou infortune, par sa

nature & par fa complexion, à quoy il fera tres vtile de
chercher de plus quelques lignes qui confirment les mefmes accidens dans les autres lignes de la Main, comme par
exemple les perils & les dangers de l'eau dans le Mont de la
Lune, dans les iointures du Poulce, & le figne du Verfeur
d'eau fe trouuant fitué dans l'extremité des doigts. La
bonne fortune & les grands auantages au prés des Princes &
des Prelats par la ligne qui monte de la Concauité vers le
Mont du Soleil, laquelle toutefois n'eft pas tout à fait heureufe, fi l'on ne trouue fur le Mont Mercure qu'il aura
vne puiffante femme pour amie & pour fauorable; Et de
plus. s'il ne fe trouue fur le Mont de Iupiter quelqu'autre
figne qui fuppofe faueur au prés defdits Prelats, lefquels
fignes tous affemblez iufques au nombre de trois ou quatre
feront vn iugement affeuré de la bonne fortune & de l'a-
uantage de la perfonne; Ainfi faut-il dire de la ligne qui
fuppofe, òu d'eftre pendu, ou fuffoqué, ou fubmergé, auquel cas il faut foigneufement confiderer, fi fur le Mont
de Mercure il fe trouue quelque marque d'eftre l'arron,
fi fur la ligne Naturelle il y a quelque figne d'homicide,
fi fur le Mont de Saturne il fe rencontroit quelque marque de prifon, fi dans la racine ou feconde iointure du
Poulce il fe trouue quelque figne de fufpenfion, ou fuffocation par catares ou fluctions, fi fur le Mont de la Lune
il y a quelque marque de fubmerfion, fi la ligne de Vie
ne fe trouue point rompuë dans ce temps là; Enfin fi la
Menfalle ne forme point l'Angle Supreme; Ce que tout
confideré l'on poura iuger auec quelque forte d'infaillibilité
des éuenemens qui fe prefentent felon la Science; Sur
quoy il faut remarquer que les fignes qui fuppofent d'eftre
pendu ou decolé, fuffoqué ou fubmergé font prefque tous
marquez par les mefmes lignes, Ce qui fe voira facilement
par vne Table que nous adjoûterons à la fin de ce liure pour
la commodité du Lecteur.

E iij

Secondement pour parler en termes generaux de la Chy-romance, il faut sçauoir que le corps est communement diuisé en cinq parties ; Sçauoir pour la premiére depuis la tête iusques aux Espaules ; Secondement depuis la Poitrine iusques au Nombril, tant deuant que derriere ; En troisiéme lieu les bras depuis les Espaules iusques à l'extremité des doigts de la main ; En quatriéme lieu depuis le Nombril iusques à la iointure de la Cuisse, tant deuant, que derriere : Et enfin la Iambe depuis la iointure de la Cuisse, iusques à l'extremité des doigts du pied. Ainsi quand on parlera de quelques vnes de ces cinq parties du corps, il faudra toûjours entendre depuis le commencement iusques à l'extremité de sa diuision, s'il n'est fait mention de quelqu'autre plus particuliere partie comme des yeux, des aureilles, de la bouche, & ainsi des autres.

Il se faut enfin souuenir pour ne rien obmettre de toutes les circonstances de cette Science, qu'il ne faut rien dire d'importance à ceux qui ne veulent de cette Science que par diuertissement seullement, & de payer de paroles celuy qui ne donnera sa main que par maniere d'acquit, & de ne predire de plus aucun mauuais accident à aucune femme & mesme à aucun homme timide.

CHAPITRE XVI.

De la quantité & qualité de la main.

IL y a trois choses principalement à considerer dans châque Main, pour en rendre la quantité, ou grandeur parfaite & accomplie ; Premierement qu'elle soit assés longue & également proportionnée en soy mesme ; Secondement au respect du corps, du quel elle depend : Et en troisiéme lieu que châcune de ses parties garde sa proportion au respect des autres ; D'autant que les mains trop courtes au respect des autres parties du corps , suppofent prêque toûjours la perfonne fine , adroite, fubtile, forte, babillarde & gourmende : Comme au contraire les mains & les doigts trop longs, femblablement au refpeƈt des autres parties du corps , suppofent prêque infailliblement vn tranfgreffeur, vn larron, vn dreffeur d'embûches,vn homme remply de toutes fortes de malice, & d'iniquité , & vn Tyran.

De plus les mains affez longues , au refpeƈt du corps , marquent la perfonne fubtile, fine, fourbe, babillarde & railleufe.

Pour le regard de la paulme de la main, celles qui font courtes, groffes, & charneufes, suppofent vne nature froide,& humide , & fes effets.

Les courtes auec les doigs longs & deliez , marquent vne nature feiche, & froide.

Les feiches, & rudes , fuppofent vne nature feiche & chaude.

Les molles , & humides , marquent vne nature lâciue & vitieufe.

Les longues auec les doigs gros, & courts, denottent vn pareffeux , negligent, & fot.

Les longues auec les doigs proportionnez à leur longueur, marquent vne perfonne fpirituelle & adroite dans tout ce qu'elle entreprend.

Les courtes ou longues auec les doigs gros & courts denottent vne compleƈtion flegmatique, auec fes qualitez.

Pour le refpeƈt des femmes s'il s'en trouue qui ayent la paulme de la main tres-courte, elles ont beaucoup de peine dans leur accouchement.

Que fi les mains auec les bras font affez longues pour approcher des genoux, lors que le corps eft tout droit, pour lors elles fuppofent vne grande force d'efprit, vne merueilleufe induftrie , comme au contraire , fi elles ne peuuent paruenir iufques au milieu des Cuiffes, elles fuppofent la perfonne enuieufe , malueillante , ignorante , & querelleufe.

pag. 13.

CHAPITRE XVII.

Des Doigts.

POur eftre de bonnes mœurs & bien docile, il faut que les Doigts foient êgalement proportionnez & d'vne moyenne longueur.

D'autant que les Doigts petits & deliez, font vn figne de fotife, d'enuie, d'audace & de cruauté.

Comme les longs & deliez fuppofent le larron & le fourbe.

Que fi les doigts font trop gros dans leur iointure & deliez dans les autres parties, ils marquent à la verité vn excellent efprit, mais malicieux, enuieux & temeraire.

Que s'ils font gros & cours, ils fuppofent cruauté.

Que s'ils font mouffes & camars, ils marquent inclination au larcin.

S'ils font pointus & aigus, c'eft vn figne de legereté d'efprit & de vanité.

Que s'ils ne font bien vnis, & qu'il fe trouue entr'eux vne diftance confiderable, ils fuppofent la perfonne babillarde & inconftante.

Que s'ils font droits & vnis, en forte que l'on voye au trauers peu de iour, c'eft vne marque de grande curiofité.

Que s'ils font ramaffez & d'vne telle époiffeur ou groffeur de chair qu'ils ne foient point du tout trafparans, c'eft vn figne d'auarice.

Que fi la Main eftant droite & que les doigts flechiffent tant foit peu vers fon dos, ils marquent la perfonne fpirituelle, enuieufe & tres-adroite, fi principalement ils reflechiffent dans leur derniere iointure.

Que s'ils font difperfés & defunis, c'eft vn figne de pauureté & de mifere auffi bien que de babil, comme il paroift fouuent dans les geus & mendians.　　　　　Frapper

Frapper souuent des doigs comme si on vouloit auec les mesmes doigs batre le tambour, c'est vn signe que l'esprit est occupé à plusieurs pensées differentes.

Frapper souuent des mains les vnes contre les autres par quelque espece d'habitude sans s'en pouuoir empêcher, c'est vne marque d'imperfection & de preoccupation d'esprit, mais si l'on s'en peut empescher, c'est vn signe contraire.

Estendant la main pour receuoir quelque chose & qu'elle tremble moderement, elle suppose vn prompt retour d'vne grande colere, auec tranquillité d'esprit: Tel signe dans les ieunes gens suppose de la santé & de la force, Et si la personne est ieune & soit sans force, il suppose de la melancolie, de la tristesse, de la timidité & de mauuaises pensées.

Se pourmener remuant le bras & tenant la main fermée, c'est vne marque de promptitude & d'impetuosité.

Renfermer le Poulce entre les autres doigts, est vn signe d'auarice.

Si en mangeant on va au deuant des viandes qu'on vous presente, c'est vn signe de gourmendise, de mechanceté & de discorde.

CHAPITRE XVIII.

Des Ongles.

LEs Ongles larges, longs, deliés, blancs, luisans & vermeils, sont signe d'vn tres bon esprit.

Ceux qui les ont vn peu plus longs & étroits, marquent vn esprit stable & ferme.

Les Ongles reflechis ou courbés; Vn impudent, vn mechant & vn larron.

Les Ongles tres courts; Vn malueillant, vn esprit de discorde & vn broüillon.

E

Les Ongles fort longs fuppofent vne chaleur & vne fecherefſe exceſſiue auec toutes les conditions.

pag.12.

Les Ongles , courts & petits fuppofent vn temperament
humide & froid.

Les Ongles êtroits fuppofent vne fecherefſe exceſſiue mêlée de froideur auec fes fignes.

Les Ongles courbez dans leur extremité fuppofent vn
temperament Sanguin & Colerique mêlé auec beaucoup de
fecherefſe.

Les Ongles fort larges dans leur extremité fuppofent vn
temperament exceſſiuement chaud & humide & vn naturel
Colerique.

Les Ongles courts & larges fuppofent vne chaleur temperée par vn peu de froideur, & par confequent vne complexion Melancolique.

CHAPITRE XIX.

Des fignes ou ſtigmates qui fe trouuent dans les Ongles.

L
Es fignes & Stigmates, ou ſi vous voulés les points qui fe
trouuent dans les Ongles, s'ils font blancs font d'vn
tres-heureux prefage felon la nature de la Planette qui
predomine fur ce doigt. S'ils font noirs, c'eſt vn tres-mauuais
figne.

S'ils fe trouuent dans le doigt de l'Indice, ils regardent les
honneurs & les dignitez.

Si dans le doigt du Milieu, l'agriculture & le menagement
de la maifon.

Si dans le doigt Annulaire, les grandeurs.

Si dans le doigt Auriculaire, les Arts mechaniques.

Pour Mars il a fes marques dans le Poulce du coſté le
plus éloigné de l'Indice, & Venus dans le mefme Poulce du
coſté oppofé à celuy de Mars.

Pour la Lune elle les a dans le doigt du Milieu de la mefme

maniere que Mars, & Venus dans le Poulce.

S'ils font blancs parfaitemenr, les penfées reuffiront heu-
reufement, que s'ils fontvn peu êtendus ils feront peu auantageux.

S'ils font applanis & larges, ils produiront vn bon effet.

Or ceux qui paroiffent dans les extremitez des Ongles,
marquent les chofes paffées, foit qu'ils foient blancs, foit
qu'ils foient noirs.

Dans la racine de l'Ongle les, chofes aduenir.

Et dans le milieu les prefentes.

Ceux qui ont beaucoup de femblables marques dans les
Ongles, font ordinairement volages & inconftans, & proje-
ctent fouuent de beaux deffeins & de belles entreprifes, fans
iamais en conduire vne à la fin.

Si lefdits points font noirs, ils fuppofent la prifon.

CHAPITRE XX.

Du Poil.

LE Poil fur la main dans vne quantité raifonnable principalement prés le Poulce dans la premiere iointure
des doigts, eft vn figne d'vne bonne nature & d'vne
forte complexion.

Le Poil en trop grande quantité, fuppofe legereté d'efprit,
& s'il eft fans ordre & diffus, il marque vn efprit defordon-
né & vne complexion dereglée.

Le Poil feulement vers le doigt Auriculaire, fuppofe
de l'efprit.

Le Poil en petite quantité, marque vn efprit bas & effeminé.

Le dos de la main fans poil fuppofe corruption de mœurs,
fotife, prefumption & vn efprit effeminé.

CHAPITRE XXI.

Du Toucher.

LE Touché de la main chaud auec douceur, ſuppoſe vne complexion chaude : Comme la rude, vne chaude & ſeche.

Le Touché de la main froid auec douceur, ſuppoſe vne complexion Flegmatique : Comme la rude, vne Melancolique.

CHAPITRE XXII.

Du moyen de trouuer la iuſte proportion de la Main

POur bien iuger de la Chyromance il eſt tres-important de ſçauoir la iuſte & exacte quantité & proportion de la Main ; Ce que pour plus facilement connoiſtre, il faut ſoigneuſement ſçauoir, ſi elle eſt egalement proportionnée au reſte du corps, & ſi les doigts ſont iuſtement proportionnés au reſte de la main, enſorte que la Paulme de la main trauerſant au deſſous de la Racine des doigts ſoit diuiſée en quatre parties egales, auſquelles doit correſpondre la longueur du doigt du Milieu, à la Racine, duquel adjoûtant encore vne autre partie & trauerſant la Paulme de la Main iuſqu'à la Raſcette, on trouuera ſa longueur conſiſtante en cinq parties egales, ainſi la longueur excedera la largeur d'vne partie, à laquelle ſera egalée la longueur de l'Indice en comptant depuis le commencement du Mont de Venus iuſqu'à l'extremité dudit Indice.

Pour la groſſeur des doigts, afin qu'elle ſoit iuſtement proportionnée elle se doit prendre de l'vne des quatre parties de la largeur de la Main, en sorte que si elle est diuisée en huit autres parties egales, la grosseur du Poulce en contiendra sept, comme le plus gros & le plus puissant.

Pour la longueur de l'Indice elle doit comprendre trois parties & vn quart de la longueur du doigt du Milieu, l'Annulaire trois parties & vne moitié, l'Auriculaire deux parties & vne moitié. L'extremité du Poulce pliè dans la main doit atteindre la Racine de l'Indice & exceder vne demie part des quatre parties cy-dessus.

La longueur du doigt du Milieu prise auec le Compas, & demeurant ainsi ouuert portant vne pointe sur le milieu de la Racine de l'Indice, & l'autre atteignant le commencement de la Mensalle, marque vne iuste conuenance & vne proportion symmetrique de l'homme.

La longueur du Poulce, celle du doigt Auriculaire & celle de l'espace qui se trouue depuis le milieu de la Racine de l'Indice iusqu'au milieu de la Racine dudit Auriculaire, étant toutes egales supposent semblablement vne iuste conuenance & proportion de toute la Main.

Prenés vn Compas duquel vous apposerés la premiere pointe sur le milieu de la Racine de l'Indice & l'autre sur le milieu de celle de l'Annulaire, & dans cet état sans rompre l'ouuerture du Compas laissant vne des pointes sur le milieu de l'Annulaire & porter l'autre sur le commencement de la Mensalle, laquelle si elle y peut atteindre, suppose vne bonne constitution generatiuë, comme au contraire, si elle surpasse ou qu'elle ny puisse atteindre, cela supposera vne mauuaise constitution & disposition dans lesdites parties, d'autant que la surpassant, elle marque vn excés de chaleur naturelle, comme n'y pouuant atteindre, vn defaut de ladite chaleur auec vn temperament froid, ce qui dans le premier cause des maladies chaudes comme des froides dans celuy-cy,

Planche tout ce-cy se verra clairement par la septiéme Planche.
7.

CHAPITRE XXIII.

De la diuision des lignes & premierement de la ligne de Vie.

COmme la ligne de Vie est en quelque façon la premiere de toutes les autres & la principale, il est tres important de commencer par son exacte connoissance pour considerer & remarquer les principaux accidens de nôtre vie, dont elle marque plus particulierement les circonstances, c'est pourquoy si d'abord il vous paroist vne vie briefue & de peu de durée par l'inspection de ladite ligne de Vie, il seroit inutile de parler de l'esprit, des mœurs, des richesses, des alliances, des voyages, des maladies, des honneurs, des dignitez & ainsi de plusieurs autres accidens & circonstances de la vie.

Pour donc y proceder par ordre & en prescrire l'exacte connoissance, il faut obseruer soigneusement sa diuision, laquelle pour être veritable doit se faire Arithmetiquement, Geometriquement & Mathematiquement, ensorte que posant la premiere pointe du Compas sur le milieu de la racine de l'Indice & l'autre sur le milieu de la racine de l'Annulaire, laquelle ensuite rapportée sur la ligne de Vie, la premiére pointe du Compas se tenant toûjours ferme sur la racine de l'Indice, & de la sorte formant vn quarré establist les dix premieres années de nôtre aage.

Secondement ladite premiere pointe du Compas demeurant toûjours ferme sur le milieu de ladite racine de l'Indice, & l'autre étant rapportée entre l'Annulaire & l'Auriculaire, & de rechef rapportée sur ladite ligne de Vie establist les vingt premieres années de nôtre aage.

En troisiéme lieu ladite premiere pointe demeurant toû

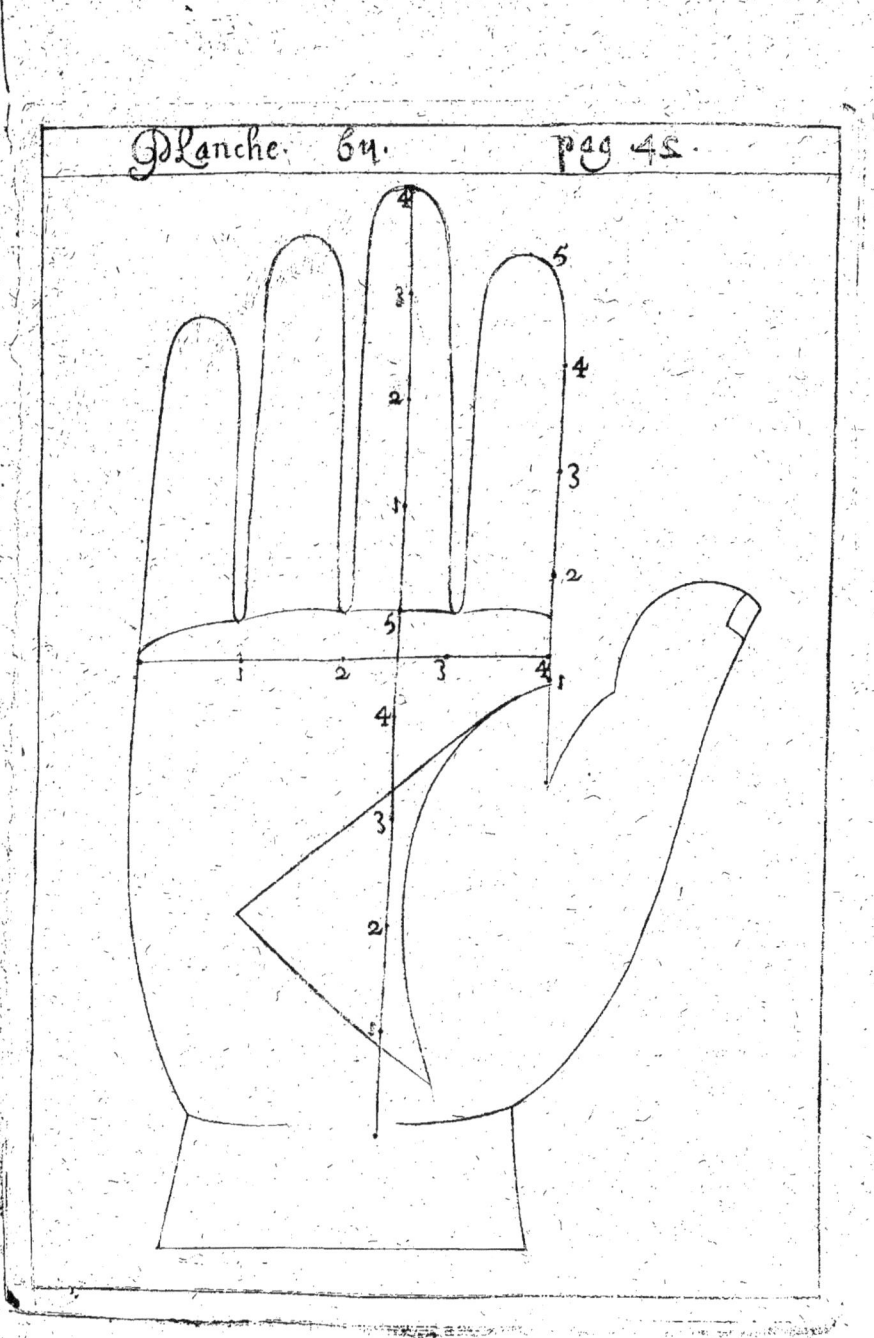

ours ferme sur le milieu de ladite racine de l'Indice, & l'autre
portée sur le milieu de la racine de l'Auriculaire, & de rechef
rapportée sur ladite ligne de Vie forme les trente premié-
mieres années de nôtre aage.

En quatriéme lieu ladite pointe demeurant toûjours ferme
sur le milieu de ladite racine de l'Indice, & l'autre portée à
l'extremité de la racine de l'Auriculaire vers la Percuſſion de
la Main, & de rechef rapportée sur ladite ligne de Vie eſta-
bliſt les quarante premieres années de nôtre aage.

En cinquiême lieu ladite pointe du Compas demeurant
toûjours ferme sur le milieu de la racine de l'Indice, & l'autre portée au commencement de la Menſale & de rechef rapportée sur la ligne de Vie forme les cinquante premiéres an-
nés de nôtre aage.

En sixiéme lieu prenant auec lesdites deux pointes du Compas la longueur de l'eſpace qui se trouuera entre la 40. & 50.
année de l'aage marqué sur ladite ligne de Vie, lequel eſpace
ainſi trouué doit eſtre marqué au deſſous du commencement
de la Menſalle le long de la Percuſſion de la Main vers la
Raſcette, & eſtendant de rechef la premiere pointe du Compas du milieu de ladite racine de l'Indice comme cy-deſſus,
l'autre pointe qui eſt demeurée sur la Percuſſion au deſſous
de la Menſalle, & rapportée sur la ligne de Vie fera la ſoixan-
tiéme année de nôtre aage.

De plus pour trouuer la 70. année de nôtre aâge il faut diuiser
la ligne de Vie depuis son commencement iuſqu'à la 60. année
marquée cy-deſſus dans la ligne de Vie en trois parties egales & appoſer la troiſiéme partie de cette diuiſion au deſſous
du commencement de la Menſalle le long de la Percuſſion,
& rapportée de rechef la premiere pointe du Compas sur le
milieu de la racine de l'Indice laquelle tenant fixe comme
deſſus, & l'autre pointe demeurée fixe sur la percuſſion ſous
la Menſalle rapportée sur la ligne de Vie, & le lieu qu'elle
marquera fera ladite soixante & dixiéme année de nôtre âge.
Autant faut il faire à proportion pour trouuer la 80. 90. & 100.

diuifant toûjours la ligne de Vie en trois parties egales depuis le dernier des nombres marquez fur icelle, & rapportant ladite troifiéme partie au mefme lieu cy-deffus marqué, fçauoir, vers la Percuffion au deffous de la Manfalle, Et pofant vne pointe de Compas comme deffus fur le milieu de la Racine de l'Indice, Et rapportant l'autre fur ladite ligne de Vie, elles donneront lefdits aages que deffus châcun en fon ordre, com-

Planche me il fe peut facilement remarquer dans la huitiéme Planche.
VIII.

Metode curieufe & tres certaine, mais toutefois peu obferuée de ceux qui iufques à prefent ont traité de la Chyromance pour n'en auoir pas eu la connoiffance qui ne s'eft peu acquerir que par beaucoup de trauail & par vne eftude tres-profonde, comme il eft rapporté par Taifnier au liure 2. Ch. 25. de fa Chyromance.

CHAPITRE XXIV.

De la diuifion des autres lignes, fçauoir de la Naturelle, Menfalle & Hepatique.

LEs mefures des lignes Naturelle & Menfalle font femblables & vniformes, les diuifant en trois parties égales correfpondantes aux trois principaux aages de vôtre vie felon que nous en auons traité cy-deffus, entre lefquelles la premiere marquera les vingt-cinq premieres années de nôtre vie; La feconde iufques à cinquante ans; Et la derniere depuis les cinquante iufques à fa fin & fon terme; Sur quoy il faut prendre garde à ne pas mefurer cefdites lignes felon qu'elles font imprimées dans les Mains, Mais felon la iufte proportion qu'elles doiuent auoir d'autant que ladite ligne Naturelle doit eftre longue, & eftenduë iufques au Mont de la Main, ou vers l'efpace oppofé au milieu du Mont de Mercure, ou au moins iufques à l'extremité du Mont du Soleil, deuant commencer au milieu du Mont de Iupiter.   Pour

10
20
30
40
50
60
70
80
100

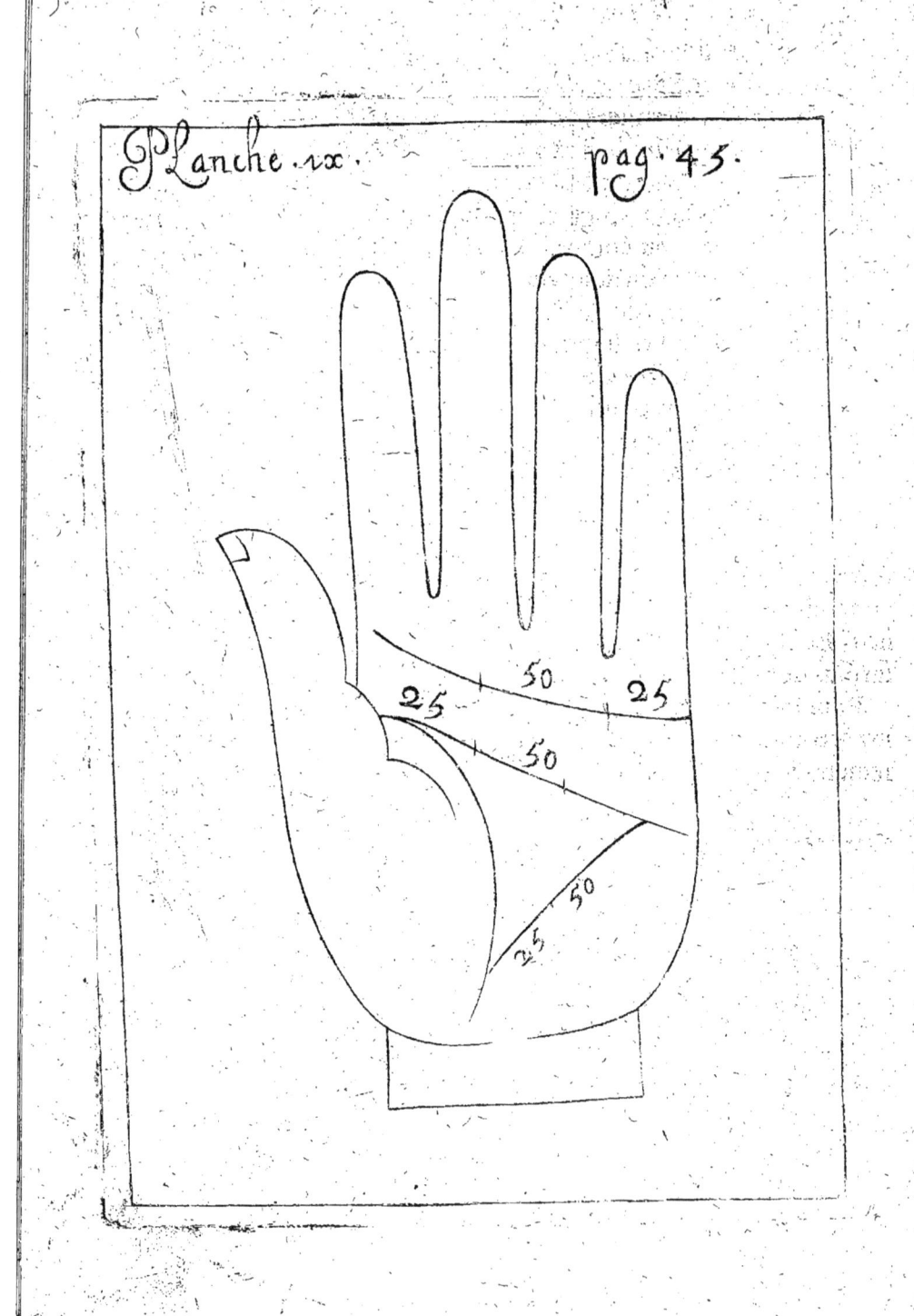

Planche · IX ·   pag · 45 ·

50
25   25
50
50
25

Pour trouuer donc les vingt-cinq premieres années de nôtre aâge par la mesure ou commensuration de lad. ligne Naturelle, posez la premiere pointe du côpas sur son commencement, & l'autre sur le lieu directement opposé au milieu
de la Racine du doigt du Milieu; Et pour le deuxiéme aage,
sçauoir depuis lesdits vingt-cinq ans iusques au cinquante,
l'vne des pointes du compas demeurée ferme vis à vis du
milieu de la Racine du doigt du Milieu, vous porterez l'autre
iusques à l'opposite du milieu de l'Annulaire; Ensuite dequoy le reste de ladite ligne Naturelle seruira pour connoître le surplus de nostre vie.

Pour la ligne Mensalle, elle doit s'estendre au delà du
Mont de Saturne; que si ell'est plus longue, la mesure ne
sera pas iustemēt proportionnée. Afin donc de trouuer par la
mesure le premier aage de nostre vie, il la faut mesurer depuis
son commencement iusques entre les doigts Annulaire &
Auriculaire; Et pour la seconde depuis ledit lieu iusques à
l'opposite d'entre le milieu de l'Annulaire, & du doigt du Milieu; Et ce qui reste de ladite ligne Mensalle seruira pour le
surplus de nostre vie.

Pour ce qui est de la ligne du Foye ou Hepatique, on ne
luy attribuë ordinairement aucune mesure: Ce qui est clai- Plāche
rement demontré par la neufiéme Planche. IX.

CHAPITRE XXV.

De la dimension de l'Espace, du Quadrangle, du Mariage,
& du Mont de la Lune.

POUr le Quadrangle il se diuise en trois parties égales,
correspondantes aux trois aages de nostre vie; Pour le
premier aage il se prend depuis le milieu du Mont de
Iupiter iusques au milieu du Mont de Saturne. Et pour le

G

second , sçauoir depuis vingt & cinq ans iusqu'à cinquante , depuis ledit milieu du Mont de Saturne iusqu'au milieu du Mont du Soleil : Et de ce lieu le reste qui se prendra iusqu'au milieu du Mont de Mercure sera pour le reste de nostre vie: Et selon cette cõmensuration, on peut iuger des dignitez, des offices , des bonnes fortunes, des auantages & des autres accidens de nostre vie selon la difference des temps , dans lesquels telles choses doiuent arriuer, marquées par de petites lignes en forme de croix dans le Quadrangle.

Pour les lignes qui marquent les alliances & mariages, on les peut mesurer selon les temps, ausquels ils se peuuent contracter en mesurant l'espace qui est entre la racine de l'Auriculaire & la ligne Mensalle, le milieu duquel espace marque l'aage de trente ans, & le milieu dudit espace depuis la Racine marque l'aage de quinze ans, & ainsi prenant dudit espace par proportion de l'vn à l'autre , l'on pourra trouuer depuis quinze, dix-huict, vingt, vingt-cinq, vingt-sept, trente, trente-six, quarante, & ainsi par proportion le reste des années de nostre vie.

Pour le Mont de la Main il faut semblablement le diuiser en trois parties qui marqueront les trois parties de nostre aage, desquelles la premiere commencera proche la ligne Mensalle, & la derniere se terminera proche de la Rascette, ce qui nous apparoist par la dixiéme Planche.

Planche X.

Fin de la premiere Partie.

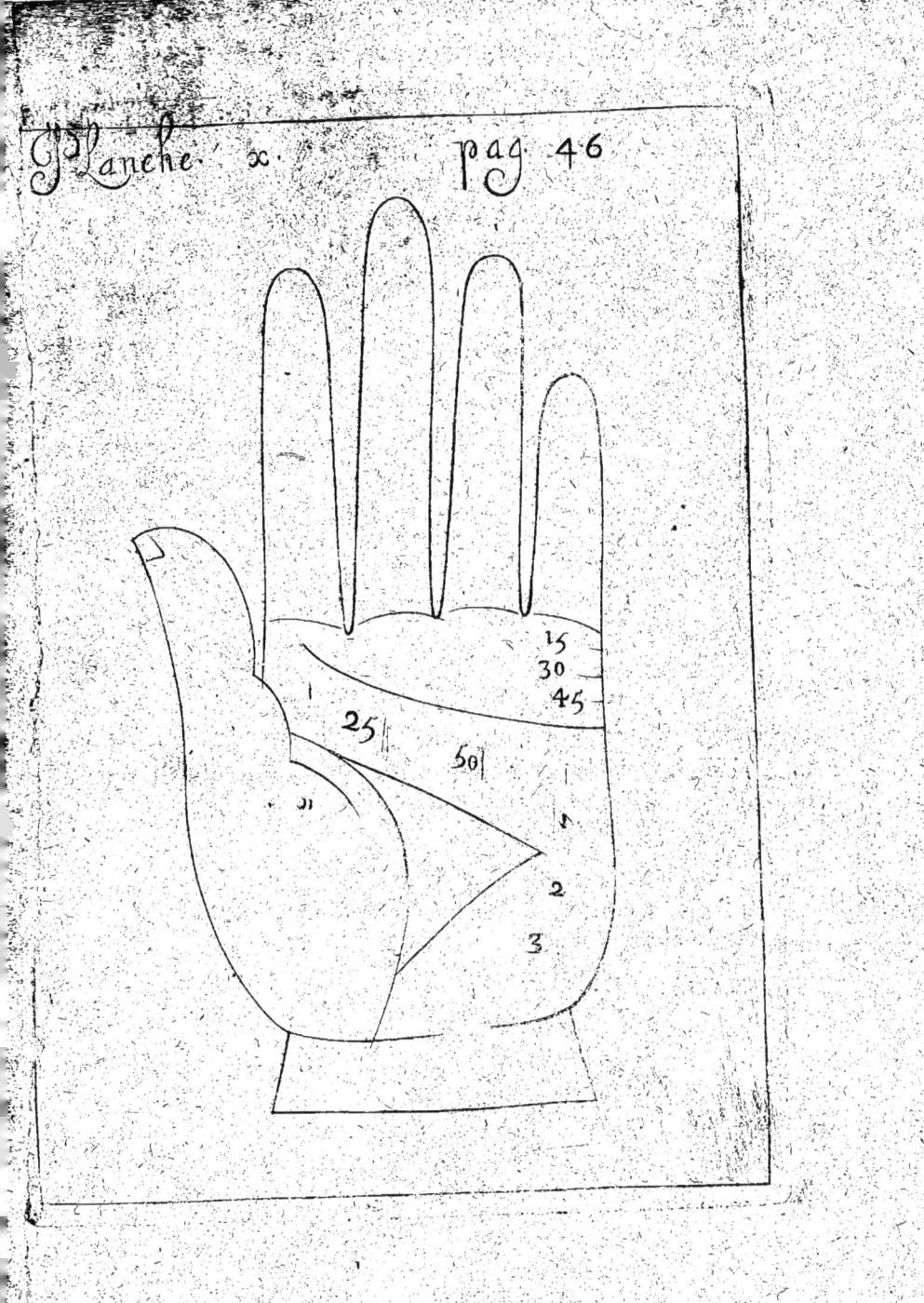

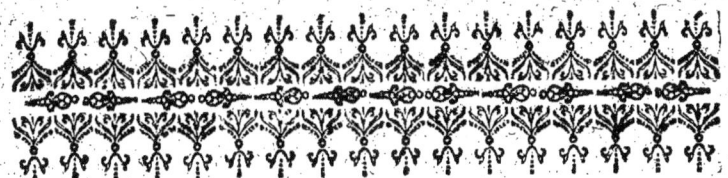

SECONDE PARTIE

DE LA

CHYROMANCE.

CHAPITRE I.

De la Ligne de Vie, & pourquoy ell'est appellée Ligne
de Vie.

 E S veritables principes de la Chyromance cy-
deuant presupposez en general, pour en auoir vne
connoissance plus particuliere, il faut traiter de
chaque ligne en particulier, de l'intelligence desquelles dépend absolument l'entiere & parfaite connoissance de cette belle & curieuse Science, entre lesquelles celle
qu'on appelle communément la ligne de Vie ou Vitalle tient
le premier lieu comme la principalle & principe de toutes les
autres lignes de la Main.

Pour donner donc quelque ordre à ce discours & pour en
rendre l'intelligence plus facile, il faut premierement remarquer pourquoy cette ligne est appellée ligne de Vie.

En second lieu ce qu'elle signifie.

Et enfin des diuers accidens qui s'y rencontrent & de
leurs significations differentes.

Pour ce qui regarde la denomination de là ligne de Vie, il est certain qu'elle est appellée Cordialle, ou si vous voulez la ligne du Cœur, aussi bien que la ligne de Vie, dautant qu'elle se rapporte au Cœur ; son nom est pris de sa figure, & de sa situation, dont l'vne & l'autre la font paroistre au milieu de la Main, comme le cœur au milieu du corps, qui est le principe de la vie, qui inspire le mouuement & la chaleur à tous les membres en particulier : Et c'est ainsi que l'on peut asseurer que cette ligne de Vie est le principe de toutes les autres, non pas qu'elle leur communique aucune proprieté particuliere, mais dautant qu'elle predit leurs euenemens particuliers, comme par vne dependance necessaire : Et cette ligne est si euidente, qu'il ne s'est iamais rencontré vne personne viuante, où elle ne se fasse remarquer, prenant son origine entre le Poulce & l'Indice, seruant comme de ceinture au Mont de Venus, & se terminant au bas de la Main, que l'on appelle communement la Rascette par l'inspection de laquelle on peut connoistre (du moins autant que l'on peut naturellement, suiuant les reigles & les principes de cette science) qu'elle doit estre la durée de la vie humaine aussi bien que ses accidens, & differentes qualitez, soit que nous considerions attentiuement cette ligne dans sa situation, ou dans sa forme : dans sa continuité, ou dans sa discontinuité : dans son estenduë, ou dans son racourfissement : dans sa grosseur, ou dans sa delicatesse : dans son enfonceure, ou dans son peu d'apparance : dans sa couleur, & enfin dans toutes les differentes qualitez qui la forment.

Ie dis en second lieu que si la ligne de Vie paroist dans la Main alongée, enfoncée, & sans discontinuation, elle marque vne parfaitte egallité d'humeurs, & vn iuste temperament de la chaleur naturelle, dautant que la chaleur temperée par l'humidité, dilate la matiere, & l'estend par vne iuste proportion.

Que si elle n'est pas egalle dans son estenduë, & si elle paroist en quelque partie, ou plus large, ou plus enfoncée, elle marque la perſonne colere, ou ſuiette à quelque autre paſſion dans ce temps-là que l'on peut ſçauoir par la dimenſion ſelon qu'il eſt dit au Chapitre xxiij. de la premiere partie.

Que ſi dans ſon commencement vers l'Angle ſupreme, elle eſt delicatte & apparente, elle marque la perſonue bonne, & d'vn eſprit fort docile, comme au contraire, ſi elle eſt trop groſſe & trop dilatée, elle ſignifiroit la perſonne rude, indocile, & de mauuaiſe volonté, dautant qu'elle marqueroit vne trop grande abondance de chaleur naturelle, peu proportionnée à cette circonſtance de temps, & d'aage, ſa nature deuant eſtre pour lors iuſtement temperée, c'eſt à dire, ny chaude, ny froide, & moderer ſa chaleur par ſon humidité.

Que ſi la ligne de Vie eſt longue & eſtenduë, elle ſigniſſie la perſonne emportée & brutalle, ſi par hazard elle n'eſt aſſiſtée du concours de la ligne Naturelle (comme nous dirons au chapitre ſuiuant,) Et la raiſon eſt que dans ce rencontre elle marque vn exces de chaleur predominante, & par conſequant vne complexion ſeiche, & exceſſiuement colerique.

Que ſi ell'eſt longue & deliée, elle marque vne predomination du ſec, & du froid au deſſus de la chaleur naturelle, d'où vient qu'elle ſignifie la perſonne de foible complexion, dont la vie doit eſtre tres courte.

Que ſi ell'eſt courte, & peu alongée & groſſe, ou enflée, elle marque vne nature froide & humide, & par conſequant vne vie de peu de durée.

En troiſiéme lieu, il faut ſçauoir qu'encores que pour le plus ſouuent la vie de ceux qui ſont d'vne complexion chaude & humide, eſt longue, ou du moins le doiuent eſtre ſelon toutes les apparances, auſſi bien que ceux, dont le temperament eſt ſec, toutesfois il peut arriuer que quelque accident inopiné retranche le fil de leurs iours, & rend leur vie de tres peu de durée, leſquels accidens ſe peuuent facilement reconnoiſtre dans la ligne de Vie.

G iij

Mais dautant que la nature des ces accidens est differente, quelques-vns procedāt de quelques causes interieures, d'autres exterieures, d'autres surprenants subitement, & enfin quelques vns agissans par succession de temps, chacun d'iceux se peut remarquer par quelques signes particuliers, qui leurs sont propres, & qui marquent le temps de leurs futures operations.

Ce qui se peut facilement reconnoistre dans la Main de ceux qui meurent par vne infirmité naturelle, ou par vne corruption causée du dedans du corps, lequel accident peut arriuer promptement, ou peu à peu, selon l'interruption, fracture ou discontinuation de ladite ligne de Vie; dautant que si dans cette discontinuation, les Rameaux de ladite ligne de Vie s'aident l'vn à l'autre, & que le Rameau qui regarde le Mont de Venus estant tourné vers le haut de la Main, cela marque vne suffocation de la chaleur naturelle, qui toutesfois ne defaut pas tout d'vn coup, mais peu à peu & successiuement.

Que si par vn accident inopiné la personne doit estre emportée par vne mort subite, pour lors ladite ligne de Vie semble estre rompuë & discontinuée tout d'vn coup, en sorte que lesdits Rameaux ne s'aident plus l'vn à l'autre, mais au contraire sont separez & des-vnis, alors cela marquera vne prompte & subite suffocation de la chaleur naturelle, & par consequent vne mort subite.

Que si la personne est menacée de quelque accident exterieur, pour lors ladite ligne de Vie n'est ny rompuë, ny discontinuée, mais on reconnoist lesdits accidens par quelques signes particuliers qui sont marquez dans ladite ligne de Vie.

Mais il est à remarquer qu'il se trouue quelquefois des signes par lesquels ladite ligne de Vie est manifestement & apparemment trauersée, lesquels prenans leur principe de quelques lignes qui descendent du Mont de Venus vers la Concauité, ou Mont de la Main, marquent à la verité la cha-

De la Ligne de Vie. Planche XI. pag. 31

1
2
3
4
5
6
7
8
9
10
11
12
13
14
15
16

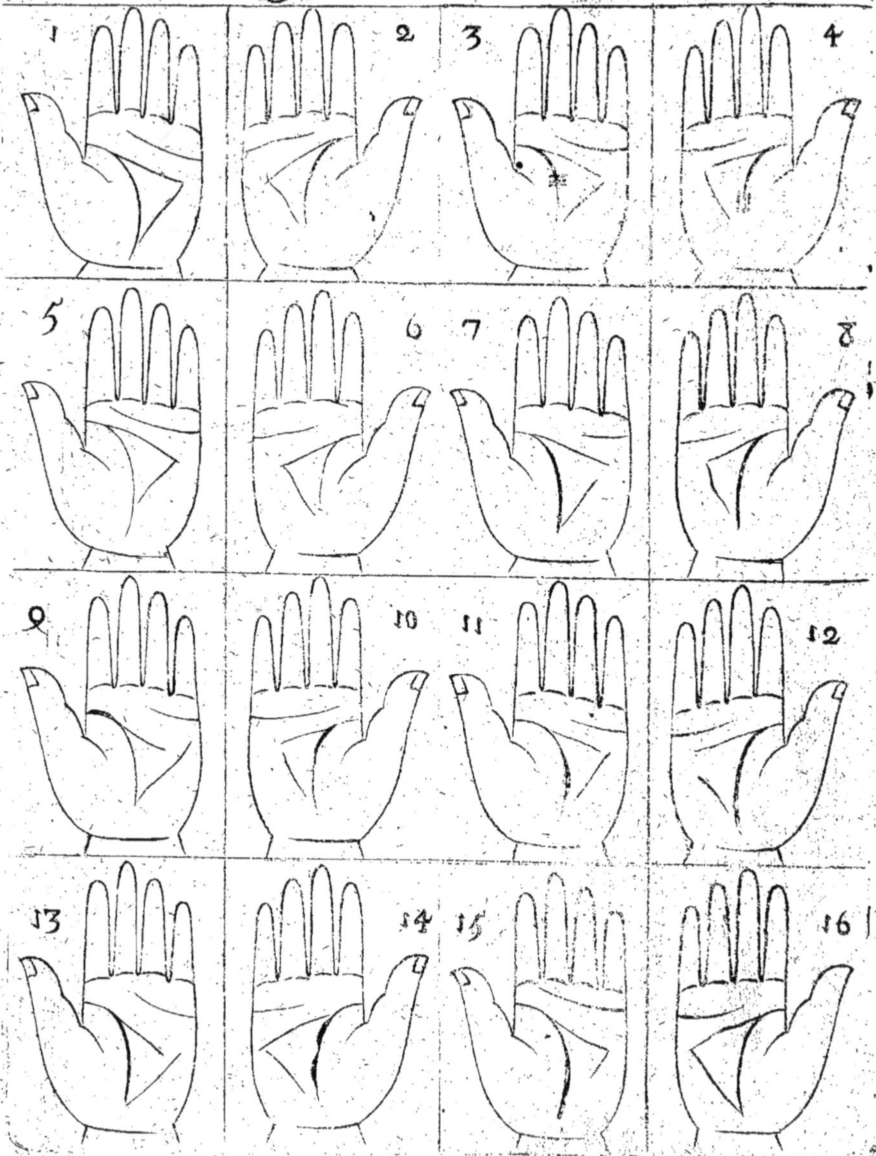

leur naturelle eſtre dans ſon eſtat naturel , mais qui cependant eſtant preuenuë par quelque accident exterieur, ſe conſommera peu à peu , ſi ladite ligne de Vie paroiſt peu tranchée par les ſuſdites lignes qui la trauerſent : Ou defaudra tout d'vn coup, ſi elle paroiſt tout à fait coupée & trauerſée par les ſuſdites lignes , auquel cas la perſonne par tels ſignes eſt particulierement menacée de douleurs, ou d'accidens dans la teſte.

Pour le reſte des accidens de ladite ligne de Vie & de ſes ſignifications , la connoiſſance en ſera facile par les obſeruations ſuiuantes & marquées dans les xj. xij. xiij. xiv. xv. xvj. xvij. & xviij. Planches.

1. La ligne de Vie longue, continuë, droite, & bien colorée , ſuppoſe vne vie longue & peu ſujette aux maladies & infirmitez. *Lōgue. plāche* **XI.**

2. Ladite ligne courte & large, ſuppoſe vn temperament froid & humide, auec briefueté de vie. *Courte*

3. Ladite ligne courte & coupée de petites lignes , ſuppoſe la perſonne valetudinaire & infirme, auec imbecilité d'eſprit.

4. Ladite ligne courte ayant des lignes paralelles dans ſon extremité , ſuppoſe briefueté de vie & mort ſubite.

5. Ladite ligne longue & deliée, marque vn temperament froid & ſec, & par conſequent la perſonne infidelle & inconſtante. *Deliée*

6. Ladite ligne deliée & peu eſtenduë, marque la perſonne de bon conſeil , auec vn entendement ſolide , & vn eſprit franc & royal.

7. Ladite ligne groſſe , marque l'homme guerrier & homicide. *Groſſe.*

8. Ladite ligne groſſe & rouge , ſuppoſe la perſonne inconſtante & laſciue.

9. Ladite ligne groſſe & large au deſſus de l'Angle Suprême, marque la perſonne colere & peu ſage, & elle doit prendre garde à ne pas eſtouffer ſes enfans.

10.   Ladite ligne groſſe vers la ligne Naturelle, marque la perſonne de bon conſeil & liberalle.

Large.   11.   Ladite ligne groſſe, profonde & large vers la Concauité, ſuppoſe la perſonne groſſiere & ruſtique, principalement ſi elle n'eſt pas proportionnée.

12.   Ladite ligne large & longue, ſuppoſe la perſonne colere & brutalle.

13.   Ladite ligne large & mal colorée, marque la perſonne ruſtique & infidelle.

14.   Ladite ligne plus large & plus profonde en vn endroit qu'en vn autre, ſuppoſe la perſonne colere en ce temps là, ſelon la diuiſion.

15.   Ladite ligne large vers la Raſcette, ſuppoſe querelles, procez & inimitiez.

Rouge.   16.   Ladite ligne rouge, ou liuide, ſignifie colere & laſciueté.

Plãche xij   17.   Ladite ligne de Vie rouge en vn endroit, ſuppoſe abondance de ſang, & par conſequent la perſonne colere.

Paſle.   18.   Ladite ligne paſle, denote peu de ſang.

Incli-
née.   19.   Ladite ligne inclinée faiſant vn demy cercle vers l'Indice, ſignifie mal de cœur.

20.   Ladite ligne inclinée dans ſon extremité vers le Mont de Venus, ſignifie peril de la vie, ſelon ſa diuiſion.

21.   Ladite ligne beaucoup inclinée dans ſon extremité vers le Mont de la Main, ſignifie longue vie.

Tortue   22.   Ladite ligne tortue ſuppoſe la perſonne mechante, & fourbe.

23.   Ladite ligne tortue declinante vers le Mont de Venus, ſignifie eſtre offenſé par le feu, ou par choſe bruſlée.

24.   Ladite ligne rouge & tortue vers la Naturelle, marque la perſonne trompeuſe, grande parleuſe, laſciue, & de mechant eſprit.

Rõpue.   25.   Ladite ligne diſcontinuée, & faitte de petites lignes, elle ſuppoſe vne mauuaiſe digeſtion.

26.   Ladite ligne interrompue, & diſcontinuée, ſignifie

mort

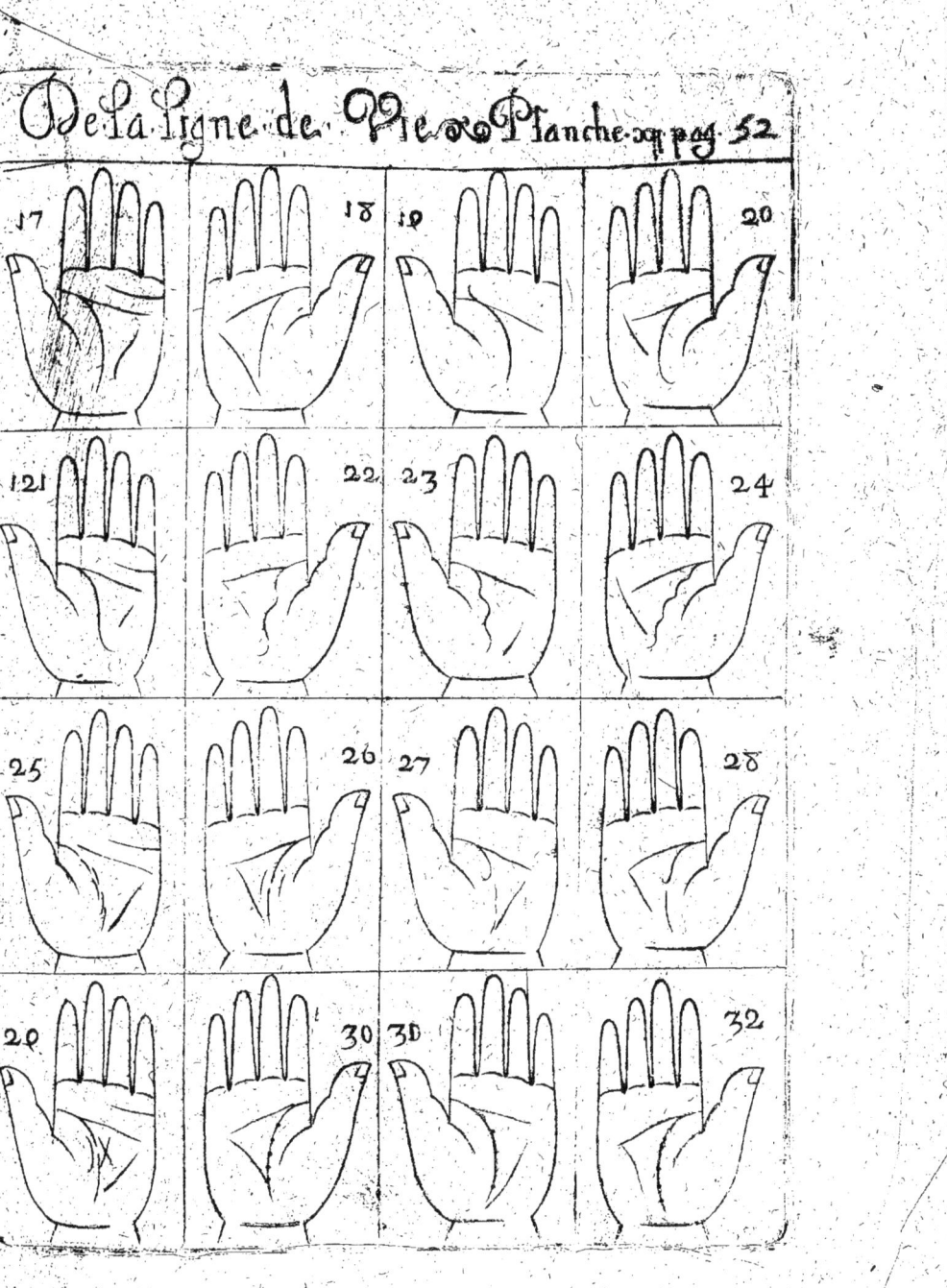

De la Ligne de Vie. Planche xiii. pag 53

33
34
35
36
37
38
39
40
41
42
43
44
45
46
47
48

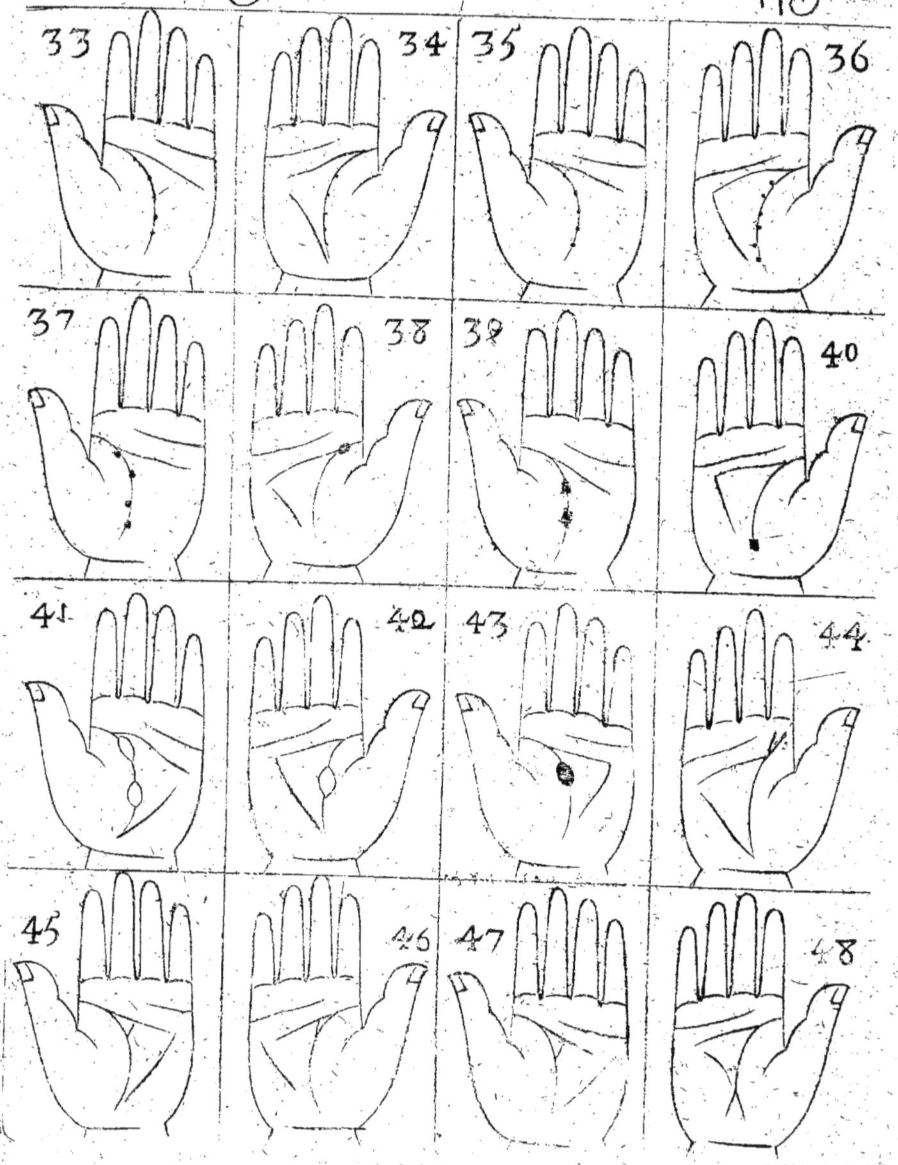

mort, selon la diuision ; toutesfois si la sœur de ladite ligne de Vie se trouue de costé ou d'autre, elle donnera soulage-ment.

27. Ladite ligne rompuë, & reflechie vers le Mont de Venus, signifie infirmité mortelle.

28. Et si elle est reflechie vers la Concauité l'on peut éui-ter le peril.

29. Ladite ligne rompuë, & ayant tout proche vne autre ligne en forme d'arc, ou vne croix, signifie vne infirmité mortelle, & en cas de rechute mourir subitement & par sa negligence.

30. Ladite ligne de Vie auec des poincts, signifie infideli-té & trahison, principalement par impudicité. *Points*

31. Ladite ligne auec des poincts non profonds, suppose la personne pensiue & melancholique, fantasque, infidelle & suiette au mal de cœur.

32. Ladite ligne auec des poincts palles, suppose la per-sonne malicieuse, enuieuse, grande parleuse, & qui se plaist fort à soy-mesme.

33. S'ils sont rouges, ils supposent la personne melancho-lique. *plache xiij.*

34. Ladite Ligne auec des poincts vers le Mont de Venus, suppose la personne infidelle, méchante, & dont l'esprit est toûjours occupé au mal.

35. Ladite ligne auec des poincts profonds, signifie mort violente.

36. Ladite ligne auec des poincts sans ordre, signifie la per-sonne litigieuse, & meurtriere à cause des femmes.

37. S'il se trouue sur ladite ligne quelque poincts, ou trois grains çà & là, ils supposent la personne lasciue, & litigieuse iusqu'à effusion de sang.

38. Se trouuant au commencement de la ligne de Vie des fosses noires, ou quarrées, supposent la personne Mar-tialle & sanguinaire, & fait autant d'homicides. *Fosses*

39. Si les fosses se treuuent caleuses, elles signifient que

H

la perſonne facilement conſentira au meurtre.

40. Se trouuant à la fin de ladite ligne de Vie vne foſſe, elle ſignifie mort ſubite & violente.

41. Se trouuant des foſſes blanches dans ladite ligne de Vie, ſignifient battement de cœur, ou tres-grande affliction de cœur, ou bien la mort ſelon la diuiſion.

42. Se trouuant des foſſes blanches au commencement de la Vitalle dans les enfans, elles ſignifient ſuffocation par les vers, ſinon grande maladie ſelon la diuiſion.

43. Se trouuant ſur la ligne de Vie vn poireau, ou enleueure de chair, ſignifie richeſſes.

Four-   44. La ligne de Vie fourcheüe vers le Mont de Iupiter,
cheüe.   ſignifie honneurs & richeſſes.

45. La ligne de Vie fourcheüe dans l'Angle ſupréme, ſuppoſe la perſonne inconſtante, variable, impertinente en paroles, & extraordinaire en ce qu'elle fait.

46. Ladite ligne fourcheüe dans l'Angle ſupréme, & vn Rameau touchant la ligne Naturelle, ſuppoſe la perſonne liberalle, honneſte, fidelle & ingenieuſe.

47. Ladite ligne fourcheüe vers la Naturelle, marque la perſonne fidelle, ſage, de bonne mœurs, & qui ſouffrira quelque bleſſure de loin.

48. Ladite ligne fourcheüe dans ſon extremité, ſuppoſe la perſonne inconſtante, infidelle, cruelle, vagabonde & indigente.

Ra-   49. La ligne de Vie ayant des Rameaux au commence-
meaux ment montant en haut du coſté du Mont de Venus, ſuppo-
plâche ſe la perſonne deuenir fort riche, & opulente.
xiv.

50. Ladite ligne ayant des Rameaux au commencement montant en haut du coſté de la ligne Naturelle, ſuppoſe des honneurs & des richeſſes dans la perſonne & des dignitez Eccleſiaſtiques.

51. Ladite ligne ayant au commencement des Rameaux des deux coſtez montant en haut, ſuppoſent pareillement des honneurs & des richeſſes dans la perſonne.

49   50   51   52

53   54 55   56

57   58 59   60

61   62 63   64

52. Ladite ligne ayant des Rameaux droits vers le Triangle, suppose apres plusieurs perils, pertes & miseres, des grands biens & richesses.

53. Ladite ligne ayant des Rameaux dans la Concauité, marque la personne colere & brutalle.

54. Ladite ligne ayant dans son Milieu des Rameaux droits du costé du Mont de Venus, marque persecution, infirmité & peril de vie.

55. Ladite ligne ayant des Rameaux dans son extremité descendant vers le Mont de Venus, signifie perte de biens.

56. Ladite ligne ayant des Rameaux descendant vers le Mont de la Main, signifie infidelité de ses seruiteurs, & estre trompé par eux.

57. Tous les petits Rameaux qui descendent de ladite ligne de Vie à la Rascette vers le Mont de la Main, supposent autant de maladies à auenir, selon la diuision de ladite ligne.

58. La ligne de Vie ayant à son extremité des petits Rameaux déliez descendans des deux costez, suppose foiblesse de chaleur naturelle, & par consequent la personne méchante & infidelle, pauure & miserable dans sa vieillesse, & estre trompé par ses seruiteurs.

59. Ladite ligne ayant des Rameaux descendans des deux costez dans son extremité, signifie legereté d'esprit, pauureté, & qui mourra hors de son païs.

60. Si sur l'extremité de ladite ligne de Vie il se rencontre de petites lignes montantes vers le Mont de Venus, elles presuposent vn homme de bien, vertueux, sage & craignant Dieu, & qui doit mourir en son païs.

61. La ligne de Vie touchée dans son commencement *Tou-* par vne ligne en forme d'arc montant au poulce, marque vn *châtes* méchant esprit, infortuné & lasciueté deshonneste.

62. Si de ladite ligne de Vie descend vne autre ligne en forme d'arc sur le Mont de Venus, elle marque vn ennemy mortel, mais impuissant.

H ij

63. Si dans le commencement de ladite ligne vers la partie superieure, il se trouve vne ligne grosse & apparente, elle suppose vne nature seche & chaude, & par consequent la personne vaine, inconstante & infidelle.

64. Si dans le principe de ladite ligne, il se trouve quelques lignes entrecoupées vers le Mont de Venus, elles aduertissent que la personne se doit prendre garde de tomber de cheual, ou de dessus quelqu'autre beste à quatre pieds: Et plus les lignes seront courtes, & dautant plus elles signifiront de mal.

Plâche xv. 65. Ladite ligne ayant vne ligne vnie auec la ligne Naturelle dans son commencement vers l'Angle supréme, elle suppose poison, sortilege, ou morsure par vn animal veneneux.

66. Si ladite ligne estoit droite du costé du Mont de Venus, supposeroit longue vie.

67. Et si ladite ligne est du costé du Mont de la Main, elle signifie inconstance.

68. Si de ladite ligne il descend vne ligne tortuë, soit vers les Monts de Venus ou de la Main, elle signifie infirmité, ou peril de vie & la lepre.

69. Si de la ligne de Vie il se termine vne ligne à la Concauité, elle suppose la personne impudique & infortunée.

70. Si de ladite ligne il s'en termine quelques autres dans la Concauité, se suiuant les vnes les autres, elles supposent pertes de biens & de dignitez.

71. S'il se trouve vne croix, signifie mesmes choses.

72. Si de ladite ligne de Vie il se trouve vne ligne vers la Naturelle, elle marque vne blessure mortelle.

73. Si cettedite ligne est fourcheüe vers la Naturelle, telles blessures doiuent estre faites par bastons frapans de loin.

74. S'il se trouve quelqu'autre ligne touchante ladite ligne de Vie coupée en forme de croix vers le Triangle, elle suppose la femme lasciue & impudique.

75. Si de ladite ligne de Vie il sort vne autre ligne ayant

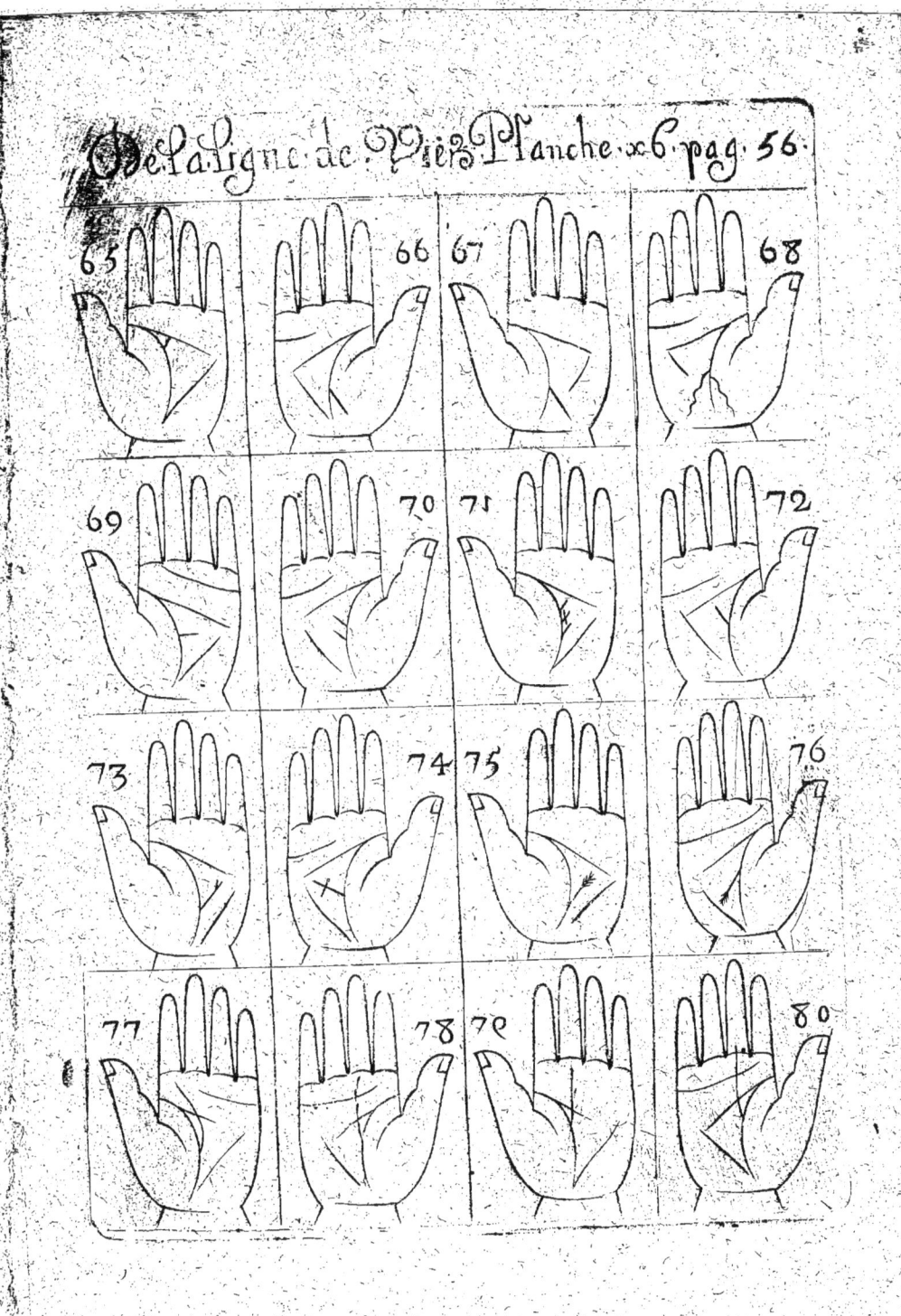

De la Ligne de Vie · Panche x6 pag 57

81
82
83
84
85
86
87
88
89
90
91
92
93
94
95
96

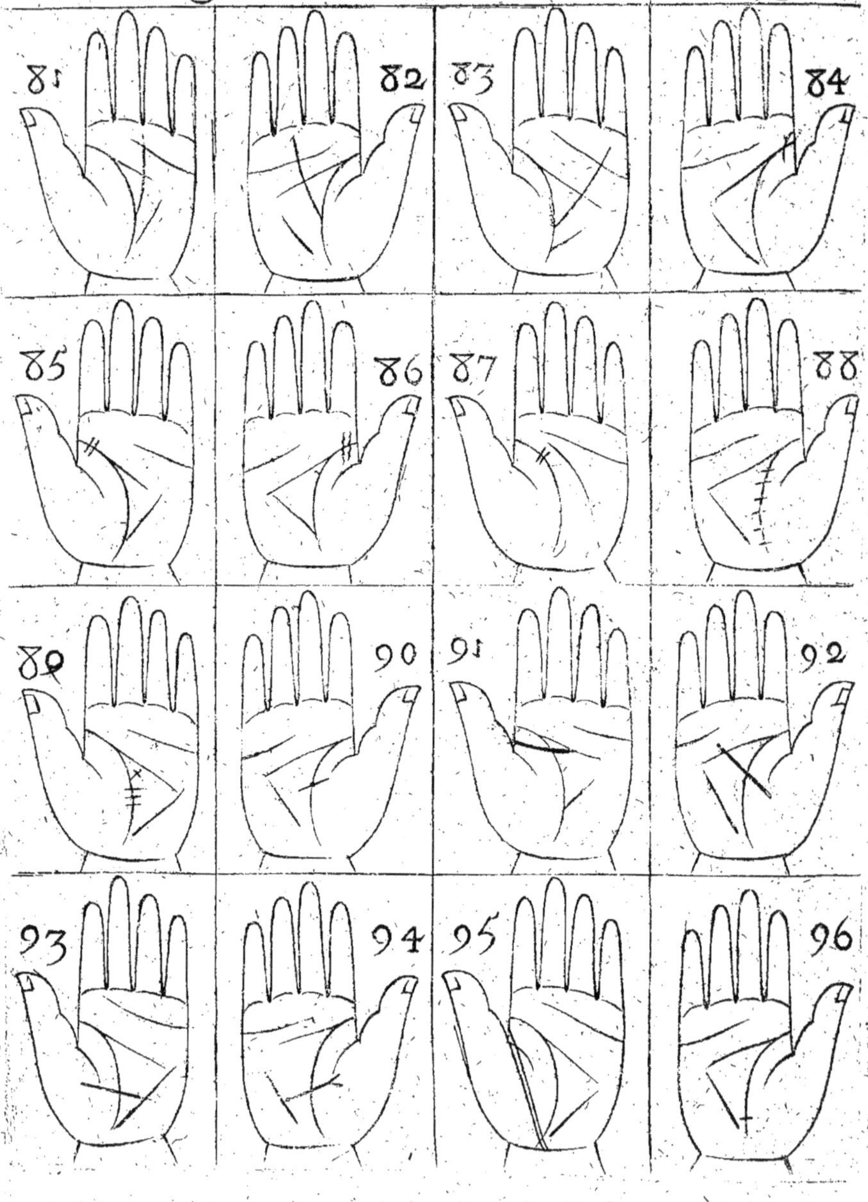

des Rameaux eftendus & diffus vers la Naturelle, elle fuppofe des richeffes, des honneurs & des perfections.

76. S'il fe trouue vne ligne fortante de ladite ligne de Vie,
& tendante vers la Rafcette auec extenfion de fes rameaux,
elle fuppofe la perfonne deuenir pauure, & fuiette à eftre
facillement trompée par l'infidelité de fes feruiteurs.

77. Si de ladite ligne de Vie il fort vne autre ligne paffant
par la Concauité coupant la ligne Naturelle, & montant à
l'Indice, elle fuppofe honnefteté, vertu & augmentation
de richeffes.

78. Si de ladite ligne de Vie il monte vne ligne vers le
Mont de Saturne en forme de feillon, elle fuppofe la perfonne fçauante dans l'art de predire les chofes aduenir, & ce
dautant plus que ladite ligne fera droite & longue.

79. Si de ladite ligne il monte vne ligne droite fur le Mont
de Saturne coupante les lignes Naturelle & Menfalle, elle
fuppofe vne mort violente par les mains du Boureau pour fes
propres crimes.

80. Si de ladite ligne de Vie fort vne autre ligne trauer-
fante la premiere iointure du doigt du Milieu, elle fignifie
empreffement auec peril de mort, & ce dautant plus que
ladite ligne entrera du cofté de l'Indice.

81. Si de ladite ligne de Vie il fort vne autre ligne tendan- plâche.
te entre les Monts de Saturne & du Soleil, elle fuppofe vne xvj.
mauuaife mort.

82. Si de ladite ligne de Vie il monte vne ligne vers le
Mont du Soleil, elle fignifie honneur & dignitez pres des
grands, & fortue à caufe des femmes.

83. Si de ladite ligne de Vie il monte vne ligne vers le
Mont de Mercure, elle fignifie auoir accez prez des grands,
& augmentation de fortune à caufe des femmes, & toutesfois peril par des bleffures, & telles playes arriuent dans les
bras, ou dans les mains, ce qui c'eft fouuent veu par expe-
riance.

84. La ligne de Vie couppée dans fon commencement *Coupâ-*

tes.

H iij

par vne ligne defcendante de la partie fuperieure de la Main, c'eft vne marque d'eftre pendu.

85. La ligne de Vie couppée dans fon commencement par des petites lignes claires, fuppofent autant d'enfans que de lignes.

86. Ladite ligne couppée dans fon commencement par des lignes ondoyantes & tortues, fuppofent que la perfonne poura eftre atteint de la Lepre & deuenir Lepreux & des maladies dedans l'an.

87. L'Angle fupreme feparé, & deux lignes couppantes ladite ligne de Vie, ne touchantes à la Naturelle, fuppofent gourmandife & yurognerie.

88. Ladite ligne couppée de petites lignes, fignifient infirmités felon la diuifion.

89. Ladite ligne de Vie couppée par de petites lignes, & vne croix au deffus de l'Angle fupreme, fignifie lafcif & impudique.

90. Ladite ligne couppée d'vne ligne qui foit marquée d'vn petit point profond au milieu, fignifie mort violente.

91. Vne groffe ligne defcendante de la partie fupperieure de la Main coupants ladite ligne de Vie, & touchants la Naturelle, fignifie eftre empoifonné, ou enforcelé, & ce dauantage fi elle couppe la Naturelle.

92. Vne groffe ligne venante du Mont de Venus & couppant ladite Vitalle, & la Naturelle, fignifie empoifonné, ou enforcelé, ou eftre bleffé mortellement.

93. Ladite ligne de Vie couppée d'vne ligne venante du Mont de Venus, fignifie bleffeures à la tefte prouenantes de dehors, & infortune à caufe des femmes.

94. Ladite ligne de Vie couppée d'vne ligne forchuë fur le Mont de Venus, fignifie bleffures à la tefte, & peut-eftre mortelles.

95. Ladite ligne de Vie couppée de deux lignes mantantes de la Rafcette à l'Angle du poulce & partie haute, fignifie eftre fouuent en profit, mais auec peril.

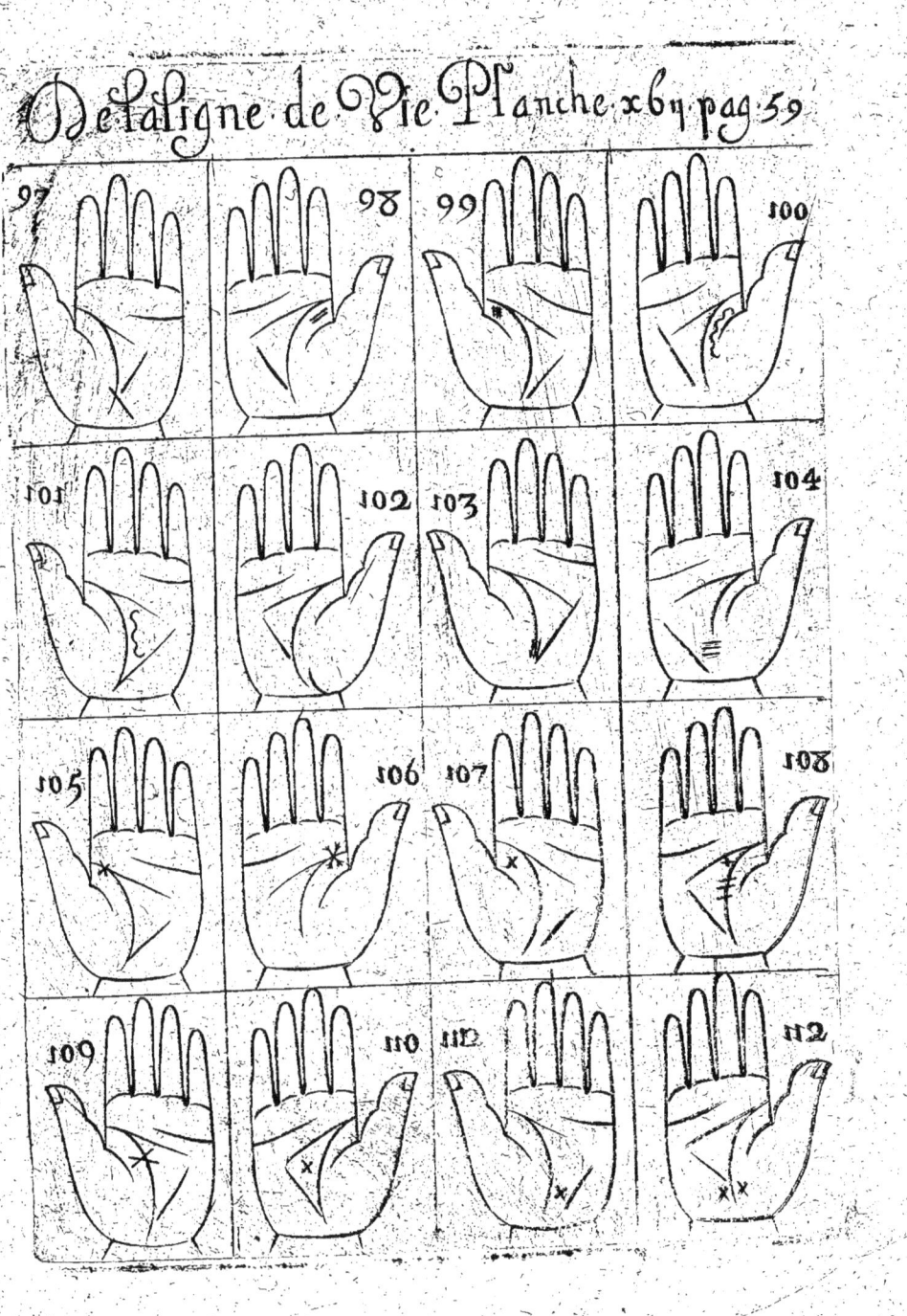

96. Ladite ligne coupée dans son extremité en forme de croix, suppose la personne fort temperée.

97. Ladite ligne coupée d'vne ligne vers la Rascette, si- Plāche
gnifie cheute d'enhaut. xvij.

98. S'il se trouue des lignes proche le commencement de ladite ligne de Vie vers le poulce, elles supposent discorde auec ses proches & parens.

99. S'il se trouue des lignes entrecoupées proche le commencement de ladite ligne de Vie vers le poulce, elles supposent cheute de dessus vn animal à quatre pieds, & mesme precipice, & ce dautant plus qu'elles sont profondes.

100. S'il se trouue vne ligne tortuë dont les extremitez soient reflechies proche ladite ligne de Vie du costé du Mont de Venus, elle signifie tres-grande maladie au temps selon la diuision.

101. Si ladite ligne tortuë est du costé de la Concauité, signifie aussi maladie, mais moins violente.

102. S'il se trouue vne petite ligne proche l'extremité de ladite ligne de Vie du costé du Mont de Venus comme tombante, elle suppose la personne timide, & qui croit que mal luy doit arriuer, & aussi est-ce vn méchand homme, ce qui est experimenté.

103. Ladite ligne de Vie courte auec deux petites lignes paralelles de part & d'autre dans son extremité, signifie courte vie, & mort subite.

104. S'il se trouue sous ladite ligne de Vie vers la Rascette trois lignes dans la Main d'vne femme, elles signifient qu'elle souffrira la mort à cause de ses vices.

105. S'il se trouue vne croix sur le commencement de la *Croix.* ligne de Vie, elle suppose vne dignité vtile & honorable.

106. Si toutesfois cette croix se trouue ramusculeuse, elle signifie estre blessé par vn animal.

107. S'il se trouue vne croix au commencement de la ligne de Vie du costé du Mont de Venus, elle signifie impudicité effrenée auec perte de biens.

108. Ladite ligne de Vie coupée de petites lignes auec vne croix au deſſus dans l'Angle ſuprême, ſignifie laſciueté & impudicité.

109. S'il ſe trouue vne croix dont les deux branches coupent la ligne de Vie au commencement, elle ſignifie maladie mortelle : Si les Rameaux font des foſſes ſur ladite ligne de Vie, elles ſuppoſent la mort.

110. S'il ſe trouue vne croix proche ladite ligne de Vie dans la Concauité, elle ſignifie perte de biens & d'office, & peut-eſtre exil.

111. S'il ſe trouue vne croix proche l'extremité de ladite ligne de Vie du coſté du Mont de la Main, elle ſuppoſe vne méchante femme qui poura ſouffrir la mort à cauſe de ſes vices.

112. S'il ſe trouue vne petite croix à l'extremité de la ligne de Vie de quelque coſté que ce ſoit, elle ſuppoſe vne fin heureuſe, & richeſſes en vieilleſſe.

pláche xviij.   113. S'il ſe trouue vne croix ſous la ligne de Vie à la Raſcette, elle ſignifie perte de biens & de richeſſes.

Eſtoilles.   114. S'il ſe trouue quelques Eſtoilles au commencement de ladite ligne de Vie vers le Mont de Venus, elles ſuppoſent la perſonne heureuſe, & fortunée ſelon ſon eſtat & ſa condition.

115. S'il ſe trouue vne eſtoille entre la ligne de Vie & la ligne Naturelle, elle marque l'homme docte & celebre à cauſe des lettres.

116. S'il ſe trouue trois eſtoilles dans ladite ligne de Vie, elles ſuppoſent l'homme calomnié à cauſe des femmes, & hay des Grands.

Triangle.   117. S'il ſe trouue vn Triangle au commencement de ladite ligne de Vie vers le Mont de Venus, il ſignifie perte de biens.

118. S'il ſe trouue vn Triangle proche de ladite ligne de Vie dans la Concauité, il ſignifie perte de biens & de charge, & peut-eſtre d'exil.

S'il

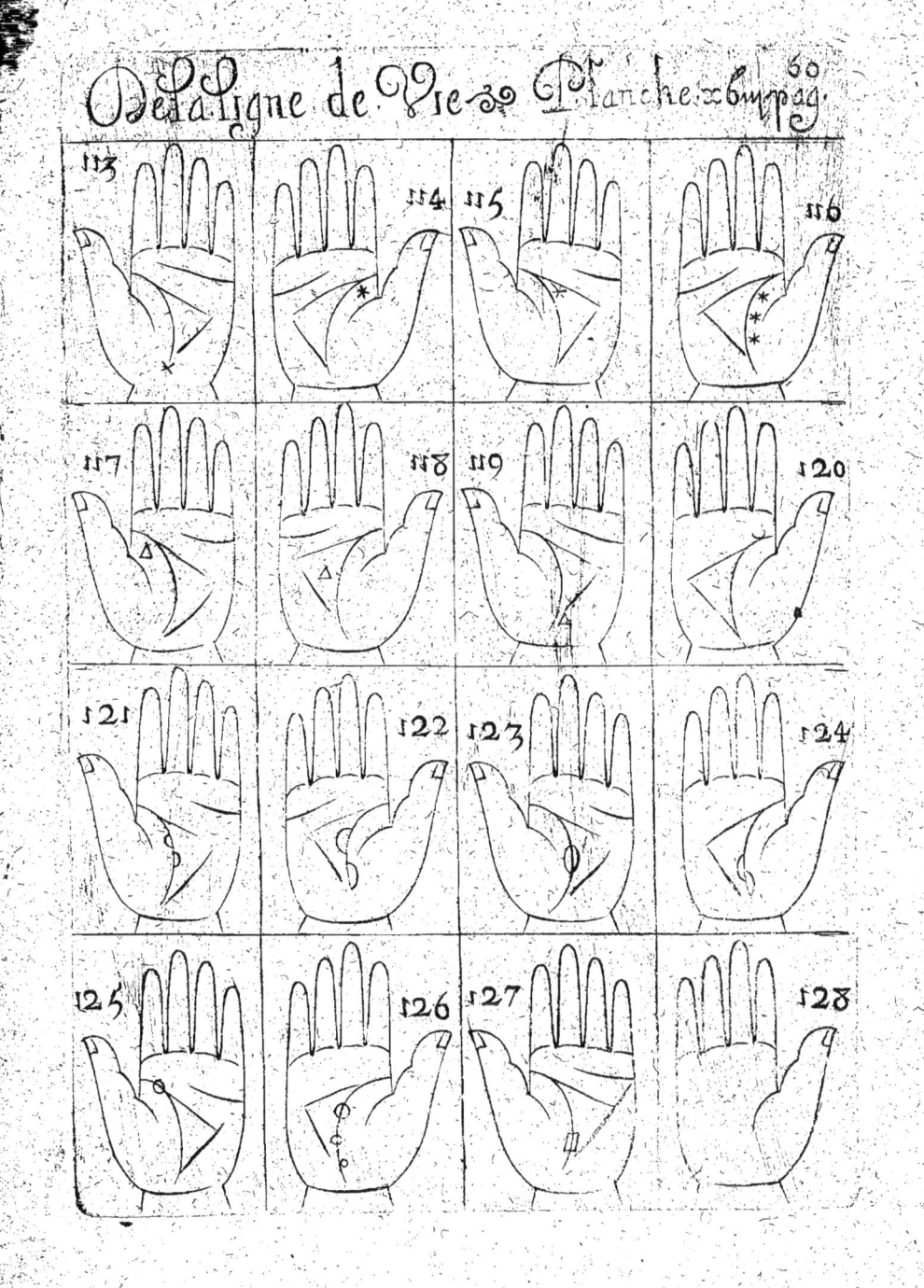

119. S'il fe trouue vn Triangle à l'extremité de ladite ligne de vie vers le Mont de la Main, il fignifie grand parleur & menteur.

120. S'il fe trouue vn demy cercle au commencement de ladite ligne de Vie proche le Mont de Iupiter, il fignifie douleur de cœur. *Demy Cercle.*

121. S'il fe trouue des demys cercles fur ladite ligne de Vie, ils fignifient autant d'homicides & de douleurs de cœur au temps felon la diuifion.

122. S'il fe trouue des demys cercles vn peu longs fur ladite ligne de Vie, ils fignifient douleurs de cœur, & peut-eftre des coups au cœur au temps felon la diuifion.

123. S'il fe trouue des lignes prefqu'en demy cercle vis à vis l'vn de l'autre dans ladite ligne de Vie, & elle-mefme fe trouuant au milieu, elles fuppofent bleffures aupres du cœur, & maladies dans ladite partie.

124. S'il fe trouue des lignes en demy cercle à l'extremité de ladite ligne de Vie, elles fignifient bleffures aux yeux.

125. S'il fe trouue vne ligne prefqu'en forme de cercle au commencement de ladite ligne de Vie, elle fignifie des coups dans le cœur & peril de mort, foit par venin ou par fuffocation au temps felon la diuifion. *Cercle.*

126. S'il fe trouue vn cercle fur ladite ligne de Vie, ou proche, elle fignifie perte d'vn œil, s'il y en a deux des deux.

127. S'il fe trouue à l'extremité de ladite ligne de Vie vne figure quarrée ou oblique, elle fuppofe vn grand déplaifir, & prefque vn exil hors de fon païs.

CHAPITRE II.

De la Ligne Naturelle; Et pourquoy ell'eſt appelleë Naturelle.

DE tout ce que nous auons dit cy-deuant il faut remarquer que la ligne de Vie eſt ſituée entre le Poulce &
l'Indice, entre leſquels elle prend ſon veritable principe. Or dautant que comme nous apprend le Philoſophe,
le Cœur eſtant le premier engendré dans l'animal, & en
ſecond lieu le Cerueau, comme tirant ſon principe du Cœur,
ainſi par vne conſequence neceſſaire il s'enſuit que tout ainſi
que le Cerueau procede du Cœur, comme de ſon principe,
ainſi dans le meſme lieu où la ligne de Vie prend ſon principe, dans le meſme lieu ſe trouue la ligne du Cerueau. Or de
meſme que du Cœur procedent tous les eſprits Vitaux, & ſe
répandent dans toutes les autres parties du corps, ainſi tous
les eſprits animaux viennent du Cerueau, & ſe répandent
dans le meſme corps : D'où vient qu'on appelle auec iuſtice cette ligne la ligne Naturelle, de la teſte, ou du cerueau,
comme celle qui marque poſitiuemeut ſa complexion, ſon
temperament & ſes maladies.

Pour ce qui regarde la ſituation, diſpoſition & qualité de
cette ligne, il faut premierement ſçauoir qu'elle doit prendre ſon commencement directement au deſſus du milieu du
Mont de Iupiter, & en ce lieu former l'Angle ſuprême par
la conionction qu'elle doit auoir auec la ligne de Vie : Et
c'eſt pour lors qu'elle nous inſinuë la perſonne fidelle, legalle, ſpirituelle, genereuſe, & ſe portante naturellement à
l'entrepriſe des belles actions, dautant que le concours de
ces deux lignes dans cette parfaite conionction marque vne
égalité parfaitte de chaleur naturelle, & vne égalle diſtri-
bution de ſes qualitez radicalles dans le Cerueau.

Que fi ces deux lignes, fçauoir la Vitalle & la Naturelle, ne font pas vnies dans l'Angle fuprême, & qu'il fe remarque quelque diftance de l'vne à l'autre; Pour lors cét efloigne-ment nous marque la perfonne attachée à fes propres fenti-mens, d'vne humeur facheufe; fujette à fes paffions, ne fe fouciant dans fa ieuneffe, ny des biens, ny des richeffes, ny de fes parens, ny d'honneur, fuiuant les mouuemens de fa propre volonté, inconftante, legere, infidelle & colere, par-ce que la chaleur naturelle pour lors excedans lés bornes de fon iufte temperament tend à vne trop grande fechereff-fe, & par confequent contribuë à rendre vn homme furieux & frenetique.

Que s'il fe rencontre quelques petits Rameaux qui vnif-fent ces deux lignes, pour lors ces petites lignes prefuppofent quelqu'égalité entre le Cœur & le Cerueau, & diminuënt en quelque façon la malice.

Que fi cefdits Rameaux font coupez ou tranchez les vns lés autres, ils augmentent la malice.

Secondement il faut fçauoir qu'afin que la ligne Naturel-lé marque dans la perfonne le bon têperament du Cerueau, & vne bonne complexion naturelle, vn efprit éminent, & enfin vne grande fidelité dans fes actions & verité dans fes paroles, elle doit eftre droite, entiere, profonde; c'eft à dire bien imprimée & tres-apparente iufques au Mont de la Main, dautant qu'elle prefupofe dans cette fituation vne parfaite égalité des qualitez naturelles auec vne comple-xion bien reglée; & ce dautant plus qu'elle fe rencontre vnie à la ligne de Vie dans l'Angle fuprême.

Mais comme il ariue fouuent que ladite ligne Naturelle eft tres-courte, & ne s'eftend au delà de la Concauité, pour lors elle marque vne exceffiue abondance de froid & d'hu-midité, il fe faut pour lors foigneufement prendre garde de l'Apoplexie.

Que fi cette ligne Naturelle eft courte, groffe & profon-de, ces qualitez prefuppofent vne trop grande abondance de froid & d'humide, qui nous marquent la perſonne fantaſque, ſtupide & malicieuſe.

Comme au contraire ſa longueur & ſa largeur excedantes vne iuſte proportion, preſuppoſent vne chaleur & vne ſechereſſe exceſſiue qui nous marquent la perſonne furieuſe, brutalle & enragée par vne colere malicieuſe.

Que ſi elle eſt longue & deliée, ou peu apparente, pour lors elle preſuppoſe la perſonne d'vne complexion froide & ſeiche, & nous la marque infidelle, fourbe, traiſtre & d'vn eſprit leger.

Ladite ligne Naturelle eſtant tortuë & d'vne groſſeur trop êtenduë, marque vne trop grande abondance de froid & d'humide, ce qui ſuppoſe la perſonne tout à fait malicieuſe & diſpoſée à toute ſorte de mal.

Lors que cettedite ligne eſt tortuë, deliée & vn peu trop êtenduë, elle adiouſte à tous les deſordres precedens, l'infidelité, la malice exceſſiue, & en vn mot toutes ſortes de crimes & d'imperfections, en quelque circonſtâce de temps, de lieu & d'occaſions que ce puiſſe eſtre : D'autant que non ſeulement elle ſuppoſe en cét eſtat vne trop grande froideur & ſechereſſe dans la nature & dans la complexion, mais au deſſus de tout cela vn aneantiſſement preſque entier & abſolu de la chaleur naturelle eſtouffée par les qualitez qui luy ſont oppoſées.

En troiſiéme lieu il faut ſçauoir que la ligne Naturelle doit eſtre beaucoup diſtante de la Vitalle vers ſon extremité, & qu'ainſi elle ſe doit terminer ſur le Mont de la Main dans l'eſpace oppoſé qui ſe rencontre entre les Monts du Soleil & de Mercure, & meſme vn peu penchante vers la Reſtrainte, & ne doit de la ſorte trauerſer la Paulme de la Main, mais ſeulement atteindre le Mont de la Main : Et eſtant de cette ſorte elle nous marque la perſonne courageuſe, magnanime & bien intelligente; d'autant que dans cét eſtat elle ſuppoſe vne parfaite égalité & vn heureux temperament de l'humide radical auec la chaleur naturelle.

Que si elle s'incline vers la ligne de Vie, cette situation nous presupposant vne grande foibleße dans la chaleur naturelle, nous marque la personne timide, auare & infidelle.

Comme au contraire si elle s'estend tant soit peu du costé de la ligne Mensalle, cette situation presupposant vne excessiue chaleur naturelle nous marque la personne sans soin, sans soucy & negligente en toutes choses.

En quatriéme lieu, il faut sçauoir que s'il se trouue quelques lignes sur la ligne Naturelle vers le Triangle, comme seroient de petites croix qui se rencontrent souuent vers l'Angle supréme, elles marquent des procez, debats & émulations contentieuses ; Dautant que cesdites lignes procedans de la chaleur naturelle, dautant plus qu'ell'est excessiue & surabondante ; dautant plus aussi s'estend-elle dans la multiplication & diuersité de ses lignes & de ses Rameaux.

Que si cesdites lignes paroißent dans leur situation plus spheriques que quarrées, elles marquent pour lors dans la Main des homicides.

Que si sur ladite ligne Naturelle, il se trouue quelques lignes en forme de demy cercle, pour lors elles signifient des procez pour quelque chose Ecclesiastique, ou contre personnes Ecclesiastiques.

Que si cesdites lignes sont en forme de petites estoilles, elles marquent de bonnes successions hereditaires, & particulierement du costé des femmes.

Enfin il faut remarquer que lors qu'on veut iuger de la vie de la personne, il faut tousiours attentiuement considerer la ligne de Vie ; & que lors que dans l'inspection de ladite ligne de Vie on trouue dans la complexion de la personne la colere, la fureur & la brutalité, il faut pour lors soigneusement obseruer la ligne Naturelle.

Vous apprendrez dans les obseruations suiuantes plus facilement les significations qui seront marquées dans les

Planches xix. xx. xxj. xxij. xxiij. xxiv. xxv. xxvj. & xxvij.

plâche   1. S'il se trouue quelque Main où la ligne Naturelle ne
xix.   soit point du tout marquée, c'est signe éuident de mort subite causée par quelques blessures.

L'ögue.   2. Si ladite ligne Naturelle est distincte, droite & sans
coupure, elle suppose vne santé parfaite, ou heureuse memoire, vn esprit vif & vne bonne conscience.

3. Ladite ligne longue & large, marque l'homme furieux, brutal & d'vn temperament colérique.

4. Ladite ligne longue & estenduë iusques au Mont de la
Main, signifie vn homme joyeux, fort, hardy, qui viura long-
temps.

5. Ladite ligne trauersante toute la Paulme de la Main,
signifie infortune, folie, brieueté de vie & mort malheureuse, & la personne sujette à des catares.

6. Ladite ligne trauersante la Paulme de la Main & des-
cendante vers la Rascette, signifie obstination & presomp-
tion de soy-mesme dans quelque entreprise difficile & laborieuse.

7. Ladite ligne étenduë iusqu'à la Rascette, signifie vn
enuieux, auare & méchant.

Courte   8. Ladite ligne courte & ne passant pas la Concauité, signifie auoir timidité, impudent, perfidie, meurtrier, mauuaise memoire, menteur & infidelle.

9. Ladite ligne ne passant pas la Concauité vers la Percussion, a mesme signification que la precedente obseruation.

10. Ladite ligne se terminant entre les Monts de Saturne & du Soleil, suppose corruption de mœurs & brieueté
de vie.

11. Ladite ligne courte & commençant à l'opposite du
doigt du Milieu, signifie méchant & malin esprit auec brieueté de vie.

12. Ladite ligne Naturelle courte dans chaque Main &
coupée, suppose viure peu de temps.

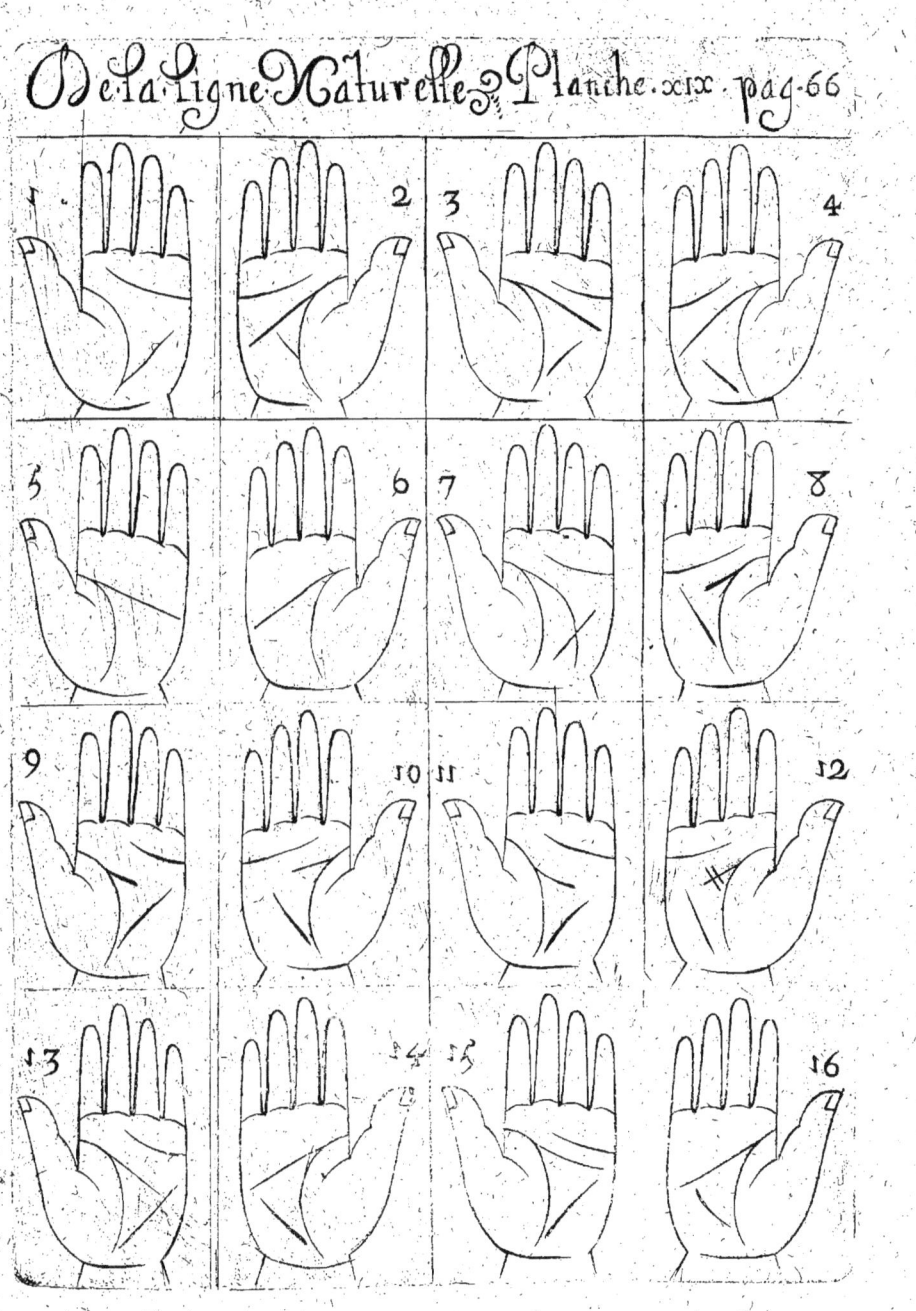

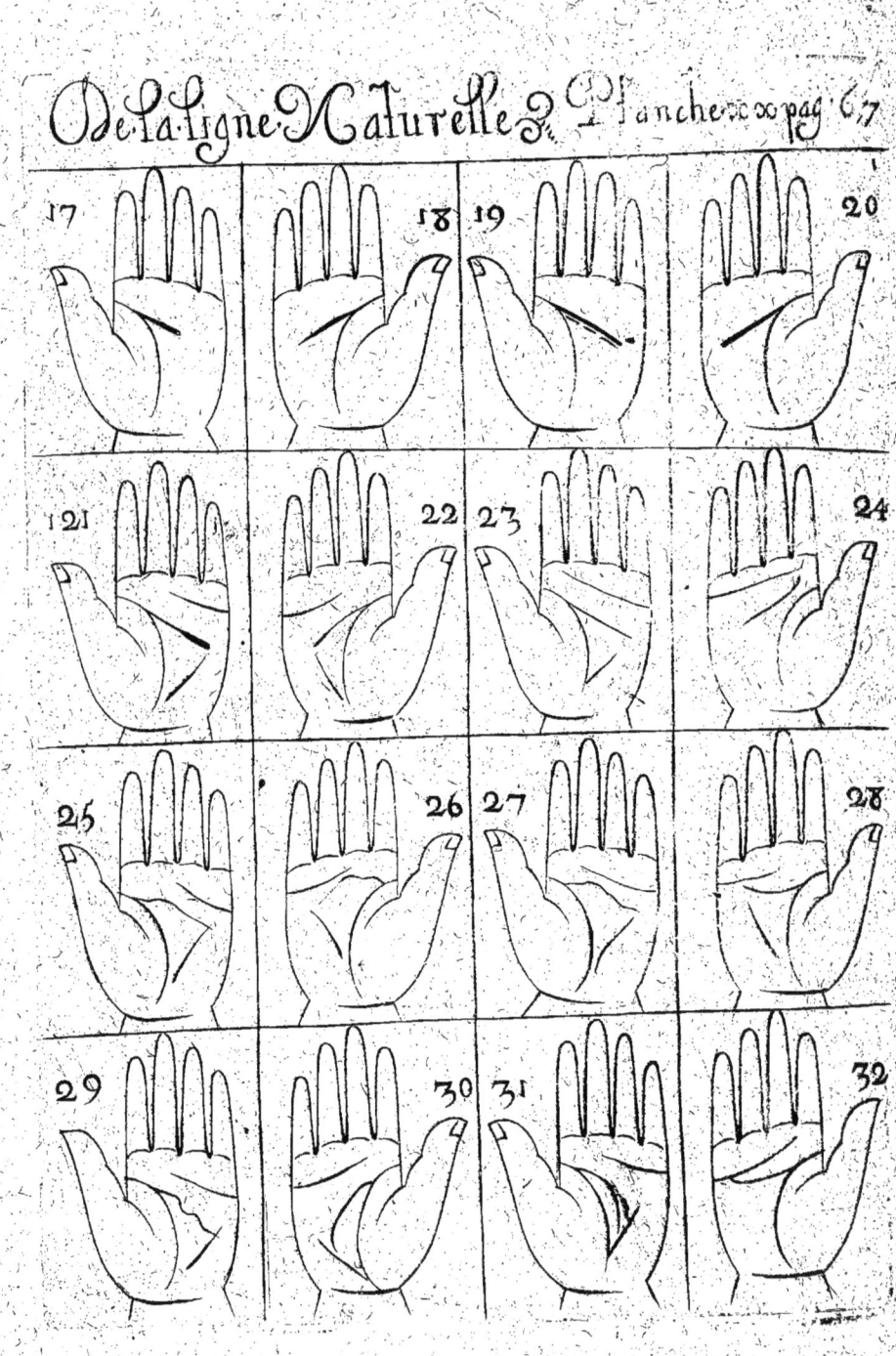

13. Ladite ligne Naturelle deliée palle & liuide, ſignifie *Deliée* debilité de cerueau affoibly par les vapeurs qui montent de l'eſtomac, & par conſequent vie courte & des maladies du rhume.

14. Ladite ligne deliée êtenduë iuſqu'à la Paulme de la Main, ſignifie briefueté de vie.

15. Si ladite ligne Naturelle decline vers la ligne Menſal-le, elle ſignifie longue vie auec trauaux dans la vieilleſſe.

16. Ladite ligne deliée longue & mal-apparente, ſuppo-ſe infidelité, trahiſon, legereté de cerueau, melancholique & laſciueté.

17. Ladite ligne Naturelle groſſe, ſignifie folie. *Groſſe.*

18. Ladite ligne groſſe, large & meſlée de quelque rou- P ſache geur, ſignifie ſtupidité, folie & epilepſie. xx.

19. Ladite ligne groſſe & profonde accompagnée de quelques autres lignes, ſuppoſe grand deſordre auec ſa mere auec peril d'effuſion de ſang.

20. Ladite ligne Naturelle large en ſa ſuperficie, mar- *Large.* que la perſonne litigieuſe auec tout le monde, colere & fu-rieuſe.

21. Ladite ligne large dans ſon extremité, ſignifie debili-té de cerueau; & ſi ell'eſt beaucoup profonde & ſans Ra-meaux, elle ſignifie mort frenetique ou lunatique.

22. La ligne Naturelle plus rouge en vn endroit que dans *Rouge.* vn autre, ſuppoſe maladie du poulmon & à la teſte.

23. La ligne Naturelle liuide, ſignifie apoplexie ou epi- *Liuide* lepſie.

24. La ligne Naturelle inclinée au commencement vers *Incli-* la ligne Menſalle n'eſtant pas vnie à la ligne de Vie, elle ſup- *née.* poſe la perſonne ſuperbe & prodigue.

25. Ladite ligne inclinée vers le Mont de Saturne, ſup-poſe debilité de cerueau dans ſa ieuneſſe, qui dans vn aage plus auancé poura eſtre ſuiuie de folie.

26. Et ſi elle eſt inclinée dans ſon extremité vers le Mont de Saturne, la mort frenetique.

27. Ladite ligne inclinée vers le doigt du Milieu ne touchant pas la ligne Mensalle, suppose la personne méchante & insensée qui répandra son sang auec peril de vie.

28. Ladite ligne Naturelle inclinée vers la Mensalle, suppose la personne parler mal à propos, & qui souuent fait rire la compagnie à ses dépens par sa sotise.

29. Ladite ligne inclinée vers le Triangle, suppose prodigalité & gourmandise.

30. Ladite ligne inclinée dans son extremité vers l'Angle droit, suppose trahison, malice & méchanceté.

31. Ladite ligne vn peu inclinée vers la ligne de Vie & la Rascette, est vne maque presqu'infaillible de bonheur.

Recour-   32. Ladite ligne Naturelle recourbée dans son extremité
bée.   vers la ligne Mensalle & la touchant, signifie perte, mauuaise fortune, folie, brieueté de vie & peut-estre mort violente à cause de ses méchancetez : Et si ladite ligne ne touche pas la Mensalle, l'on peut éuiter la mort.

Plâche   33. Ladite ligne recourbée entre le doigt du Milieu &
xxj.   l'Annulaire, suppose briefueté de vie & peut-estre par mort subite & apoplexie.

34. Et si elle coupe la ligne Mensalle & s'esleue vers les Monts, c'est vn signe de folie.

35. Ladite ligne s'étendant vers le Mont de la Main & qu'elle soit recourbée, signifie vne vie longue, mais vne vieillesse laborieuse.

Tortuë   36. La ligne Naturelle tortuë, suppose méchanceté, auarice & banissement.

37. Ladite ligne tortuë de costé & d'autre & de differente couleur, signifie méchant esprit, larron & menteur.

38. Ladite ligne tortuë & mal apparente, signifie blessure par vn animal à quatre pieds.

39. Ladite ligne tortuë & vndée, signifie peril par les bestes brutes à quatre pieds & peut-estre déchiré par elles.

40. Ladite ligne tortuë dans le milieu, est vn signe d'auarice & d'vsure.

Ladite

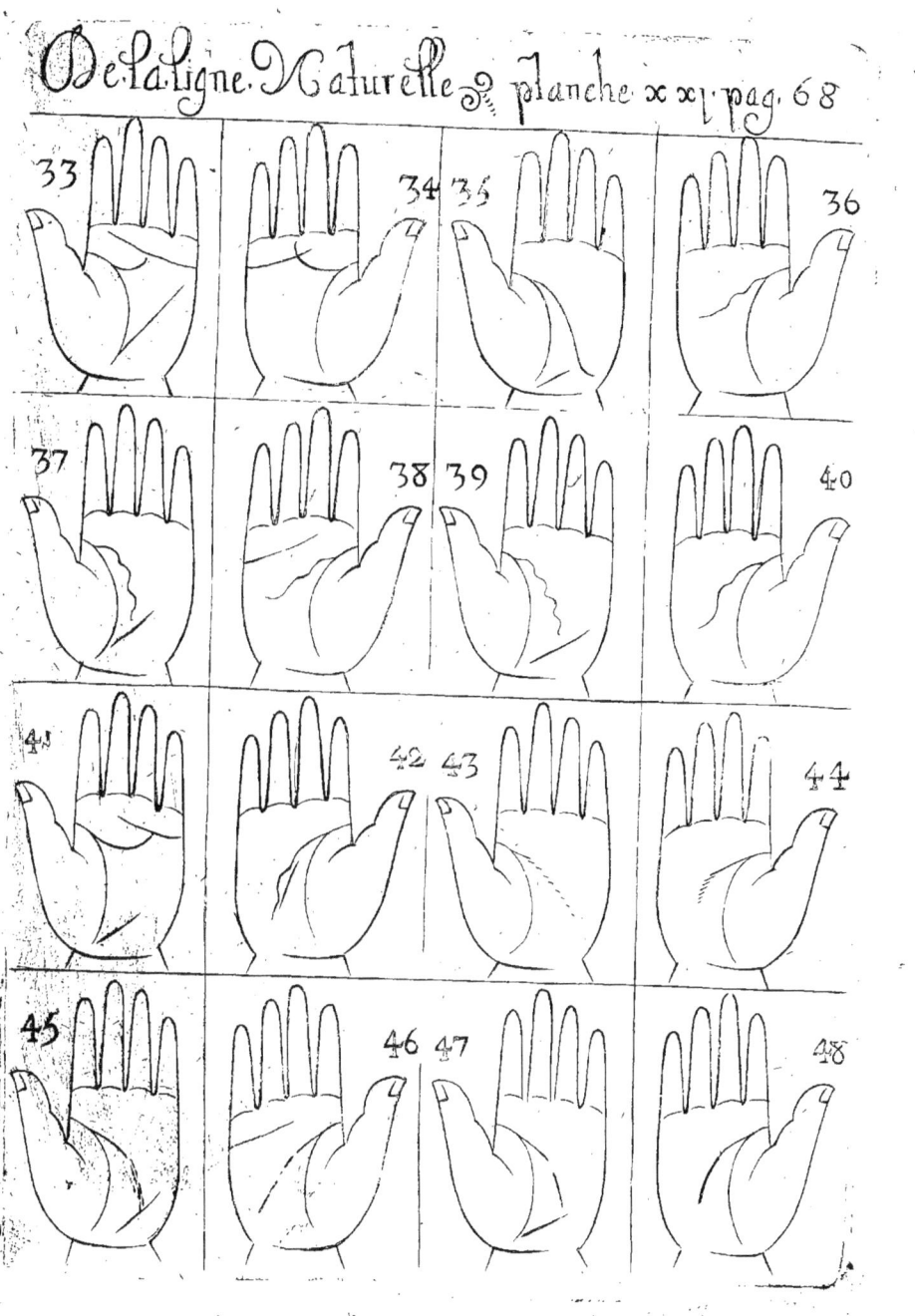

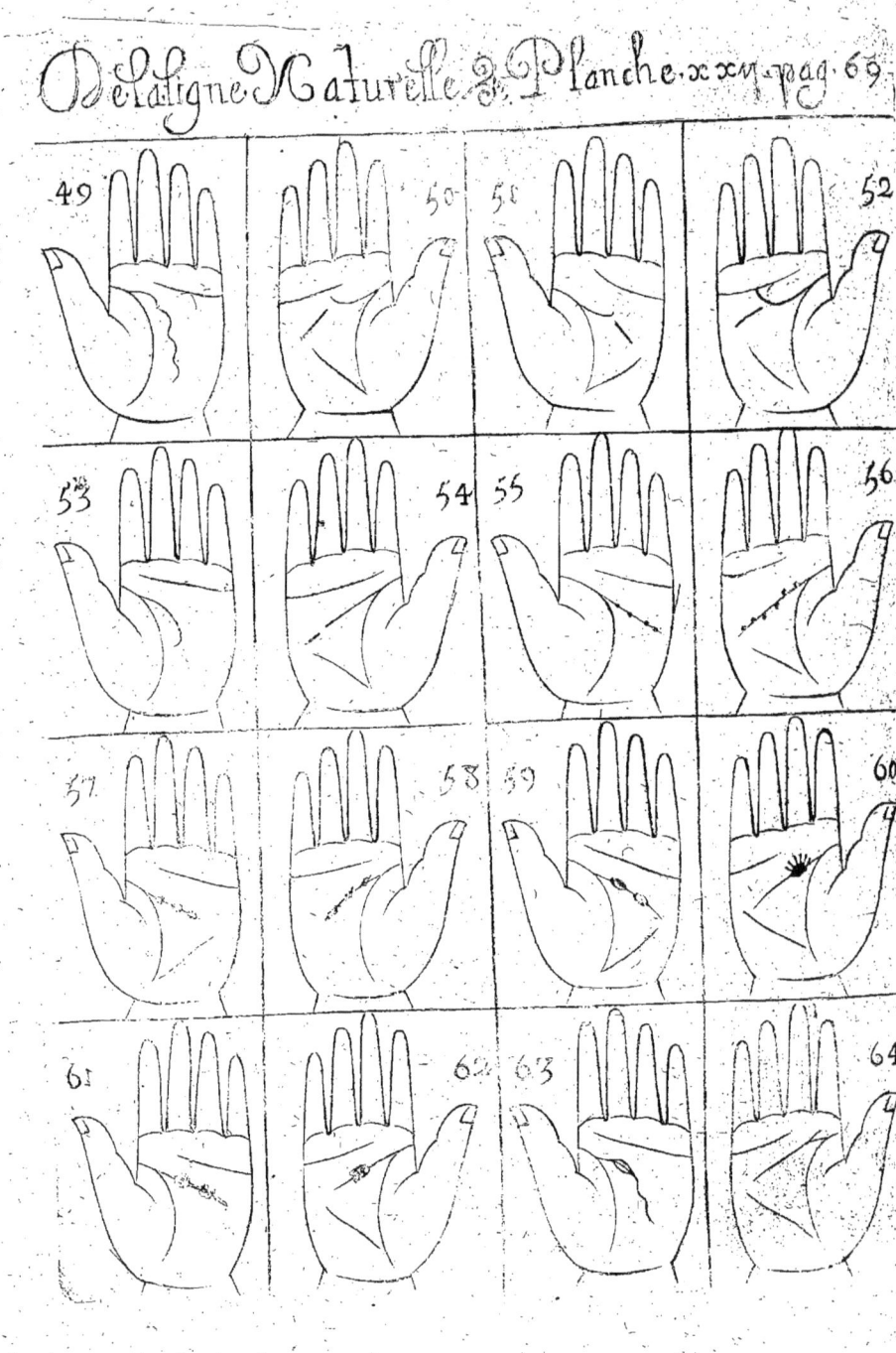

41. Ladite ligne en forme de cercle tournante vers la ligne Menfalle, fuppofe meurtre, brutalité, folie & fouuent peril de vie.

42. La ligne Naturelle tortuë dans fon extremité & doublée, fuppofe infortune & infidelité de fes amis aufquels il ne fe faut pas fier.

43. La ligne Naturelle formée de plufieurs autres lignes, predit la difpofition du temps par des douleurs aux iointures, & fur tout du temps humide & pluuieux. *Malformée.*

44. Ladite ligne Naturelle confufe & mal apparente dans fon extremité, eft vn figne de foibleffe du cerueau.

45. Ladite ligne difperfée & mal apparente dans fon extremité, fuppofe grande infirmité & peu de biens.

46. Ladite ligne Naturelle difcontinuée & interrompuë, fuppofe la perfonne fauffaire & de méchant efprit, & fuiette à beaucoup de maladies. *Difcontinuée.*

47. Et fi la fœur de la Naturelle ne paroift point, elle fignifie le mal de Naples.

48. Ladite ligne difcontinuée dans fon commencement fuppofe des bleffures aux cuiffes auec des playes à la tefte, la plufpart caufées par des cheutes.

49. Ladite ligne difcontinuée & tortuë, fuppofe la perfonne méchante & adonnée à toutes fortes de larcins, de tromperies & d'infidelité. *Planche xxij.*

50. Ladite ligne difcontinuée & inclinée vers le Quadrangle, fignifie debilité de cerueau.

51. Ladite ligne difcontinuée & dont vne partie tire vers la ligne Menfalle, fignifie tres-grand peril auec brieueté de vie.

52. Et fi ell'eft vnie à la ligne Menfalle, elle fuppofe mort fubite dans la ieuneffe.

53. Si ladite ligne eft inclinée vers le Triangle, c'eft vnfigne de prodigalité & de gourmaneife auec briefueté de vie par douleur de tefte.

54. Ladite ligne difcontinuée dans fon extremité, fuppo-

K

ſe infortune & pauureté dans la vieilleſſe.

Points   55. S'il ſe trouue des points ſur la ligne Naturelle, ils ſuppoſent mal aux yeux, debilité de cerueau, douleur de teſte auec des vertiges au temps ſelon la diuiſion.

56. S'il ſe trouue des points ſans ordre ſur la ligne Naturelle, ils ſuppoſent eſtre viſionnaire & foible de cerueau au temps ſelon la diuiſion & douleur aux yeux.

57. S'il ſe trouue de gros points, c'eſt vne marque de ſotiſe & de peu de conduite; & s'ils ſont rouges, c'eſt ſigne de cruauté.

58. Si ſur ladite ligne il ſe trouue des points larges & quarrez, ils ſuppoſent vn meurtrier.

Foſſes.   59. Si ſur ladite ligne Naturelle il ſe trouue des foſſes, elles ſuppoſent douleur de teſte ou d'yeux au temps ſelon la diuiſion.

60. Leſquelles douleurs ſeront plus violentes ſi des petites lignes montent deſdites foſſes vers la ligne Menſalle.

61. Si ſur la ligne Naturelle groſſe & profonde il ſe trouue des foſſes, elles marquent la perſonne meurtriere, & peut-eſtre de ſa mere.

62. Si dans le milieu de ladite ligne Naturelle il ſe trouue vne foſſe, c'eſt vne marque d'infidelité & de larcin.

63. Si ſur ladite ligne Naturelle il ſe trouue des foſſes blanches ou figures vn peu longues, elles ſuppoſent la perſonne viſionnaire & ſujette aux vertiges au temps ſelon la diuiſion.

Four-   64. Ladite ligne Naturelle fourcheüe dans ſon commen-
cheüe. cement, ſignifie ébulition de ſang & vn eſprit double.

plãche   65. Ladite ligne fourchüe dans ſon extremité, ſuppoſe
xxiij. dans la perſonne de méchantes actions cachées & hipocriſies & dans vne femme impudicite.

66. Ladite ligne fourcheüe dans ſon extremité formant vn Angle aigu vers la Raſcette, ſignifie que la perſonne doit mourir par les mains de la iuſtice pour ſes crimes.

67. Ladite ligne fourcheüe & dont les Rameaux s'eſten-

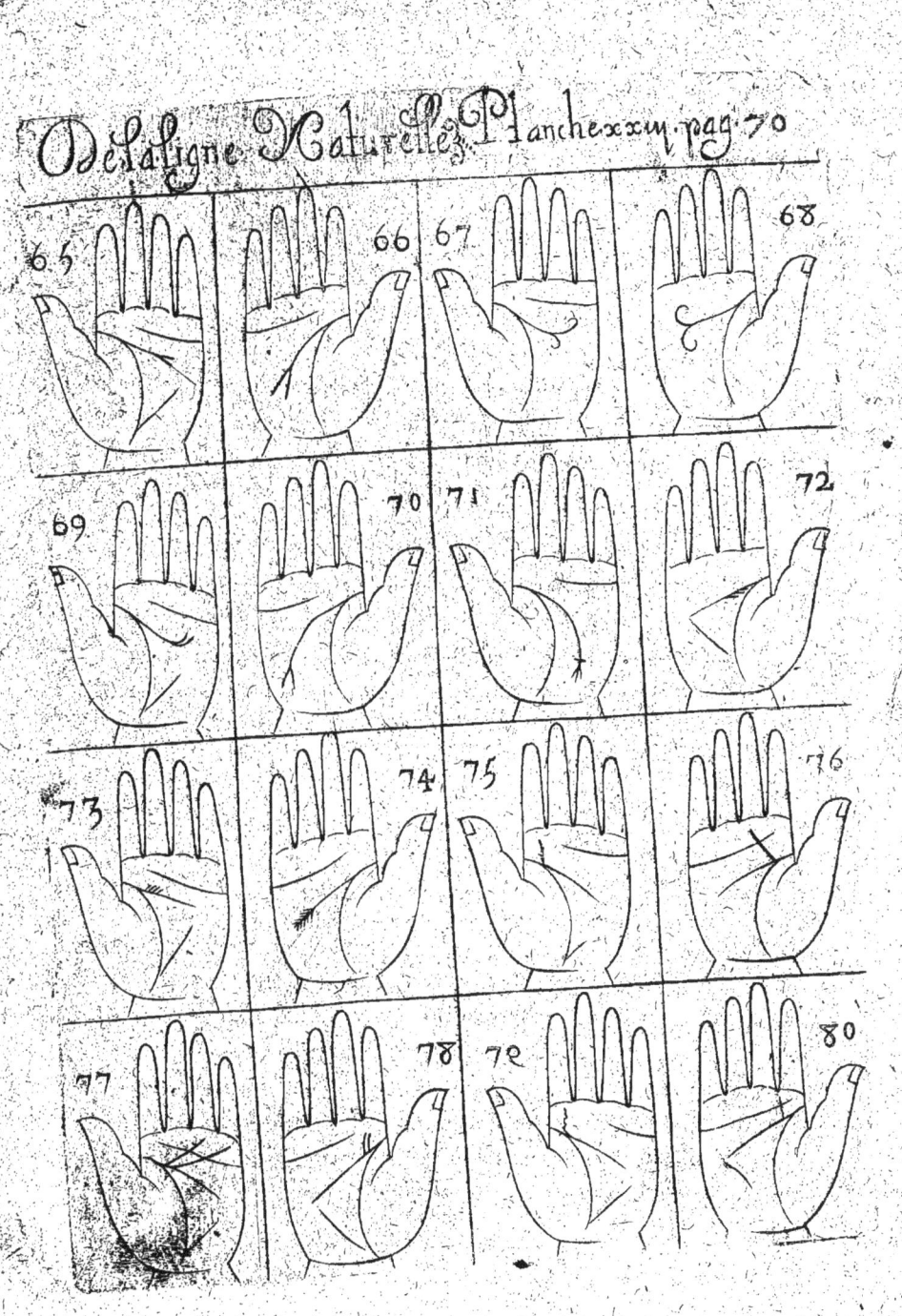

dent dans la Paulme de la Main, suppose beau coup d'esprit, mais foible du cerueau.

68. Ladite ligne fourcheüe en forme d'ancre dans son extremité, suppose la personne melancholique & timide auec peu de iugement, infidelle & hipocrite.

69. Ladite ligne fourcheüe dans son extremité inclinant ses Rameaux vers la ligne Mensalle, signifie grand parleur, menteur & leger de cerueau.

70. Ladite ligne peu fourcheüe & peu étenduë vers le Mont de la Main, suppose la personne bien moriginée, bien que dans sa ieunesse elle ait esté lasciue & colere.

71. La ligne Naturelle fourcheüe dans son extremité vers la Rascette auec quelques Rameaux coupans ladite ligne Naturelle, suppose la personne libertine, athée & dont l'esprit est incessamment occupé à mal.

72. Ladite ligne remplie de Rameaux dans son commencement, suppose fidelité & victoires de ses ennemis & peut-estre le mal de Naples. *Ramus̄ culeule.*

73. Ladite ligne ayant des Rameaux reflechissans vers la ligne Mensalle, marque la personne lasciue & frenetique.

74. Ladite Ligne remplie de Rameaux dans son extremité, suppose vne mauuaise vie & cachée, impudique & tres-vicieuse.

75. Si du commencement de ladite ligne Naturelle il sort vne ligne qui s'étende vers l'Indice, elle suppose la personne riche & heureuse malgré l'inconstance de la fortune. *Tou chātes.*

76. Si cettedite ligne s'étend vers le doigt du Milieu, elle promet des richesses dans l'aage second.

77. Si cettedite ligne s'étend vers les Monts du Soleil ou de Mercure, elle les promet dans le dernier aage.

78. Si de ladite ligne il sort des lignes montantes vers l'Indice, elles supposent la personne honneste & fidelle.

79. Si du commencement de ladite ligne Naturelle il sort vne ligne tortuë montante à l'Indice, elle suppose vn grand parleur & vn fourbe.

80. Si du commencement de ladite ligne il fort vne ligne qui monte entre l'Indice & le doigt du Milieu, elle marque vne bleſſure mortelle.

Plache xxiv. 81. Si cettedite ligne ne couppe pas la ligne Menſalle, il en poura guerir.

82. Si du commencement de ladite ligne Naturelle il fort de petites lignes courtes tendantes à la ligne Menſalle, elles ſuppoſent la perſonne vertueuſe, fidelle & liberalle.

83. Si ceſdites lignes ſont longues & touchent la Menſalle vis à vis du doigt du Milieu, elles ſuppoſent la perſonne meurtriere.

84. S'il fort de la ligne Naturelle vers la Concauité de groſſes lignes tendantes vers la Menſalle, la perſonne ſe doit pour lors donner de garde de tomber entre les mains de ſes ennemis.

85. Si deux lignes montent de ladite ligne Naturelle vers la Menſalle, & qu'elles ſoient vnies dans le Quadrangle & y forment vn Angle, elles ſuppoſent la perſonne riche des biens de l'Egliſe ou de la part de l'Egliſe, & fauoriſée de la fortune lors qu'elle y penſera le moins; mais prenez garde que vos domeſtiques ne vous trompent.

86. Si de ladite ligne Naturelle il monte des lignes noires qui coupe la Menſalle, elles ſuppoſent autant d'accouchemens.

87. Si de ladite ligne Naturelle il monte vne ligne vers la Menſalle tendante à l'Auriculaire, elle ſuppoſe vn homme bien nay & bien morigine & chaſte.

88. Si ladite ligne Naturelle eſt touchée vers ſon extremité par quelques autres lignes, elles marquent des bleſſures aux jambes.

89 Et ſi leſdites lignes ſont coupées, les bleſſures ſeront par le fer.

90. S'il ſe trouue des lignes apparentes vers l'extremité de la ligne Naturelle vers la Menſalle, elles ſuppoſent vne perſonne fidelle.

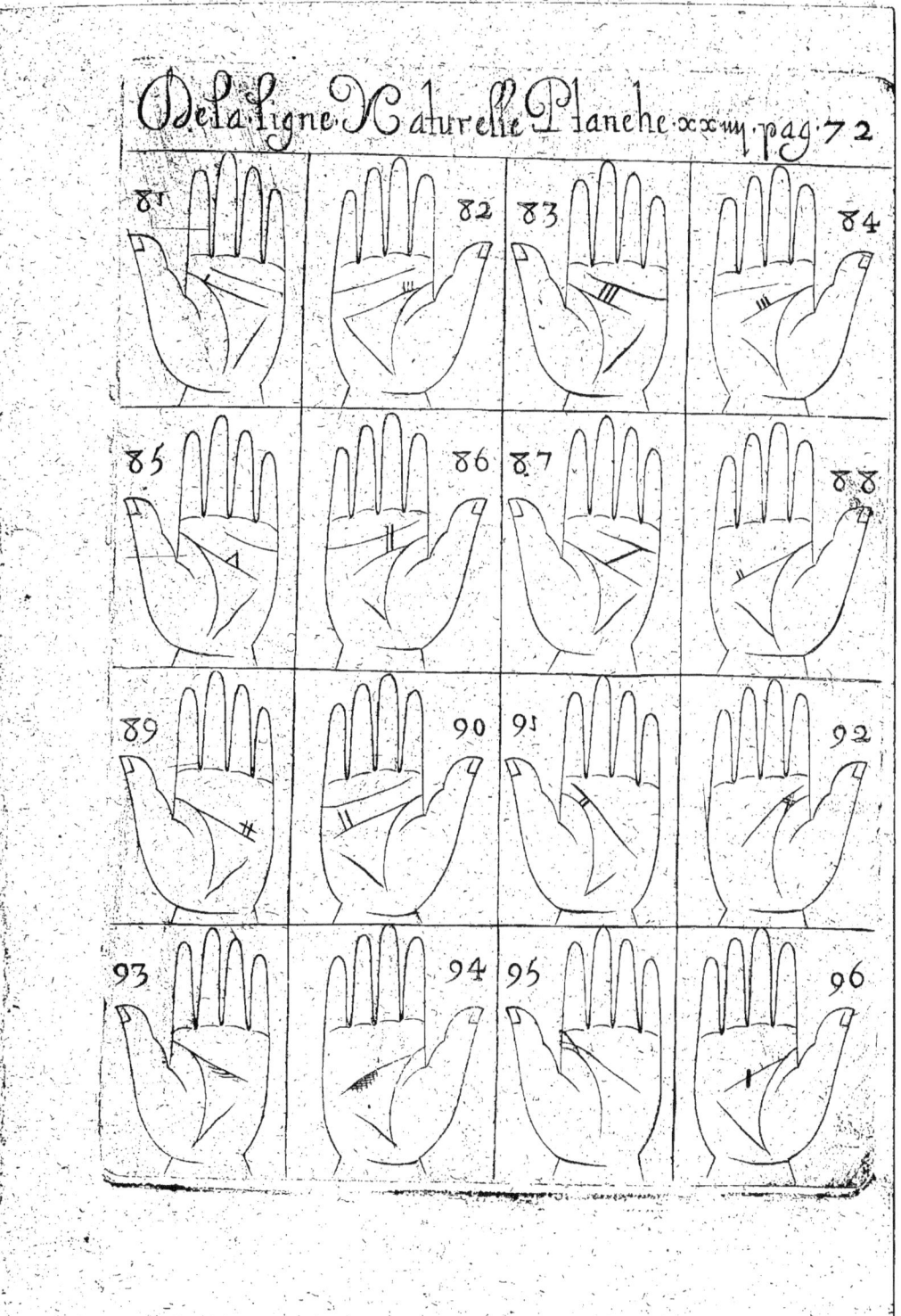

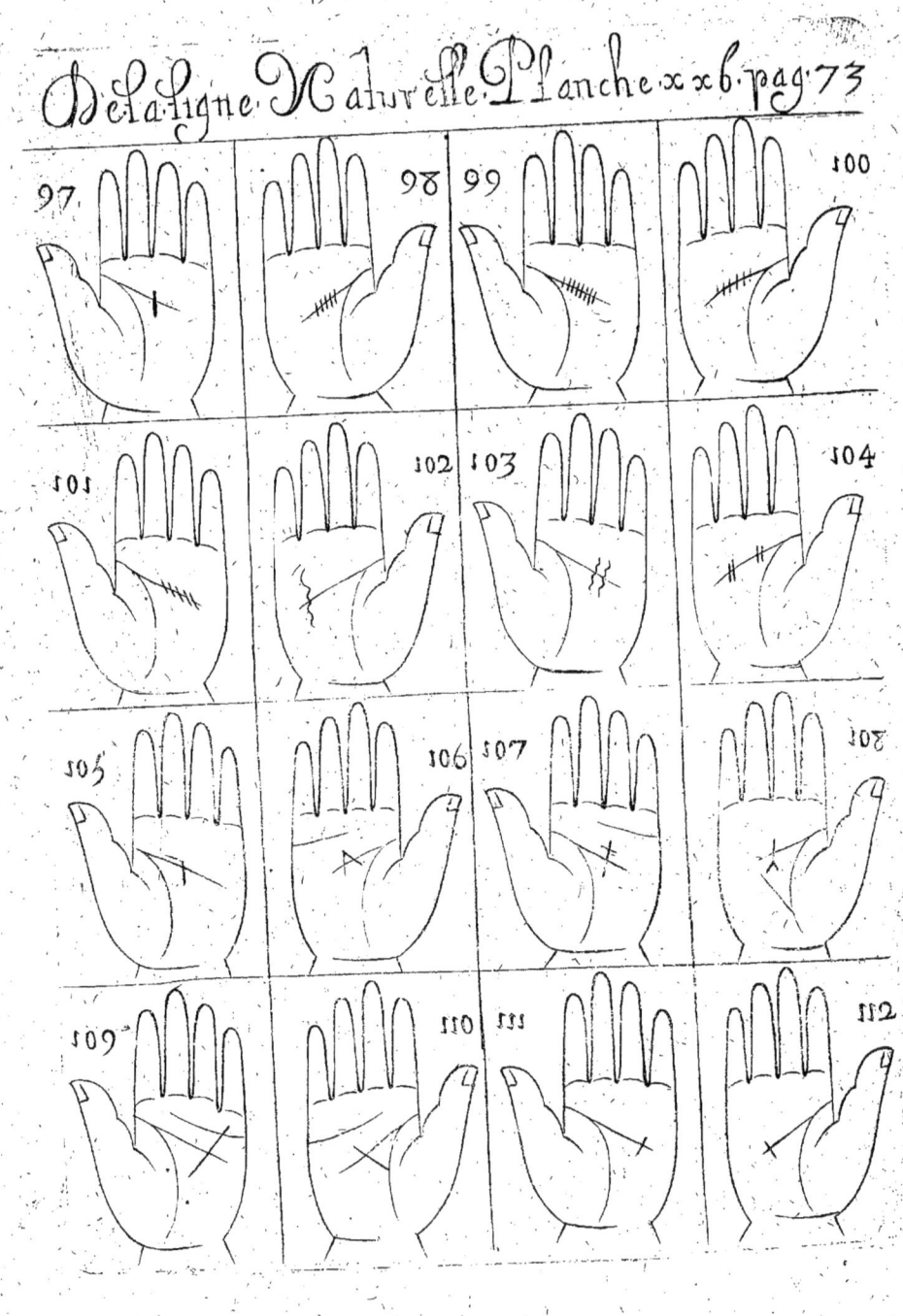

91. Si au commencement de ladite ligne Naturelle il se trouue des lignes qui la ioignent auec la Vitalle, elles supposent profusion & mauuais ménagement qui reduira la personne à la mandicité par sa faute.

92. Si ces mesmes lignes sont coupées par d'autres lignes en forme de croix, elles marquent persecution par ses ennemis, desquels la Victoire sera incertaine.

93. Si sous ladite ligne Naturelle il se trouue des lignes se suiuans les vnes les autres, c'est vne manque de sagesse, d'adresse & de prudence.

94. Si sous ladite ligne il se trouue des lignes vers le Triangle se coupant en forme de croix, elles supposent des inimitiez mortelles.

95. S'il descend vne ligne de la partie superieure de la Main qui coupe la Naturelle dans son commencement, garde à la corde. *Coupâtes.*

96. Si ladite ligne est coupée d'vne grosse ligne, elle signifie des blessures.

97. Si ladite ligne Naturelle est coupée d'vne ligne courte & profonde dans la Concauité, elle signifie des blessures aux reins. *Plâche xxv.*

98. Ladite ligne Naturelle coupée d'autres petites lignes, marque vn fabriqueur de fausse monnoye, ou fourbe dans son art & vacation.

99. Ladite ligne coupée de plusieurs lignes, suppose vne vie tres-courte & affligée de plusieurs maladies & autant de playes à la teste, à quoy vous pouuez adiouster plusieurs concubinages.

100. Si ladite ligne est coupée par quatre lignes rouges, elle suppose vn homme colere & furieux, dont il pourra s'ensuiure effusion de sang.

101. Si ladite ligne Naturelle est mal formée & coupée de plusieurs lignes, elle suppose la personne fort valetudinaire, infirme, principalement à tous les changemens de temps & particulierement dans l'Automne.

K iij

102. Ladite ligne Naturelle coupée par vne ligne tortuë, marque vne grende maladie, & peut-estre mal de Naples.

103. Plus ladite ligne Naturelle sera coupée d'autres lignes tortuës, plus elle marquera de malheurs, d'infortunes & de fascheuses infirmitez.

104. Ladite ligne coupée de lignes à l'opposite des doigts du Milieu ou de l'Annulaire, presupposent la mort dans sa ieunesse & des playes mortelles.

105. Si ladite ligne Naturelle est coupée d'vne ligne qui peu apres se trouuë derechef auec elle, suppose vn grand voyageur, qui mêprisera toutes sortes de personnes, & qui pour ce suiet poura bien estre exilé, & banny de son païs.

106. Si ladite ligne Naturelle est coupée de deux lignes qui forment vn Angle vers la ligne Mensalle, elles supposent maladie, fourbe méchanceté & desordre auec sa mere, à laquelle il pourra peut estre suruiure.

107. Si ladite ligne Naturelle est coupée par vne ligne qui forme vne croix dans le Quadrangle, elle suppose vne mort violente.

108. Si ladite ligne est coupée d'vne ligne fourcheuë ou ramusculeuse dans la Concauité, elle marque des blessures à la teste.

109. Si ladite ligne Naturelle est coupée d'vne ligne procedante du Triangle & s'étende vers le doigt Auriculaire, elle marque la personne heureuse par le moyen des femmes, ou par sa propre vertu.

110. Si ladite ligne Naturelle est coupée d'vne ligne qui commence à la Vitalle, & s'étende vers la Mensalle, elle suppose la personne en peril de mourir de flus de sang.

111. Si ladite ligne est coupée dans son extremité d'vne ligne claire & euidente, elle signifie sacrilege à cause des femmes.

112. Si ladite ligne Naturelle est coupée dans son extremité, elle suppose contention & fascherie auec sa mere.

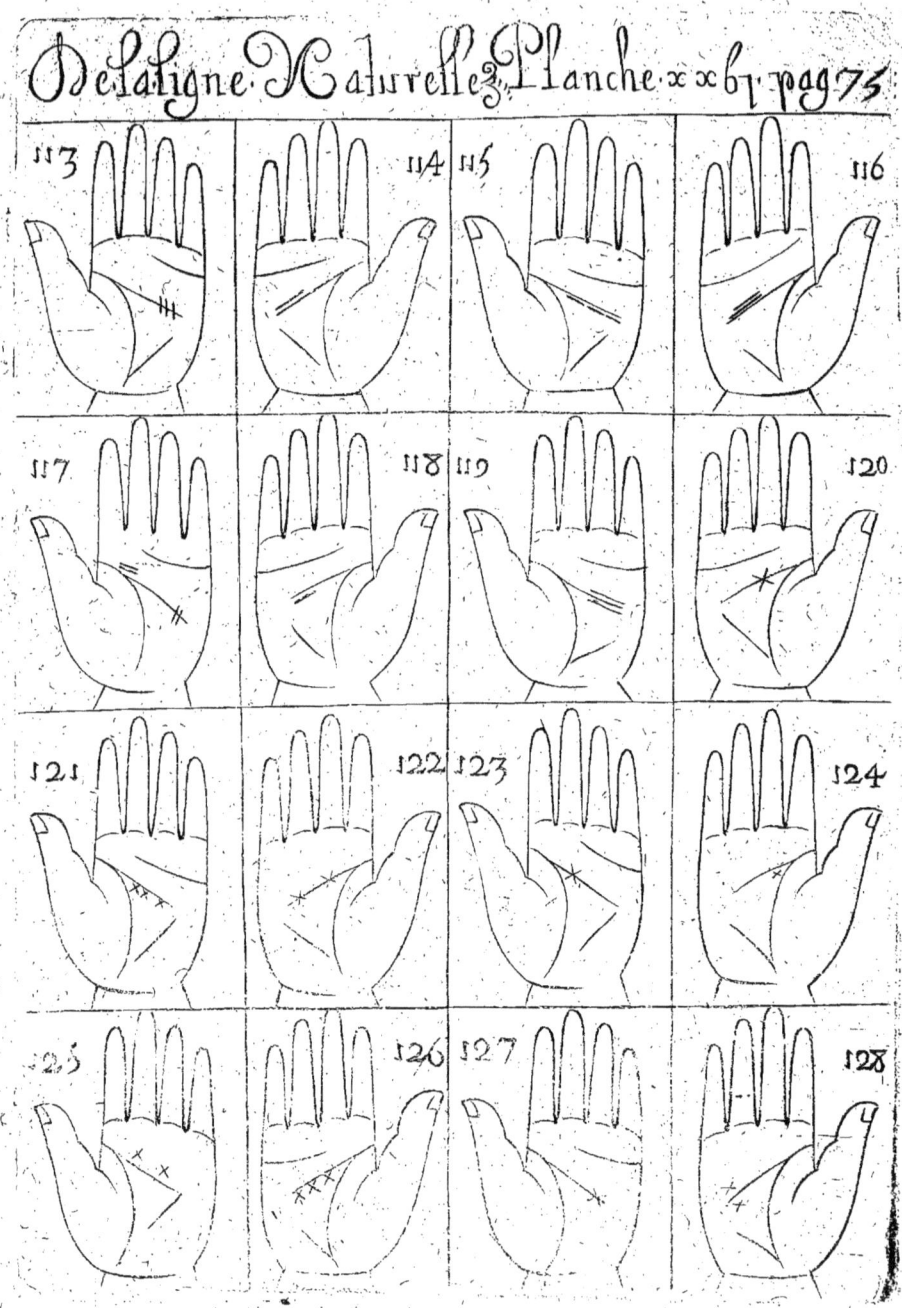

113. Si ladite ligne eſt coupée dans ſon extremité de plu- Plâche
ſieurs lignes, elles ſuppoſent autant d'enfans qu'il ſe trouuera xxvj.
de lignes coupantes dans cette ſituation.

114. La ligne Naturelle doublée, ſignifie ſucceſſions au *Pro-*
milieu de ſon aage. *chai-*

115. Ladite ligne Naturelle accompagnées d'autres peti- *nes.*
tes lignes, ſuppoſe la perſonne ſage, mais d'vn mauuais naturel.

116. Tout autant qu'il y aura de lignes entre ladite ligne
Naturelle & la ligne Menſalle, elles ſignifient autant d'infirmitez au temps de la diuiſion.

117. S'il ſe trouue aupres de ladite ligne Naturelle deux
lignes, ſoit au commencement ou à l'exiremité, elles marquent
des bleſſures par le fer.

118. Si ladite ligne Naturelle ſe trouue accompagnée dans
ſon extremité d'vne groſſe ligne, elle ſuppoſe broüillerie &
diſcord auec ſa mere qui ſe poura terminer peut . eſtre par
quelqu'effuſion de ſang.

119. S'il s'en trouue des deux coſtez, elle ſignifie vn homme colere, furieux & meurtrier.

120. S'il ſe trouue vne croix ſur ladite ligne Naturelle, *Croix.*
elle marque vne bleſſure à la teſte ou aux iambes.

121. S'il ſe trouue ſous ladite ligne Naturelle de petites lignes en forme de croix, elles ſuppoſent vne cruelle perſecution.

122. S'il ſe trouue des croix ſur ladite ligne Naturelle, elles
ſuppoſent la perſonne riche, mais peu veritable & infidelle à
garder à ſa femme la foy conjugale.

23. Si dans ſon commencement il ſe trouue vne croix, elle
ſignifie perte de biens.

124. Si dans l'Angle ſuprême il ſe trouue vne croix, elle
ſuppoſe vn homme de bien & vn eſprit propre à toutes
choſes.

125. Si à l'oppoſite des doits du Milieu ou de l'Annulaire
il ſe trouue vne petite croix, elle ſignifie que la perſonne court

rifque de ne pas viure l'année commencée, principalement fi le Quadrangle defaut & eft litigieux.

126. S'il fe trouue des lignes qui s'entrecoupent en forme de croix dans le Triangle, elles fignifient procez, inimitiez mortelles, & la perfonne litigieufe & méchante.

127. Si quelques lignes fe trouuent en forme de croix à l'extremité de la ligne Naturelle, elles fuppofent des bleffures à la tefte, & dautant plus grandes qu'elles couperont la ligne Naturelle.

128. Si fur l'extremité de ladite ligne Naturelle il fe trouue vne croix de quelque part qu'elle foit, elle fuppofe vne heureufe fin & vne fortune fauorable.

Eftoil-
les. 129. Si fur la ligne Naturelle il fe trouue vne eftoille, elle
Plâche fuppofe des heritages à caufe des femmes.

xxvij. 130. Si fur l'extremité de ladite ligne Naturelle il fe trouue
Trian- vn petit Triangle, il fuppofe la perfonne defireufe d'appren-
gle. dre & de fçauoir.

Demy- 131. Si dans la ligne Naturelle il fe trouue des demy cercles,
Cercle. ils fuppofent des bleffures.

132. S'il fe trouue des demy cercles vnis à ladite ligne Naturelle vers le Quadrangle, ils marquent peril pour vn œil.

133. S'il s'en trouue deux, à tous les deux.

134. S'il fe trouue des lignes en forme de demy cercles fur la ligne Naturelle, elles marquent des procez ennuyeux & longs pour du bien d'Eglife ou contre des Ecclefiaftiques.

135. S'il fe trouue des demy cercles ou figures vn peu longues fur la Naturelle, elles fuppofent débilité de ceruueau au temps felon la diuifion.

Cercles 136. Autant qu'il fe trouuera des cercles dans ladite ligne Naturelle, ils marqueront autant d'homicides commis fi lefdits cercles font palles & qu'ils fe doiuent commettre s'ils font rouges.

137. S'ils ne font entieres, ils fuppofent des playes & bleffurés au temps felon la diuifion.

138. Si proche ladite ligne Naturelle il fe trouue vne figure
circulaire

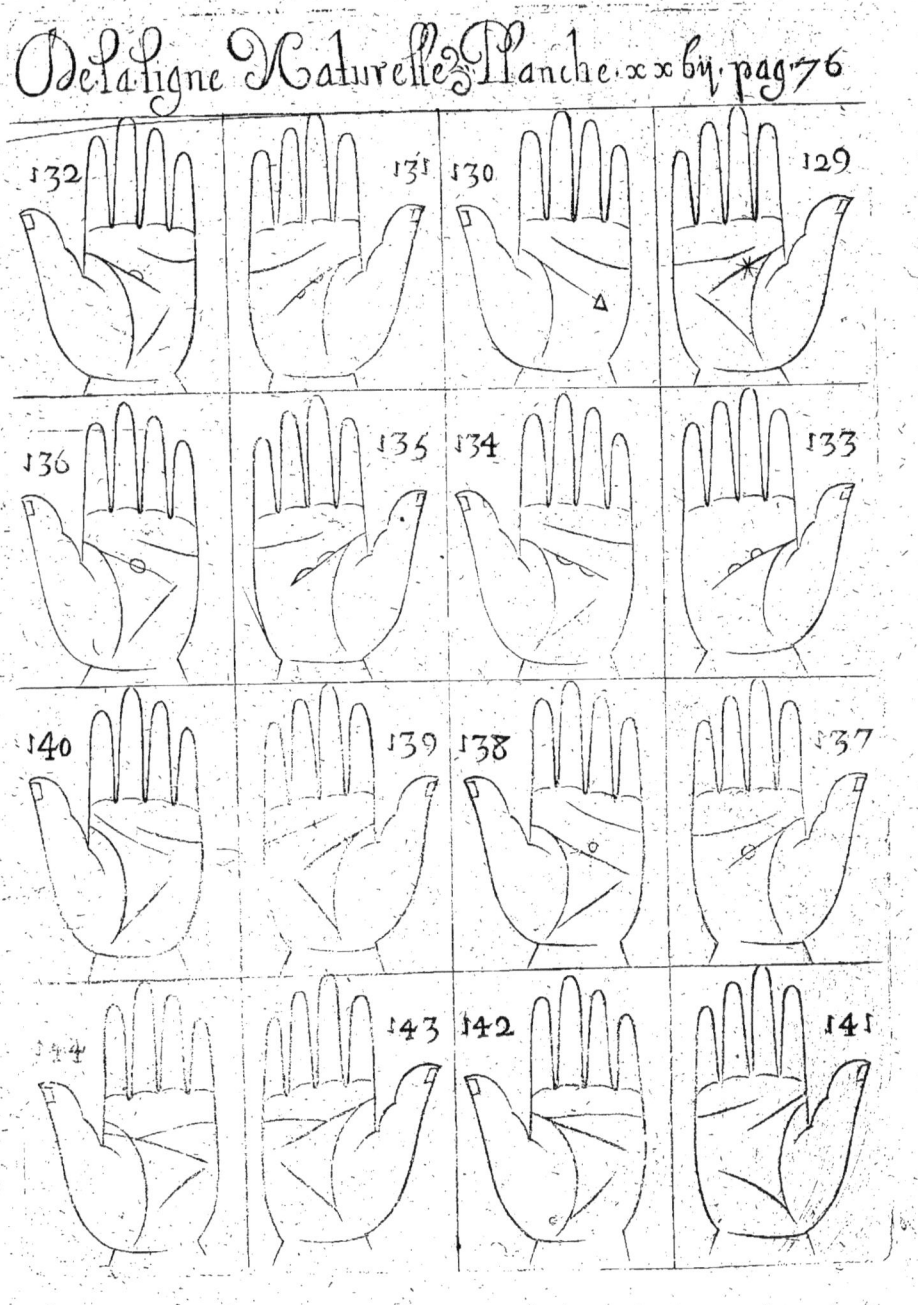

circulaire dans le Quadrangle, elle ſignifie perte d'vn œil , &
s'il s'en trouue deux , de tous les deux.

139. Si ladite ligne Naturelle eſt vnie à la Vitalle & ne s'en- *Gene-*
trecoupent point l'vne l'autre, elles marquent vn homme *ralles.*
ſtudieux & pacifique.

140. Si ladite ligne Naturelle eſt ſeparée de la Vitalle
dans l'Angle ſupréme & ne ſe trouuant aucune ligne entre
les deux , elle ſignifie colere , auarice , mauuaiſe mort, & la
perſonne réueuſe & infidelle.

141. Si ladite ligne n'eſt pas vnie à la Vitalle & qu'elle
monte ſur le dos de la main vers l'Indice , elle ſuppoſe peril à
la guerre & bleſſures de quelques animaux à quatre pieds.

142. Si ladite ligne Naturelle eſt vnie auec la Menſalle, elle
ſuppoſe vne auarice ſordide & mort par quelque cheute d'enhaut, ou par venin.

143. Si ladite ligne Naturelle eſt vnie à la Menſalle ſous
le doigt du Milieu , elle ſuppoſe la mort par vn flus de ſang.

144. Si ladite ligne Naturelle eſt coupée par la ligne de
Vie, & que la Menſalle s'y vienne ioindre dans ſon commencement , elle marque la perſonne meurtriere , adroite & malicieuſe.

CHAPITRE III.

De la Ligne du Foye; Et pourquoy ainſi appellée.

AYant clairement fait voir dans la premiere partie, chapitre iiij. page xj. que la principalle excellence de toutes les qualitez du corps humain eſtoit la chaleur naturelle , comme celle qui contribuë abſolument à la formation
de tous les corps inferieurs, qui ſont conduits dans toutes leurs
actions ſelon ſon operation & l'empire qu'elle a ſur eux; en
ſorte que bien que le cœur ſoit le principe de tous les eſprits

L

vitaux, comme le cerueau de tous les esprits animaux, lesquels comme nous auons desia dit cy-dessus, se rêpandent d'iceluy dans toutes les autres parties du corps ; si est-ce pourtant que cette mesme substance du corps humain tant en ce qu'elle contribuë à sa noriture qu'en ses operations estant vnies inseparablement au Foye, comme à vne des principalles parties du corps humain : Par cette alliance se communique dans toutes les autres parties du corps, laquelle substance n'est autre que le sang, qui mesme pour sa necessité & ses operations est appellé communément le siege de l'ame, à cause de son iuste temperament d'humide radical auec la chaleur naturelle. En sorte que comme nous trouuons le principe de la ligne de Vie dans le Cœur, comme celuy de tous les mouuemens animaux dans le Cerueau, ainsi nous trouuerons le veritable principe de toute la complexion humaine dans le Foye : Ce qui a donné occasion à quelques-vns d'appeller la ligne du Foye la base & le fondement du Triangle ; en quoy ils n'ont pas laissé de se tromper, d'autant que dans la dénomination commune cette ligne est appellée ligne du Foye, parce que par icelle nous connoissons la vertu digestiue & nutritiue, & par consequent la complexion naturelle de la personne ; Le Foye estant comme vn vaisseau près l'estomac, dans lequel toute la substance du corps humain bien digerée s'assemble, & d'iceluy se rêpand dans toutes les parties du corps, qui par consequent bien digerées rend la complexion du corps d'vn fort iuste temperament.

Quant à ce qui regarde la disposition & les qualitez de cette ligne, il faut sçauoir qu'elle doit estre vnie auec la ligne de Vie dans l'Angle droit, & auec la Naturelle dans l'Angle gauche, & de plus qu'elle doit estre droite & continuë ; d'autant que dans cette situation elle suppose vne bonne digestion, vne forte complexion, & vne chaleur naturelle également temperée, comme au contraire, si elle manque de ces qualitez susdites, & qu'elle fust entrecoupée, ou discontinuée & desvnie de la ligne de Vie & de la ligne Naturelle, elle

marque vn eſtomac indigeſte , vne complexion dêprauée &
vn defaut tres-conſiderable dans la chaleur naturelle proce-
dant de quelque principe interieur vicié & corrompu.

Que ſi elle eſtoit iointe à la ligne de Vie , & que dans cette
conionction elle fuſt profonde & entiere , ſans toutefois toucher la ligne Naturelle , elle marque à la verité vne complexion naturelle , mais qui cependant doit eſtre alterée & corrompuë par la ſucceſſion des temps par quelqu'accident dans
les parties interieures : La raiſon eſt que la diſpoſition de cette ligne dans l'eſtat que nous l'auons marquée cy-deſſus, elle
ſuppoſe vn iuſte temperament de la chaleur naturelle , & par
conſéquent vne digeſtion & vne complexion bien temperée
de ſoy-meſme ; mais alterée & corrompuë par ſucceſſion de
temps cauſé par les accidens ſuſdits qui empeſchent l'action
de la chaleur naturelle.

Mais il eſt à remarquer que cettedite ligne du Foye ſe trouue quelquefois fourcheüe , & ce en deux façons , ſçauoir
vers la ligne de Vie ou Reſtrainte , ou vers la ligne Naturelle.

Que ſi elle ſe trouue fourcheüe vers la ligne de Vie ou Reſtrainte , elle ſuppoſe pour lors vn mauuais naturel & vne inclination corrompuë penchante auec facilité vers toutes ſortes de crimes ; dautant que dans cette ſituation elle marque vne ſurabondance de chaleur naturelle & de ſeichereſſe.

Que ſi ell'eſt fourcheüe vers la ligne Naturelle , elle ſuppoſe vn eſtomac foible & vne complexion delicate auec vne
indigeſtion naturelle ; dautant qu'elle marque dans cette ſituation vne oppoſition à l'actiuité de la chaleur naturelle , & par
conſéquent vne complexion ſeiche & froide.

Que ſi ladite ligne du Foye eſt coupée par quelqu'autre
ligne , elle marque pour lors quelques maladies accidentelles
cauſées par quelque accident exterieur qui empeſche l'action
de la chaleur naturelle.

Que ſi ell'eſt interrompuë ou compoſée dans ſon étenduë

L ij

de quantité de petites lignes, elle suppose quelque maladie causée par quelqu'accident interieur, comme seroit par la foiblesse de la chaleur naturelle.

Comme au contraire si elle estoit interrompuë & desvnie, mais cependant continuée par plusieurs autres lignes se succedans les vnes aux autres, elle marqueroit pour lors vn naturel fort robuste, & non suiet à toutes ces infirmitez susdites.

Il faut remarquer que toutes les maladies qui procedent du cœur, du poulmon & du diaphragme sont marquées par la ligne de Vie, comme celles de la teste & du cerueau par la ligne Naturelle, & celle du foye & de l'estomac par la ligne du Foye.

Vous connoistrez plus facilement les qualitez de la ligne par les obseruations suiuantes contenuës dans les Planches xxviij. xxix. xxx.

Plãche xxviij. 1. Si la ligne du Foye ne se trouue point dans la Main, c'est signe de paresse, & vn defaut de la vertu generatiue & digestiue.

Lõgue. 2. Si la ligne du Foye est longue, profonde, large & continuë & bien colorée, elle signifie force d'estomac & de foye, & de plus ioye, hardiesse & longue vie.

3. Si la ligne du Foye touche la Vitalle & la Naturelle, c'est vne marque que les principalles parties du corps font bien leur operation.

4. Si ladite ligne se termine à la Naturelle, elle signifie vn homme pieux, modeste & de bon esprit.

5. Si ladite ligne est longue & passe la Concauité, elle marque vn esprit rude & grossier.

6. Si ladite ligne s'étend vers la Percussion, elle suppose la personne en peril sur l'eau, & peut-estre d'esclauage & de captiuité.

7. Si ladite ligne s'étend le long de la Percussion, elle suppose vne vie courte & vn naufrage éuident.

8. Si ladite ligne monte depuis la Rascette iusqu'au Mont

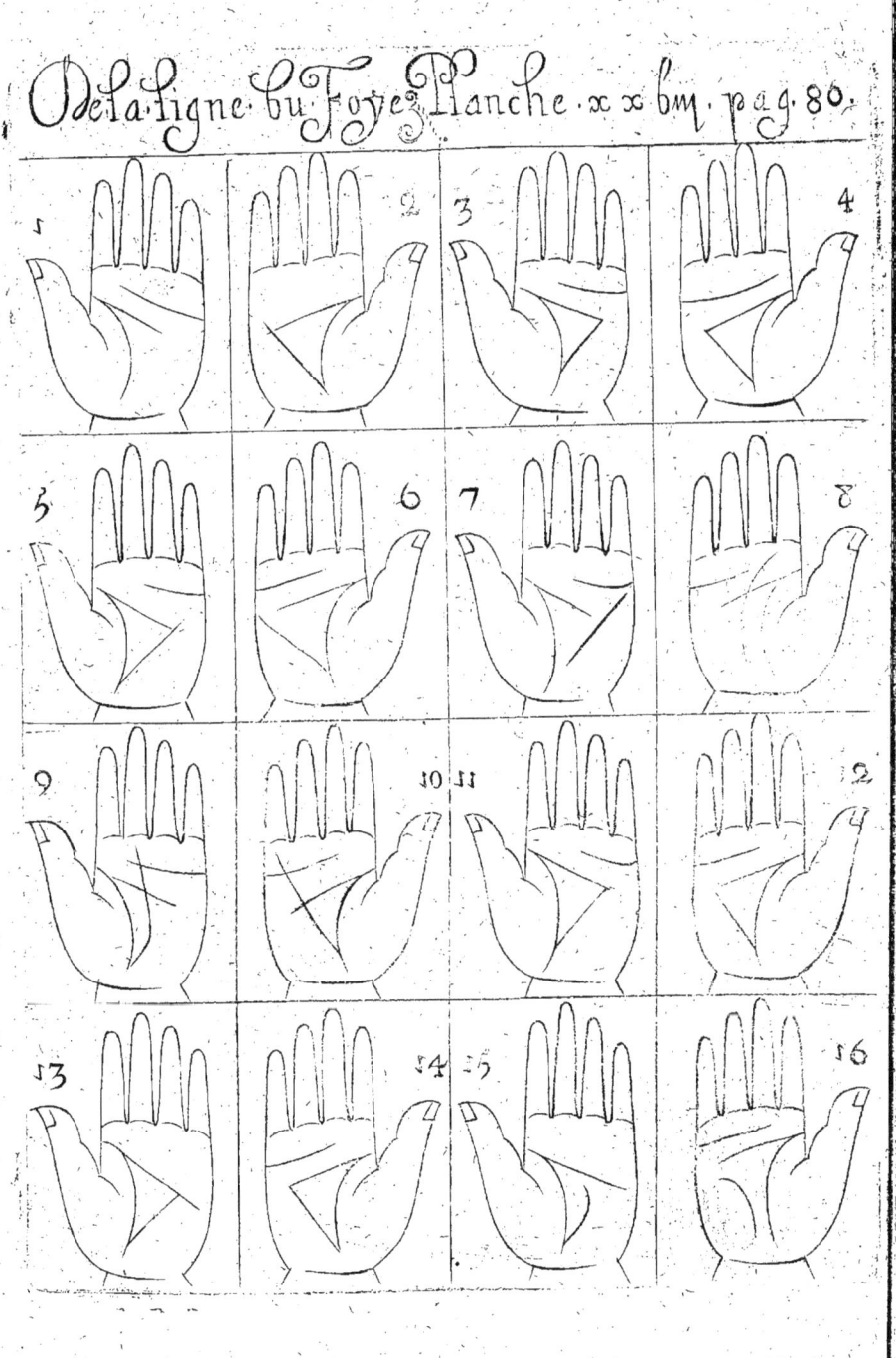

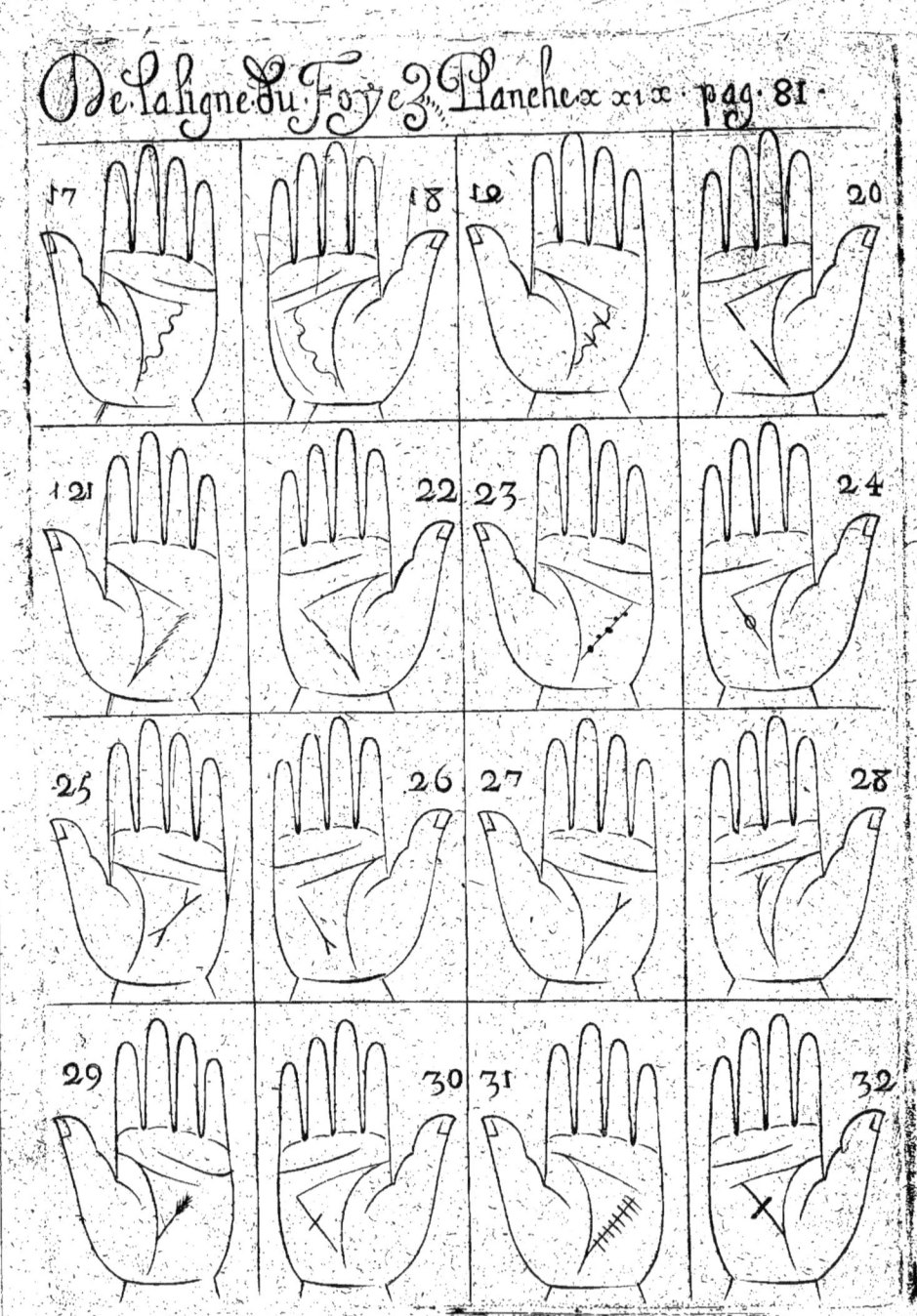

de Iupiter, elle signifie grands honneurs & belles ambassades.

9. Si ladite ligne s'étend iusqu'aux Monts des doigts ou celuy de *Saturne*, elle suppose vne parfaite santé de corps iusqu'à la vieillesse.

10. Si ladite ligne s'étend iusqu'au Mont de Mercure, elle suppose la personne laronnesse, qui parle beaucoup, suiette au flus de sang; & selon quelques-vns, faueur auprès des Grands par le moyen des femmes.

11. Si ladite ligne touche la Naturelle, & est de differente *Rouge.* couleur & beaucoup rouge, elle signifie douleurs de teste par abondance de sang.

12. Si ladite ligne est plus rouge vers la ligne de Vie qu'ailleurs, elle suppose douleurs de teste causée par l'estomac auec palpitations & douleur de cœur.

13. Si ladite ligne est deliée & rouge dans le milieu, elle signifie des fievres.

14. Si ladite ligne est rouge au toucher de la Naturelle, elle signifie vn corps & vne bouche puante, & vne chaleur vniuerselle auec disposition à l'etisie.

15. Si ladite ligne est inclinée dans la Concauité & separée *Inclinée.* de la Naturelle, elle signifie foiblesse de cerueau, inconstance & infidelité.

16. Si elle est inclinée vers la Percussion & separée des deux Angles, principalemnt du gauche, elle suppose vn estomac foible & indigeste, auec apoplexie & suffocation par mauuaises humeurs.

17. Ladite ligne tortuë, suppose fourberie & larcin. *Tortuë*

18. Si elle est tortuë & palle, elle suppose vne maladie pro- *Plāche* chaine. *xxix.*

19. Si ladite ligne est tortuë & coupée, marque peril de sa vie par des bestes à quatre pieds.

20. Si ladite ligne est large & droite & quelque peu discon- *Discon* tinuée dans le milieu & de viue couleur, signifie bonne dispo- *tinuée.* sition du foye.

21. Ladite ligne composée de plusieurs autres lignes, sup-

poſe ne pas viure long-temps, & peut-eſtre la maladie de Naples.

22. Ladite ligne diſcontinuée ou compoſée de petites lignes, ſignifie infimité cauſée par defaut interieur de chaleur
naturelle.

Points   23. S'il ſe trouue ſur ladite ligne ou proche de petits points,
ils ſuppoſent le ventre ſerré, douleur de coſté auec maladie
deſeſperée.

Foſſe.   24. S'il ſe trouue vne foſſe dans le milieu de ladite ligne,
elle marque larcin & colere.

Four-   25. Ladite ligne du Foye fourcheüe de quelque façon que
cheüe.   ce ſoit, eſt touſiours mauuaiſe.

26. Si ladite ligne eſt fourchüe vers la ligne de Vie ou la
Raſcette, elle ſignifie mort violente à vn homme par larcin,
& à vne femme cauſée par ſes crimes & par ſes mauuaiſes inclinations.

27. Ladite ligne fourcheüe vers la Naturelle, ſignifie débilité d'eſtomac & mort violente.

28. Ladite ligne fourcheüe vers la Concauité, ſuppoſe mort
ſubite & peut-eſtre violente à cauſe du larcin, principalement
ſi l'Angle dextre n'eſt pas vny.

Ramuſ   29. La ligne du Foye s'êtendant en beaucoup de Ra-
culeuſe. meaux vers ſon extremité, ſignifie opilation du foye & hidro-
piſie.

Coupä-   30. Ladite ligne coupée par vne ligne peu apparente, ſi-
tes.   gnifie indigeſtion & prompte maladie.

31. Ladite ligne coupée de pluſieurs lignes palles, ſuppoſe indigeſtion, ce qui cauſera pluſieurs maladies.

32. Ladite ligne coupée dans le milieu en forme d'vne
croix, ſuppoſe vne prompte maladie, qui toutesfois eſt paſſée,
ſi la ligne coupante eſt rouge.

Plâche   33. Ladite ligne coupée par vne ligne fourcheüe du coſté
xxx.   du Mont de la Lune, marque vne mauuaiſe complexion.

34. Ou ſi ladite ligne eſt plaine de Rameaux, elle a meſme ſignification.

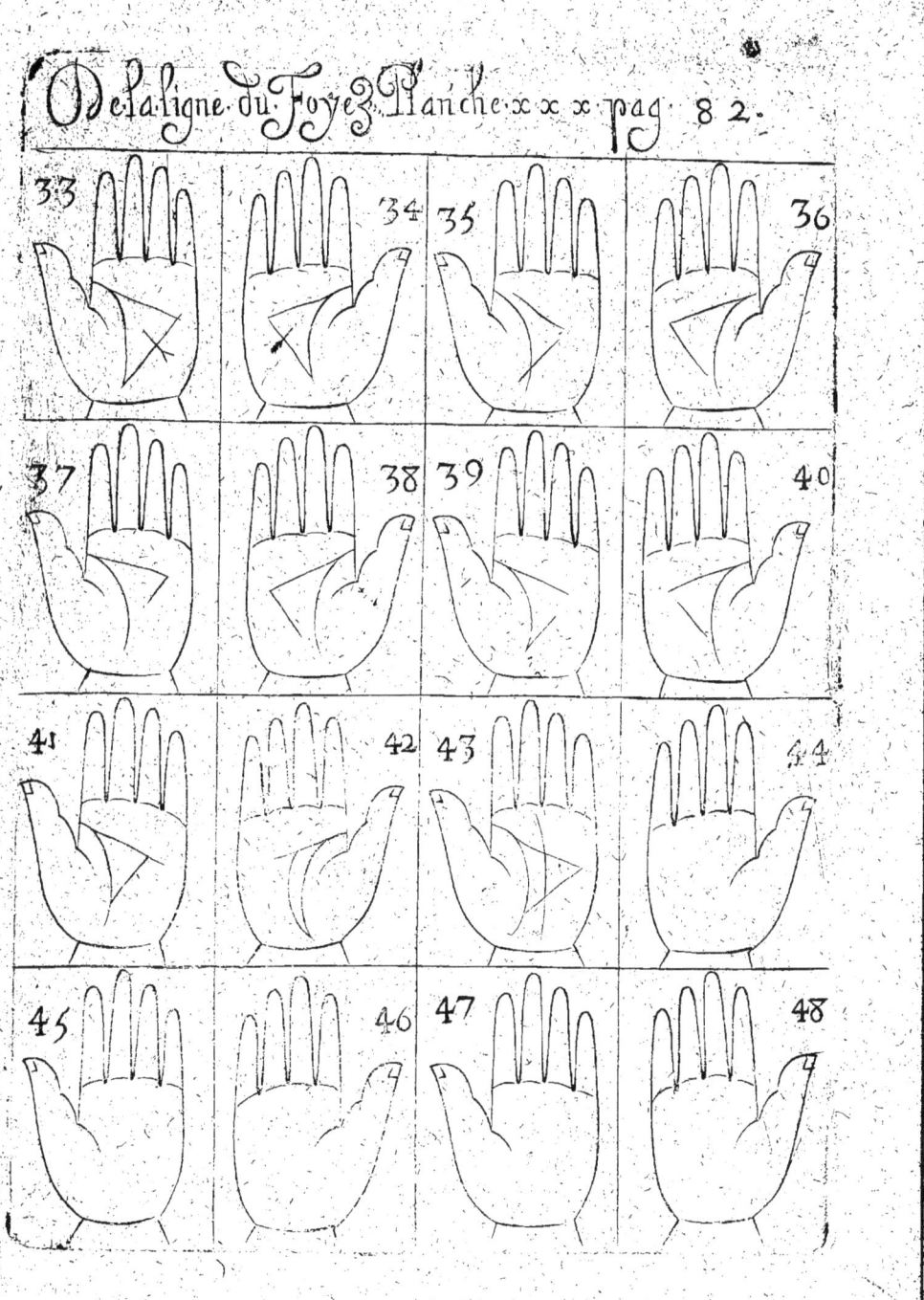

35. La ligne du Foye coupant la ligne de Vie, suppose vne longue vie auec vn courage Martial, l'esprit bon & naturelle- ment porté au bien.

36. Ladite ligne du Foye ne touchant pas la ligne de Vie, signifie longue vie, mais vanité & inconstance & vn homme sans foy, estant vn méchant esprit qui se poura porter à faire quelques meurtres.

37. S'il se trouue vne notable distance entre les lignes du Foye & de Vie, c'est vn signe de mensonge, de folie & de pro- digalité.

38. Si ladite ligne du Foye ne touche pas la ligne de Vie, & qu'elle soit vnie à la Naturelle, elle signifie vn homme colere & grossier, bien qu'il paroisse fin & rusé.

39. Ladite ligne du Foye ne touchant pas la Naturelle, si- gnifie infidelité & legereté de cerueau.

40. Ladite ligne du Foye ne touchant pas la Vitalle ny la Naturelle, & ne formant pas le Triangle, suppose vne vie courte auec folie & impureté.

41. Ladite ligne du Foye touchant les lignes de Vie & Naturelle, signifie vne bonne complexion digestiue.

42. La ligne de Vie touchant à la Naturelle, & ladite ligne du Foye s'vnissant auec elles dans l'Angle supréme, signifie tres-grand peril; de façon qu'on changeroit souuent la vie pour la mort.

43. Les lignes du Foye, Naturelle & Saturnine faisant vn petit Triangle proche de la Concauité, suppose vne disposi- tion aux sciences diuinatrices & curiosité d'en sçauoir dauan- tage.

CHAPITRE IV.

De la ligne Menfalle ; Et pourquoy ainfi appellée.

LA ligne Menfalle eſt celle par laquelle nous connoiſſons la complexion & toute l'œconomie du corps humain, auſſi bien que la conduite de toutes ſes actions exterieures, ell'eſt commune à tout le corps, & ainſi elle n'eſt pas ſeulement attribuée à vne particuliere, bien que par la connoiſſance des qualitez de ſa ſituation & de ſon étenduë elle nous faſſe particulierement connoiſtre la vigueur & la force dans la puiſſance genitalle, d'où vient qu'ell'eſt appellée Menfalle, c'eſt à dire commune ; dautant que par ſa propre ſignification elle marque la vertu actiue du corps humain, ſes propres operations, le iuſte temperament de la chaleur naturelle & de ſon humide radical, & le reſte ſeulement par accident.

Quant à ſes qualitès & à ſa diſpoſition elle doit eſtre droite, entiere, continuë, profonde & apparente iuſqu'à l'oppoſite du Mont de Saturne, & vn peu courbée vers l'Indice, & dans cette ſituation elle marque vne bonne & forte complexion auec vne excellente diſpoſition à la generation, dautant qu'elle marque vne parfaite égalité & vn iuſte temperament de la chaleur naturelle & de l'humide radical.

Comme au contraire ſi elle eſtoit diſcontinuée & deliée, elle marqueroit vne diſpoſition tout à fait oppoſée à la precedente, dautant qu'elle marqueroit debilité & chaleur naturelle affoiblie par la domination de quelques autres qualitez.

Que ſi cette ligne eſtoit compoſée de Rameaux ou de quantité d'autres petites lignes courbées dans leurs extremitez vers le Quadrangle, elle marque vn homme fin, ruſé,

ſpiri-

ſpirituel, & faiſant ſeruir ſa langue comme d'vne ſource de bien, & de mal quand il veut, dautant que dans cette ſitua-tion elle ſuppoſe vne nature & vne complexion ſeiche & aride.

Que ſi cettdite ligne eſt fourcheüe vers le Mont de Satur-ne, elle marque vn bon naturel & vne bonne complexion auec vn eſprit excellent & ſubtil, dautant qu'elle ſuppoſe non ſeulement vne complexion bien temperée, mais vne chaleur naturelle également dominante, & qui n'excede point de ſon iuſte temperament.

Que ſi les Rameaux s'étendent vers les doigts, c'eſt ſigne d'vn homme malin, malueillant, fourbe, malicieux, malheu-reux, laborieux & de grand ſoin, dautant qu'elle marque de la foibleſſe dans les operations de la chaleur naturelle.

Que ſi les Rameaux s'étendent vers les lignes Naturelle ou de Vie, c'eſt vn fort mauuais augure, dautant qu'elle marque dans cét eſtat vne chaleur & vne ſeichereſſe exceſ-ſiue.

Quand ell'eſt entiere, continuë & ſans Rameaux, pour-lors elle marque vn homme colerique, cruel & tres-méchant, leſquelles qualitez s'augmentent à proportion qu'ell'eſt & profonde & apparente, dautant qu'elle ſuppoſe vne chaleur naturelle & vne ſeichereſſe exceſſiue, qui ne peut eſtre tem-perée par aucune humidité ny froideur.

Que ſi ell'eſt ramuſculeuſe ou diſcontinuée, elle marque vne debilité & vne oppoſition à toute l'étendüe de l'actiuité de la chaleur naturelle; ce qui en ce rencontre modere la co-lere & la cruauté.

Que ſi dans ſon étendüe elle touche la ligne de Vie ou la Naturelle, elle marque la perſonne arreſtée à ſon propre ſens & d'vn entendement dur à comprendre, courant riſque de ſuccomber aux atteintes de quelques grands malheurs & ſujette à de tres-grands perils, dautant qu'elle marque vne tres-exceſſiue chaleur naturelle.

Surquoy il faut remarquer que ſouuent dans ſon commen-

M

cement il fe trouue vne figure longue en ovalle ou circulaire, & qui dans cette fituation marque la perfonne fpirituelle, fecrette, fine, rufée, qui ayme fort la conuerfation fecrette & fur tout des femmes, & de laquelle (comme l'on dit en commun prouerbe) les pechez font à demy pardonnez, dautant qu'ils feront tres-cachez, & la raifon eft que cette figure marque vne abondance de chaleur naturelle temperée par l'humidité, qui toutesfois ne laiffe pas d'auoir de grandes difpofitions à la feichereffe.

Que s'il fe rencontre vne petite foffette, elle marque vne grande adreffe aux vices deshonneftes & particulierement à la Sodomie, dautant qu'elle fuppofe vne trop grande froideur meflée auec vne feichereffe exceffiue.

Que fi quelques lignes vn peu longues en forme d'arc ou cercles coupent la ligne Menfalle, elles marquent vne debilité & vne indifpofition naturelle à la generation procedantes des parties internes mal difpofées pour cét effet, dautant qu'elles fuppofent vne grande foibleffe & debilité dans la chaleur naturelle, qui fouuent eft fuiuie de grands accidens & infirmitez tant interieures qu'exterieures vers les parties de la generation.

Le refte des qualitez de cette ligne vous fera conneu par les obferuations fuiuantes contenuës dans les Planches xxxj. xxxij. xxxiij. xxxiv. xxxv. xxxvj. xxxvij. xxxviij. xxxix. xl. & xlj.

Plâche
xxxj.   1. La ligne Menfalle ne fe trouuant dans la main, fuppofe vne perfonne propre à toute forte de mal & qui perira miferablement.

Lögue: 2. La ligne Menfalle égalle, longue, haute & droite, fignifie vne bonne nature & de forte complexion pour la generation, & par confequent longue vie & la perfonne iufte.

3. Ladite ligne montant vers l'Indice fans Rameaux, fignifie homme infortuné & en danger de mort fubite.

4. Ladite ligne montant vers l'Indice deliée dans fon extremité & fans Rameaux, fuppofe perte de biens, & ce dau-

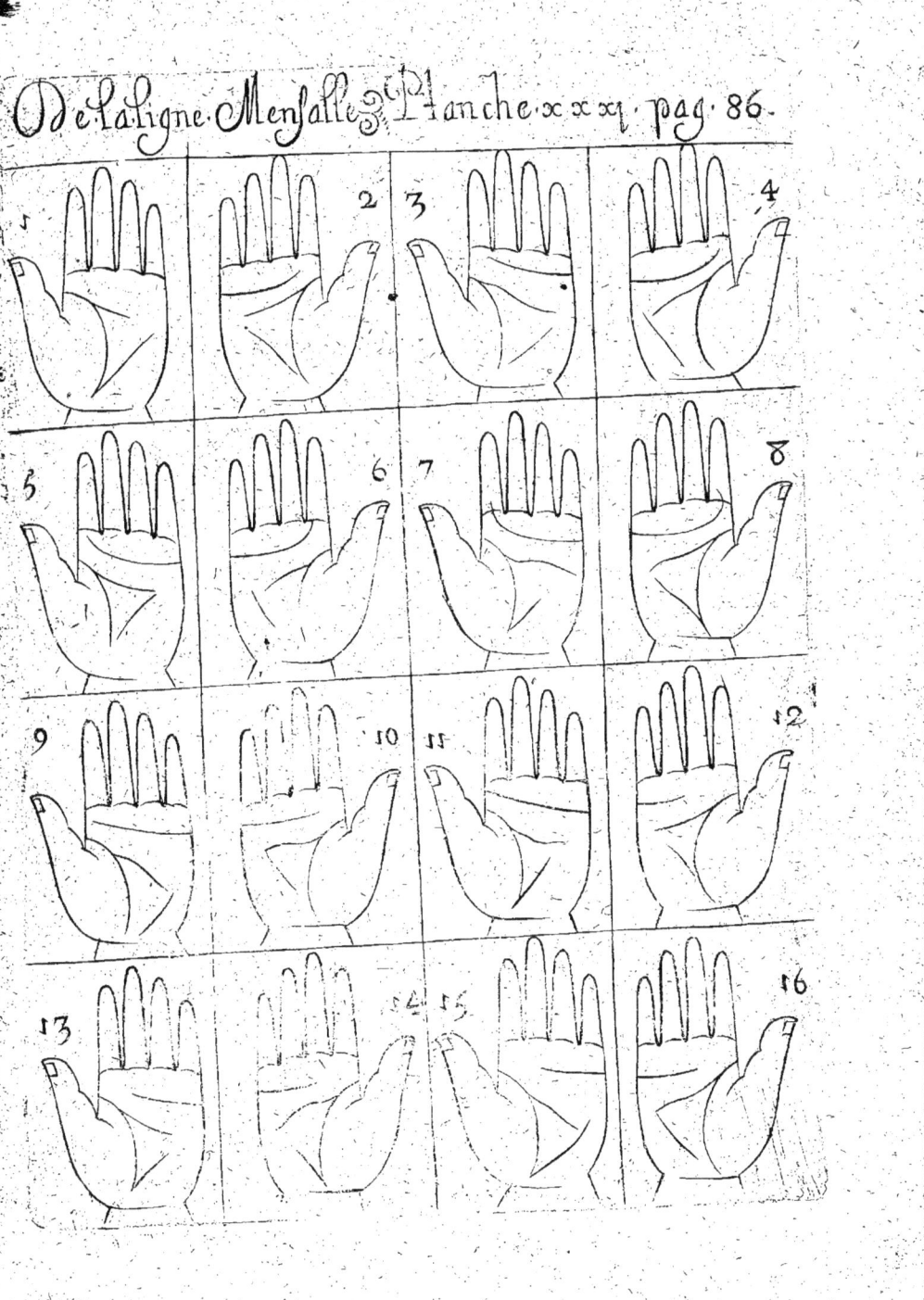

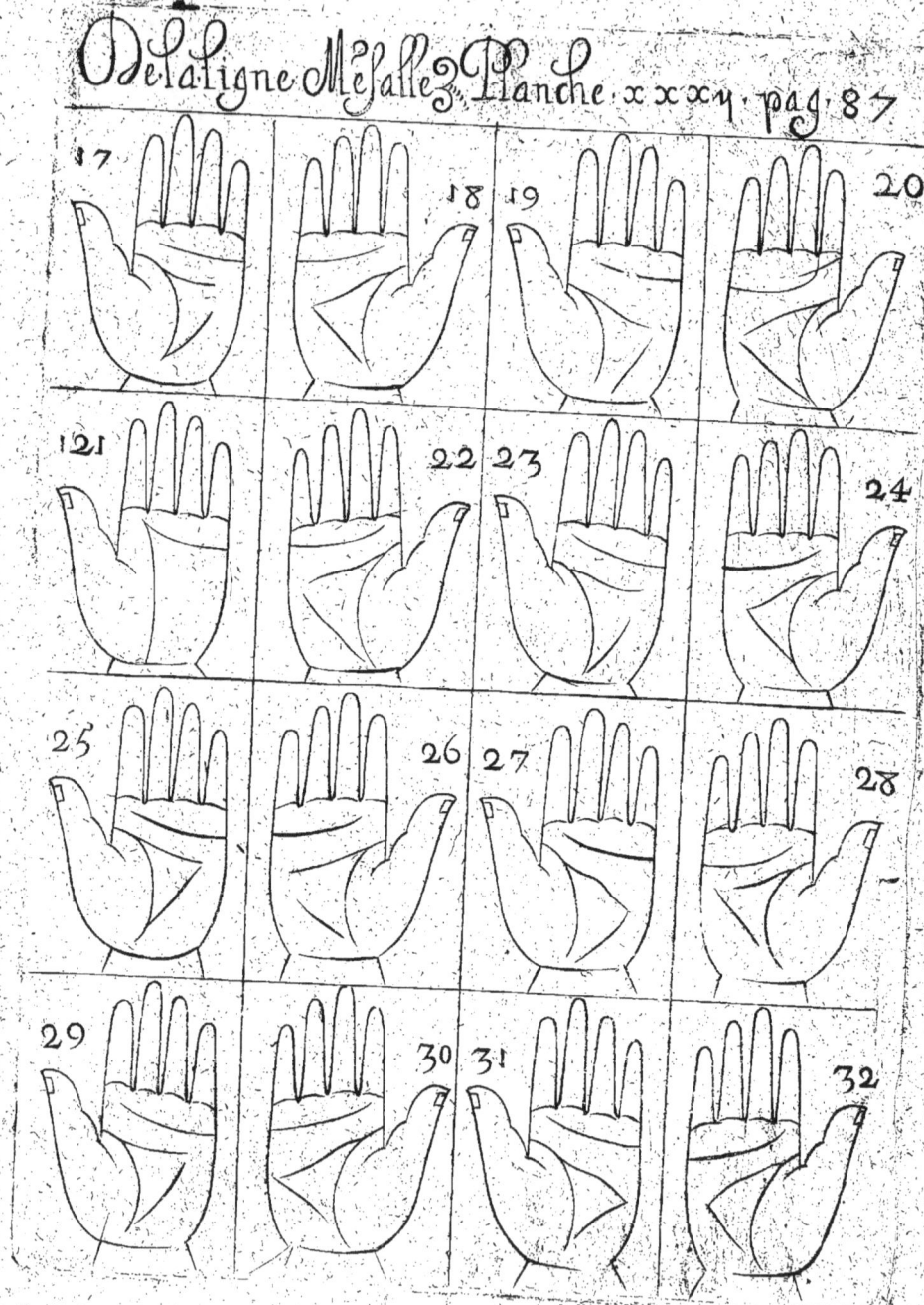

rant plus ſi elle touche ou coupe la premiere iointure de l'Indice.

5. Ladite ligne montant droit ſur le Mont de Iupiter, ſignifie richeſſes, dignitez & bonté.

6. Ladite ligne montant iuſqu'à la Racine de l'Indice ſans Rameaux, ſuppoſe la perſonne pauure, infortuné, cruelle, audacieuſe, pernicieuſe, qui moura de mort ſubite, peut-eſtre par vne fievre aiguë.

7. Ladite ligne entrant droitement dans l'Indice, ſuppoſe vn homme de bien & digne de tout honneur.

8. Ladite ligne entrant dans l'Indice comme crochuë, marque vn homme furieux & colere.

9. Ladite ligne étenduë ſur la Paulme dans le milieu du Mont de Iupiter, ſignifie vn homme cruel & meurtrier.

10. Et ſi elle n'a point de Rameaux dans ſon extremité, elle marque vne mauuaiſe mort.

11. Ladite ligne droite & groſſe trauerſant la Paulme au delà de l'Indice, ſuppoſe la perſonne folle, coleré, effrenée & ſans iugement.

12. Ladite ligne ſe terminant entre le doigt du Milieu & l'Annulaire, ſuppoſe vn eſprit groſſier. *Courte*

13. Ladite ligne ne paſſant pas le Mont de Saturne, ſignifie grande pauureté auec pluſieurs perils & miſeres.

14. Ladite ligne ſe terminant à l'oppoſite du doigt du Milieu, ſuppoſe la perſonne menteuſe, inconſtante, trompeuſe, & qui fomente des querelles, contentions & procez auec perte de ſes biens.

15. Ladite ligne ſe terminant au doigt du Milieu, & non inclinée, ſuppoſe la perſonne vagabonde, ſuperbe & qui doit ſouffrir exil & baniſſement.

16. Ladite ligne ſe terminant au doigt du Milieu, ſignifie vn homme infortuné qui moura par ſa faute apres ſa negligence.

17. Ladite ligne ſe trouuant entre l'Indice & le doigt du Milieu, ſuppoſe acquiſition de biens ſans trauail & ſans *Plaché* xxxij.

M ij

peine, & à vne femme tres grande difficulté dans l'accouchement.

18. Ladite ligne ſe terminant entre l'Indice & le doigt du
Milieu, & eſtant rouge & ſubtile dans ſon extremité, elle ſuppoſe des apoſtumes au ſein, ou des playes ſi le Chirurgien
n'eſt adroit, & la mort par vn flus de ſang, ou par la peſte &
des playes à la teſte.

19. Ladite ligne diſcontinuée ſe terminant entre l'Indice
& le doigt du Milieu, c'eſt vn ſigne d'eſtre ſurmonté par ſes
ennemis & d'en ſouffrir perſecution.

20. Ladite ligne finiſſant entre l'Indice & le doigt du Milieu entrecoupée d'vne ligne qui vient de l'Indice, ſignifie
bleſſure à la teſte plus ou moins perilleuſe ſelon que la Menſalle eſt groſſe dans ſon extremité.

21. Ladite ligne ſe terminant entre l'Indice & le doigt du
Milieu, & la ligne Saturnine s'y ioignant, ſignifie peril dans
l'accouchement & mal au ſein.

Deliée 22. Ladite ligne deliée ſe terminant ſur le Mont de Iupiter,
ſuppoſe gouuernement dans ſa famille & ſuperiorité ſur ſes
égaux.

23. Ladite ligne deliée s'étendant droit vers le Mont de
Iupiter, ſuppoſe perte & dommage en ſes biens.

24. Et ſi ell'eſt groſſe dans ſon commencement, elle marque beaucoup de bien apres auoir bien ſouffert du mal.

Groſſe. 25. Ladite ligne plus groſſe que les autres lignes, ſignifie
mal de teſte & peril de peſte.

26. Ladite ligne groſſe & liuide, ſignifie triſteſſe.

Large. 27. Ladite ligne large & profonde iuſques au Mont de Iupiter, ſuppoſe la perſonne colere, hardie, furieuſe & brutalle.

Rouge. 28. Ladite ligne rouge, ſuppoſe la perſonne qui prend
plaiſir à ſemer des querelles par de faux rapports & enuieu-
ſe du bonheur d'autruy, & des maladies aux parties de la generation.

29. La Menſalle plus rouge que les autres lignes, ſignifie

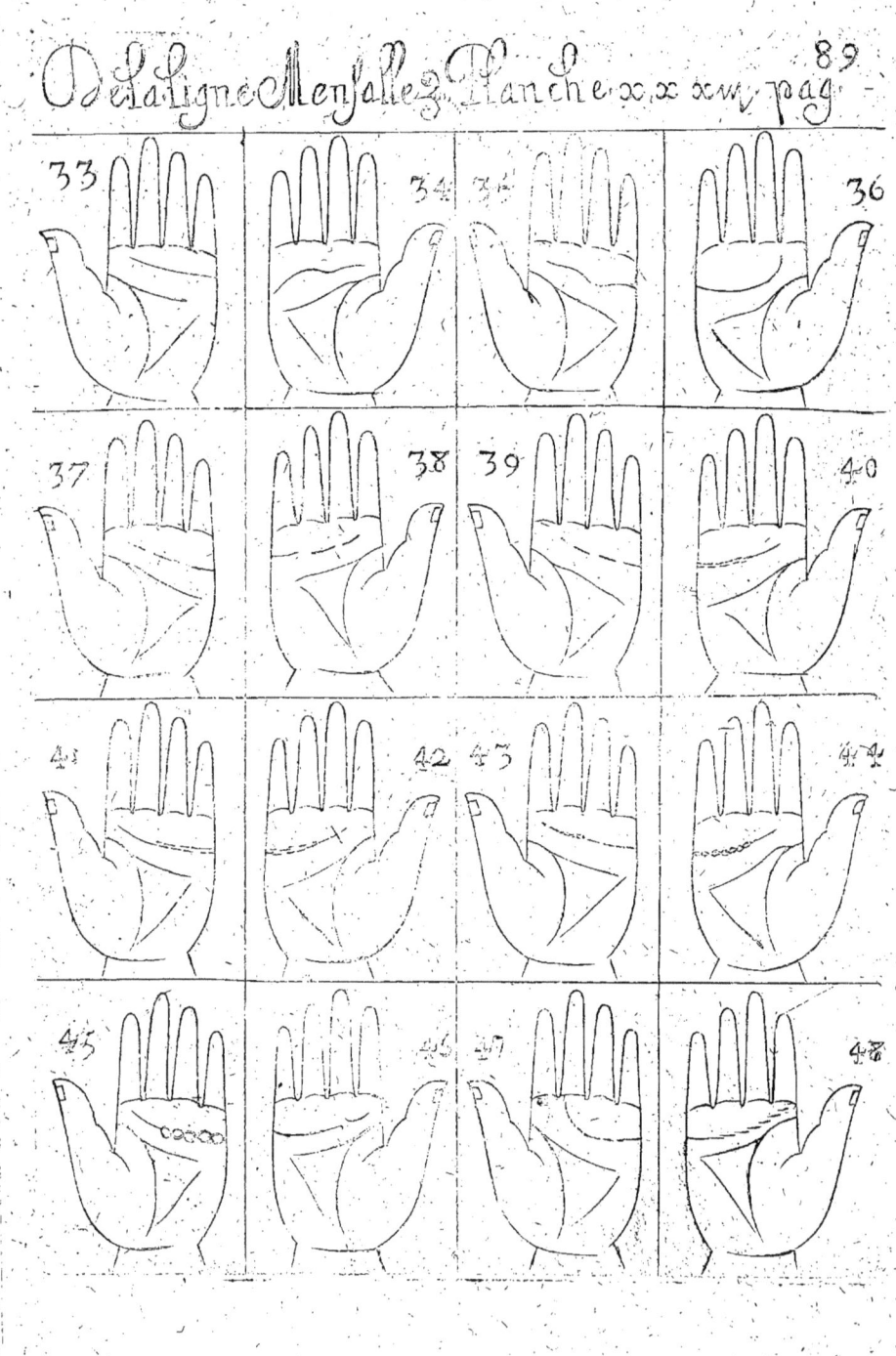

douleur aux inteſtins & tendreſſe au ventre.

30. Si ladite ligne eſt rouge & diſproportionnée d'auec les autres, elle ſuppoſe bleſſures à la teſte, auec peſte & glandes.

31. Si ladite ligne eſt plus rouge dans vn lieu que dans vn autre, elle ſignifie cruauté & colere au temps ſelon la diuiſion.

32. Ladite ligne liuide, ſuppoſe la mort cauſée par vn flux *Liuide* de ſang & infirmité aux parties de la generation.

33. Si ladite ligne eſt palle & deliée, elle ſignifie chaſteté, Plâche mais imbecilité auec pluſieurs autres maladies. xxxiij.

34. Ladite ligne inclinée dans ſon commencement, ou au *Incli-* milieu vers la Naturelle, ſuppoſe vne mort auancée auant *née.* l'aage vieil.

35. Si ladite ligne eſt vn peu tortuë vers le Triangle, elle *Tortuë* marque l'homme iuſte.

36. Si ladite ligne eſt en forme circulaire, elle ſuppoſe viure peu de temps.

37. Si ladite ligne eſt diſcontinuée, elle marque vne nature *Diſcō-* froide & incapable de generation, & en danger de ſa vie par *tinuée* des bleſſures à la teſte.

38. Si ladite ligne eſt diſcontinuée, & que la ligne du Foye paroiſſe peu ou point du tout, elle ſuppoſe la perſonne incapable de generation, ſi elle n'eſt de nature ſanguine.

39. Si ladite ligne eſt courte, ou diſcontinuée & compoſée de pluſieurs petites lignes, elle ſuppoſe infidelité, mauuaiſe digeſtion, peril pour les femmes dans leur accouchement, quoy que d'ailleurs elle marque leur naturel fort porté aux actes de Venus, quoy qu'il en couſte, & ne deuiendront groſſes eſtant incapables de generation.

40. Si ladite ligne eſt diſcontinuée dans ſon commencement & formée de pluſieurs petites lignes, elle ſuppoſe vne nature froide & ſterile, ſi elle n'eſt de nature ſanguine.

41. Si ladite ligne eſt diſcontinuée & remplie de Rameaux dans ſon commencement, elle ſignifie la meſme choſe que

l'obferuation precedente, & des infirmitez aux parties de la generation.

42. Mais fi ell'eft coupée le mal fera dans les parties externes.

43. Si ladite ligne eft deliée dans fon commencement, & difcontinuée & groffe dans fon extremité, fe terminant entre le doigt du Milieu & l'Indice, elle fuppofe eftre vaincu par fes ennemis; & tout au contraire, fi elle fe trouue dans vne fituation oppofée.

44. Si ladite ligne eft difcontinuée d'auec fon commencement & formant vne efpece de chaifne, elle fuppofe la mort dans vn païs eftranger.

45. Si ladite ligne eft formée comme vne chaifne dans fon commencement, elle fuppofe incapacité à la generation auec inclination à Venus.

46. Si ladite ligne eft diuifée en deux parties, defquelles la premiere s'étende vers la Naturelle, & l'autre vers le Mont de Saturne, elle fuppofe la perfonne tres-fouuent en peril de fa vie, bien que d'ailleurs elle fe foit fouuent conferuée dans les dangers & dans les accidens qui l'ont menacée.

47. Si ladite ligne eft formée de plufieurs lignes, & prefque croche dans fon extremité, touchant la Racine du doigt du Milieu proche de l'Indice, elle fuppofe vne vie laborieufe & perfecutée par fes propres parens, vagabonde & baniffement de fon païs natal.

48. Si ladite ligne eft difcontinuée & monte vers l'Indice comme vne échelle, elle fuppofe que la perfonne paruiendra peu à peu aux honneurs, mais auec beaucoup de peine.

Points 49. Ladite ligne remplie de points en forme de petits
Plâche points d'éguilles en quelques lieux qu'ils foient, elle fuppofe
xxxiv. la perfonne vertueufe par inclination.

50. Si ladite ligne eft remplie de points fort apparens, c'eft vn fort mauuais figne pour les femmes à caufe de la difficulté de leur accouchement & des maladies de grauelles par le trop de coit, & pareillement des douleurs de tefte & de ceruceau.

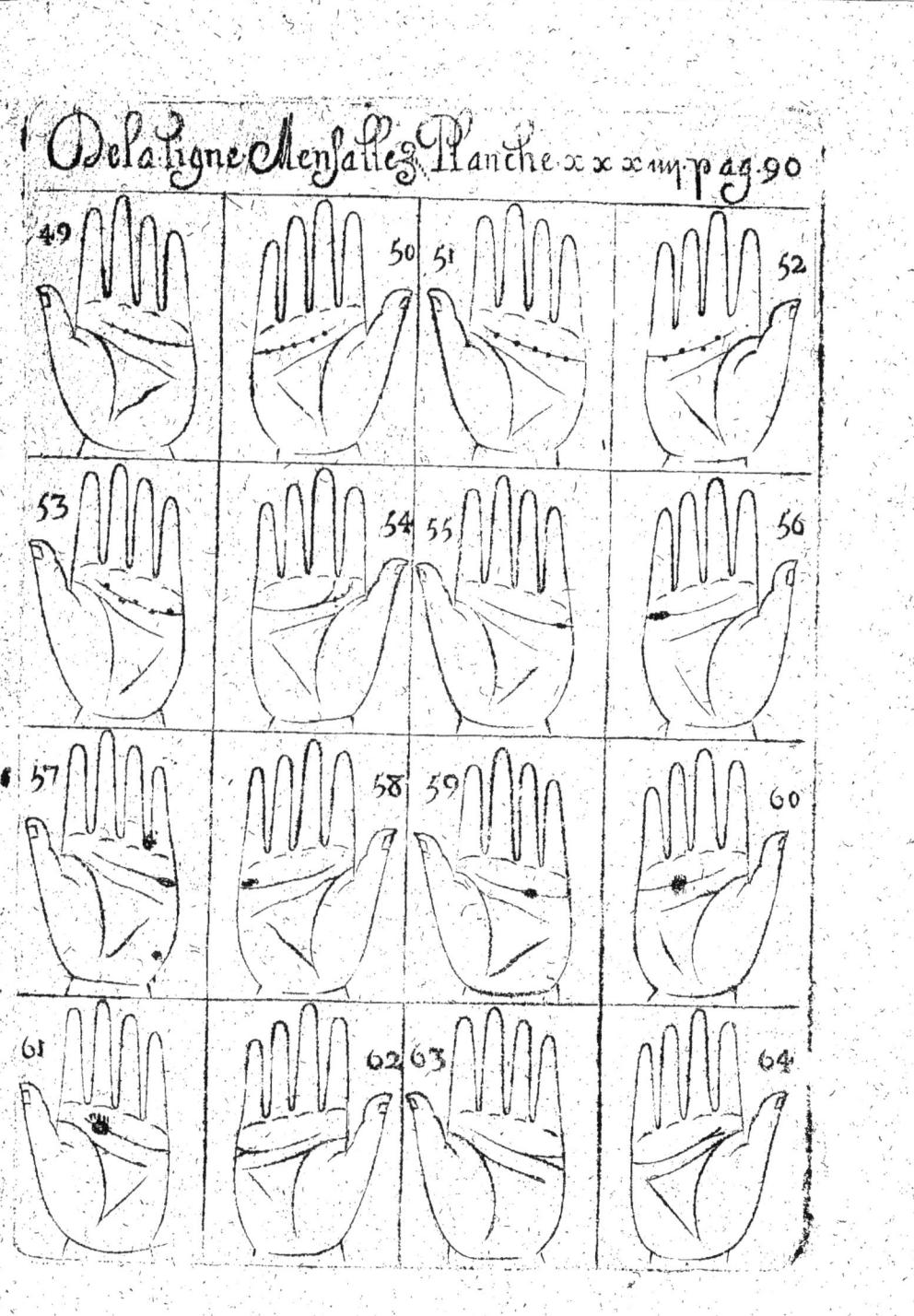

51. Si de ceſdits points il ſort de petites lignes palles & rou-ges, elles ſuppoſent la perſonne ſuiette au mal des reins.

52. S'il ſe trouue des taches ſur ladite ligne, ou auprès, elles ſignifient des indigeſtions d'eſtomac & douleur de coſté.

53. Si ladite ligne eſt remplie de gros points rouges & ſans ordre, elle ſuppoſe douleur aux parties de la generation ; ſelon quelques-vns, des gouttes aux pieds & aux mains; & ſelon d'autres, impudicité & incontinence.

54. Si ladite ligne eſt fourcheüe ſur le Mont de Saturne, & qu'vn Rameau s'étende droit vers l'Indice, & dans ce Ra-meau il ſe trouue des points, ils ſuppoſent vne perſonne con-tinente.

55. S'il ſe trouue dans ladite ligne des foſſes blanches ou noires ſous le Mont de Mercure, elles ſuppoſent dans l'hom-me douleurs aux reins & aux parties de la generation auec quelqu'inclination au vice d'Italie, & dans la femme dou-leurs dans la matrice. *Foſſes.*

56. S'il ſe trouue au commencement de ladite ligne vne figure circulaire vn peu longue, comme vne foſſe, elle ſuppoſe la perſonne ſecrette, fine, qui aimera les conuerſations de ruelle, & qui ſe perſuade qu'vn peché caché eſt à demy pardonné.

57. S'il ſe trouue au commencement de ladite ligne vne foſſe blanche & longue, elle ſuppoſe inceſte ; ſi elle ſe trouue en differens endroits de la main, ſignifie meſme choſe.

58. S'il ſe trouue vne foſſe proche ladite ligne à l'oppoſite de l'Auriculaire, elle ſignifie vn homme de bien craignant Dieu, & affection à ſa religion & aux belles lettres.

59. S'il ſe trouue vne petite foſſe à l'oppoſite de l'Annu-laire, elle ſignifie douleur de reins.

60. S'il ſe trouue vne foſſe à l'oppoſite de l'Annulaire di-uiſée par pluſieurs lignes, elle ſuppoſe maladies à la veſſie, douleurs dans la matrice & pleureſie.

61. S'il ſe trouue vne foſſe à l'oppoſite du doigt du Milieu,

de laquelle quelques lignes s'étendent vers ledit doigt, elle ſuppoſent voyages inutilles & ſans profit.

Four-
cheüe.
    62. Si ladite ligne eſt fourcheüe dans ſon commencement de quelque coſté que ce ſoit, elle ſuppoſe des inimitiez, & dautant plus grandes, plus les Rameaux ſont éloignez, & des maladies aux parties de la generation.

    63. Si ladite ligne eſt fourcheüe vn peu vers la Percuſſion, elle ſuppoſe des triſteſſes iuſques à vingt ans; ſi ell'eſt trifour-cheüe, iuſqu'à trente ans; & ſignifie touſiours mal, princi-palement ſi vn des Rameaux ne s'étend vers la ligne Natu-relle.

    64. Si ladite ligne eſt peu fourcheüe dans ſon extremité, elle marque dans vn homme infidelité, tromperie & malice enuers ſes parens; & dans vne femme impudicité, & qui poura eſtouffer ſon enfant.

Plache
xxxv.
    65. Si ladite ligne eſt fourcheüe entre le doigt du Milieu & l'Indice, elle ſuppoſe vne vie laborieuſe, & dautant plus qu'elle ſe trouue profonde.

    66. Si ladite ligne eſt fourcheüe vers les Monts de Iupiter & de Saturne, elle ſignifie vn eſprit caché, inconſtant & qui ſouffrira beaucoup.

    67. Si ladite ligne eſt fourcheüe dans ſon extremité, & qu'vn de ſes Rameaux s'étende vers l'Indice & l'autre vers le doigt du Milieu, elle ſignifie vn homme ſot & malin, auari-cieux & trompeur, laſcif & perfide, & perſecuté de ſes enne-mis tout le temps de ſa vie; lequel ne laiſſera pas d'en triom-pher par le moyen des femmes.

    68. Si leſdits Rameaux touchent les Racines de l'Indice & du doigt du Milieu, & qu'ils ſoient rouges & deliez, ils ſuppoſent la perſonne frenetique, & des playes dans le corps & boſſus.

    69. Si ladite ligne eſt fourcheüe, & qu'vn de ſes Rameaux s'étende vers l'Indice, & l'autre entre l'Indice & le doigt du Milieu, elle ſuppoſe vne vie douce & chaſte, & des biens ſe-lon ſa condition.

                                   Si la

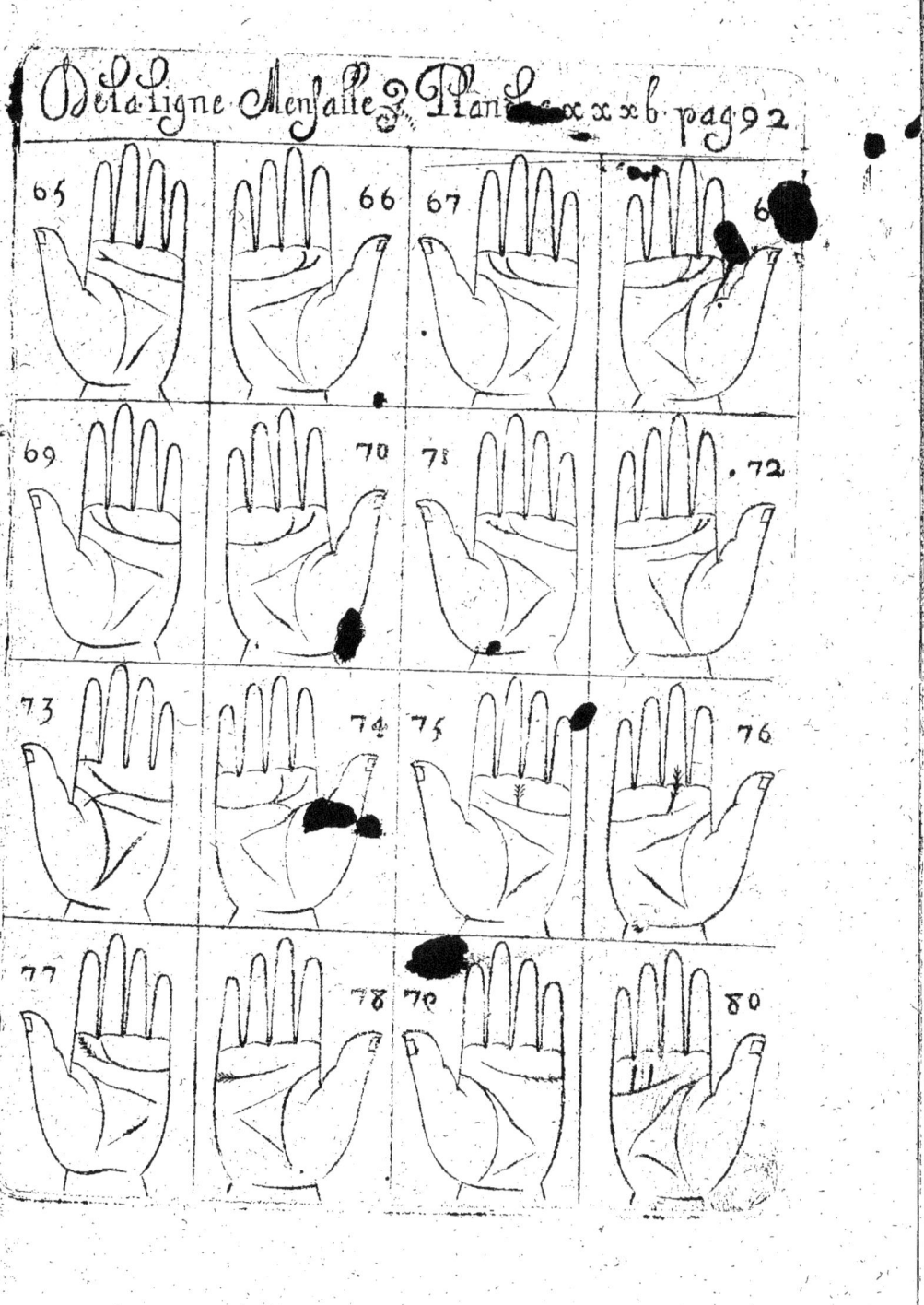

70. Si ladite ligne eſt diuiſée à l'oppoſite du doigt du Mi-lieu, & qu'il s'étende vn des Rameaux vers l'Indice, elle mar-que impureté.

71. Et ſi dans ce Rameau il ſe trouue des points, il ſignifie continence.

72. Si ladite ligne eſt fourcheüe & que les Rameaux s'é-tendent vers le Mont de l'Indice, elle ſuppoſe vne vie labo-rieuſe & penible.

73. Si ladite ligne eſt beaucoup fourcheüe dans ſon extre-mité, & qu'vn des Rameaux s'étende vers l'Indice & l'autre coupe la ligne de Vie vers l'Angle ſupréme, elle ſignifie dou-ceur, bon-heur & fidelité.

74. Si ladite ligne eſt trifourchüe, & qu'vn de ſes Rameaux s'étende vers le doigt du Milieu, l'autre vers la Naturelle, & le troiſiéme vers l'Indice, elle ſuppoſe la perſonne riche & af-fectionnée aux benefices.

75. Si ladite ligne étend vn Rameau compoſé de pluſieurs autres petites lignes, ou vne ligne courbée entre le doigt du Milieu & l'Annulaire, elle ſignifie mauuaiſe diſpoſition & vne eſpece de goutte.

76. Si dans ladite ligne, il ſe trouue vn Rameau qui tra-uerſe le doigt du Milieu, elle ſuppoſe vn homme hardy & ſage.

77. S'il ſe trouue dans ladite ligne vn Rameau qui s'éten-de vers l'Indice, il ſuppoſe vne mort prompte & precipitée par quelques bleſſures; ſurquoy il faut conſiderer la ligne de Vie.

78. Si ladite ligne eſt remplie de pluſieurs petits Rameaux *Ramuſ-* dans ſon commencement, ou dans ſon extremité du coſté des *culeuſe* Mónts, elle promet beaucoup de richeſſes & de biens.

79. Si ladite ligne a ſeulement des Rameaux du coſté du Quadrangle, ils ſuppoſent pauureté, infortune & miſere.

80. Si ladite ligne étend vn de ſes Rameaux vers l'Annu-laire, & l'autre entre l'Annulaire & l'Auriculaire, elle ſuppo-ſe vn ſemeur de noiſes & de procez.

81. Si ladite ligne eſt compoſée de pluſieurs lignes montans les vnes apres les autres, elles ſuppoſent des honneurs & de la puiſſance dans la perſonne, & dautant plus qu'il s'y trouuera des lignes.

82. Si ladite ligne eſt compoſée de pluſieurs Rameaux droits qui s'êtendent vers l'Indice, ils ſuppoſent de grands biens, de grands honneurs & de grandes dignitez & richeſſes.

83. Si ladite ligne eſt compoſée de Rameaux dans ſon extremité qui s'êtendent vers la Naturelle, elle ſuppoſe la perſonne menteuſe, médiſante, babillarde, & qui ſe plaiſt par ſa méchante langue & mauuais rapports à faire des noiſes & des querélles.

84. Si ladite ligne eſt compoſée de quelques Rameaux dans ſon extremité qui tendent vers l'Angle ſuprême, elle marque la perſonne ioyeuſe, heureuſe & liberalle.

85. Si ladite ligne eſt compoſée de petites lignes dans ſon extremité enforme de Rameaux, elle marque des maladies cauſées par la colere, ſi elles s'êtendent vers la Naturelle: Et prouenantes de ſang & de flegmes, ſi elles ſont du coſté des Monts, au temps ſelon la diuiſion.

86. Si ladite ligne eſt touchée par vne ligne droite & deliée qui s'étende vers l'Auriculaire ou iuſques à ſa Racine, elle ſignifie fidelité, liberalité, bon conſeil & chaſteté dans les femmes.

87. S'il ſort des lignes groſſes & rouges de la Menſalle qui s'étendent vers l'Auriculaire & qui ne touchēt pas la Racine, elles ſuppſent des playes dans les bras & dans les mains.

88. Si ladite ligne eſt ſeulement oblique, elle ſuppoſe liberalité exceſſice.

89. S'il ſort de ladite ligne vne groſſe ligne tortuë s'étendante vers l'Auriculaire, elle ſuppoſe dans vn homme auarice, & dans vne femme impudicité.

90. S'il ſe trouue vne foſſe dans ladite ligne ſous l'Annulaire, de laquelle il ſorte de petites lignes qui montent vers

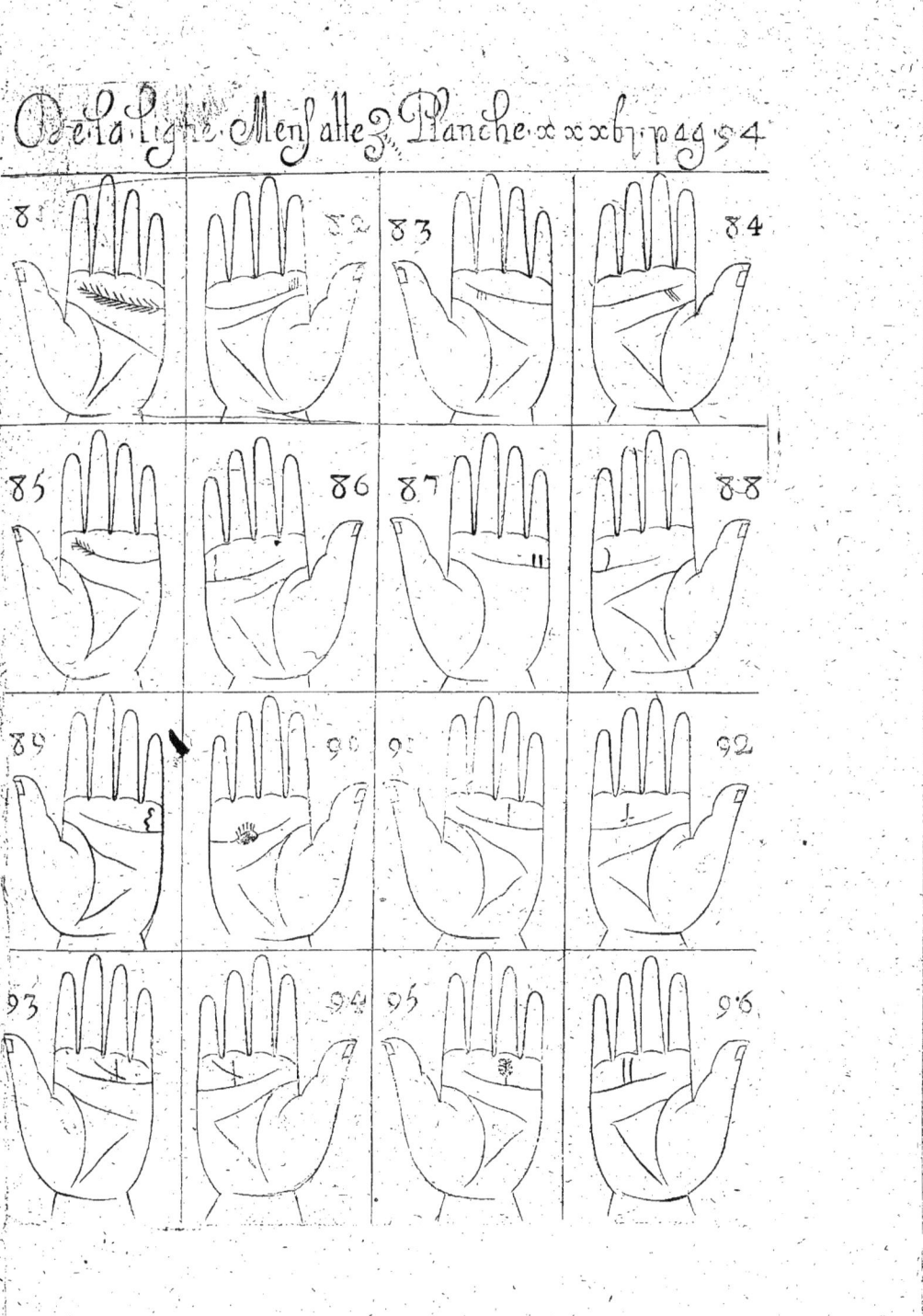

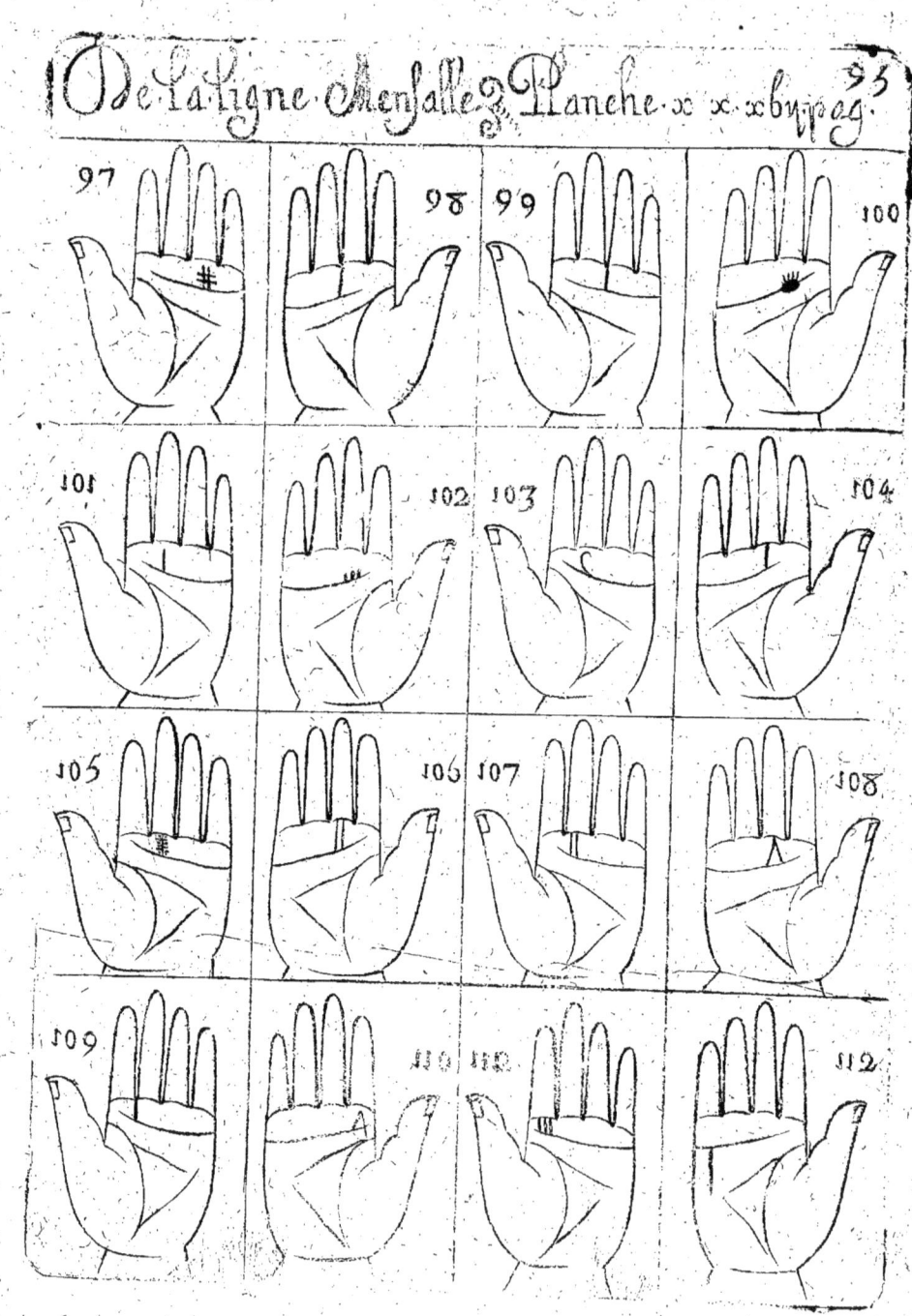

l'Annulaire, elles ſuppoſent de fortes coliques au ventre & douleur dans la veſſie.

91. Si de ladite ligne s'étend vne ligne droite vers l'Annulaire, elle ſignifie vn bon eſprit, & qui ſera honoré & eſtimé des Grands.

92. Si cette ligne qui monte vers l'Annulaire eſt coupée dans ſon commencement (qui eſt proche de la Menſalle) par vne groſſe ligne, elle apporte empeſchement au commencement de l'aage ; ſi ell'eſt coupée au milieu, à trente ans ; ſi à la fin, à la vieilleſſe.

93. Si cettedite ligne qui s'étend vers l'Annulaire eſt coupée par vne ligne qui deſcende du Mont de Saturne, l'empeſchement eſt cauſé par pauureté.

94. Si au contraire la ligne coupante vient du Mont de Mercure, l'empeſchement eſt cauſé pour s'adonner à pluſieurs affaires inutilles & friuolles.

95. Si ladite ligne qui monte de la ligne Menſalle vers l'Annulaire eſt empeſchée & oppreſſée de pluſieurs lignes, elle ſuppoſe perte aupres des Grands auec peril de ſa vie.

96. S'il monte de ladite ligne vers l'Annulaire pluſieurs lignes, elles ſuppoſent vn bon eſprit & curieux de diuerſes ſciences, mais vain & ſuperbe, qui ſe poura laiſſer ſeduire par les femmes; & ce dautant plus ſi l'vne deſdites lignes coupe la premiere Iointure.

97. Si ceſdites lignes montantes ſont coupées par de plus groſſes, elles marquent oppoſition.

Plache xxxvij.

98. S'il monte de ladite ligne vne ligne entre le doigt du Milieu & l'Annulaire, elle marque des gouttes; & ce dautant plus qu'elle ſera empeſchée & oppreſſée d'autres lignes.

99. Si ladite ligne montante eſt groſſe & profonde, elle ſuppoſe peines & facheries, & ce dautant plus qu'elle ſera groſſe.

100. S'il ſe trouue dans la ligne Menſalle vne foſſe à l'oppoſite du doigt du Milieu, de laquelle il monte pluſieurs li-

N iij

gnes vers ledit doigt, elle ſuppoſe des voyages inutilles & ſans profit.

101. Si de ladite ligne il monte vne ligne au Mont de Saturne, elle ſuppoſe biens futurs & des ſucceſſions à venir & de bon eſprit, principalement dans l'agriculture.

102. S'il monte de ladite ligne de groſſes & courtes lignes vers le doigt du Milieu, elles ſuppoſent vne courte vie, & ſelon quelques-vns vne vie douce & tranquille.

103. S'il monte de ladite ligne vers le Mont de Saturne vne ligne en forme de demy cercle, elle ſignifie la priſon.

104. S'il monte de ladite ligne iuſqu'à la Racine du doigt du Milieu vne ligne, elle ſuppoſe de grandes peines & tribulatiõs.

105. Si ladite ligne montante eſt coupée, ou beaucoup empeſchée ou oppreſſée, elle ſignifie priſon auec grand déplaiſir.

106. S'il monte de ladite ligne pluſieurs lignes iuſques à la Racine du doigt du Milieu, elles ſuppoſent des trauaux, des afflictions, & que la perſonne pourra eſtre priſonniere & ſouffrir des bleſſures.

107. Si leſdites lignes deuiennent noires, on eſt menacé de la torture.

108. S'il monte de ladite ligne Menſalle deux petites lignes iuſques à la Racine du doigt du Milieu & qui s'y vniſſent, elles ſignifient vn pauure ſot, glorieux & vn menteur.

109. S'il monte de ladite ligne vne groſſe ligne entre le doigt du Milieu & l'Indice, elle ſignifie playe mortelle à la teſte.

110. S'il monte de ladite ligne vne ligne à l'Indice qui s'vniſſe à vn autre qui vient de l'Angle Supréme, elle ſignifie mort ſubite.

111. S'il monte de l'extremité de ladite ligne deux, ou pluſieurs lignes droites à la Racine de l'Indice, & qu'elles entrent dans la Racine, la meſme choſe que l'obſeruation precedente.

Tou-
chantes
vers le
112. S'il deſcend vne ligne du commencement de la Menſalle vers le Mont de la Main, elle ſuppoſe vn meurtrier de

De la Ligne Mensalle 2 Planche xxxviij pag

113
114
115
116
117
118
119
120
121
122
123
124
125
126
127
128

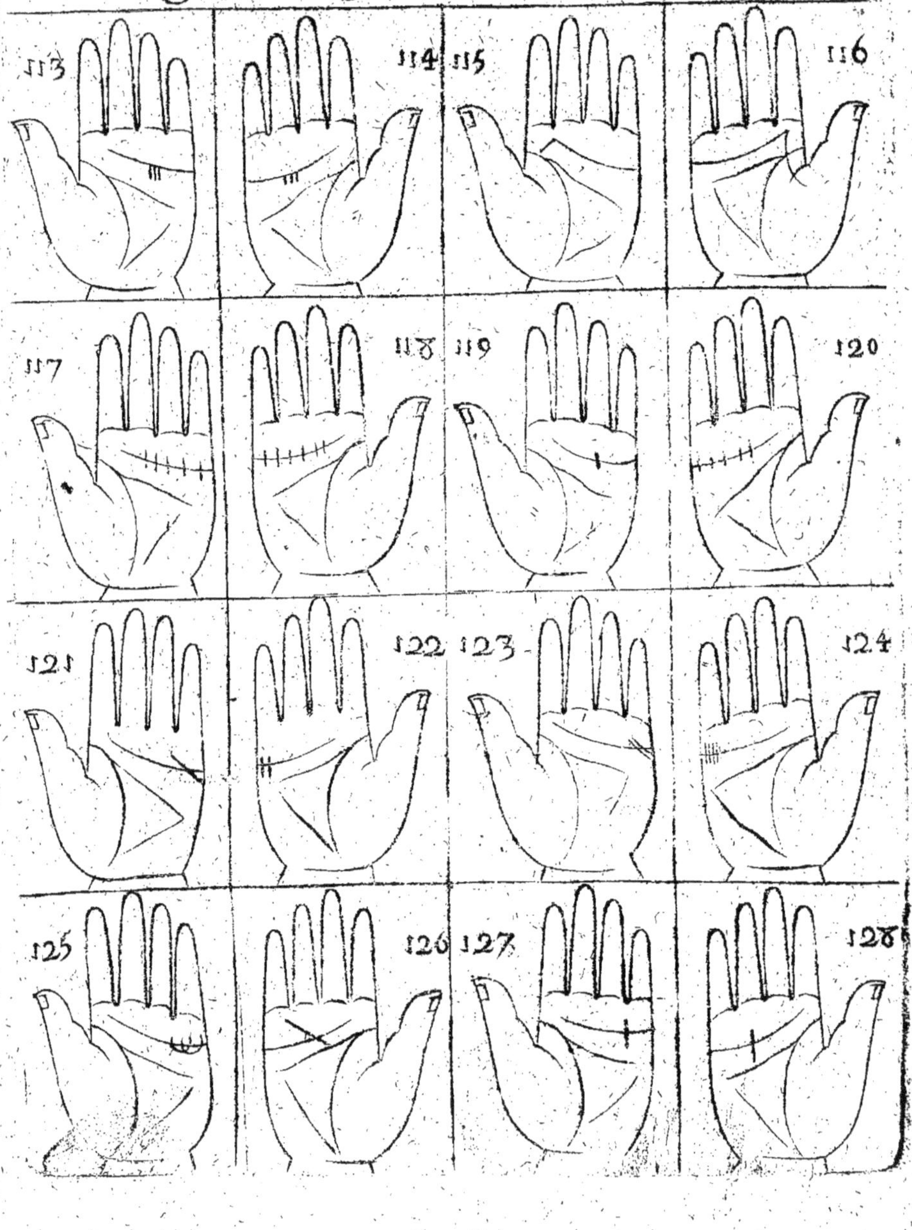

ſes parens, ou au moins qui les excedera de coups.

113. S'il deſcend de ladite ligne de petites lignes vers le Quadrangle, elles ſignifient flux de ventre.

114. S'il deſcend de courtes ou de petites lignes de la Menſalle vers le Quadrangle, elles ſuppoſent autant de mariages, & ſelon quelques-vns autant de concubinages.

115. S'il deſcend de l'extremité de la ligne Menſalle vne ligne au commencement de la ligne de Vie, elle ſuppoſe vne mort cauſée de flux de ſang.

116. Si de l'extremité de ladite ligne il deſcend vne ligne ſur le Mont de Venus qui paſſe par l'Angle ſuprème, elle ſuppoſe la perſonne laſciue & ſuperbe, & qui ſe plaiſt beaucoup à la muſique; & ce dautant plus que ce Mont ſera êleué.

117. Si ladite ligne eſt coupée de pluſieurs petites lignes, elle ſignifie ſotiſe, inconſtance, impudicité & querelles auec les femmes que l'on ayme le mieux.

118. Si ladite ligne eſt coupée de pluſieurs lignes, elles ſuppoſent afflictions, maladies & agitations continuelles.

119. Si ladite ligne eſt coupée par vne ligne groſſe & courte, elle ſignifie peril dela peſte au temps ſelon la diuiſion.

120. Si ladite ligne eſt coupée de lignes courtes, elles ſuppoſent foibleſſe d'eſtomac, auec vn temperament froid.

121. Si ladite ligne eſt coupée dans ſon commencement par vne ligne de trauers montante de la Percuſſion, elle ſignifie mort violente & impreueüe.

122. Si ladite ligne eſt coupée par deux lignes vers la Percuſſion, elles ſignifient mort violente ſi elles ſont profondes.

123. Si ladite ligne eſt coupée dans ſon commencement par des lignes de trauers, elles ſignifient amitié.

124. Si ladite ligne eſt coupée par pluſieurs lignes dans ſon commencement, elles ſuppoſent pluſieurs playes & des bleſſures dans le corps.

125. Si ladite ligne eſt coupée par deux lignes en forme de demy cercle, elles ſuppoſent des maladies aux parties de la generation.

126. Si ladite ligne eſt coupée par vne ligne qui monte du Quadrangle vers l'Auriculaire, elle ſignifie des bleſſures au dos & aux reins.

127. Si ladite ligne eſt coupée par vne ligne qui deſcende d'entre les Monts du Soleil & de Mercure, elle ſuppoſe des ſucceſſions contentieuſes qui cauſeront quelques pertes de biens.

128. Si ladite ligne eſt coupée à l'oppoſite de l'Annulaire, elle ſuppoſe des troubles cauſés par les Grands.

Plâche xxxix. 129. Si ladite ligne eſt coupée par des lignes deliées & vn peu longues dans la Concauité, elles ſuppoſent des bleſſures dans le corps.

130. Si ladite ligne eſt coupée par vne ligne tortuë proue-nante de la Concauité, elle ſignifie des douleurs par tout le corps, & peut-eſtre mal de Naples.

131. Si ladite ligne eſt coupée par vne ligne prouenante de la Concauité qui peu à peu l'accompagne, elle ſuppoſe la perſonne voyageuſe & ſuiette à ſon propre ſens ſans prendre conſeil de perſonne.

132. Si ladite ligne eſt coupée à l'oppoſite du doigt du Mi-lieu, elle ſuppoſe la perſonne babillarde, impudique, peu ay-mée & ſuiette à receuoir des bleſſures dans le corps.

133. Si ladite ligne eſt coupée vers le doigt du Milieu par pluſieurs lignes, elles ſignifient des bleſſures & des pertes aupres des Grands, flaterie & trop de babil, & que l'on pourra eſtre priſonnier.

134. Si ladite ligne eſt coupée par vne ligne qui prouienne du Quadrangle & qui ſoit coupée ſur le Mont de Saturne en forme de croix, elle ſignifie mort violente & peut-eſtre par des larrons.

135. Si ladite ligne eſt coupée par vne ligne qui procede de la Naturelle & qui ſoit fourcheüe ſur le Mont de Saturne, elle ſignifie inconſtance, impudicité & querelles auec les fem-mes qu'on aimera.

136. Si ladite ligne Menſalle eſt coupée par vne ou deux

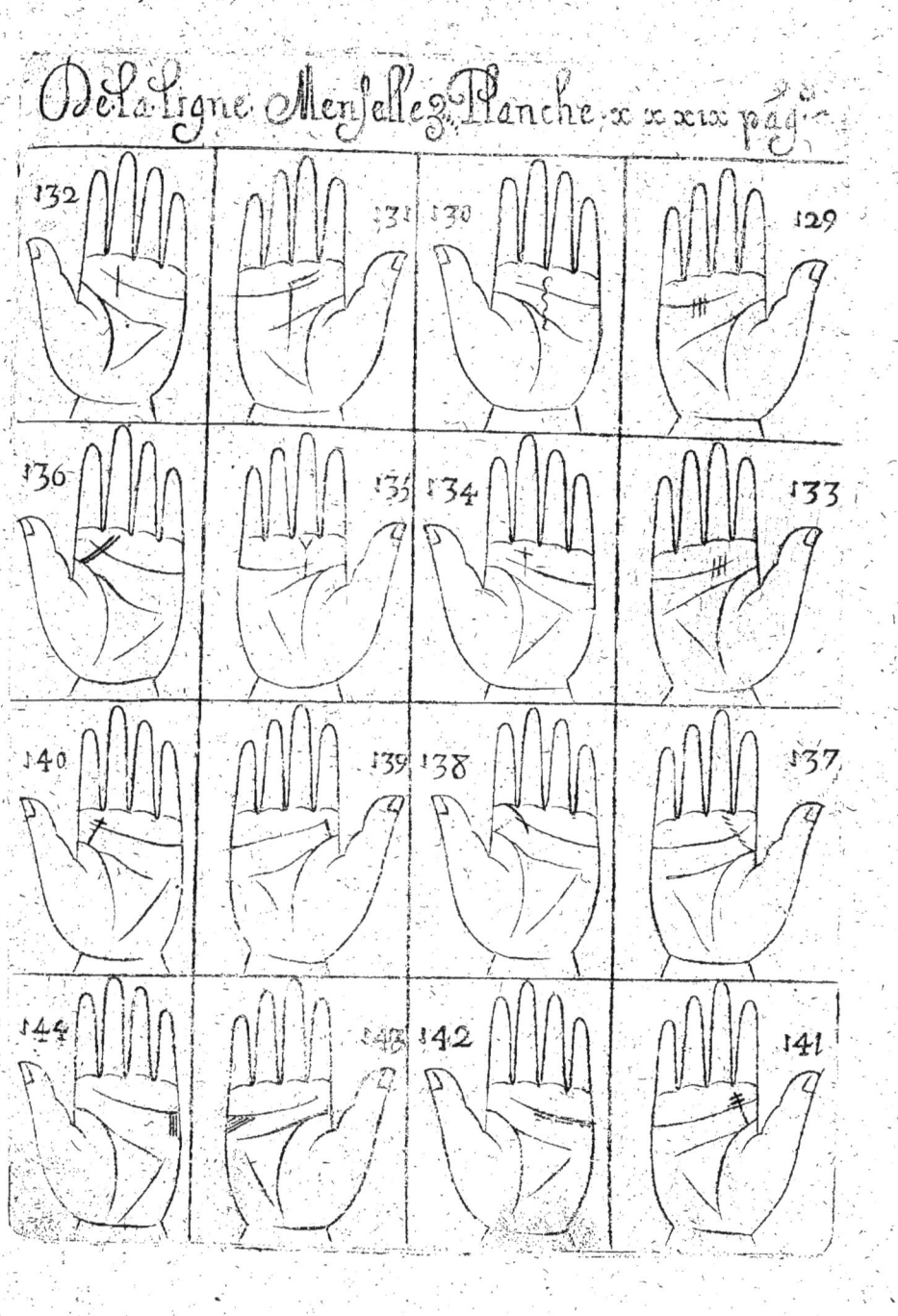

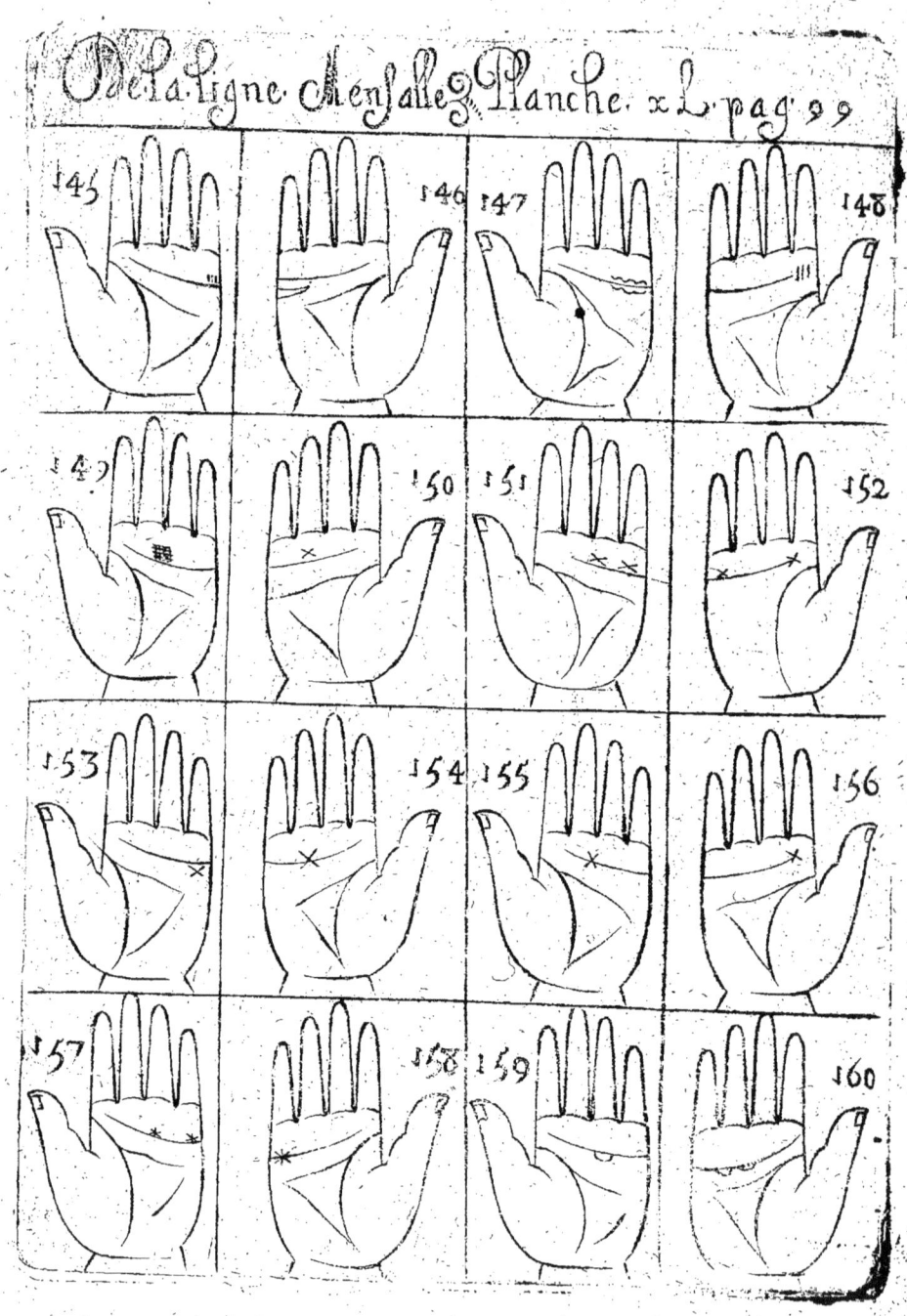

lignes montantes du commencement de la Vitalle au Mont de Saturne, elles ſignifient que la femme ne portera pas ſes enfans à terme, & au ſurplus vne mort malheureuſe; & à vn homme, qu'il terminera mal ſes iours & qu'il pourra mourir de peſte.

137. Si ladite ligne eſt coupée par vne ligne prouenante de la Vitalle au Mont de Saturne en forme de ſeillon, elle marque la perſonne docte & grande diſpoſition pour les ſciences diuinatrices & coniecturalles; & ce dautant plus qu'elle ſera longue.

138. Si ladite ligne finit entre le doigt du Milieu & l'Indice, & eſt coupée par vne ligne deſcendante de l'Indice, elle ſignifie des bleſſures à la teſte.

139. Si ladite ligne eſt coupée par vne ligne montante du commencement de la Vitalle au Mont de Iupiter, elle predit à vne femme pluſieurs ſucceſſions: ſi elle eſt plus rouge que les autres, elle ſignifie douleur aux inteſtins enuiron le nombril.

140. Si ladite ligne s'étendant vers l'Indice eſt coupée dans ſon extremité, elle ſignifie bleſſures à la teſte.

141. Si ladite ligne eſt coupée dans ſon extremité par deux groſſes lignes, elles ſignifient des bleſſures dans le ventre, mort violente & vn flux de ventre.

142. Si ladite ligne eſt accompagnée de petites lignes, elles ſuppoſent des maladies violentes & dangereuſes à proportion de la groſſeur deſdites lignes, pour le temps ſelon la diui-ſion. *Prochaines.*

143. Si quelques lignes de trauers montent de la Percuſſion & approchent de la Menſalle, elles ſignifient des gouttes.

144. S'il monte des lignes droites de la Percuſſion & approchent de la Menſalle, elles ſignifient autant de filles.

145. Et ſi elles ſont entre ladite ligne Menſalle & le Mont Auriculaire, elles ſignifient des enfans & des femmes. *Plâche xl.*

146. S'il monte deux lignes de la Percuſſion, leſquelles

forment vn Angle à l'extremité proche la Menſalle, elles ſignifient mort ſubite.

147. S'il ſe trouue proche de la Menſalle dans ſon commencement des lignes obliques, autant qu'il y en aura, ſuppoſent autant d'ennemis mortels.

148. S'il ſe trouue à l'extremité de la Menſalle ſur le Mont de Iupiter des petites lignes, elles ſuppoſent vne mort ſubite.

149. S'il ſe trouue des lignes coupées ſur la Menſalle entre les doigts du Milieu & l'Annulaire, elles ſignifient la goutte.

Croix.   150. S'il ſe trouue vne croix ſur la Menſalle, elle ſignifie des inimitiez auec ſes parens.

151. S'il ſe trouue deux croix ſur ladite ligne, elles ſignifient des dignitez Eccleſiaſtiques.

152. S'il ſe trouue vne croix ſoit au commencement ou à l'extremité de ladite ligne, elle ſignifie biens hors de ſon païs, & inclination pour la vertu.

153. S'il ſe trouue de petites lignes en forme de croix ſous la Menſalle entre l'Auriculaire & l'Annulaire, elles ſignifient des gouttes.

154. S'il ſe trouue vne croix dans la Menſalle à l'oppoſite de l'Annulaire, elle ſuppoſe des trauaux & de longs voyages.

155. S'il ſe trouue vne croix dans le milieu de ladite ligne, elle ſignifie des infirmitez & querelles.

156. S'il ſe trouue vne petite croix à l'extremité de ladite ligne ſur le Mont de l'Indice, elle ſignifie douceur, affabilité, liberalité & inclination pour la vertu.

Eſtoil-   157. S'il ſe trouue vne croix, ou vne eſtoille proche de la-
les.   dite ligne à l'oppoſite de l'Annulaire ou de l'Auriculaire, elle ſignifie fidelité, bonheur & augmentation de richeſſes, & cependant perte cauſée par les femmes.

158. S'il ſe trouue vne eſtoille au commencement de ladite ligne, ſignifie aduantage hors de ſon païs.

S'il

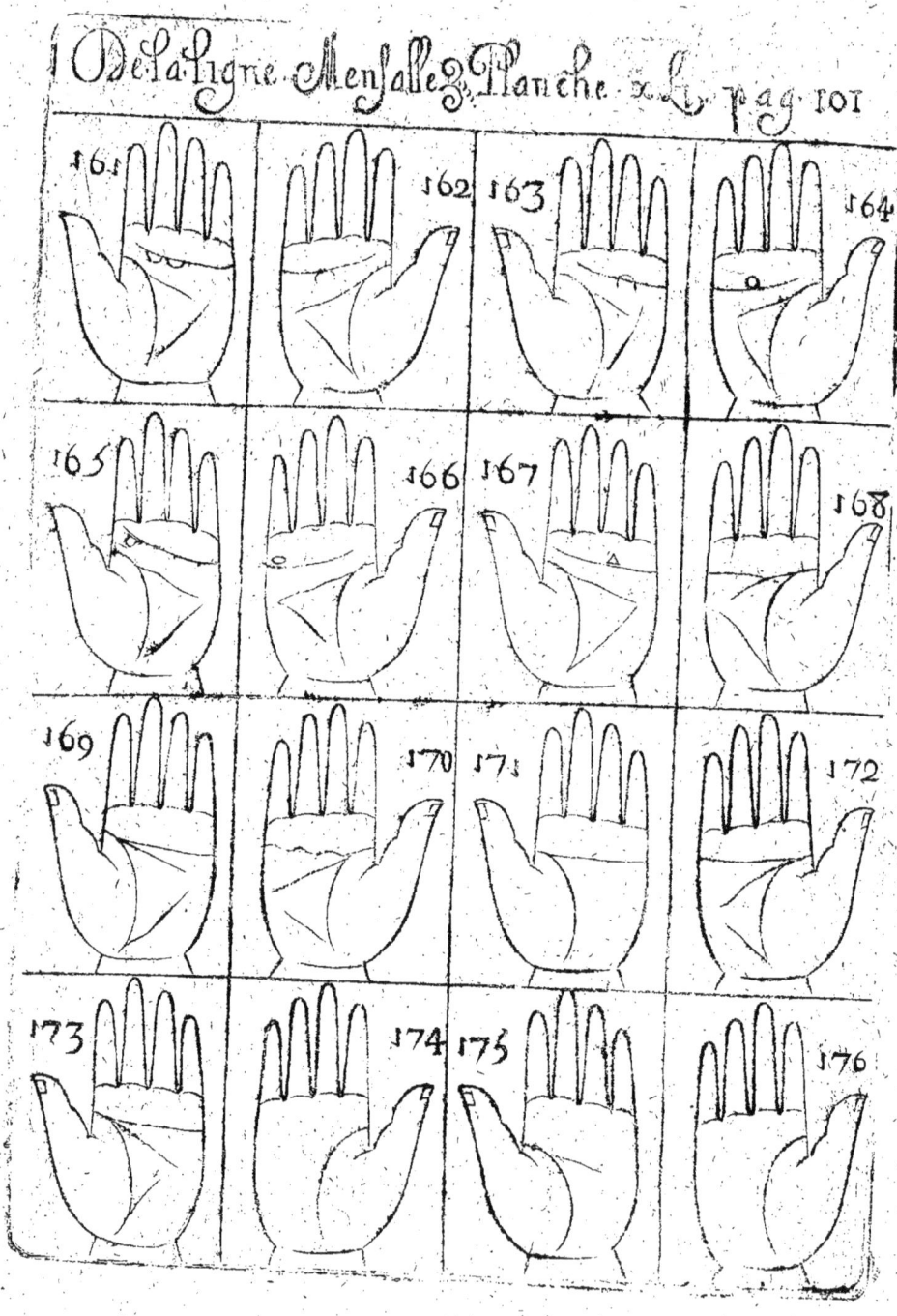

159. S'il se trouue vn demy cercle sous la Mensalle, elle *Demy-* suppose meurtre de ses parens. *Cercle.*

160. S'il se trouue deux demy cercles sous ladite ligne, ils signifient infirmité aux parties de la generation.

161. S'il se trouue de petits demy cercles à l'opposite du *Plache* doigt du Milieu, ou entre le doigt du Milieu & l'Annulaire xlj. dessus ou dessous, ils signifient maladies aux reins & à vne femme difficulté d'accouchement.

162. Si les extremitez sont vers le Quadrangle, ils signifient vol domestique & peut-estre assassinat.

163. Et s'ils coupent ladite ligne Mensalle, la maladie sera mortelle.

164. S'il se trouue vn cercle sur ladite ligne, il signifie hon- *Cercle.* neur, pouuoir & dignité Royalle.

165. S'il se trouue vn cercle à l'extremité & au dessous de ladite ligne, il suppose perte d'vn œil; & de tous les deux, s'il s'en trouue deux.

166. S'il se trouue vn cercle oblique à l'opposite de l'Auri- culaire, & proche de ladite ligne, il suppose inceste & impu- dicité.

167. S'il se trouue vn Triangle proche de ladite ligne, il *Trian-* suppose la personne morduë par vn Chien. *gle.*

168. Si la Mensalle se trouue inclinée vers la ligne Natu- *Gene-* relle, & qu'elle la ioigne, elle signifie peril de sa vie inéuita- *ralles.* ble; si elle la coupe, vn meurtrier.

169. Si ladite ligne Mensalle est vnie auec la Naturelle & forment vn Angle aigu, elles marquent vn homme tres-mal- heureux de corps & d'esprit & qui s'ennuira de viure, cheute d'enhaut, blessures, afflictions mortelles & mort violente & perte de biens.

170. La Mensalle mal formée, rompuë, tortuë & iointe à la Naturelle, signifie vne impudicité dèreiglée.

171. La ligne Naturelle manquant, la ligne Mensalle for- mant vn Angle auec la Vitalle, elle signifie malheur, désor- dre & impudicité: A quoy l'on peut adiouster que iamais la

O

perſonne ne paruiendra à ſes intentions, & vne fin miſerable, & peut-eſtre par la iuſtice.

172. La Menſalle vnie à la Vitalle, ſignifie mort ſubite & malheureuſe, ſoit par bleſſures ou autrement.

173. La Menſalle, la Naturelle & la Vitalle, formans toutes trois l'Angle ſupréme, ſuppoſent vn peril ſi redoutable, que l'on maudira le iour de ſa naiſſance, cauſée par la malice de ſon eſprit & perdra ſes biens.

CHAPITRE V.

De la Raſcette ou Reſtrainte; Et pourquoy ainſi appellée.

L A Raſcette, ou ſi vous voulez la Reſtrainte, n'eſt autre choſe que cét eſpace qui ſe rencontre entre les deux lignes, dont l'vne eſt au commencement de la main & l'autre à l'extremité du bras.

Lequel eſpace eſtant peu entrecoupé de lignes & bien coloré, marque vne excellente complexion & vne influence fauorable de la part des Planettes de la Lune & de Mars.

Que ſi ell'eſt au contraire, elle marque vn temperament auſſi bien que des influences tout à fait oppoſées.

Pourquoy il faut remarquer que ladite Raſcette pour marquer vne bonne complexion, doit eſtre vnie, douce, ſans rides, & bien êleuée vers la partie inferieure de la main; dautant qu'en premier lieu elle ſuppoſe la Planette de Mars fauorable & vne chaleur naturelle bien temperée & iamais ſurabondante; Secondement elle ſuppoſe la Lune d'vne chaleur naturelle égalle à ſon humide radical.

Que ſi cette ligne qui pour l'ordinaire diuiſe la main d'auec le bras, eſt continuë, entiere, apparente & profonde, elle marque la perſonne heureuſe, tranquille & fortunée, de laquelle toutesfois la ieuneſſe doit eſtre laborieuſe, & comme on dit en commun prouerbe, forte à passer ; dautant qu'en cét estat, elle suppose vne égalité de complexion & de chaléur naturelle.

Que si elle estoit annelée par petits chesnons continus, elle marque vne vie laborieuse, dautant qu'elle suppose de la foiblesse dans la chaleur naturelle.

Que si dans ladite Rascette il s'y remarque de petites croix, ou encores mieux des estoilles, elles marquent la personne riche en heritages & en successions, & abondante en biens, dautant qu'elle suppose vne tres grande perfection de la chaléur naturelle, & vne influence fauorable de la Planette marquée dans cét endroit.

Surquoy il faut prendre garde, que si ces croix se trouuent vers la fin de l'extremité de la Vitalle, elles marquent bien à la verité des heritages & successions, mais par procez & contrauentions ; dautant que pour lors la Planette de Mars predomine.

Que si dans les croix ou estoilles, il s'y rencontre vn point profond, elles marquent vne mort malheureuse dans la personne ; dautant que par ce point, il suppose vne opposition & vne malignité de la Planette.

Que s'il se rencontre des lignes descendantes de ladite Rascette vers la partie inferieure du Mont de la Main, elles marquent vn malheur dans les biens, & peut-estre vn grand hazard de faire naufrage, & ce dans les païs éloignez & étranges ; dautant qu'elles supposent vne grande foiblesse dans les influences de la Lune.

Que si ces lignes montent de ladite Rascette vers la Naturelle, elles marquent vne grande augmentation dans les biens acquis par le commerce & principalement sur la mer ; dautant que dans ce rencontre par vne opposition contraire à la precedente, elles supposent la Lune fauorable dans ses influences.

Le reste se reconnoistra par les obseruations qui sont inserées dans les Planches xlij. xliij. xliiij. xlv. & xlvj.

Plache
xlij.

1. La Raſcette continuë, entiere, apparente & profonde, marque la perſonne heureuſe & pacifique, de bon conſeil, excellent eſprit, moderé dans ſes affaires, qui toutefois paſſera ſa ieuneſſe au trauail.

2. La Raſcette non ridée, nette & bien colorée, ſignifie bonne complexion, & par conſequent vie longue & Mars fortuné.

3. Si l'eſpace qui eſt tntre les deux lignes de la Raſcette eſt net & bien coloré, il marque vne bonne complexion : Que s'il eſt au contraire, il marque au contraire.

4. Si la ligne qui eſt la plus proche de la Main eſt la plus groſſe, elle ſuppoſe vn homme preſumptueux & brutal.

5. Si ſur le bras il ſe trouue quatre lignes qui le coupent de trauers, & qui ſoient continuës, entieres & bien colorées, elles marquent quatre-vingts ans de vie auec honneur & richeſſes par ſucceſſions hereditaires.

Si la premiere de ces lignes qui eſt proche de la Main eſt groſſe, & la ſeconde deliée, la troiſiéme groſſe, & la quatriéme deliée, elles ſuppoſent dans le premier aage forće & richeſſes; dans le ſecond, diminution de l'vn & de l'autre; dans le troiſiéme, augmentation; & dans le quatriéme, diminution. Chaque ligne marque vingt ans de vie.

7. Si les lignes qui ſont proche le Bras ſont plus groſſes que celles qui ſont vers la Main, elles ſuppoſent des maladies dans deux ans.

8. Les lignes de la Raſcette diffuſes & étenduës, ſuppoſent vn eſprit rude & brutal auec quarante ans de vie.

9. Si la premiere ligne de la Raſcette eſt tortuë & diſcontinuë, elle ſuppoſe que la perſonne fait mieux les affaires d'autruy que les ſiennes.

10. Si les lignes de la Raſcette ſont en forme de chaiſne continuë, elles ſuppoſent vne vie laborieuſe.

11. Si la Raſcette eſt courte & entrecoupée, elle ſignifie malheur & pauureté.

Mon-

12. Autant qu'il ſe trouuera de petites lignes en forme

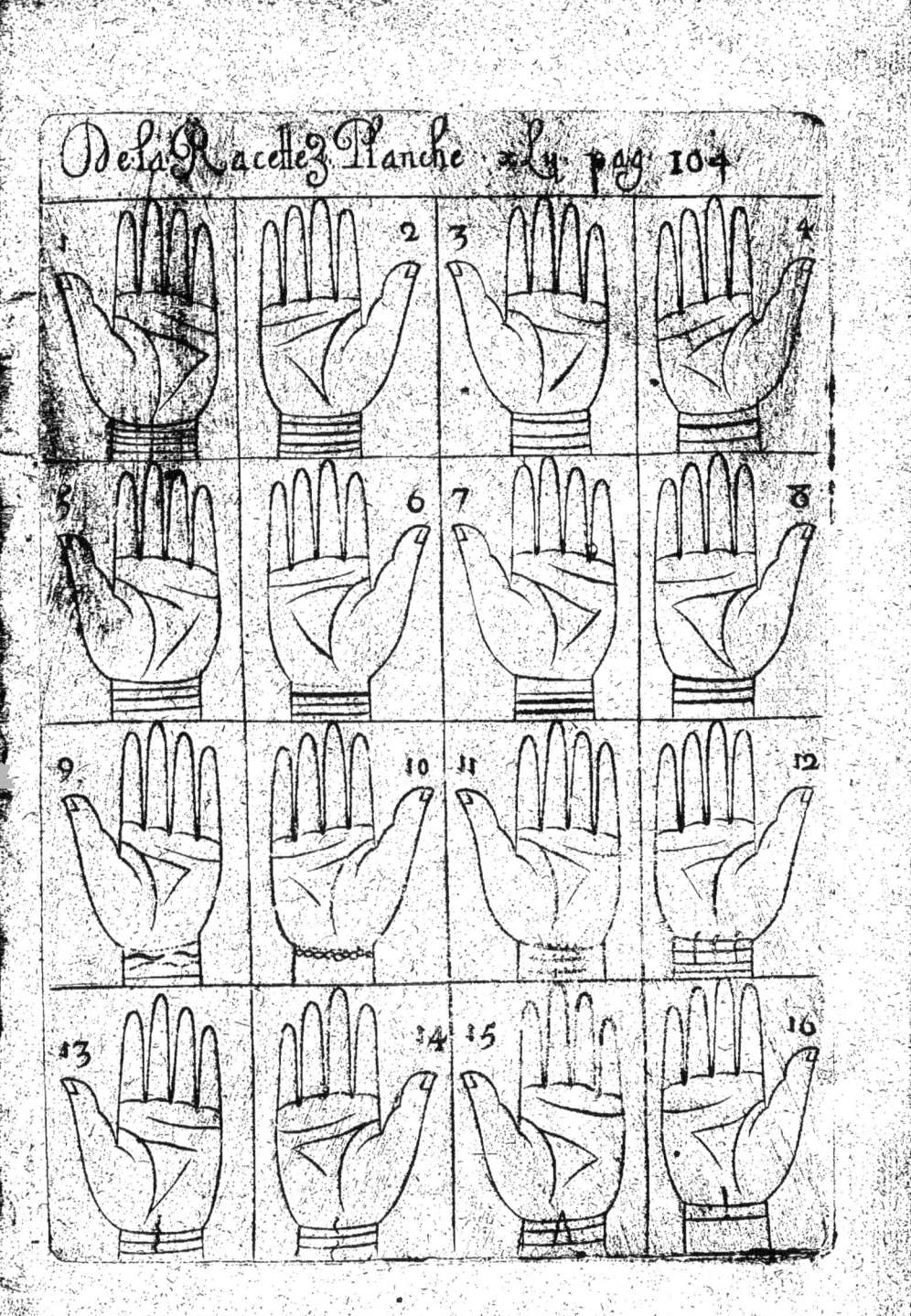

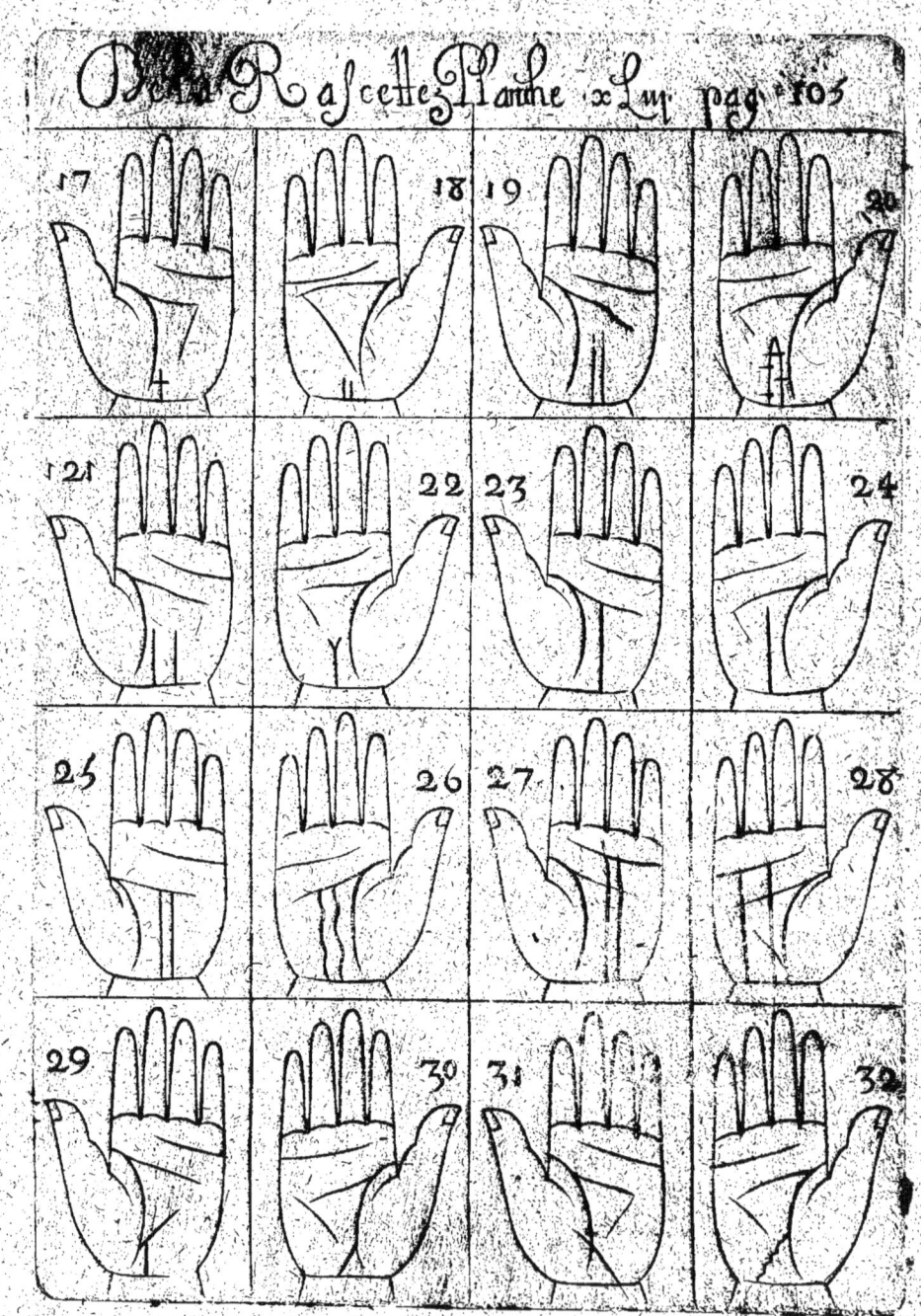

d'arc montantes de la Racine du Bras vers la Main, elles *tantes*
marquent autant de petits voyages. *au mi-*

13. Si de la Raſcette il monte vers la Main vne petite ligne *lieu de*
tortuë, elle ſuppoſe vne gande maladie. *la main*

14. Si vne ligne tortuë & diſcontinuée coupe la Raſcette,
elle marque vn homme plus auiſé dans les affaires d'autruy
que dans les ſiennes.

15. S'il ſort de la Raſcette deux petites lignes qui forment
vn Angle aigu, elles marquent des ſucceſſions hereditaires
par mort.

16. S'il monte de la Raſcette vne ligne dans le milieu de la
Main, elle ſuppoſe infidelité dans ſes amis & amitié mal re-
connuë : C'eſt pourquoy ſi on eſt ſage & aduiſé, il ſera tres-
bon de ne ſe fier qu'à ſoy-meſme.

17. Si cette ligne eſt coupée & mal diſpoſée, elle ſuppoſe Plãche
ſeruitude dans la perſonne auec captiuité, & peut eſtre con- xliij.
damnation par iuſtice.

18. S'il s'y trouue deux lignes, elle ſignifient inſtabilité de
demeure & habitation auec ſeruitude.

19. S'il monte de la Raſcette deux lignes iuſques à la Concauité, & qu'elles ſoient peu apparentes dans leur extremité,
elles marquent la perſonne pauure & vagabonde; ſi toutesfois elles ſont proche les vnes des autres, elles ſont moins nui-
ſibles & dommageables.

20. Si ceſdites lignes ſont coupées, & qu'elles forment vn
Angle dans leur extremité, elles ſuppoſent vne vie longue,
auec vne mort parmy les ſiens & dans ſa propre maiſon.

21. Si ceſdites lignes ſont fort eſloignées & qu'elles ne
ſoient pas vnies, plus il y aura de diſtance entr'elles, dautant
plus ſuppoſent-elles de ſeiour & d'habitation dans vn païs
étranger.

22. S'il monte de la Raſcette vne ligne qui ſoit fourcheuë
vers l'Angle dextre, elle ſignifie ſubtilité, & adreſſe ſpirituelle, & vn eſprit double & ruſé, duquel il ſe ſeruira.

23. S'il monte de la Raſcette vne ligne droite, entiere &

O iij

bien colorée iusques à la Naturelle, elle marque vne vie me-
diocre dans le commencement & meilleure dans sa fin.

24. Si cettedite ligne ne touche pas la Naturelle, elle suppose inconstance peu profitable.

25. S'il monte des lignes droites de la Rascette à la Naturelle, elles promettent augmentation de richesses par le trafic, & principalement sur mer.

26. S'il monte de la Rascette à la Naturelle des lignes tortuës, elles signifient malheur auec vn esprit malin.

27. S'il monte de la Rascette au doigt du Milieu deux lignes qui se terminent à la Mensalle, elles signifient inconstance, auec pauureté, & la personne voyageuse & vagabonde.

28. Et plus ces lignes seront esloignées les vnes des autres,
plus s'esloignera de son païs, ce qui la fera mourir dans vn
païs estranger.

Mon-   29. S'il monte de la Rascette vne ligne droite vers la Vital-
tantes   le à l'Angle droit, elle signifie vne ieunesse heureuse & for-
à la Vi   tunée qui toutesfois reüssira tres peu dans ses entreprises.
talle.   30. S'il monte de la Rascette vne ligne oblique vers la
Vitalle, elle suppose la perte d'vne personne chere & recom-
mandable.

31. Quand mesme cette ligne couperoit la Vitalle.

32. S'il monte de la Rascette vne ligne tortuë vers la Vitalle, elle marque vne prompte maladie, laquelle est passée,
si cette ligne est palle, ou qui doit arriuer, si elle est noire
dans son extremité.

Planche   33. S'il monte de la Rascette deux lignes courbées qui
xliiij.   coupent la Vitalle, elles supposent vn profit considerable &
frequent; mais il faudra prendre garde d'estre trompé par
ceux ausquels on se fira le plus, auquel cas elles marquent vn
danger.

34. S'il monte de la Rascette à la Racine du Poulce vne
ligne courbée ou plusieurs, elles marquent autant de fourbe-
ries par ses propres parens.

35. S'il monte de la Rascette à la Racine du Poulce vne

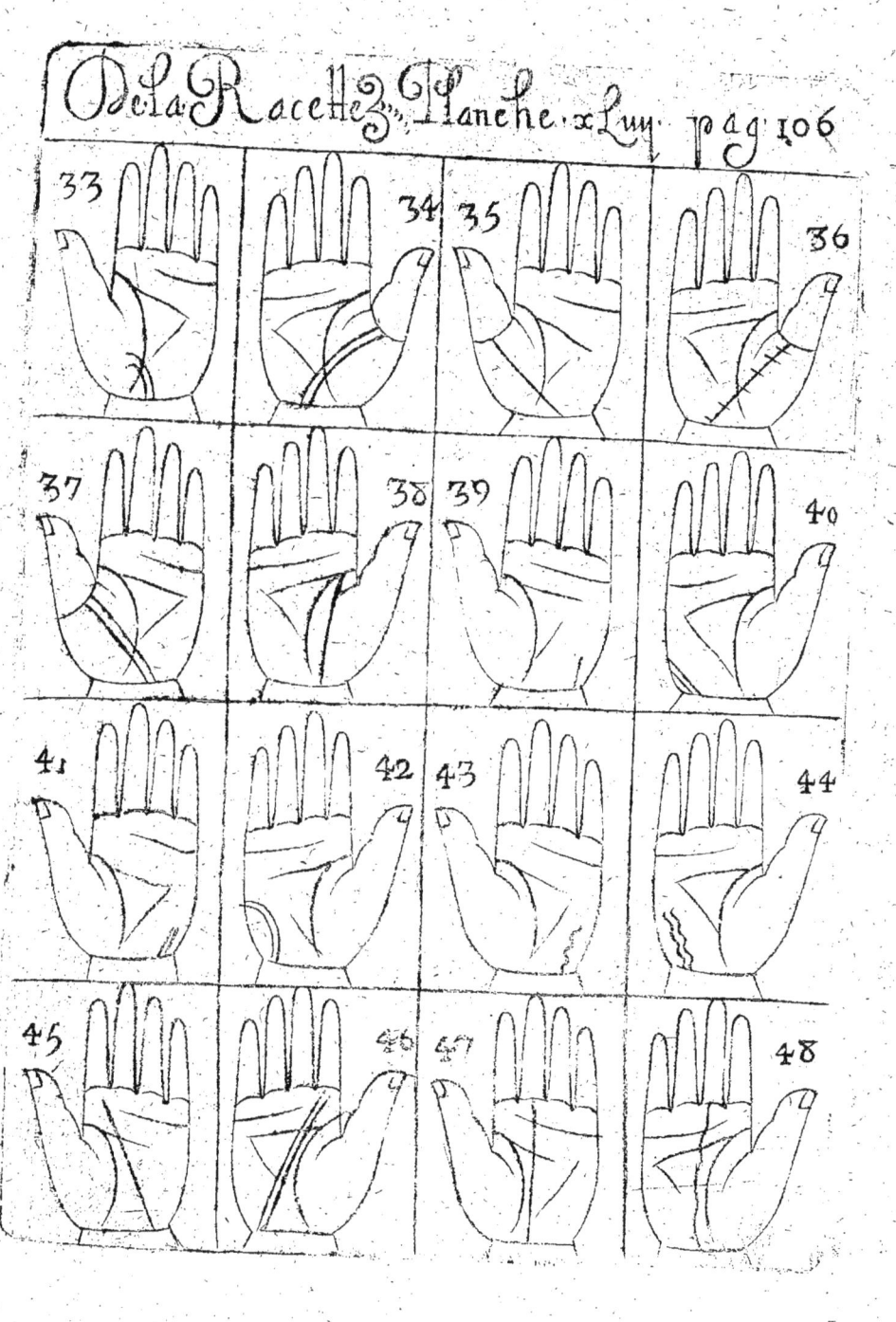

De la Racette. Planche xLuy. pag 106

ligne droite & bien colorée, elle suppose des entreprises mal
executées & mal conduites à leur fin.

36. Qui toutesfois pourront heureusement reüssir, si ladite
ligne est coupée.

37. S'il monte de la Rascette deux lignes droites à la Racine du Poulce, elles marquent de grandes inquietudes pour
amasser de l'argent.

38. S'il monte de la Rascette vne ligne qui touche le commencement de la Vitalle, ou la fin du Mont de Venus, elle
marque l'esprit noble & éleué.

39. S'il monte de la Rascette vne ligne au Mont de la *Mon-*
Main, elle signifie des suffocations dans l'eau par voyages. *tantes*

40. S'il sort de la Rascette des petites lignes courtes vers *vers la*
la Percussion, elles supposent voyages quelquesfois profita- *Percus-*
bles & longs selon la longueur des lignes. *sion.*

41. S'il monte de la Rascete des lignes au Mont de la Main,
elles supposent infortune dans les choses mobilles, & peut-
estre dans la nauigation & païs éloignez.

42. S'il monte de la Rascette deux lignes par le Mont de
la Main à la Percussion, & qu'elles soient reflechies à l'extremité, elles marquent vn homme de bien, moderé & fidelle,
mais grande infidelité dans ses amis.

43. S'il monte de la Rascette au Mont de la Main vne ligne tortuë, elle signifie prison par sa faute & peut estre en
lieu humide.

44. Et s'il s'y en trouue deux, pour lors sa prison sera causée pour debtes.

45. S'il monte de la Rascette par le Mont de la Main vne *Mon-*
ligne au Mont de Iupiter, elle suppose mission pour de longs *tantes,*
voyages. *au mot*

46. S'il s'y en trouue deux, lesdits voyages seront hono- *de Iu-*
rables & profitables tout ensemble. *piter.*

47. S'il monte de la Rascette vne ligne iusques à la Raci- *Mon-*
ne du doigt du Milieu, elle marque vne tres-bonne fortune *tantes*
auec heureux éuenement. *au mot*

de Sa-
turne.
Mon-
tantes
au môt
du So-
leil.
Plâche
xlv.

48. Et si cettedite ligne est tortuë, c'est vn fort mauuais signe, dautant que pour lors elle suppose l'auarice auec enuie du bien d'autruy.

49. S'il monte de la Rascette par le Triangle vne ligne au Mont du Soleil, elle signifie des richesses sans y penser, & faueur aupres des grands.

50. S'il monte de la Rascette vne ligne à la Racine de l'Annulaire du costé de l'Auriculaire, c'est vn signe de prosperité. Et si elle ne touche pas la Racine, elle marque le Mariage ou quelques inclinations d'amourettes.

51. Si de la Rascette il monte deux lignes à la Racine de l'Annulaire, elles supposent vne vie douce & tranquille.

52. Si de la Rascette, il monte vne ligne entre l'Annulaire & l'Auriculaire, elle suppose la personne vertueuse & bien moriginée, bonne & heureuse fortune & inopinée, causée par le moyen des femmes.

53. Si de la Rascette il monte vne ligne au Mont de Mercure, elle suppose vn seruiteur de la marine.

54. Si de la Rascette il monte vne ligne par la Concauité à l'Auriculaire, elle suppose vne bonne fortune par aduenture causée par le moyen des Prelats & des femmes.

55. S'il monte de la Rascette vne ligne par le Mont de la Main au Mont de Mercure, elle suppose vn marmoteur entre les dents, ou comme l'on dit en commun prouerbe, qui dit la patenostre des Singes.

56. S'il se trouue deux lignes, elle signifie l'homme fortuné par le moyen des Prelats.

57. Si elles montent de la Rascette à la Racine de l'Auriculaire, elles marquent seruitude & captiuité.

58. Et si elles sont coupées, captiuité.

59. S'il monte de la Rascette vne ligne vers l'Auriculaire le long de la Percussion, elle signifie impudicité.

60. Et si elle est coupée ou discontinuée, elle marque legereté d'esprit auec malheur causé par les femmes, dautant plus que ladite ligne sera coupée.

Et

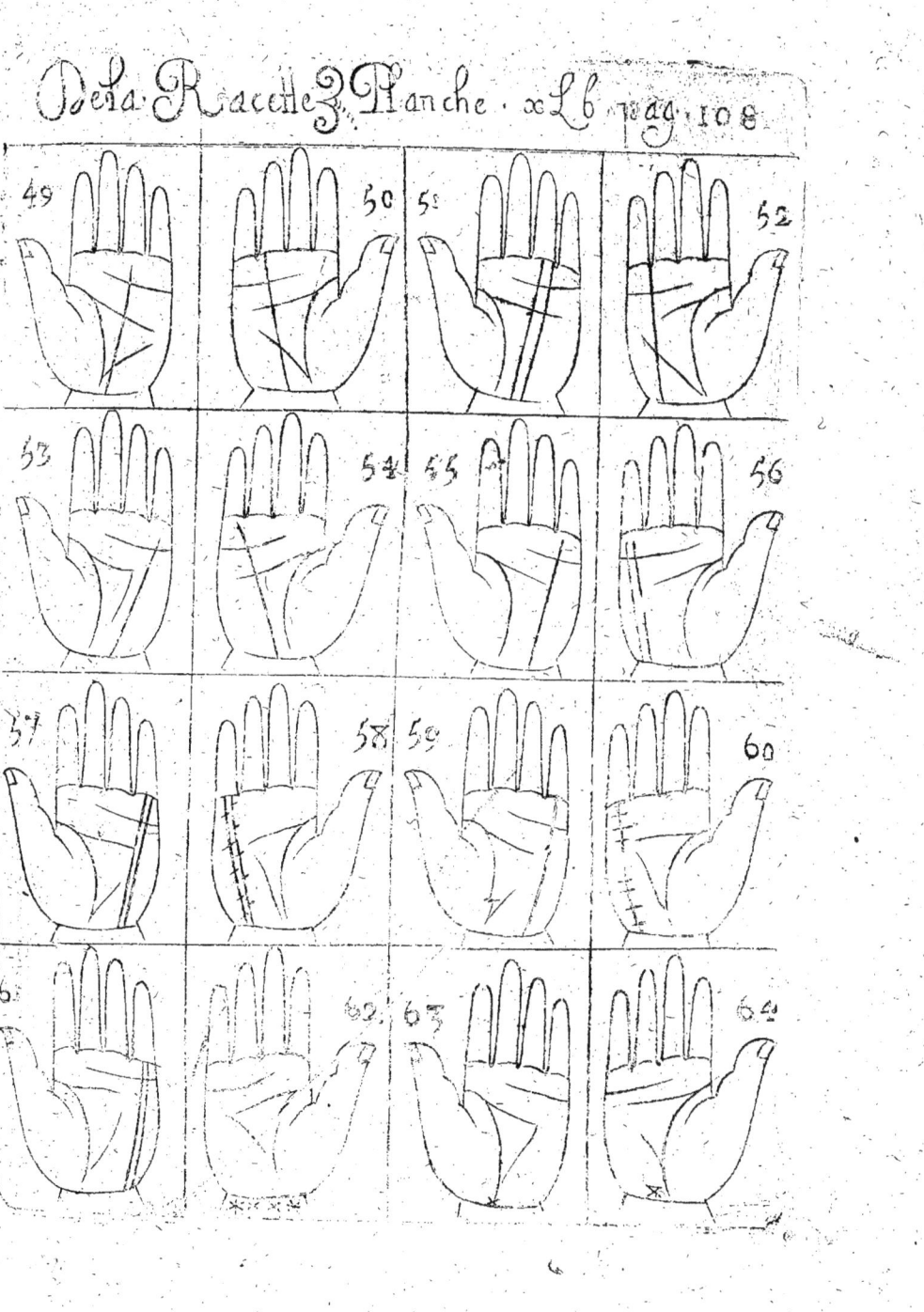

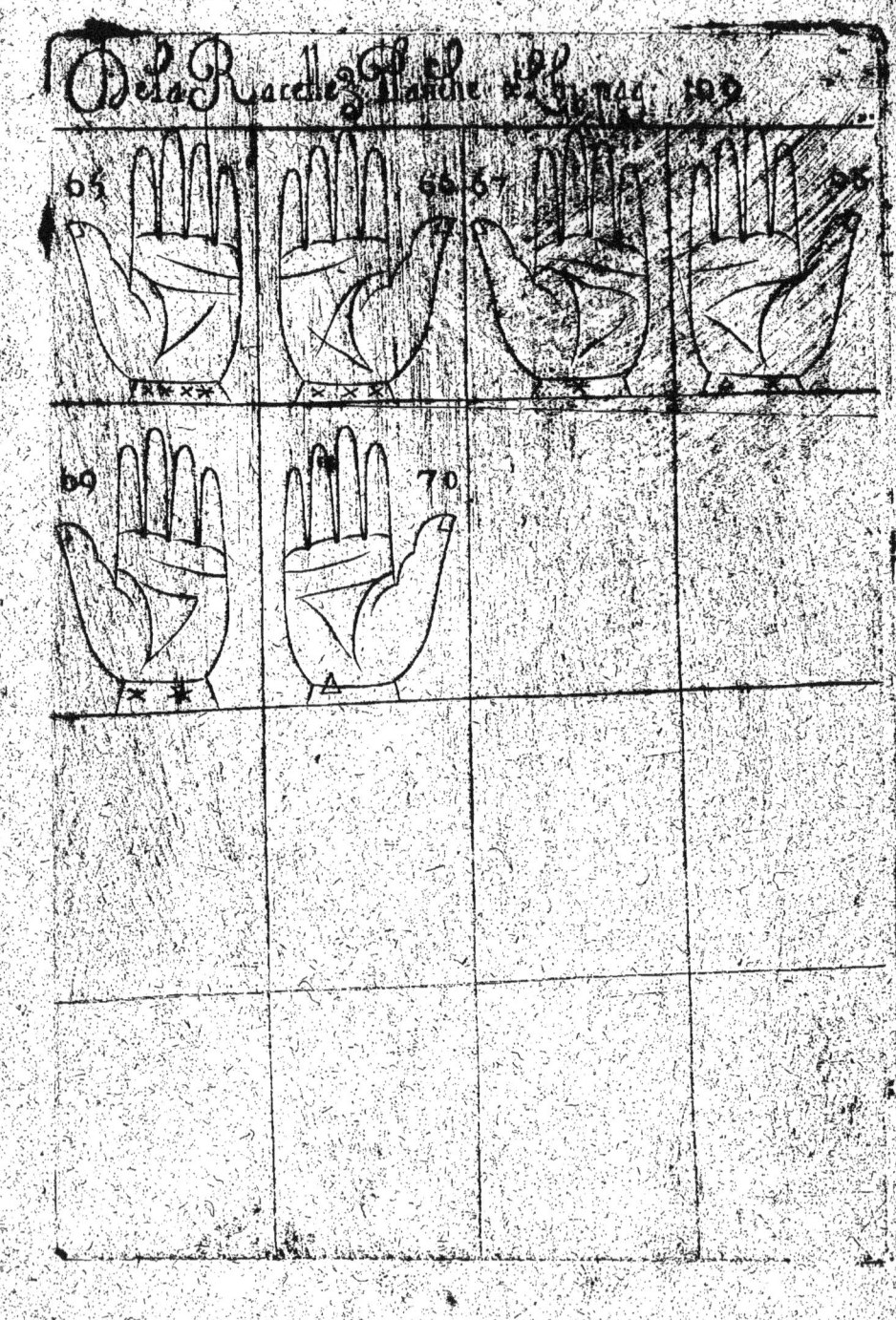

61. Et s'il en monte deux de la Rafcette iufques à la Racine de l'Auriculaire, elles fuppofent vne perfonne prefomptueufe & qui parle beaucoup.

62. S'il fe trouue dans la Rafcette des croix ou eftoilles, *Croix.* elles fuppofent vne vie heureufe par le moyen des heritages.

63. S'il fe trouue vne croix vers la fin de la Vitalle fur la Rafcette, elle fuppofe des heritages, mais non pas fans grands procez.

64. Si vne ligne enioint deux branches, elle fuppofe impudicité.

65. S'il fe trouue plufienrs croix ou eftoilles dans la Rafcette, elles fuppofent fcandalle & perte d'honneur par les femmes. *Plâche xlvj.*

66. S'il fe trouue plufieurs croix dans la Rafcette, elle marque chafteté dans vne femme.

67. Si dans fon milieu il s'en trouue vne feule, elle fuppofe qu'elle demeurera veufue à l'aage de trente ans.

68. S'il fe trouue vne eftoille ou vn triangle bien fitué & *Eftoil-* formé dans la Rafcette, ils fuppofent vne vieilleffe riche & *les.* opulente & des heritages par fucceffions. *Trian-*

69. S'il fe trouue vn point dans le centre des croix ou eftoilles, il marque vne mort fubite. *gle.*

70. S'il fe trouue vn Triangle proche le Mont de la Lune qui prenne fon commencement aux lignes de la Rafcette, fi c'eft à la main d'vne femme, il fuppofe incontinence & impudicité dés fon bas aage.

P

CHAPITRE VI.

De la Ligne de Saturne, Saturnine, ou de Prosperité.

LA ligne Saturnine ou de Prosperité, est celle qui monte depuis la Rascette vers le doigt du Milieu, laquelle quelquefois n'apparoist au delà du Triangle, mais aussi quelquefois elle s'étend iusques à la ligne Naturelle, quelquefois iusques au Mont de Saturne, ou doigt du Milieu, & quelquefois elle coupe la Racine dudit doigt, quelquefois elle se ioint à la ligne de Vie, elle s'étend quelquefois auec deux ou trois Rameaux vers la ligne Naturelle, & enfin elle s'étend dans la Concauité de la Main.

Quant à la propre situation de la ligne Saturnine, elle doit auoir son commencement vers l'Angle droit, & pour lors elle marque vne personne heureuse & fortunée dans ses biens & dans ses enfans & de son estoc particulier, si elle s'étend droite vers le Mont de Saturne; dautant que dans cette situation, elle marque la Lune fauorable dans ses influences, & ensemble vne chaleur naturelle bien temperée, ayant son principe sous la domination de Mars.

Que si elle prend son origine plus vers le Mont de la Main, pour lors elle suppose en quelque façon la fortune fauorable dans ses biens, dautant qu'elle prend directement son origine du Mont de la Lune qui y preside absolument.

Que si à l'extremité de la ligne Saturnine, il se trouue plusieurs lignes assemblées & amoncelées, & qu'elle soit mesme entrecoupée, reflechie & tortuë, elle marque vne grande disgrace apres vne haute prosperité; dautant qu'elle suppose vne tres-grande foiblesse dans la Planette, d'où elle procede, ou plustost des Planettes de la Lune & de Mars.

Laquelle disgrace est dautant plus grande & fascheuse

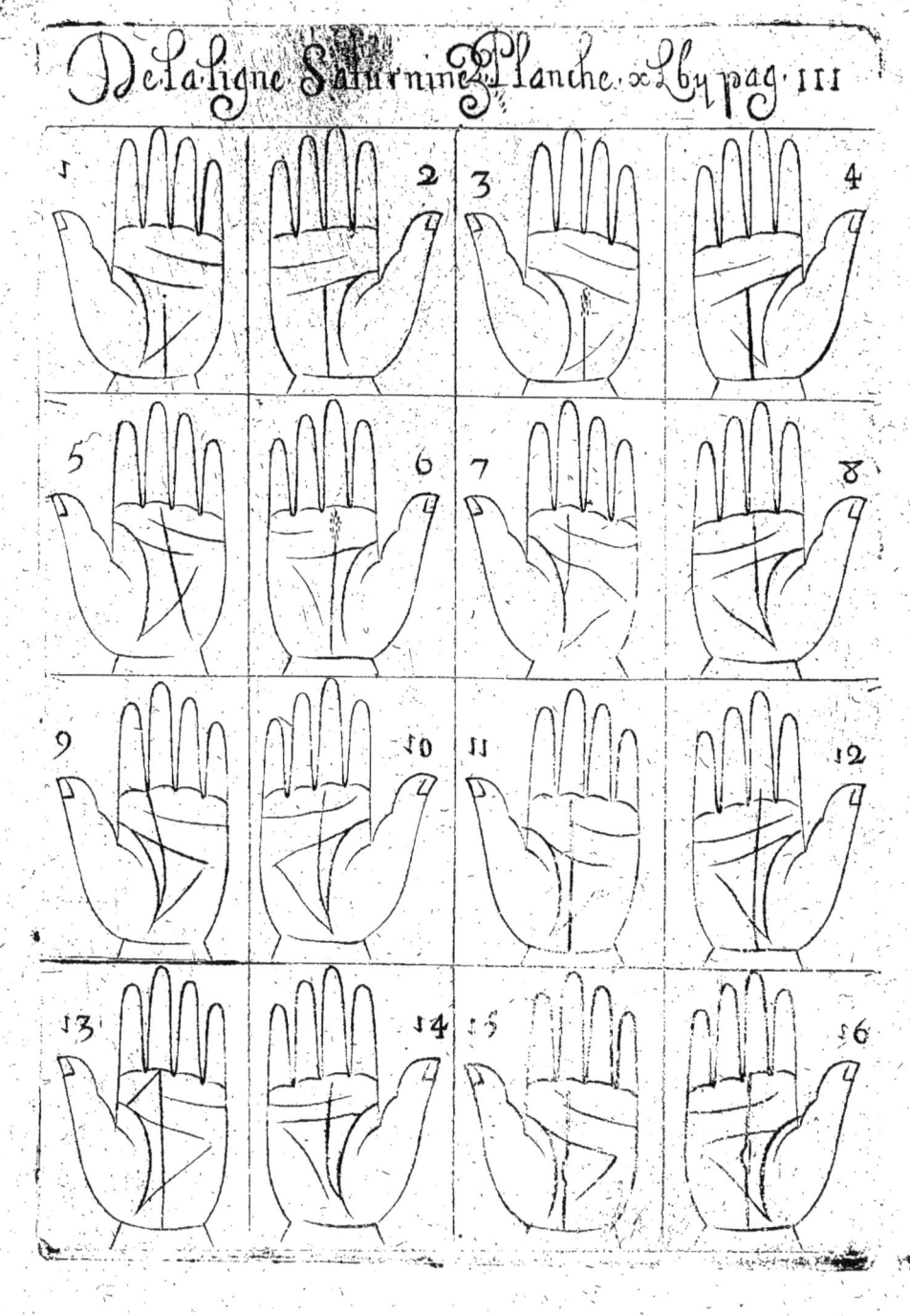

quand ladite ligne coupe la Racine du doigt du Milieu, dautant qu'elle suppose vne tres mauuaise influence de la Planette de Saturne.

Que si dans la Concauité de la Main il se rencontre quelque ligne double & tortuë, semblable à la ligne Saturnine, ou
pluftoft la mesme ligne Saturnine, double, tortuë & delicate,
elle suppose pour lors vne corruption d'humeurs, qui cause
vne tres-fafcheuse maladie ; dautant que cette ligne, ou ces
lignes prenans leur origine dans le Mont de la Main, & se terminant & s'êtendant dans l'empire de Mars ; il eft necessaire
que leur situation tienne absolument de la chaleur & de l'humidité de cesdites Planettes.

S'il se trouue donc que cesdites lignes soient tortuës & delicates, c'eft vne marque infaillible que la force desdites Planettes eft foible, & par conseqnent maligne, & que la chaleur naturelle ne demeurera pas dans sa force & dans sa premiere vigueur. Ce qui eft dautant plus fascheux, que plus ces
lignes font longues, tortuës & déliées ; d'où vient que dans
cét eftat elles marquent vn tres-mauuais temperament & des
humeurs fort corrompuës & fort alterées ; & dans ce rencontre il faut autant que l'on peut se donner garde du mal de
Naples, comme l'on l'a souuent veu par experience,

Vous en remarquerez dauantage dans les xlvij & xlviij.
Planches.

1. Si la Saturnine monte de la Rafcette vers la Concauité de
la Main, & qu'elle foit bien conditionnée & proportionnée,
elle suppose viuacité d'esprit, haut & releué, & inuenteur des
chofes nouuelles.

Plache xlvij.

2. Si ladite ligne se termine vers la Naturelle, elle suppose
vn homme de grand esprit qui ayme la vertu & qui viura
long-temps.

3. Si ladite ligne eft composée de petites lignes dans la Concauité, elle suppose des maladies.

4. Si ladite ligne eft groffe dans son commencement, elle
fignifie vne longue vie, bien que la Vitalle foit difcontinuée.

5. Si ladite ligne monte du Mont de la Lune, elle marque des richeſſes.

6. S'il ſe trouue à l'extremité de ladite ligne pluſieurs petites lignes amoncelées & aſſemblées, elles ſuppoſent des douleurs aux nerfs; & ſi ell'eſt coupée & reflechie, elle ſuppoſe de grands malheurs apres d'heureuſes fortunes, des perſecutions violentes, meſme la priſon.

7. Si ladite ligne commence ſur la Vitalle dans ſa Concauité, elle marque proſperité auec bon ſens & bon eſprit, mais au ſurplus ſuperbe & dédaigneux.

8. Si ladite ligne commence ſur la Vitalle & paſſe par la Concauité, elle ſuppoſe acquiſition de biens par ſa propre vertu.

9. Si ladite ligne prend ſon origine ſur la ligne de Vie & qu'elle paſſe par la Concauité, & qu'elle finiſſe entre le doigt du Milieu & l'Indice, elle ſuppoſe vne apoſtume ou bleſſure au ſein.

10. Si ladite ligne commence à l'Angle dextre & monte droit au Mont de Saturne, elle marque vn heureux ſuccez dans la famille.

11. Si ladite ligne eſt droite & bien colorée iuſques au Mont de Saturne, elle marque proſperité dans ſa vieilleſſe, auec inuention de nouuelles ſciences, liberalité dans les baſtimens & dans l'agriculture & dans les autres choſes auarice.

12. Si ladite ligne entre dans la premiere Iointure du doigt du Milieu, elle marque vne mauuaiſe influence de Saturne qui rendra la perſonne triſte & melancholique par la crainte de la priſon qui luy ſera preſque inéuitable.

13. Si ladite ligne monte vers la Racine du doig du Milieu, & eſt iointe par vne ligne qui vienne de l'Angle ſuprême, elle ſignifie priſon.

14. Si ladite ligne monte de la Raſcette comme vn ſeillon iuſques au Mont de Saturne, elle ſuppoſe longue vie, & qu'il deuinera les choſes aduenir.

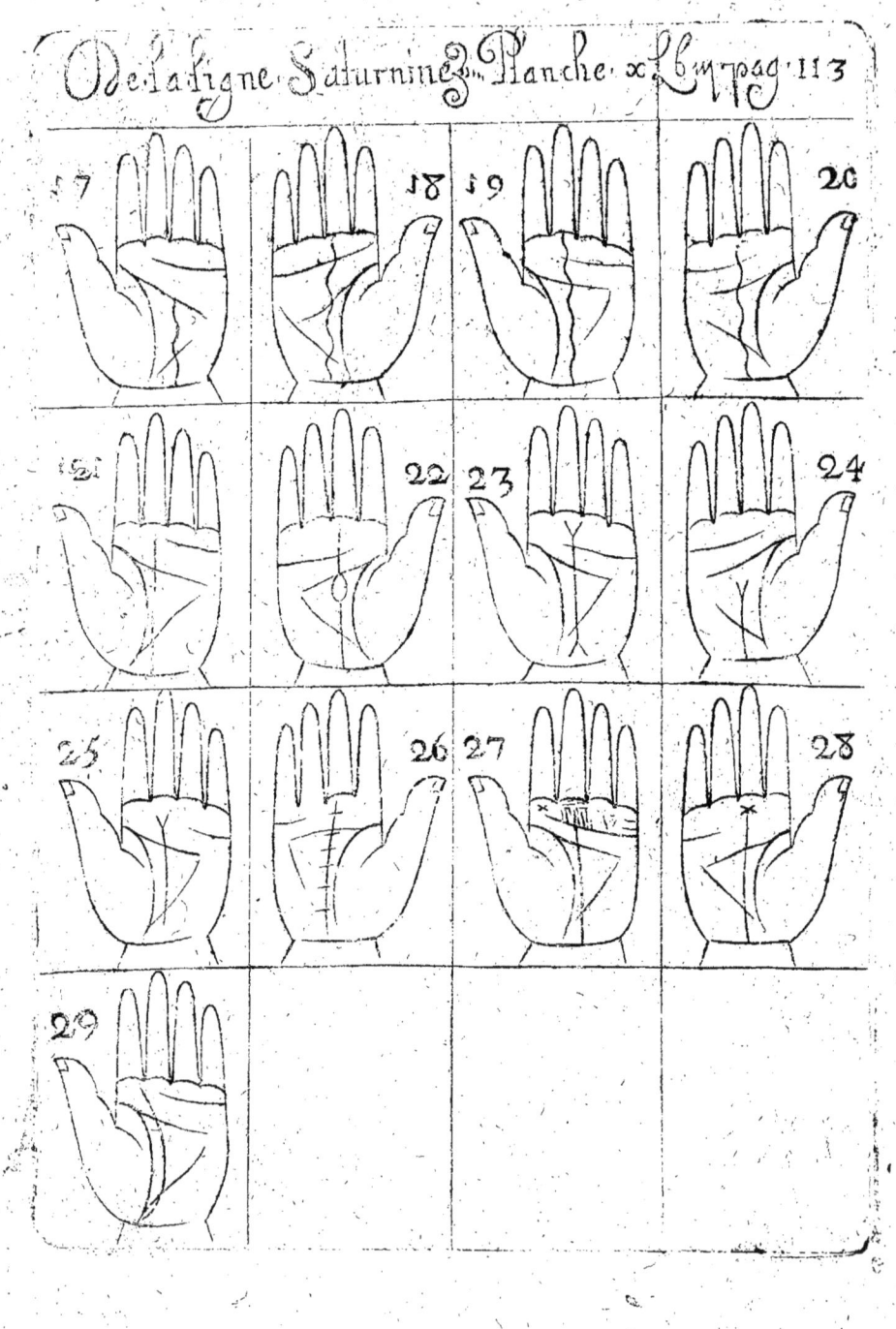

15. Si ladite ligne eſt tortuë dans la Concauité, elle ſuppo- ſe des maladies auec douleurs de teſte & pauureté. *Tortuë*

16. Si ladite ligne eſt doublée, tortuë & deliée dans la Concauité, elle marque vne tres-grande corruption & ma-ladie.

17. Si ladite ligne ſe termine vers la Naturelle & eſt tor-tuë, elle ſignifie vn homme d'vn eſprit malin & mauuais. *Plâche xlviij.*

18. Si ladite ligne eſt tortuë iuſques au doigt du Milieu, elle marque des afflictions.

19. Si elle s'êtend iuſques à la Racine, elle ſignifie pri-ſon.

20. Ladite ligne tortuë depuis la Raſcette iuſques à l'An-nulaire ou enuiron, ſuppoſe vn eſprit groſſier qui mépriſe la vertu.

21. Si ladite ligne eſt diſcontinuée dans la Concauité, elle marque malheur & bleſſures aux iambes. *Diſcô-tinuée.*

22. Si dans ladite ligne il ſe trouue vne foſſe blanche, elle ſignifie inceſte. *Foſſe.*

23. Si la Saturnine eſt fourcheüe dans ſes deux extremi-tez, elle ſuppoſe vn grand eſprit & heureux dans l'Agricul-ture. *Four-cheüe.*

24. Si ladite ligne eſt fourcheüe dans le Triangle ou tor-tuë, elle marque de grandes maladies & peut-eſtre le mal de Naples.

25. Si ladite ligne eſt fourcheüe ſur le Mont de Saturne, elle ſuppoſe vn tres-grand malheur auec priſon & peril de ſa vie.

26. Si ladite ligne s'êtendant vers le doigt du Milieu eſt mal diſpoſée & coupée, il ſe faut prendre garde de la fievre quarte.

27. Si ladite ligne s'êtendant vers le doigt du Milieu, & qu'il ſe trouue dans ce lieu plus de lignes que dans les autres, elles marquent auarice auec cruauté, & vn eſprit touſiours occupé au mal, pauureté & eſtre touſiours dans de continuels trauaux, & vn grand mangeur.

P iij

28. S'il se trouue à l'extremité de ladite ligne vne croix ou vne fourche, c'est vn signe éuident de prison & de persecution, qui pourra reduire la personne à fuir & à s'éloigner de son païs.

29. Si ladite ligne s'étend de la Rascette à l'Indice, elle signifie de longs voyages heureux & honorables.

CHAPITRE VII.

De la ligne appellée Voye de Laict, ou Voye Lactée.

LA ligne appellée Voye de Laict est celle qui prenant son origine vers la Rascette tend vers le Mont de Mercure, ou vers le commencement de la ligne Mensalle; Mais pour luy donner vn nom conforme à sa signification, l'on luy fait plus de iustice en l'appellant Voye lasciue ou Voye de luxure; dautant qu'elle suppose les hommes lascifs & impudiques qui d'ordinaire ont la teste legere, tres-inconstans & faciles à surprendre par les femmes. La raison est dautant que cettedite ligne marque vne abondance d'humidité auec vne chaleur temperée à cause de la froideur meslée dans cettedite humidité.

Vous apprendrez le reste par les obseruations suiuantes marqué dans la xlix. Planche.

Pláche xlix.

1. Si la Voye de Laict monte de la Rascette par le Mont de la Main vers l'Auriculaire se terminant à la Mensalle vers la Percussion, elle suppose vn homme effeminé, & qui souffrira beaucoup de maux à cause des femmes, principalement plus ladite ligne approche de la Percussion.

2. Si ladite ligne commence vers l'Angle droit, elle suppose impudicité moderée; mais toutesfois salle & honteuse.

3. Si ladite ligne commence à l'Angle droit, ou au Mont

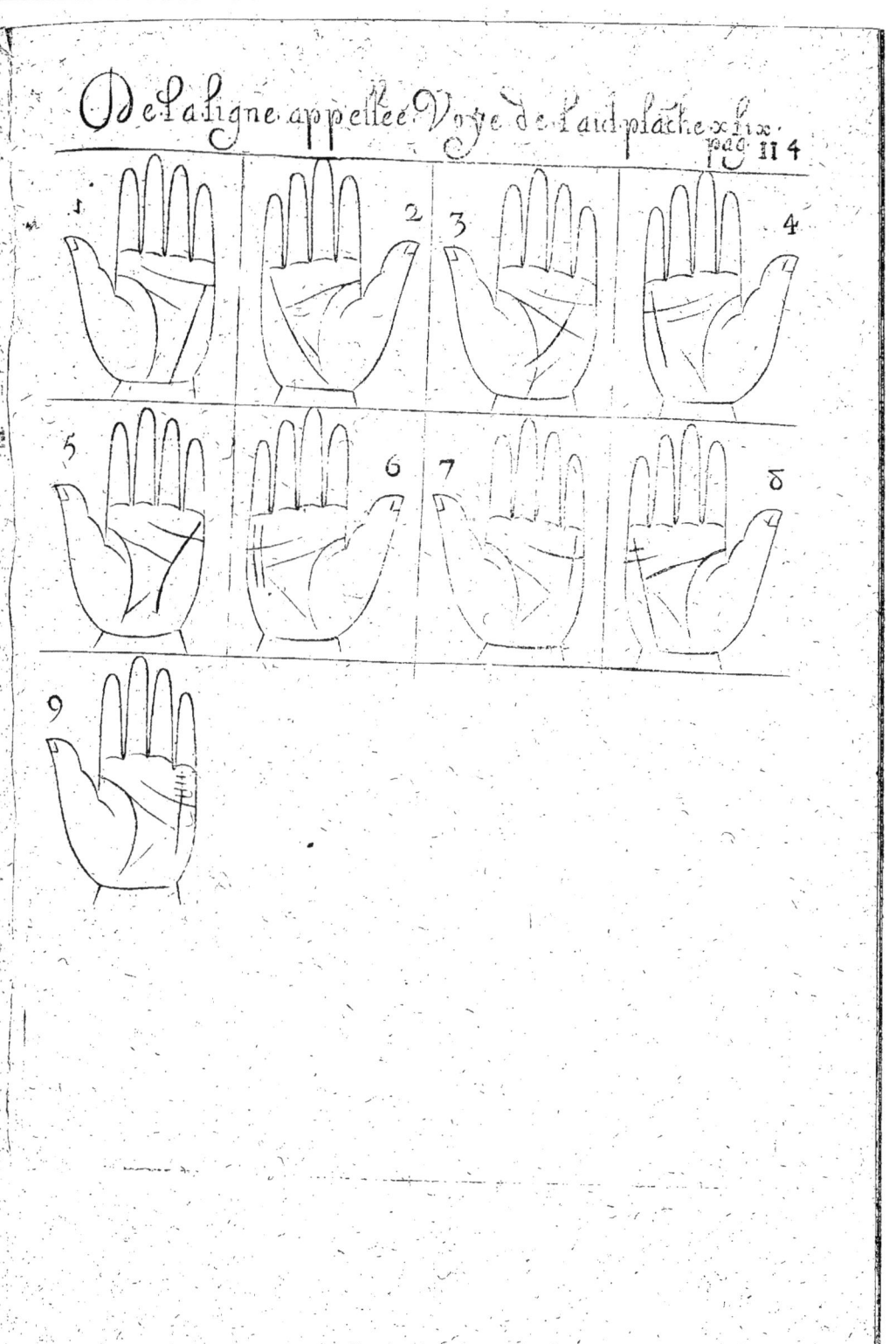

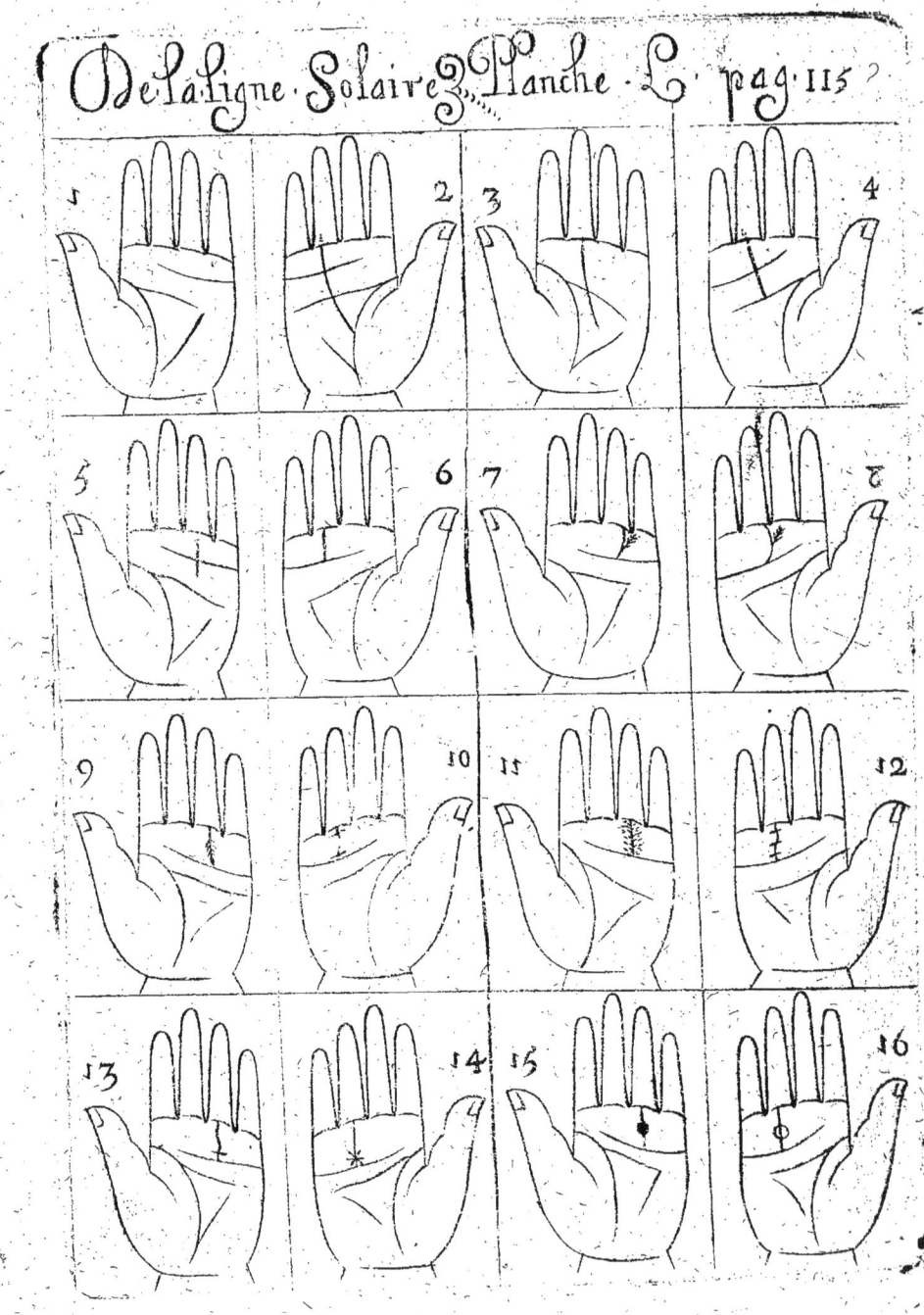

de Venus, & s'êtende vers l'Auriculaire au delà de la Mensalle, elle suppose la personne heureuse par le moyen des femmes & des Prelats & vie longue.

4. Si ladite ligne commence dans le milieu du Mont de la
Main, elle suppose impudicité.

5. Si ladite ligne se termine vers la Percussion, elle suppose beaucoup de mal causé par l'impureté.

6. Si ladite ligne est droite & doublée vers l'Auriculaire,
c'est vn signe de bon-heur auec les Nobles & auec les Dames.

7. Si ladite ligne se trouue dans les deux mains, elle suppose
beaucoup d'impudicité.

8. Si ladite ligne est coupée dans son extremité en forme
de croix, elle suppose inconstance & vanité auec malheur
causé par les femmes, qui apres l'auoir beaucoup fait souffrir
ne laissera d'estre emprisonné pour ses crimes.

9. Si ladite ligne est coupée de plusieurs lignes dans son
extremité, elle a mesme signification que la precedente.

CHAPITRE VIII.

De la ligne Solaire.

L'A ligne Solaire est celle qui est sur le Mont du Soleil,
qui prend son origine ou de la Concauité de la Main,
ou de la ligne Naturelle, ou du Quadrangle, ou souuent de la Mensalle; & qui est dautant plus excellente, que
plus elle est longue & ètenduë, & se termine à la Racine, ou
dans le doigt Annulaire.

Le reste s'apprendra par les obseruations suiuantes qui sont
dans la Planche I.

1. Si la ligne Solaire defaut, quelque peine qu'vn homme Pláche
puisse prendre, il ne paruiendra iamais aux honneurs ny aux   I.
dignitez.

2. Si ladite ligne Solaire commence à la Vitalle, & qu'elle monte comme vn seillon au Mont du Soleil, elle suppose des honneurs tres-signalez, auec vne vie longue & heureuse, & qui s'occupera à la connoissance des sciences qui predisent l'aduenir.

3. Si ladite ligne commence dans la Concauité & se termine à l'Annulaire, elle suppose grande faueur aupres des grands Princes & Prelats, & ce dautant plus si elle commence dans le Triangle.

4. Ce qui ne sera pas si aduantageux si elle commence seulement à la Naturelle.

5. Si elle commence entre la Naturelle & la Mensalle, c'est vn signe d'amitié sans profit.

6. Si ladite ligne commence à la Mensalle & coupe le Mont du Soleil tout au trauers & fortement, elle suppose faueur aupres des Grands, auec vn esprit beau, releué & hardy, addonné aux arts liberaux & inuenteur des choses nouuelles.

Incli- 7. Si ladite ligne est inclinée vers l'Auriculaire, ou s'il se
née. trouue quelques Rameaux de ce costé-là, elle suppose bonheur aupres des nobles & seigneurs par son industrie, par sa science & par sa vertu.

8. Si elle est inclinée du costé du doigt du Milieu, elle suppose, richesses par le moyen de ses amis & de personnes nobles.

Ramus- 9. Si ladite ligne est remplie de Rameaux vers la Mensal-
culeuse le, c'est vn signe de malheur.

Coupée 10. Si ladite ligne est coupée, ou discontinuée, ou mal apparente, c'est vn signe de disgrace aupres des Grands, & de pertes de biens & d'honneur & opposition à l'estude.

11. Si ladite ligne se trouue offusquée par plusieurs petites lignes amoncelées & assemblées; idem que la precedente obseruation.

Tortuë 12. Si ladite ligne est tortuë, ou coupée de plusieurs lignes, elle rend la personne incapable de reüssir à quoy que ce soit.

Si elle

13. Si ell'eſt coupée proche la Menſalle, elle ſignifie au commencement de ſon aage ; ſi au milieu à l'aage de trente ans, ſi à la fin dans ſa vieilleſſe.

14. S'il ſe trouue vne croix dans ſon commencement, c'eſt *Croix.* vne oppoſition à la fortune.

15. S'il ſe trouue vn Poireau dans le milieu, c'eſt vn ſigne *Poi-* de naufrage. *reau.*

16. S'il s'y trouue vn petit cercle au milieu de la ligne Solaire, *Cercle.* c'eſt vn ſigne d'aueuglement.

CHAPITRE IX.

De la ligne appellée Ceinture de Venus.

LA ligne communément appellée Ceinture de Venus, eſt celle qui en forme d'arc prend ſon origine entre l'Indice & le doigt du Milieu, & ſe va rendre entre l'Annulaire & l'Auriculaire, & elle marque la perſonne exceſſiuement laſciue & impudique, qui pour ſatisfaire à ſon infame brutalité & à ſa concupiſcence deſordonnée, ſe precipiteroit volontiers en toutes ſortes de deſordres & de méchancetez, nonobſtant que cela luy cauſe la perte de ſon honneur, dautant qu'elle ſuppoſe la Planette de Saturne ſe réjoüir, & prendre plaiſir à ne verſer que de tres malignes influences.

Que s'il ſe rencontre vne ligne qui prenne ſon origine dans le Mont de Iupiter & tende iuſques à la Racine de l'Auriculaire, cette ligne marque la perſonne fort ſpirituelle, mais colere, dautant qu'elle ſuppoſe vne influence fauorable de Iupiter, où elle prend ſon origine, regardant Mercure d'vn fauorable aſpect, en ſigne dequoy elle ſe va rendre du Mont de Iupiter dans celuy de Mercure.

Vous en connoiſtrez les qualitez par les obſeruations ſui-

Q

uantes marquées dans la lj. Planche.

1. Si la Ceinture de Venus s'étend de l'Indice à l'Auricu-laire, elle fuppofe la perfonne addonnée à toute forte d'im-puretez & de menteries.)

2. Et dautant plus falles & exceffiues, fi elle fe trouue dans les deux Mains.

3. Et encore dauantage, fi elle eft doublée.

4. Si elle commence au Mont de Iupiter & fe termine au Mont de Mercure, elle fuppofe la perfonne fpirituelle, mais colere & emportée.

Coupée
5. Si la Ceinture de Venus eft coupée, elle fuppofe l'im-pudicité moderée.

6. Si ell'eft coupée fur le Mont de Saturne, elle fuppofe affaffinat caufé par les femmes.

7. Si ell'eft coupée fur le Mont du Soleil, elle marque perte de biens caufée par l'impudicité.

8. Si la Ceinture de Venus eft entiere, ou diuifée, & qu'el-le coupe des lignes fur les Monts de Saturne & du Soleil, cela empefche la bonne influence de ces deux Planettes, mais auffi cela diminuë l'impudicité.

Points
9. S'il fe trouue dans la Ceinture de Venus des points ou des petits cercles, ils marquent la perfonne brutalle & impu-dique, & principallement atteinte du peché de Sodomie.

CHAPITRE X.

Du Triangle.

LE Triangle eft proprement vne figure formée de trois lignes, fçauoir de la Vitalle, Naturelle & de la ligne du Foye, lequel Triangle eft ainfi appellé à caufe de fa figure; Et bien que la ligne du Foye n'y feroit pas (comme il arriue fouuent) ou que la ligne Naturelle fuft diftante de la

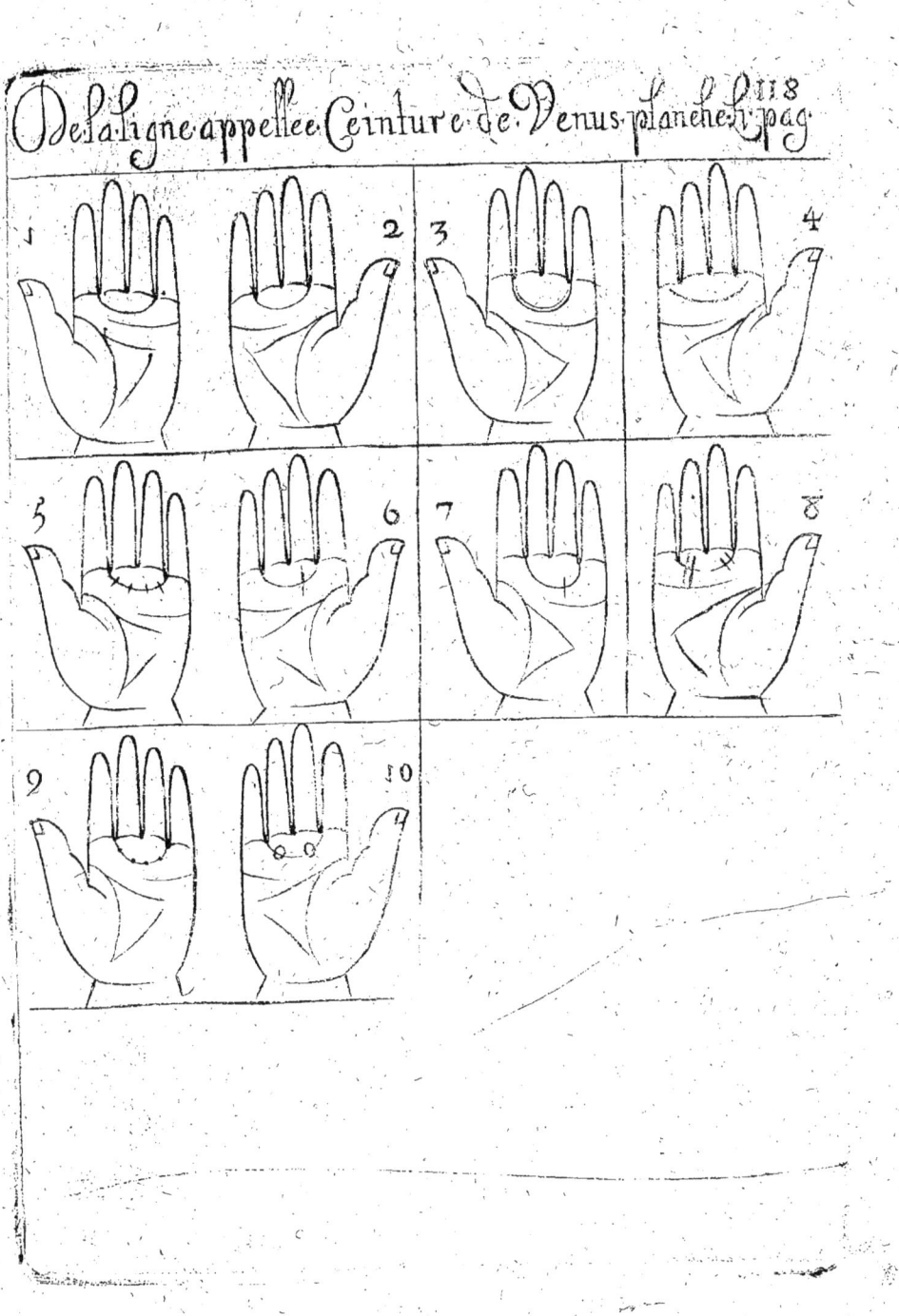

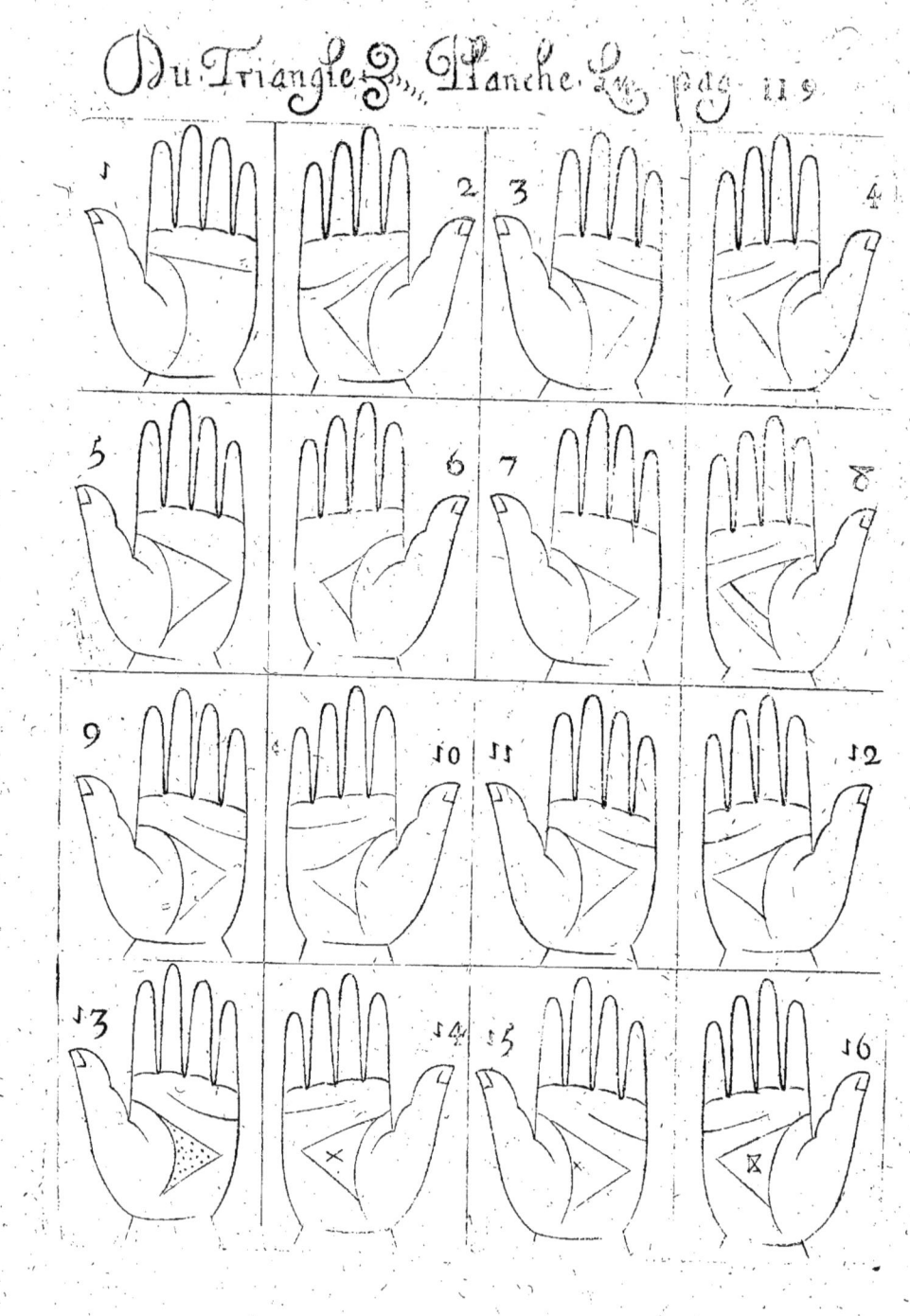

ligne de Vie dans l'Angle fuprême, il ne feroit pas moins appellé Triangle.

Que fi ce Triangle eft petit ou eftroit, il marque la perfonne auare ; dautant que Mars qui y domine eft trop referré &
& n'a pas affez d'êtenduë.

Lequel au contraire êtant grand & large, fait la perfonne
liberalle par la raifon cy-deffus.

Le Triangle donne prefque toufiours la connoiffance des
inimitiez, des contentions, des querelles, des combats & des
guerres.

Le refte s'apprendra par les obferuations fuiuantes marquées dans les lij. & liij. Planches.

1. Le defaut du Triangle dans vne femme, fuppofe trauail *Plâche*
dans l'enfantement & vie courte.   *lij.*

2. Si le Triangle eft feparé de la Vitalle, il fuppofe la perfonne fe plaire auec les femmes, & toutesfois n'y pas diffiper
fon bien.

3. Si la ligne du Foye eft feparée de la Vitalle & de la Naturelle, elle fuppofe plus de mal que fi elle ne paroiffoit point
du tout.

4. Si ledit Triangle eft feparé aux trois Angles, il fuppofe
folie naturelle.

5. Si le Triangle fe trouue équilateral auec des lignes droites de viue couleur, marque vne forte complexion, heureufe,
longue vie, toufiours bien faine, & homme courageux & de
grand efprit.

6. Si le Triangle fe trouue petit, c'eft vn figne d'auarice *Petit.*
& de timidité.

7. Comme au contraire s'il eft grand & large, il fuppofe *Grand.*
hardieffe & liberalité.

8. Si le Triangle fe trouue large auec vne ligne paralelle
de la ligne du Foye, il fuppofe vn efprit liberal, mais d'ailleurs
fort leger.

9. Si le Triangle fe trouue ridé, il fignifie feichereffe dans les *Ridé.*
nerfs.

10. Si le Triangle est ridé & mol, il signifie vne comple-xion flegmatique.

Palle.   11. S'il se trouue quelque palleur dans le Triangle, il sup-pose la personne fourbe & colere, & qui tombera bien-tost malade.

Rouge.   12. S'il s'y trouue quelques rougeurs, c'est vn signe de mé-disance & d'enuie.

Points   13. Si dans la main d'vne femme le Triangle est remply de points vn peu rouges, c'est vn signe de grossesse.

Croix.   14. S'il se trouue quelques croix dans le Triangle, elles supposent la Planette de Mars peu fauorable, d'où il se pour-ra suiure vne mort violente.

15. S'il se trouue vne croix proche de la Vitalle dans la Concauité, elle suppose perte de biens & de dignitez.

16. S'il se trouue vne croix dans vne figure quarrée, elle suppose vne fin malheureuse auec vne mort violente.

Estoil-   17. S'il se trouue vne estoille dans le Triangle, c'est vn si-
les.   gne d'impureté & d'impudence à vne femme, & des herita-
Plãche ges par successions.

liij.   18. S'il se trouue beaucoup d'estoilles dans le Triangle, c'est vn signe éuident de malheur à la guerre, auquel cas il se faudra soigneusement garder de ses ennemis, & non seule-ment à la guerre, mais encore par tout ailleurs.

Demy-   19. S'il se trouue dans le Triangle vne figure en forme de
Cercle. demy cercle imparfait, ou bien vn Triangle, il suppose la per-sonne furieuse, brutalle, colere, & peu respectueuse vers ses parens.

20. S'il se trouue dans le Triangle deux figures en forme de demy cercle opposez, elles marquent la personne brutalle, fu-rieuse & meurtriere.

Trian-   21. S'il se trouue vn triangle dans le Triangle, il suppose vn
gle.   persecuteur de ses parens & peut-estre de ses enfans.

Qua-   22. S'il se trouue vn quadrangle dans le Triangle, il sup-
drãgle. pose des procez auec ses parens.

23. S'il se trouue dans le Triangle vn quarré, dont les li-

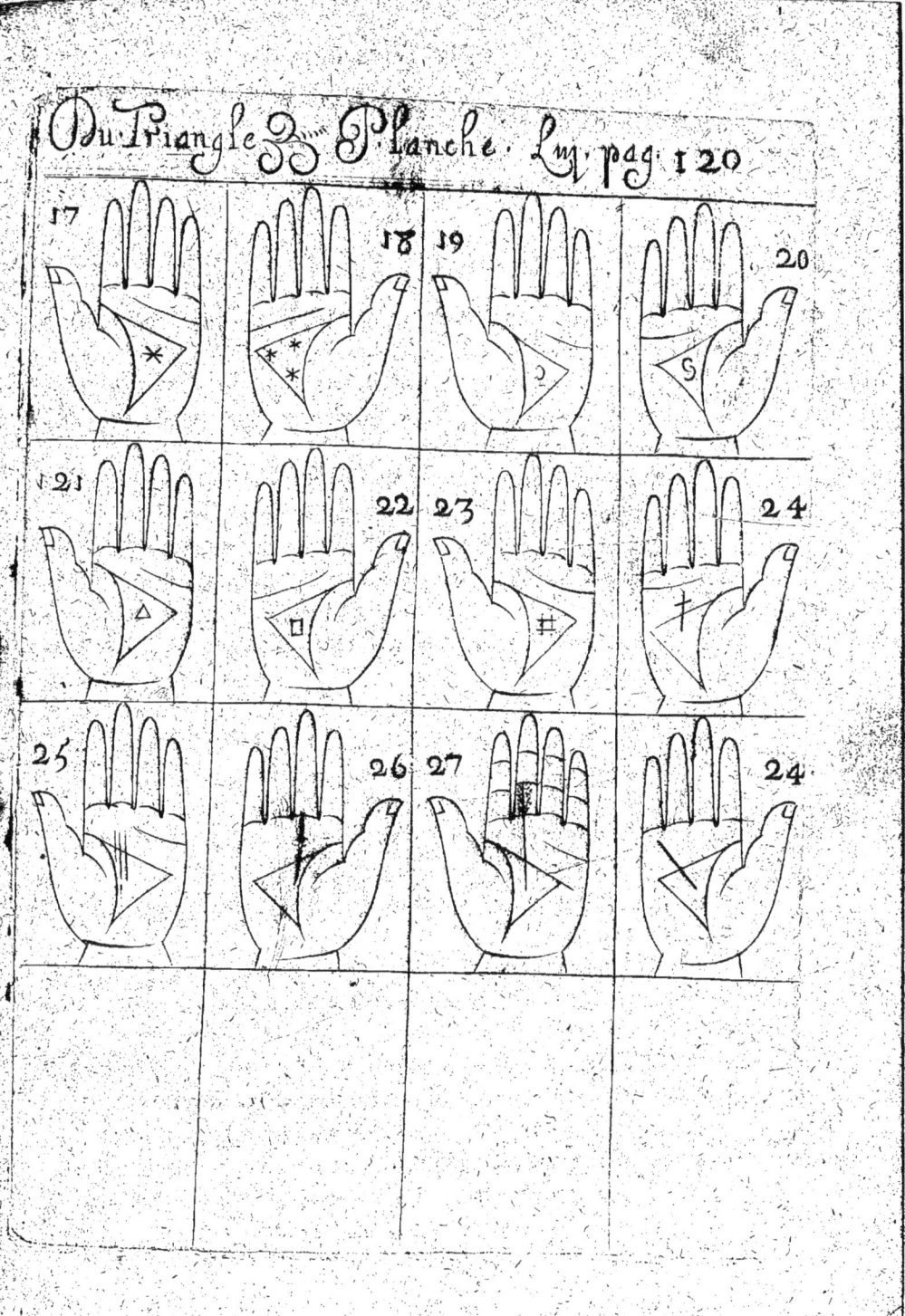

gnes excedent & furpaſſent, c'eſt vn ſigne éuident que la perſonne mourra par les mains de la iuſtice.

24. S'il ſort du Triangle vne ligne, laquelle ſoit coupée *Lignes*
dans le Quadrangle en forme de croix, c'eſt vn ſigne de mort *ſortan-*
violente. *tes du*
Trian
25. S'il monte de la Concauité des lignes au Mont de Sa- *gle.*
turne, elles ſuppoſent que la perſonne fera fort mal ſes affaires aupres des Grands, & qu'elle ſera malheureuſe, courant
riſque de perdre & ſon bien & ſon honneur.

26. S'il monte de la Concauité vne ligne profonde au Mont
de Saturne, elle marque curioſité dans l'art de predire le fu-
tur, & ce dautant plus que ladite ligne touchera la Racine du
doigt du Milieu.

27. S'il monte de la Concauité de la Main vne ligne à la
deuxiéme Iointure du doigt du Milieu & qu'elle ſoit oppreſſée de lignes, elle ſuppoſe malheur auec perte de biens &
priſon.

28. S'il monte de la Concauité vne ligne au Mont de Mercure, elle ſuppoſe la perſonne heureuſe & par ſa vertu & par
les femmes.

CHAPITRE XI.

De l'Angle Suprème.

L'Angle Suprème eſt celuy qui eſt formé par le commencement des lignes de Vie & Naturelle, & il doit prendre ſon origine ſous le milieu du Mont de Iupiter, & ne
doit point eſtre eſtroit & reſſerré, pour marquer la perſonne
ſpirituelle, fidelle & de bonne complexion.

Comme au contraire s'il eſtoit eſtroit, aigu & reſſerré, il
marqueroit la perſonne timide & froide, & par conſequent
infidelle.

Q iij

Que si ledit Angle est large, ouuert & mal apparent, pour lors il suppose vne abondance & excessiue seicheresse, il marque la personne rude, d'vne humeur fascheuse & volage.

Que si les lignes qui forment ledit Angle sont separées les vnes des autres ; pour lors elles supposent vne abondance excessiue de chaleur & de seicheresse, & marquent la personne colere, litigieuse & emportée.

Que si ledit Angle Suprême paroist formé dans la Concauité de la Main, il marque la personne d'vn naturel timide, auare & malin.

Ce que vous connoistrez dans les obseruations suiuantes marquées dans les Planches liiij. & lv.

Planche liiij. 1. Si l'Angle Suprême defaut, c'est signe d'vn esprit rude & grossier dans les choses speculatiues auec medisance & infidelité.

Petit. 2. Si l'Angle Suprême est beaucoup aigu, il suppose vne personne grossiere, auare, malicieuse ; mais au surplus secrette, fidelle, timide & melancholique.

3. Si ledit Angle est peu aigu, il suppose la personne fine & subtille auec vne longue vie.

Droit. 4. Si ledit Angle est presque droit, il suppose éleuation aux honneurs & dignitez.

Obtus. 5. Si ledit Angle est vn peu obtus & mal apparent, il marque vne personne grossiere, rude, stupide, insensée & sans aucun soucy.

Rouge. 6. Si ledit Angle est plus rouge qu'ailleurs, il suppose que la femme grosse pourra accoucher d'vn garçon.

7. Si ledit Angle est situé sous le milieu de l'Indice, il marque l'esprit bon auec vne forte constitution, & neantmoins grande difficulté d'acquerir de l'honneur dans son employ, quelque desir & enuie que l'on en ait.

8. Si ledit Angle est vny entre les Monts de Iupiter & de Saturne, il suppose vn esprit heureux & fortuné.

9. Si ledit Angle est vny dans la Concauité de la Main entre les Monts de Iupiter & de Saturne, il suppose vne vie mal-

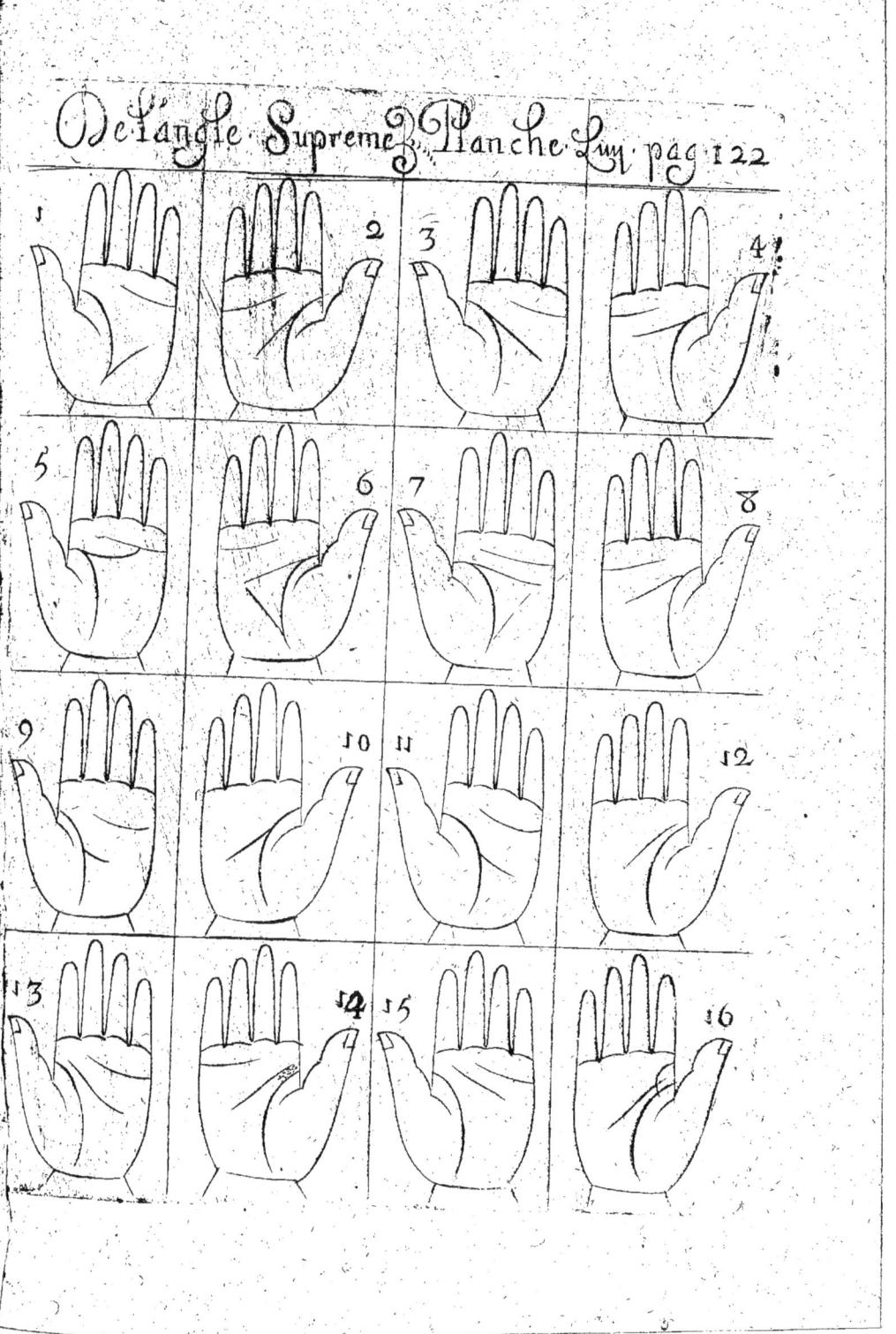

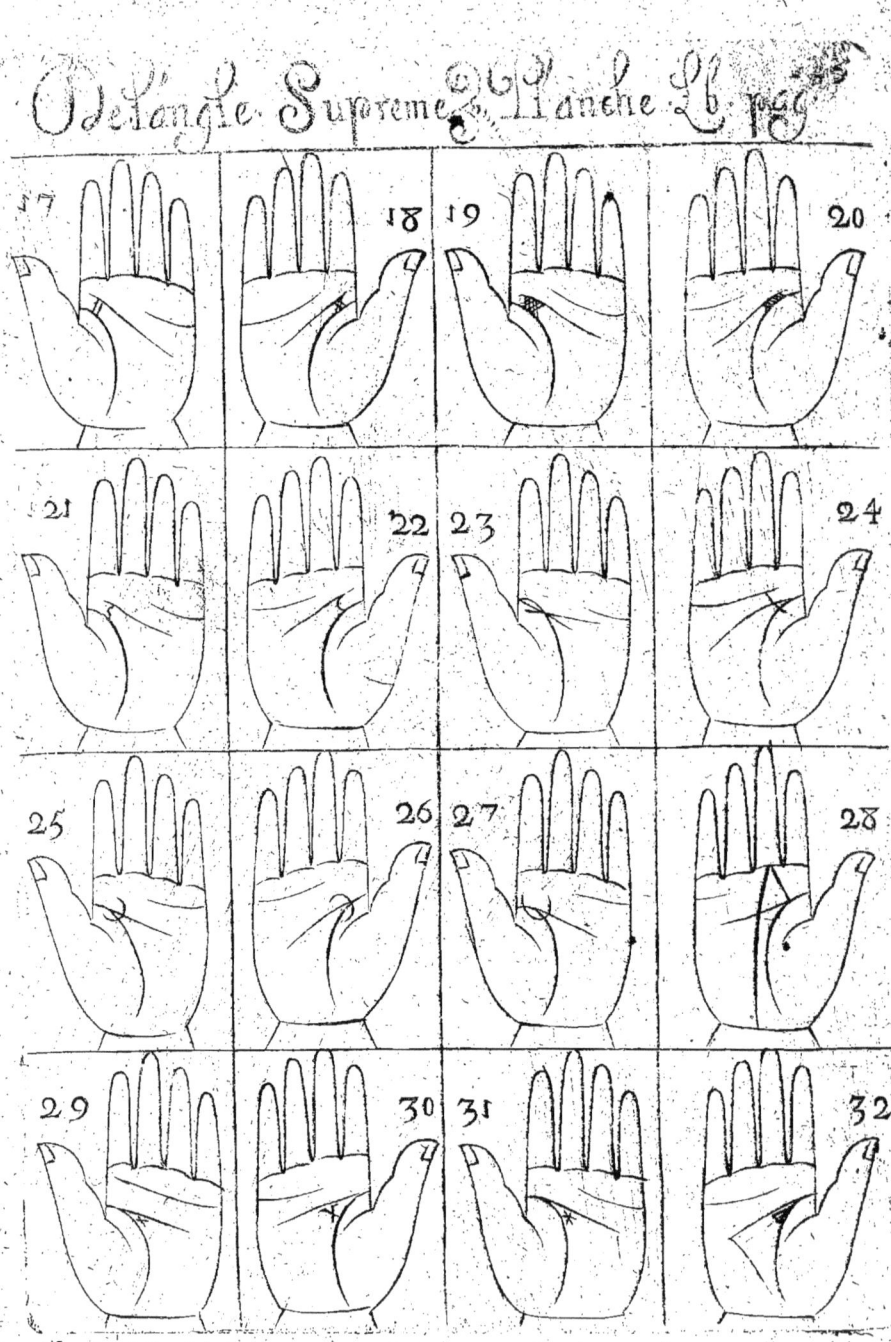

heureuſe, miſerable, auare, inquietée & trop empreſſée pour l'acquiſition des richeſſes, & enfin ſuiuie de priſon par mali-ce ſes ennemis.

10. Si ledit Angle eſt ſitué à l'oppoſite du Mont de Satur-ne, il marque vne vie miſerable auec auarice & perte de bien.

11. Si ledit Angle eſt ſitué dans la Concauité de la Main à l'oppoſite du Mont de Saturne, il ſuppoſe captiuité, effuſion de ſang, bleſſure à la teſte, flux de ventre, & continuel dans les femmes auec peril dans leur accouchement.

12. Si ledit Angle eſt vn peu ſeparé, il ſuppoſe vne perſon-ne qui ſera en hazard de perir par les beſtes.

13. Si ledit Angle eſt vn peu ſeparé, & que cét eſpace ſoit net, c'eſt vn ſigne d'impudicité, de trop de complaiſance pour ſoy-meſme, de cruauté, d'enuie & de médiſance. A quoy vous pouuez adiouſter vne captiuité perpetuelle par ſa faute ſuiuie d'vne mort malheureuſe.

14. Si ledit Angle eſt ſeparé, & ſi l'eſpace d'entre les deux ſe trouue ridé, ou vne petite éleueure de chair, il ſuppoſe lar-cin, meurtre & infidelité.

15. Ledit Angle beaucoup ſeparé, ſuppoſe la priſon, men-teur, ioüeur, & peut-eſtre la mort hors de ſon païs.

16. Si ledit Angle eſt vn peu ſeparé, & qu'il ſe trouue vne ligne qui deſcende du dos de la Main, & qui ſoit iointe à la Vi-talle & à la Naturelle, c'eſt vn aduertiſſement à la perſonne de ſe prendre garde ſoigneuſement d'eſtre empoiſonné, ou enſorcelé, ou de quelque bleſſure mortelle cauſée par quelque coup dangereux.

17. Si ledit Angle eſt ſeparé & vny par vne ou deux lignes, il ſuppoſe vn regret & vn repentir de ſes liberalitez & follies paſſées.

18. Si ledit Angle eſt ſeparé & vny par deux lignes qui ſoient coupées de deux autres, il ſuppoſe enuie, impudicité, oppreſſions, inimitiez & trop de paſſion pour le jeu & yvron-gnerie.

Deſu-ny & ſeparé.

Plãche lv.

De l'Angle Suprème.

19. Si ledit Angle est separé, & si dans la separation il se trouue quelques lignes sans ordre, il suppose la personne Martiale & guerriere, mais infidelle.

20. Si ledit Angle est separé, & si dans la separation il se trouue des lignes en forme de rets, il suppose la personne impudique, qui ayme la musique, trop passionnée pour le jeu, & abondante en son sens en toutes ses entreprises, menteuse, ennieuse & infidelle.

21. Si ledit Angle est separé & vny par vne ligne tortue, il signifie des maladies, & principalement si elle est rouge.

22. Si ledit Angle est separé & vny par vne ligne en forme de demy cercle, dont les extremitez soient vers la partie superieure de la Main, il suppose des blessures aux yeux.

Coupé. 23. Si la Vitalle est coupée par la Naturelle, & par vne ligne qui descende de la partie superieure de la Main qui les coupe toutes deux, ce doit estre dans la personne vne precaution pour la prison, ou pour se garder de quelques animaux veneneux ou de submersion.

24. Si ledit Angle est coupé par vne ligne dont la plus grande partie soit du costé de la ligne Mensalle, il marque peril ou blessure par le feu qui peut-estre sera mortelle.

25. Si ledit Angle est coupé par vne ligne en forme de demy cercle de quelque costé qu'il soit tourné, à la reserue de l'observation suiuante, il suppose aueuglement, & peut-estre la ruine totale de sa maison par sa faute.

26. Ce qui au contraire marqueroit augmentation de fortune par ses soins, si les extremitez du demy cercle étoient tournées du costé de la Vitalle.

27. S'il se trouue vne ligne en forme de demy cercle proche ledit Angle dont les cornes soient vers les Monts, elle suppose infortune, & perturbateur de sa famille & menteur.

28. Si dudit Angle il monte vne ligne vers la Racine du doigt du Milieu, & qu'elle soit vnie à la ligne Saturnine, elle suppose que la personne sera emprisonnée.

S'il

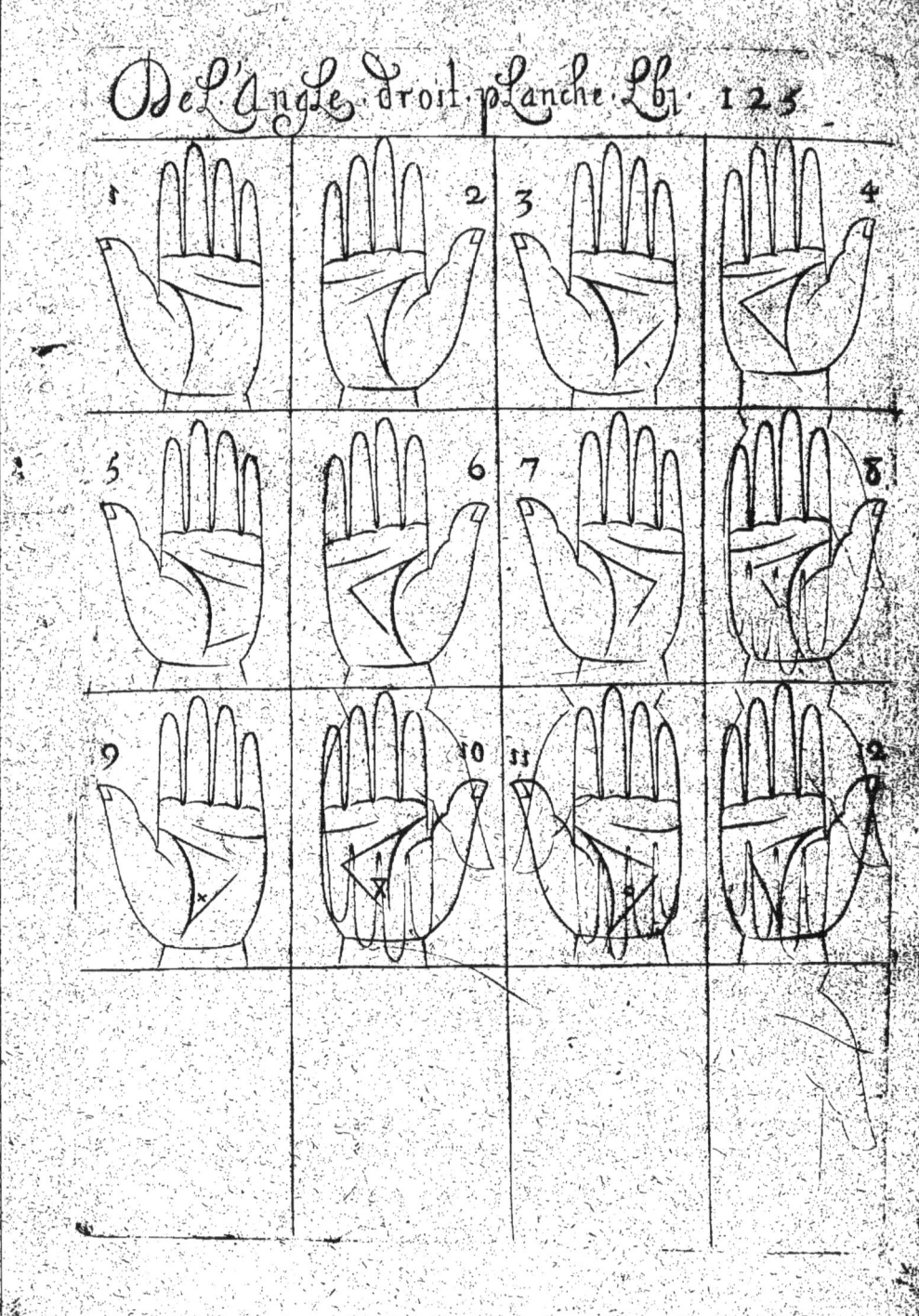

29. S'il se trouue vne petite croix dans ledit Angle, elle *Croix.* suppose persecutions.

30. S'il se trouue vne croix patée dans ledit Angle, elle suppose heritages par le moyen des femmes.

31. S'il s'y trouue vne croix, ou vne estoille, elles ont mes- *Estoil-* me signification que l'obseruation precedente. *les.*

32. S'il se trouue vn triangle dans ledit Angle, il aduertit *Trian-* la personne de se prendre soigneusement garde d'être mal- *gle.* traité ou deuoré par les bestes.

CHAPITRE XII.

De l'Angle Droit.

L'Angle Droit est celuy qui est formé de la ligne de Vie & de la ligne du Foye, lequel êtant vny, marque vn bon estomac & vne bonne complexion.

Que si la ligne du Foye paroist grosse & profonde vers l'Angle droit, pour lors elle suppose vne abondance excessiue de chaleur & de seicheresse, qui marque la personne rude, indocille & mal polie.

Que si les lignes qui ferment l'Angle Droit ne sont pas coniointes & vnies, elles marquent debilité de cerueau & foiblesse de teste ; & par consequent la personne méchante, & d'vne volonté naturellement portée au mal ; dautant qu'elles supposent vne grande foiblesse dans la chaleur naturelle qui met obstacle à la digestion.

Ce que vous connoistrez par les obseruations suiuantes marquées dans la lvj. Planche.

1. Le defaut dans la Main de l'Angle Droit, suppose la per- *Plache* sonne inconstante, infidelle & sans conscience. *lvj.*

2. Si l'Angle Droit est aigu, il suppose auarice, dautant *Petit.* plus grande qu'il sera aigu.

R

3. Si ledit Angle est long dans le Mont de la Main vers la Rascette, il suppose suffocation dans les eaux.

Droit.
4. Si ledit Angle est droit & bien apparent, il marque la personne bonne, vertueuse, hardie & de bon esprit, & absolument portée au bien par inclination fidelle & longue vie.

Obtus.
5. Si ledit Angle est obtus, mal apparent, ou grossier, il suppose la personne grossiere, negligente, paresseuse, stupide, auec legereté de cerueau.

Separé.
6. Si ledit Angle est vn peu separé, il suppose blessures aux cuisses, & peut-estre rupture.

7. Si ledit Angle est beaucoup separé, il marque la personne inconstante, vaine, foible du cerueau & qui parle trop, & dans laquelle il ne faut auoir aucune confiance.

8. Si la ligne du Foye se trouue dans la Concauité, & n'est pas vnie à la Vitalle, elle suppose que la personne mourra dans vn païs esttanger.

Croix.
9. S'il se trouue vne croix dans ledit Angle de quelque façon que ce soit, c'est vn tres-bon signe qui marque vne tres-bonne fin & heureuse.

10. S'il se trouue vne croix dans ledit Angle, dont vne ligne en coupe deux Rameaux, c'est vn signe d'impureté.

Cercle.
11. S'il se trouue vne figure circulaire dans ledit Angle, elle suppose à vne femme enceinte qu'elle pourra auoir vn garçon.

CHAPITRE XIII.

De l'Angle Gauche.

L'Angle gauche est celuy qui est formé de la Naturelle & de celle qui fait la base du Triangle, ou si vous voulez la ligne du Foye.

L'Angle Gauche bien vny marque la personne d'vne bonne nature, d'vne forte complexion & d'vn esprit naturellement bon.

L'Angle Gauche separé & desuny marque foiblesse naturelle dans la personne auec vne complexion naturellement flegmatique ; dautant qu'elle suppose la chaleur naturelle foible & languissante par la predomination de l'humide radical, & de la froideur au dessus de la chaleur & de son actiuité ; & par consequent elle marque la personne rude, sotte, stupide, & suiette à beaucoup de maladies.

Le reste s'apprendra par les obseruations suiuantes contenuës en la lvij. Planche.

1. Le defaut de l'Angle Gauche, suppose infirmité, foiblesse d'estomac & de foye. *Plache lvij.*

2. Si ledit Angle est beaucoup aigu, il suppose que la personne aime beaucoup les procez & la chicane, estant trompeur & infidelle. *Petit.*

3. Et s'il est vers la Percussion, il signifie la mort ou par l'eau ou par le feu.

4. Si ledit Angle est aigu, c'est signe de malice, & suppose la personne railleuse qui se mocque de tout.

5. Si ledit Angle est droit, c'est vn signe de bon sens & de bon esprit aussi bien que de longue vie. *Droit.*

6. Si ledit Angle est obtus & oblique, il suppose briefueté de vie auec vn esprit lourd, inconstant, volage, abruty, *Obtus.*

de mauuaiſe conſcience & meurtrier.

7. Si ledit Angle eſt oblique & interrompu, & qu'il ne ſoit pas formé de belles lignes, il marque la perſonne malheureuſe dans ſes affaires, & qui finira mal par ſa folie.

Separé   8. Si ledit Angle eſt ſeparé, c'eſt vn ſigne de debilité de cerueau, qui ſera dautant plus grande, ſi la ligne du Foye eſt inclinée vers le Mont de la Main.

Demy-cercle.   9. S'il ſe trouue dans ledit Angle vn demy cercle, dont les extremitez ſoient vers ledit Angle, il faut prendre garde à la corde.

Cercle.   10. S'il ſe trouue dans ledit Angle vn cercle bien apparent, il ſuppoſe peril de ſa vie par les beſtes.

Triangle.   11. S'il ſe trouue dans ledit Angle vn triangle, ou quelque choſe de ſemblable, c'eſt vn ſigne de debilité & de foibleſſe d'eſtomac, qui toutesfois ne l'empeſchera de ſe plaire à l'étude.

12. S'il ſe trouue dans ledit Angle vn triangle qui ſoit coupé par vne ligne, il ſuppoſe que la perſonne doit mal-traiter & exceder ſes parens, meſmes iuſques à effuſion de ſang.

Qua-drangle.   13. S'il ſe trouue dans ledit Angle vn quadrangle, il aduertit la perſonne de prendre garde de monter par vne échelle & de deſcendre par vne corde.

14. S'il ſe trouue auſſi dans ledit Angle le caractere de Saturne, il ſignifie la meſme choſe.

CHAPITRE XIV.

Du Quadrangle.

LE Quadrangle eſt cét eſpace qui eſt entre les lignes Naturelle & Menſalle, qui peut eſtre auſſi appellé la Table de la Main; dautant que c'eſt dans ce lieu principallement qu'il ſe trouue quelques ſignes, dont la ſignifica-

cation ne s'êtend feulement pas à la connoiffance des effets
de quelques parties du corps dans vn feul genre d'operation ;
mais de plus, dans tous les effets du corps humain en tout
genre d'operation.

Le Quadrangle dans fa fituation & dans fa forme doit être
large, êtendu dans fon Milieu ; mais beaucoup dauantage
dans fon extremité, & encore plus dans fon commencement.
Or fon Milieu doit eftre fitué à l'oppofite qui eft entre les
Monts de Saturne & du Soleil, fon extremité fe doit terminer à la partie oppofée du Mont du Soleil, & doit commencer à l'oppofite de l'extremité du Mont de Iupiter ; & pour
lors dans cette fituation il fignifie la perfonne d'vne bonne
complexion, loyalle & fidelle ; dautant qu'elle fuppofe dans
cette fituation vne parfaite êgalité, & d'vn iufte temperament de la chaleur naturelle.

Que s'il fe trouue dans vne fituation oppofée à celle que
nous venons de remarquer cy-deffus, elle fignifiroit la perfonne compofée de qualitez toutes contraires aux precedentes.

Si ledit Quadrangle eft êtroit, ou peu large dans fon milieu ou dans fon extremité ; il fuppofe vne grande fupreffion
de la chaleur naturelle, & marque par confequent la perfonne maligne, méchante, fourbe, auare & poltronne.

Que fi ledit Quadrangle eft égal par le trauers de la Main,
il fuppofe vne nature & vne complexion feiche, & par confequent la perfonne litigieufe & inconftante.

Le Quadrangle large, ample & êtendu, marque vne grande chaleur & feichereffe ; & par confequent la perfonne d'vn
foible cerueau, prodigue, gourmande, yvrongne, hableufe,
& fafcheufe.

Que fi le Quadrangle eft plain de rides & entrecoupé de
plufieurs lignes, il marque vne grande feichereffe & vne grande froideur de nature, & par confequent vne tefte foible &
vn cerueau leger.

Le Quadrangle defaillant ou imparfait, marque vne comxion feiche & froide.

Le refte fe reconnoiftra par les obferuations fuiuantes marquées dans les Planches lviij. lix. & lx.

1. Si la ligne Naturelle defaut & empefche le Quadrangle
de paroiftre dans la Main, il fuppofe vne mauuaife confti-
tution.

2. Si le Quadrangle eft formé de lignes bien colorées, c'eft
vn figne de fageffe.

3. Si le Quadrangle n'eft point ridé, ny entrecoupé de petites lignes, il fuppofe la perfonne adroite & de bonne reputation.

4. Si le Quadrangle eft fans croix, triangles, ny lignes
tranfverfalles, c'eft vn figne de perfeuerance & de conftance
dans toutes les entreprifes.

5. Si le Quadrangle eft ètroit de tous coftez, il fuppofe la
perfonne auare, cruelle, méchante, litigieufe, & qui pourra
eftre prifonniere.

6. Si le Quadrangle eft long & ètroit, il fuppofe la perfonne enuieufe, ennemie des autres querelleufe, auare, litigieufe,
& qui poura mourir ieune.

7. Si le Quadrangle eft ètroit dans le milieu ou dans fon
extremité, il marque la perfonne méchante & trompeufe.

8. Si le Quadrangle eft droit par le trauers de la Main, il
fuppofe la perfonne litigieufe à caufe de fa complexion & de
fon temperament fec.

9. Si le Quadrangle eft beaucoup large & fans lignes, c'eft
vn figne de folie & d'inconftance.

10. Si le Quadrangle eft large dans fon commencement &
ètroit dans fon extremité, il fuppofe vn ieune liberal & viel
auare.

11. Si le Quadrangle eft large dans fon commencement &
dans fon extremité, & ètroit dans le milieu, il fuppofe la perfonne d'vne bonne & forte complexion, & au furplus loyal &
fidelle.

12. S'il fe trouue formé au contraire de la precedente ob-

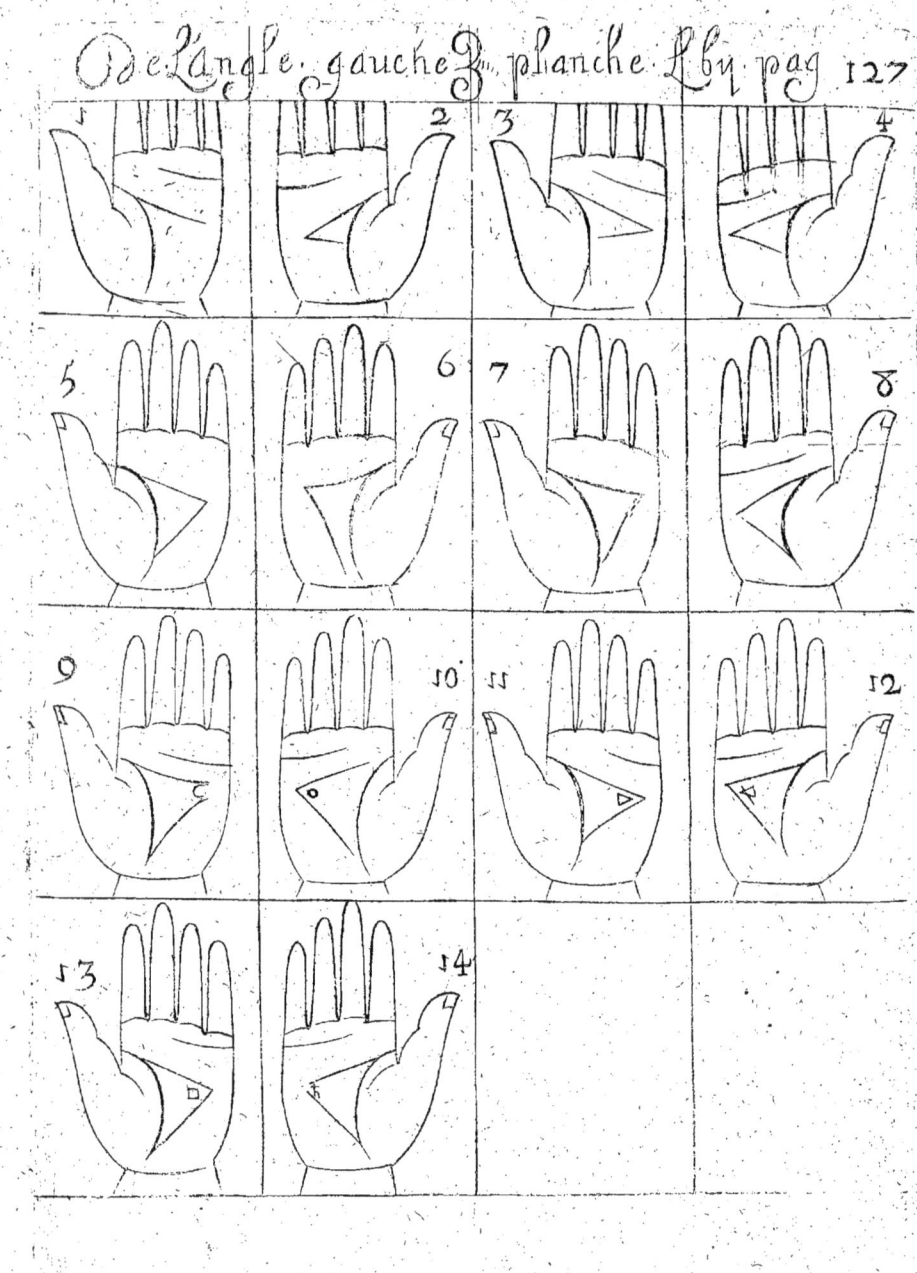

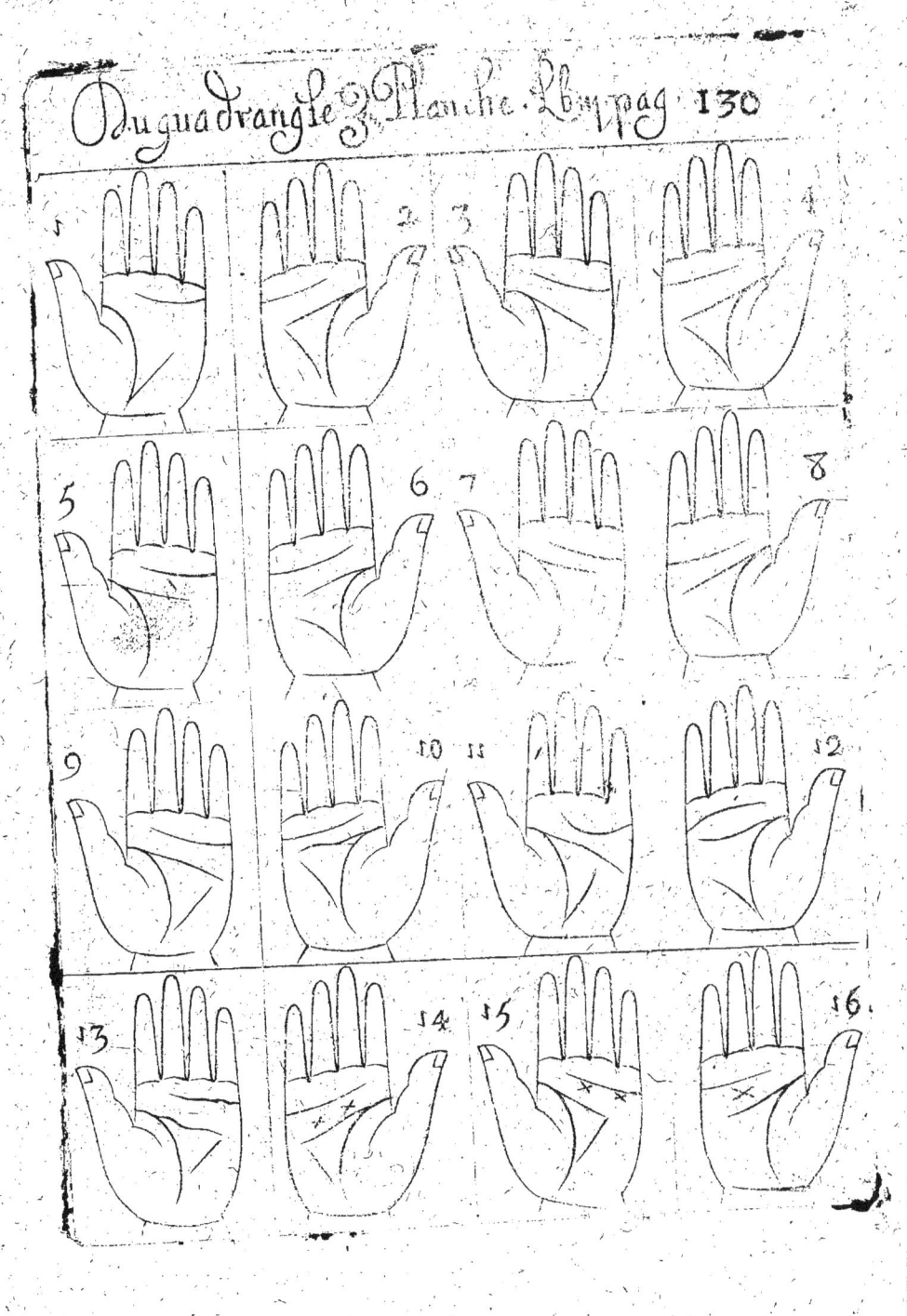

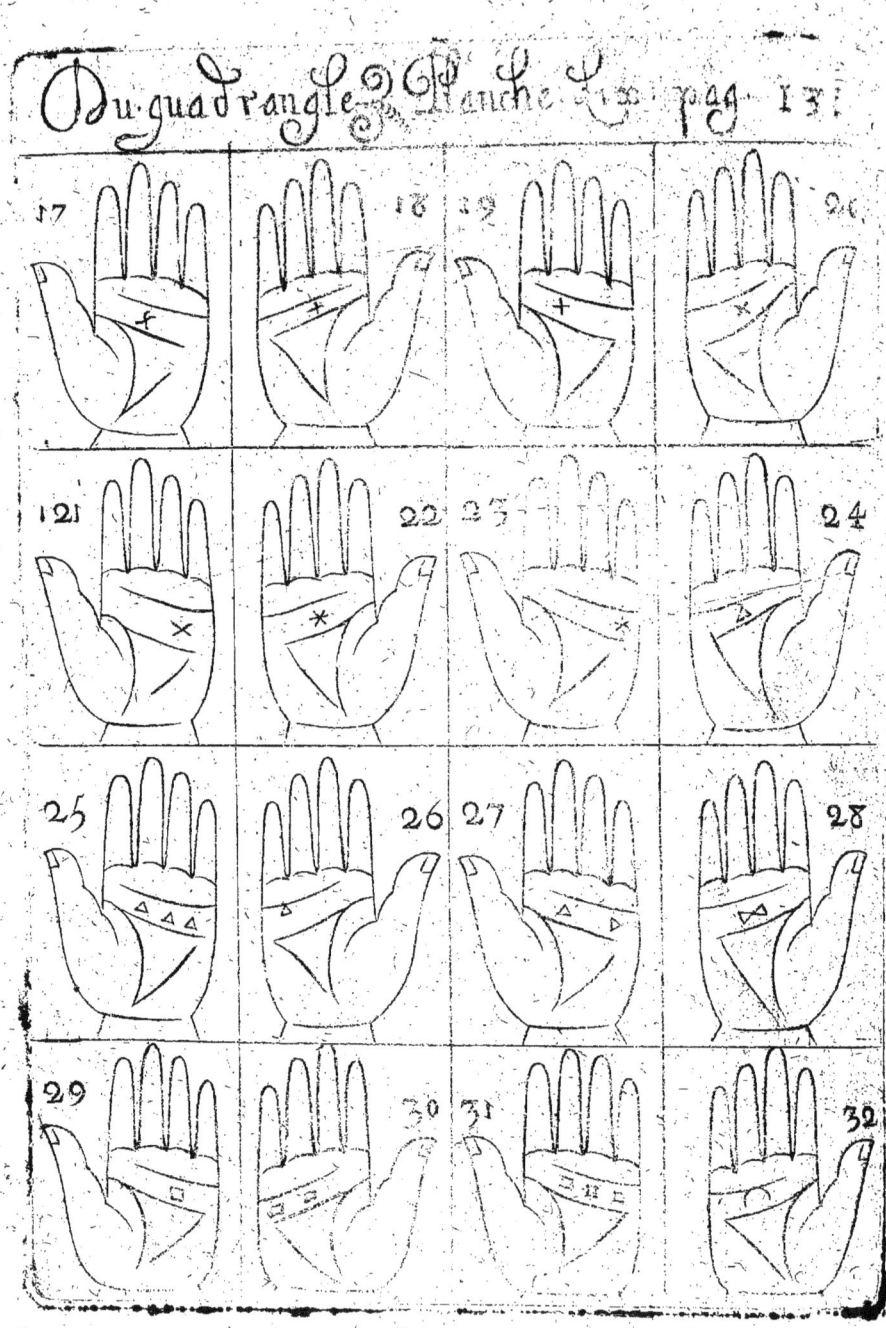

seruation, il suppose aussi tout le contraire.

13. Si le Quadrangle est tortu & mal formé, il marque la personne méchante & malicieuse, principalement si la Naturelle est tortuë.

14. S'il se trouue des croix dans le Quadrangle, elles sup- *Croix.* posent dignitez & richesses.

15. Et si elles sont proche de la Mensalle, il ne s'y faudra pas beaucoup attendre au temps selon la diuision de la Naturelle.

16. S'il se trouue vne grande croix dans le Quadrangle, elle suppose grande peine & grand trauail pour la conseruation de son honneur, bien que la personne soit fidelle.

17. S'il se trouue dans le Quadrangle quelques croix mal *Plâche* disposées, inégalles, discontinuées & tortuës, elles supposent *lix.* vne santé valetudinaire & mauuaise.

18. S'il se trouue vne croix dans le milieu du Quadrangle, ou plusieurs, elles marquent grande pieté & deuotion, auec quelques pelerinages aduantageux.

19. S'il se trouue vne croix dans le Quadrangle à l'opposite du Mont de Saturne, elle suppose des voyages & des trauaux à cause de l'honneur & pour la deuotion.

20. Sil se trouue vne belle croix dans le Quadrangle entre le doigt du Milieu & l'Annulaire, elle marque beaucoup de peines & de sueurs dans l'acquisition des sciences & de la vertu.

21. S'il se trouue vne belle croix entre l'Annulaire & l'Auriculaire, elle marque augmentation de biens & de richesses, & des voyages penibles.

22. S'il se trouue vne estoille dans le Quadrangle, elle sup- *Estoille* pose la personne iuste, legalle & fidelle, & si riche qu'il ne luy manquera rien : Mais toutesfois qu'il se prenne garde d'être blessé par les femmes qu'il aymera le mieux à cause de son impudicité.

23. S'il se trouue vne estoille dans le Quadrangle à l'opposite de l'Auriculaire, elle suppose des honneurs & des bene-

fices hors de ſon païs.

Trian-
gle.

24. S'il ſe trouue vn triangle dans le Quadrangle, il ſup-poſe malheur, triſteſſe & ennemis.

25. S'il ſe trouue vn ſeul triangle dans le Quadrangle ſans autres figures, ou bien trois triangles, il ſuppoſe que la per-ſonne poura eſtre priſe par ſes ennemis.

26. S'il ſe trouue vn triangle dans le Quadrangle proche de la Menſalle, il ſuppoſe quelques bleſſures des beſtes à qua-tre pieds.

27. S'il ſe trouue dans le Quadrangle deux triangles qui ne ſe regardent point l'vn l'autre, ils ſuppoſent vn heureux ſuccez dans toutes ſes entrepriſes.

28. S'il ſe trouue que les Angles de ſes deux triangles ſoient l'vn ſur l'autre, c'eſt vn ſigne de chaſteté.

Qua-
drągle.

29. S'il ſe trouue vn petit quadrangle dans le Quadran-gle, il ſuppoſe vn meſlange de bien & de mal en differens temps.

30. S'il s'en trouue deux ou quatre, c'eſt touſiours vn bon ſigne.

31. Mais s'il s'en trouue trois, ils ne preſuppoſent iamais rien de bon.

Demy-
cercle.

32. S'il ſe trouue proche de la ligne Menſalle vne ligne en forme de demy cercle, dont les extremitez ſoient vers le Qua-drangle, elle ſuppoſe vne tres grande inimitié ſecrete, & peut-eſtre mortelle.

Plãche
lx.

33. Qui ſe pourra toutesfois éuiter, ſi leſdites extremitez ne ſont pas tout à fait tournées vers ledit Quadrangle.

34. Si cettedite ligne en forme de demy cercle regarde vers la Percuſſion, elle ſuppoſe vne cheute de quelque haut lieu.

35. Et ſi ell'eſt au commencement proche de la Men-ſalle & la regarde, elle ſuppoſe meurtre & homicide de ſes proches.

36. Et ſi enfin ell'eſt ſituée vers l'Angle ſuprême, elle mar-que la ruine de ſa famille.

S'il

33   34 35   36

37   38 39   40

41   42 43   44

45   46

37. S'il se trouue dans le Quadrangle vne ligne presque cir- **Cercle.**
culaire, dont les extremitez soient vers les doigts, elle suppose quelques maladies aux parties honteuses.

38. Si le cercle est entier, il marque blessure par vne
beste.

39. Si ledit cercle est mal apparent, la blessure sera mortelle.

40. S'il se trouue dans le Quadrangle quelque petit cercle, il suppose la personne sçauante, vertueuse & bien moriginée.

41. S'il se trouue vne figure circulaire proche de la Naturelle, elle signifie blessure aux yeux du costé de la main où
ladite figure se trouuera.

42. S'il monte vne ligne du Quadrangle proche de l'An- **Lignes**
gle suprême, qui se termine entre les doigts du Milieu & de **sortan-**
l'Indice, elle suppose vne mauuaise disposition dans l'humeur **tes le**
colerique, auec flux de sang. **Qua-**
drâgle.
43. Si du Quadrangle il monte vne ligne droite qui coupe la Racine de l'Annulaire, elle marque vn esprit disposé à
toutes sortes de sciences, & grande inclination pour celles qui
predisent l'aduenir.

44. Si ladite ligne est fourcheüe vers le doigt du Milieu,
elle marquera que l'on sera empesché & occupé pour amasser
du bien à cause de sa pauureté.

45. Si ladite ligne est fourcheüe vers l'Annulaire, elle marque grande application dans les sciences.

46. S'il se trouue la lettre G dans le Quadrangle, il presuppose vne femme impudique.

CHAPITRE XV.

Des Monts ou Montagnes en general

LE Mont de Venus ne doit eftre ny abaiſſé ny éleué, mais tout rond & bien doux; pour lors il marque l'amour des femmes & des veſtemens, & la perſonne laſciue.

S'il eſt éminent, la muſique & l'affection pour ſon harmonie.

S'il eſt abaiſſé, vn rêueur & exceſſiuement laſcif, mais en cachette.

Le Mont de Iupiter ſans lignes & peu éleué, marque la perſonne bonne, iuſte & liberalle; & paroiſſant auec quelques lignes en forme de croix, eſtoilles, ou quelques lignes lonques; ou trauerſantes & bien ordonnées, elles marquent les richeſſes & la Prelature : Surquoy il faut prendre garde que la croix ſoit petite & bien formée, parce qu'autrement elle marqueroit beaucoup de peines & de déplaiſir dans l'exercice de ſa charge; & étant éleué, il ſuppoſe l'eſprit bon & ſubtil.

Le Mont de Saturne ſans lignes, marque vne vie quiete & tranquille; étant vn peu éleué, vn heureux ſuccez dans l'agriculture & dans les autres ménagemens de la maiſon; Et étant abaiſſé auec pluſieurs lignes, beaucoup de trauail & d'angoiſſes.

Le Mont du Soleil vn peu éleué auec des lignes droites, marque la perſonne aimée de pluſieurs, & aimante ſemblablement pluſieurs, ſubtille, ingenieuſe & digne de tres-grands honneurs & dignitez; & étant abaiſſé auec des lignes tortuës, il ſuppoſe tout le contraire.

Le Mont de Mercure vn peu abaiſſé, marque la perſonne

Du Mont de Venus Planche

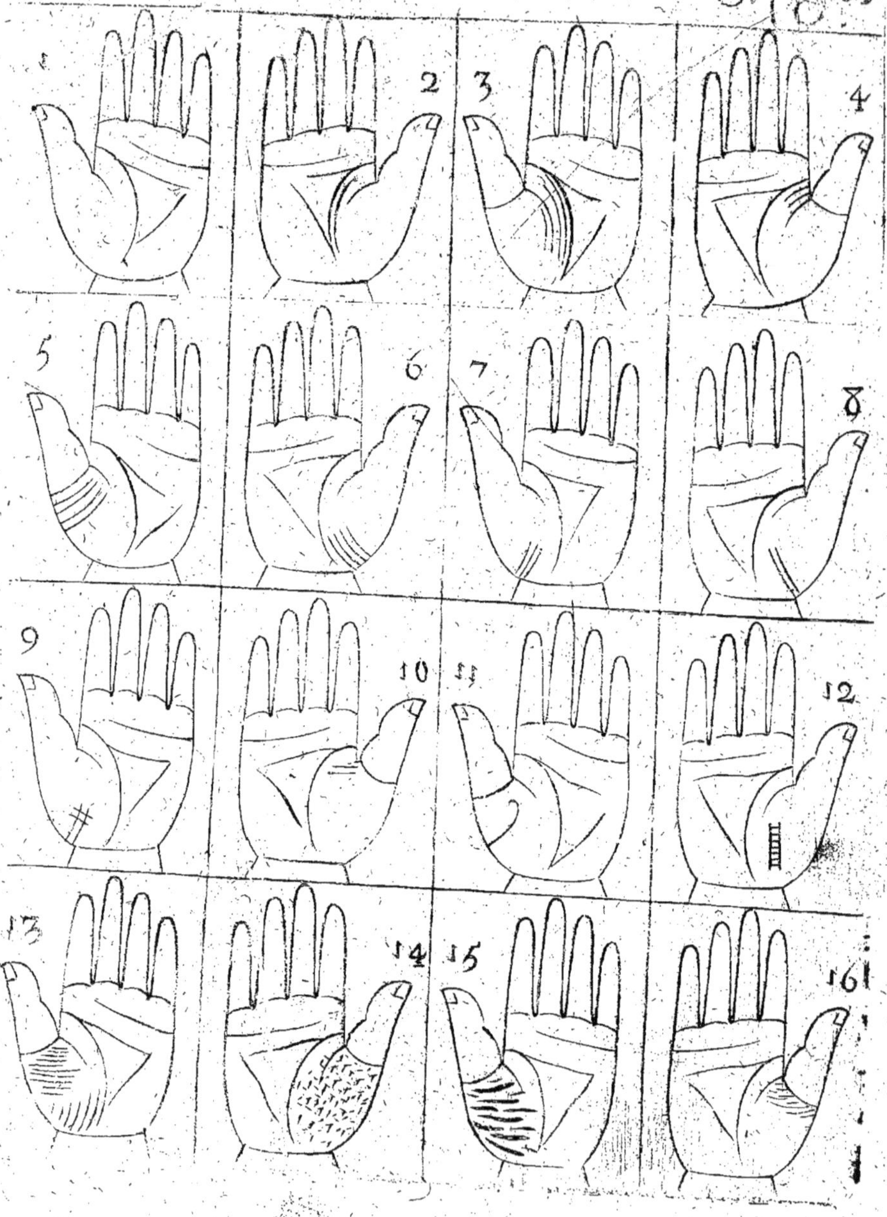

fine, foùrbe, menteufe & larronneffe ; & ètant êleué , il fuppofe le contraire.

Le Mont de la Main doux & fans lignes , marque la perfonne liberalle & douce , & ètant au contraire, il fuppofe la
perfonne afpre, broüillonne, inconftante en toutes chofes, &
de tres-grandes peines & trauaux.

CHAPITRE XVI.

Du Mont de Venus & du Poulce.

L E Mont de Venus auec le Poulce mefme font entiere-
ment dediez & foubmis à Venus (encores que Anthio-
cus Thibertus en fon liure premier chap. iij. le veüille
faire paffer pour le Mont de Mars ; dautant que fes influences
font plus fortes & plus actiues que celles de toutes les autres
Planettes) : Quoy qu'il en foit nous le ferons paffer felon la
plus-commune opinion , & l'expérience mefme pour le Mont
de Venus , lequel doit eftre feulement marqué par des lignes
qui s'ètendent de la Racine vers la ligne de Vie ; lefquelles
lignes doiuent eftre déliées, délicates & peu profondes, & n'y
eftre pas en grand nombre ; & pour lors , elles marquent la
perfonne d'vne côplexion bien temperée, amiable & ioyeufe.

Que fi le Mont de Venus eft fort entrecoupé par des lignes
de trauers , ou tranfverfalles , pour lors fuppofant vne grande
abondance de chaleur naturelle meflée d'vne qualité froide
& humide , elle marque la perfonne lafciue ; & ce dautant
plus que lefdites lignes font longues & ètenduës & multipliées.

Vous remarquerez le refte dans les obferuations fuiuantes
marquées dans les lxj. lxij. lxiij. lxiv. lxv. & lxvj. Planches.

1. Si le Mont de Venus eft beaucoup éleué , il marque im- Plâche
pudicité & ioüeur. lxj.

Lignes sur le Mont.   2. S'il s'y rencontre vne ligne qui soit aussi paralelle à la ligne de Vie, elle adiouste de plus vne puissante inclination pour la susdite impudicité.

3. S'il s'y trouue plusieurs lignes qui soient comme sœurs de la Vitalle, soit qu'elles soient proche d'icelle, ou de la Racine du Poulce, elles supposent la personne lasciue, effeminée & molle.

4. S'il s'y trouue quelques lignes entre la Racine du Poulce & le commencement de la Vitalle, elle marque querelle & differend auec ses parens.

5. S'il se trouue quatre lignes égallement distantes l'vne de l'autre aupres de la Racine du Poulce entrant dans ledit Mont, elles supposent auoir heritages & successions en l'aage second.

6. Si elles sont proche du bras, elles marquent lesdites successions dans le premier aage.

7. Que s'il n'y a que trois lignes, lesdites successions ne seront pas si auantageuses.

8. Et encores moins, s'il n'y en a que deux.

9. Mais telles qu'elles soient, si cesdites lignes sont coupées dans leur extremité l'vne auec l'autre, lesdits heritages & successions ne se pourront partager ny receuoir sans procez, ny sans grandes inimitiez.

10. Si quelques lignes descendent d'aupres de la Racine au commencement de la Vitalle, elles supposent ambition & vaine gloire.

11. S'il se trouue vne ligne crocheüe à l'extremité dudit Mont vers l'extremité de la Vitalle, c'est vn signe de timidité & de malice noire.

12. S'il se trouue vne échelle audit Mont, elle suppose pauureté causée par les femmes.

13. S'il se trouue plusieurs lignes sur ledit Mont, c'est vn signe d'impudicité.

14. S'il se trouue des lignes sans ordre sur ledit Mont, elles marquent la personne babillarde, menteuse, impudique & méchante.

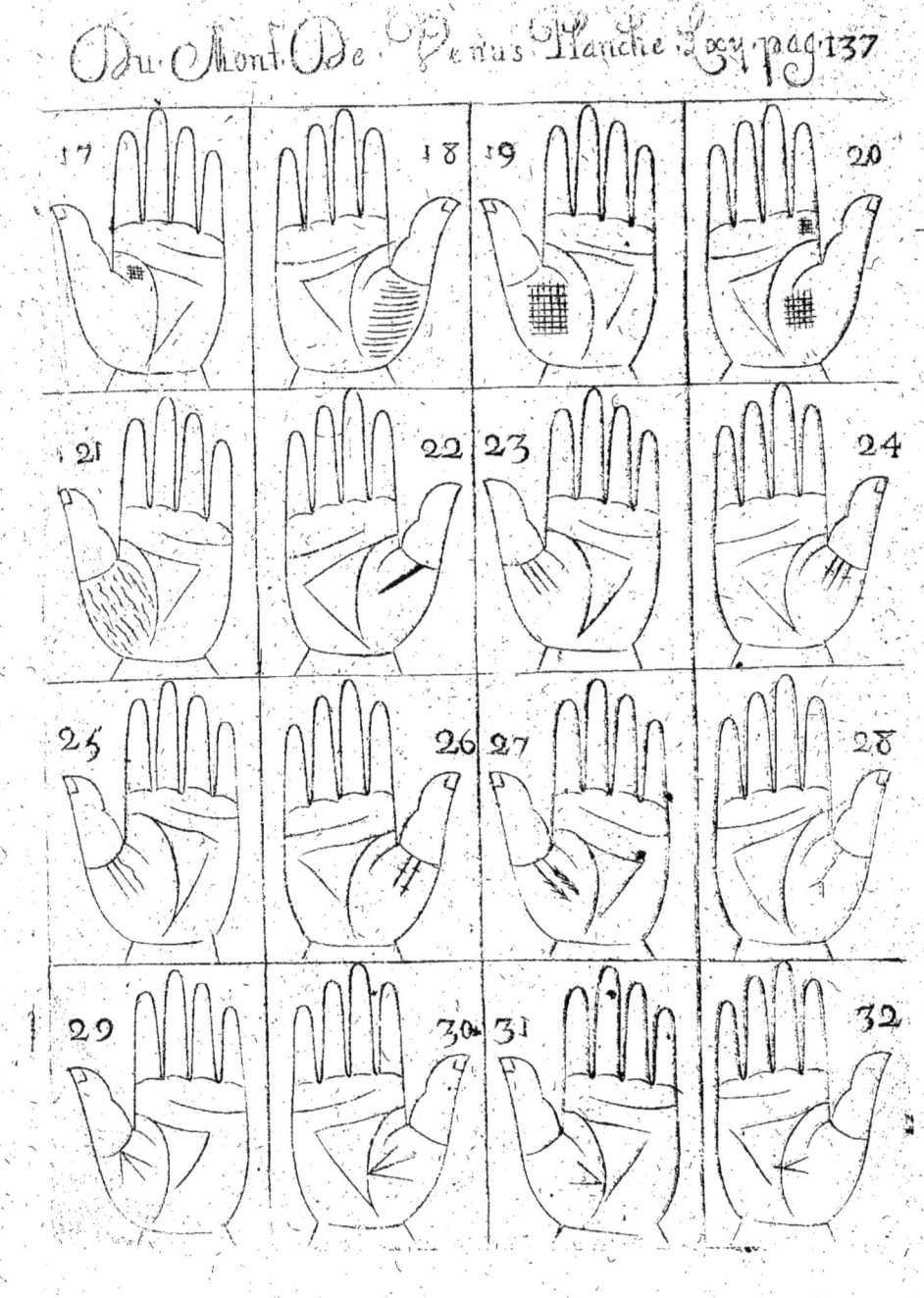

15. S'il s'y trouue plusieurs petites lignes sans ordre, & peu apparentes proche de la Racine du Poulce, elles marquent beaucoup de playes en ieunesse.

17. S'il se trouue plusieurs lignes qui s'entrecoupent au Pláche pied dudit Mont vers l'Angle superieur, elles supposent que la personne poura tomber de dessus vne beste à quatre, pieds & qui peut-estre se rompra le col. *lxij.*

18. Si ledit Mont est coupé transversallement de plusieurs lignes longues & multipliées, c'est vn signe d'impureté.

19. S'il se trouue sur ledit Mont plusieurs lignes en forme de gril, elles supposent lasciueté dans toutes sortes de manieres, auec heritages & successions, & infortune à cause des femmes.

20. Si ledit Mont de Venus & de Iupiter sont égallement entrecoupez en forme de gril, ils supposent vne femme sans honneur, & abandonnée particulierement aux Ecclesiastiques.

21. Si le Mont de Venus est ridé, il suppose grand nombre de maladies.

22. S'il se trouue vne ligne grosse & profonde, qui commence à la Racine du Poulce qui trauerse le milieu dudit Mont, & se rende à la Vitalle sans aucunes autres lignes apparentes, c'est vn signe de mort violente selon Goclenius; Et selon Tricasse, elle suppose alliance auec femme, ou vne amie plustost, ou plus tard selon la longueur de la ligne. *Lignes touchātes la Racine*

23. Toutes les lignes droites qui commencent à la Racine du Poulce & s'ètendent vers la Vitalle, supposent autant de femmes ou d'amies; & aux femmes autant de maris ou d'amis respectiuement, & par consequent lasciuoté, & aussi des heritages par successions.

24. Mais si cesdites lignes sont en quelque façon entrecoupées, elles supposent peu d'amitié & qui ne tendra iamais au mariage; mais qui engageront plustost les personnes à se faire d'Eglise.

25. Et si entre cesdites lignes il s'en trouue vne tortuë en

S iij

forme d'arc, elle suppose qu'il n'y a point du tout d'amitié.

26. S'il se trouue des lignes qui commencent à la Racine du Poulce & qui soient coupées sur ledit Mont, elles supposent amitié ou amour pour deux femmes, ou pour deux hommes.

27. S'il sort des lignes de la Racine du Poulce vers la Vitalle & qu'elles soient cheueluës, elles supposent impudicité dans l'vn & l'autre sexe.

28. S'il sort de la Racine dudit Poulce vne ligne qui soit fourcheüe vers la Vitalle, c'est vn signe d'vne impudicité honteuse.

29. S'il s'en trouue trois vnies à la Racine du Poulce qui descendent vers la Vitalle, elles supposent blessures par le feu.

30. Et si lesdites lignes sont vnies vers la ligne de Vie, elles signifient mesme chose que la precedente obseruation.

31. S'il se trouue des lignes sur ledit Mont qui soient vnies proche de la Vitalle, elles supposent maladies perilleuses & presque mortelles, au temps selon la diuision de la Vitalle.

32. Si la ligne de Vie est coupée par l'vne de cesdites lignes, elle marquera le peril de la maladie par quelques blessures, ou playes, lesquelles seront plustost à la teste qu'ailleurs.

Plâche lxiij.

33. S'il se trouue plusieurs lignes grosses & droites qui sortent de la Racine & qui touchent à la Vitalle, elles supposent que la personne sera bruslée & moura par le feu.

34. Si quelques lignes descendent de la Racine du Poulce vers la Rascette, elles supposent la personne auide de gain & de profit, & qui ne se rebute iamais par quelque trauail que ce soit.

Lignes coupãtes la Vitalle.

35. S'il descend vne ligne courbe de la Racine du Poulce qui coupe la Vitalle, elle suppose la personne malheureuse, & qui receura confusion pour son impudicité.

36. S'il descend des lignes de la Racine du Poulce qui coupent la Vitalle, elles marquent des voyages petits ou grands, selon la grandeur desdites lignes.

37. S'il descend de la Racine du Poulce vne ligne vers la

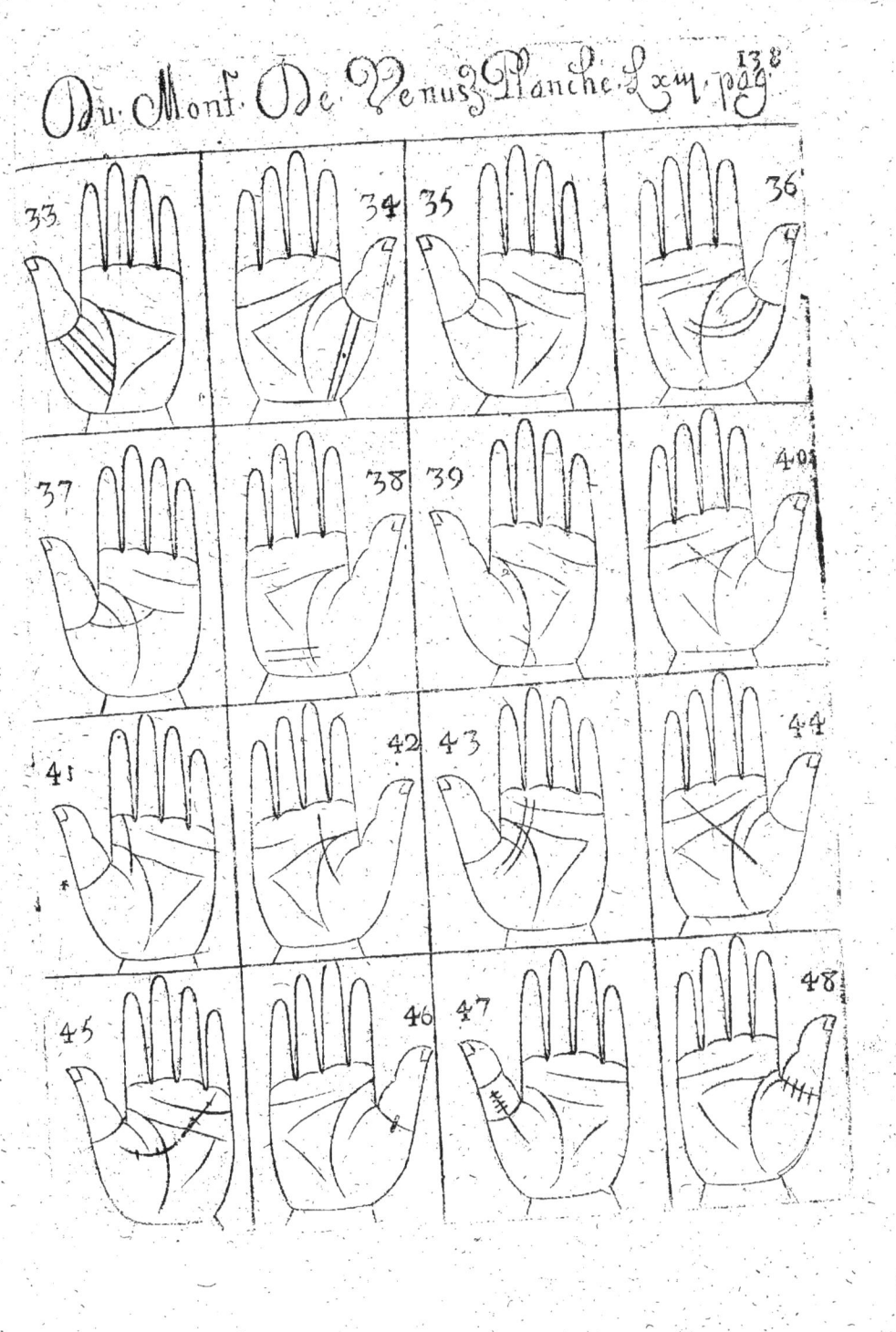

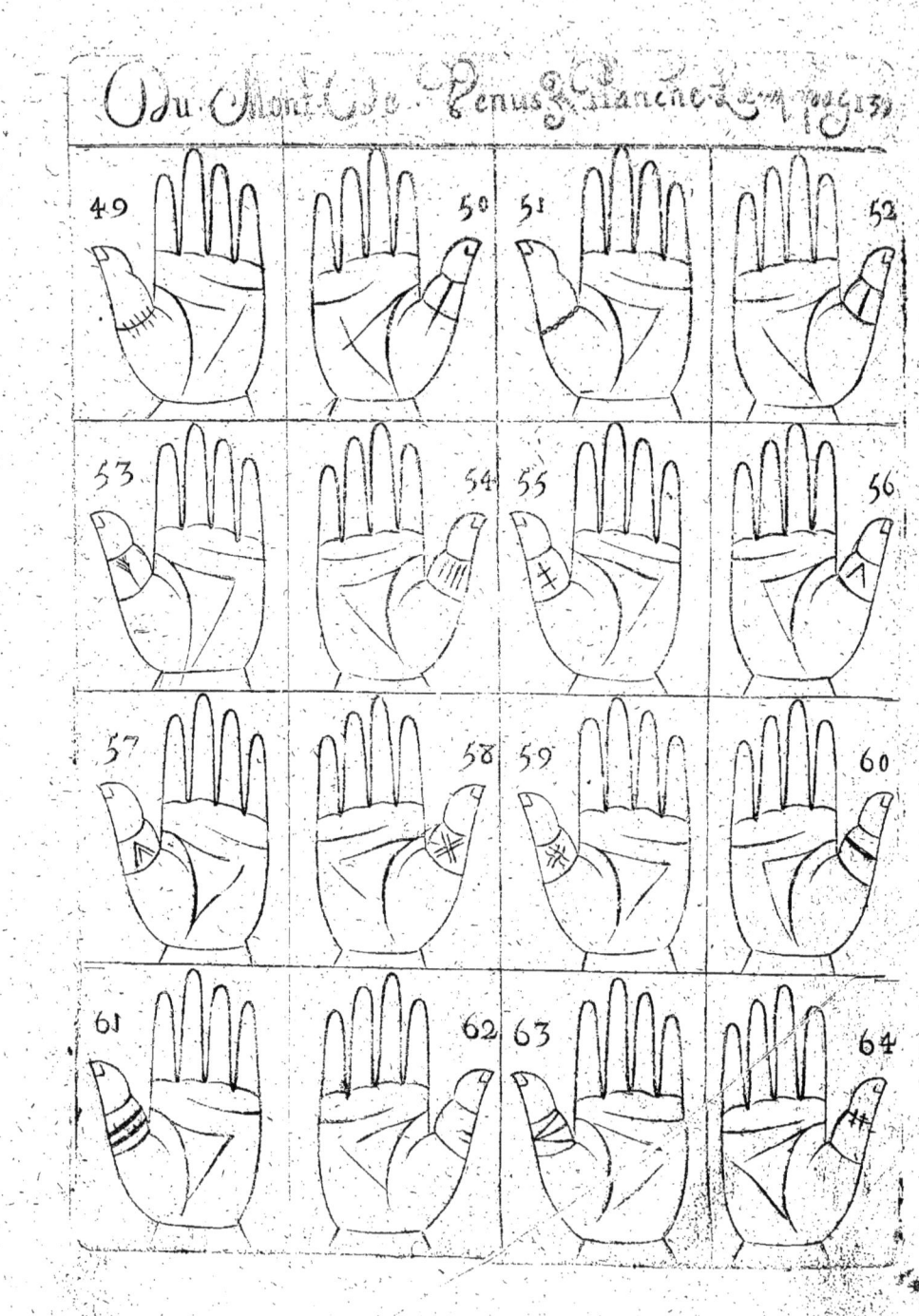

Naturelle, elle fuppofe coups, ou bleſſures dangereuſes.

38. Si quelques lignes commencent au Mont de Venus coupant la Vitalle vers l'extremité, & defcendent fur le Mont de la Main, elles marquent des voyages felon la proportion des lignes.

39. S'il defcend vne ligne du Mont de Venus vers la Raſcette qui coupe la Vitalle dans fon extremité, elle fuppofe quelque cheute de haut lieu.

40. S'il defcend vne ligne dudit Mont qui coupe la Vitalle & la Naturelle, elle fuppofe bleſſures par quelque coup ietté de loin & des voyages, & la perfonne colere & proceſſif.

41. S'il monte vne ligne dudit Mont à la Racine de l'Indice, c'eſt vn aduertiſſement pour la femme de prendre garde d'eſtouffer fon enfant.

42. S'il monte dudit Mont vne ligne au Mont de Saturne, elle fuppofe bleſſures par le feu, & difgrace dans fes biens.

43. S'il y en a deux, mefme effet.

44. S'il monte dudit Mont vne ligne au Mont de Mercure, qui coupe la Vitalle, la Naturelle & la Menfalle, elle fuppofe vne impudicité defreiglée, auec vn coup mortel dans la teſte.

45. Qui toutesfois fe pourra guerir fi cettedite ligne eſt difcontinuée, entrecoupée, ou bien courbée dans fon extremité vers ledit Mont de Mercure.

46. Si la Racine du Poulce eſt coupée par vne groſſe ligne, elle marque fuffocation, fubmerfion, ou fufpenfion. *Lignes coupã-*

47. Si ladite Racine eſt coupée d'vne groſſe ligne, & que cettedite ligne foit coupée entre la premiere & deuxiéme ioincture par d'autres lignes, elle fuppofe incefte auec fes parens par fraude & par furprife. *tes la Racine*

48. Si ladite Racine eſt coupée par des lignes, belles, entieres, rouges & confiderables, elles marquent la nobleſſe & le nombre de fes freres & fœurs.

49. Lefquels font morts, fi cefdites lignes font rompuës, effacées, ou mal apparentes. *Plãche lxiv.*

50. S'il monte du Mont de Venus vne ligne iufques à la deuxiéme Iointure du Poulce , elle fuppofe mourir de mort, violente par fon impudicité faite auec fa parenté.

51. Si la premiere Iointure ou Racine du Poulce eft en forme de chaine, elle fuppofe fuffocation , caufée par catare ou efquilenfie.

52. S'il monte vne groffe ligne de la premiere à la deuxiéme Iointure du Poulce qui ne foit point coupée , elle aduertit vn noble de prendre garde à fa tefte , & à vn roturier de prendre garde de monter par vne échelle & de defcendre par vne corde.

53. S'il fe trouue vne ligne entre la premiere & deuxiéme Iointure qui foit cheueluë , c'eft vn figne de fuffocation par catare.

54. S'il fe trouue quelques lignes droites entre la premiere & derniere Iointure , elles fuppofent grande ou petite parenté , felon le nombre ou grandeur defdites lignes.

55. S'il fe trouue vne ligne entre la premiere & derniere Iointure qui foit coupée par d'autres lignes , elle fuppofe incefte auec fes parens, ou du moins impudicité honteufe.

56. S'il fe trouue deux lignes qui forment vn Angle entre la premiere & derniere Iointure , elles fuppofent que la perfonne poura eftre eftouffée par quelque catare , ou par quelqu'excez de colere.

57. S'il fe trouue entre la premiere & derniere Iointure deux lignes qui ferment deux angles auec deux autres , elles marquent vne grande inclination pour le jeu.

58. Qui poura peut-eftre bien caufer la mort du joüeur, fi lefdites lignes fe coupent & forment comme vne croix.

59. Mais qui d'ailleurs fuppofent vne perte continuelle fans efperance d'aucun profit, fi cefdites lignes font tortuës & difcontinuées.

60. S'il fe trouue vne ligne fort groffe qui coupe le Poulce par le trauers , c'eft figne d'eftre decapité ou pendu.

61. S'il s'y en trouue deux , elles ont mefme effet.

Si

Du. Mont. de. Venus 3. planche Lxb. pag. 141

65
66
67
68
69
70
71
72
73
74
75
76
77
78
79
80

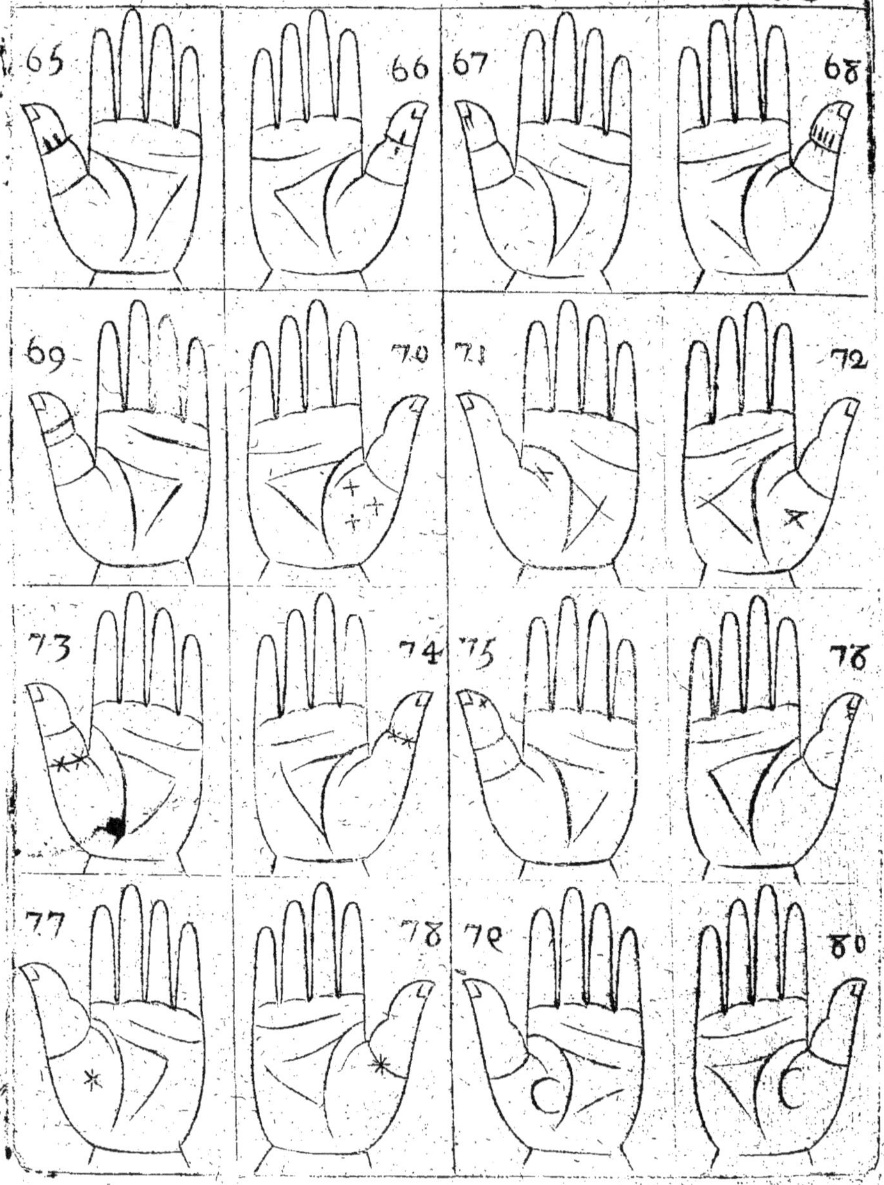

62. Si quelques lignes s'étendent vers le dos de la Main en trauerfant, c'est vn figne prefqu'inéuitable de fubmerfion dans les eaux.

63. Si quelques lignes montent vers le dos de la Main, en trauerfant, & que dans leur extremité elles foient iointes enfemble, elles fuppofent la prifon proportionnée pour fa durée à la longueur defdites lignes.

64. Si la derniere Iointure eft coupée par deux lignes qui foient coupées, c'est vn figne d'infidelité & d'inconftance.

65. S'il fe trouue de groffes lignes au deffus de la derniere Iointure, c'est vn figne d'infidelité. *Plâche lxv.*

66. Et la mefme chofe s'il s'en trouue vne d'vn cofté & l'autre de l'autre.

67. S'il fe trouue deux ou trois lignes auprès de l'Ongle, c'est vn figne de fidelité.

68. S'il fe trouue de petites lignes en la derniere Iointure, elles fuppofent des defluctions cathareufes.

69. Si vne ligne coupe de trauers le Poulce au deffus de la derniere Iointure, elle fuppofe que la perfonne perdra la tefte ou fera penduë; ce qui fera dautant plus inéuitable, fi ladite ligne eft groffe & apparente & qu'elle enuironne le Poulce.

70. S'il fe trouue des croix fur le Mont de Venus, elles fuppofent impudicité auec des perfonnes de qualité. *Croix.*

71. S'il fe trouue vne croix, ou vne eftoille à l'extremité dudit Mont, c'est vn figne de malheur & d'infamie caufée par l'impudicité.

72. S'il fe trouue vne croix fur ledit Mont de laquelle les deux branches foient reflechies ou coupées d'vne ligne, elles fuppofent toute forte d'impudicité.

73. Autant en faut-il prefumer, s'il fe trouue vne ou deux croix dans la premiere Iointure du Poulce qui ne foient point entrecoupées: Mais felon Belot, Tibertus & Taifnier, elles marquent des honneurs & des richeffes.

74. S'il fe trouue vne ou deux croix à la derniere Iointure du Poulce, c'est vn figne de fageffe, de deuotion & d'humilité.

T

75. S'il se trouue vne croix auprés de l'Ongle, elle suppose vn homme infidelle & vne femme fourbe & trompeuse.

76. S'il se trouue vne croix au dos sous l'Ongle, elle suppose impureté auec ses proches.

Estoil-   77. S'il se trouue vne estoille sur le Mont de Venus, elle
le.   suppose infamie causée par l'impudicité; Quoy que selon Belot, elle suppose la personne heureuse en amour.

78. S'il se trouue vne estoille dans la premiere Iointure du Poulce, ou sur le dos, elle marque impudicité dêreglée.

Demy-   79. S'il se trouue vne ligne en forme de demy cercle sur le
Cercle.   Mont de Venus, elle marque alliance & mariage auec vne marâtre.

80. S'il se trouue vn demy cercle vers l'extremité du Mont de Venus, il suppose blessure aux yeux, soit par le fer, ou par le feu.

Plache   81. S'il se trouue deux ou trois demy cercles rouges entre
lxvj.   la premiere & deuxiéme Iointure, ils supposent que la personne doit estre penduë ou decapitée.

82. S'ils sont vnis les vns aux autres, ils auront mesme effet.

83. Ou bien s'ils sont opposez.

84. S'il se trouue vne petite ligne arcualle entre la deuxiéme Iointure & l'Ongle, elle suppose submersion.

Cercle.   85. S'il se trouue vn cercle sur le Mont de Venus, c'est vn signe d'vne impudicité insatiable.

86. S'il se trouue de petits cercles sur ledit Mont de Venus, ils supposent des maladies.

87. S'il se trouue vne figure circulaire dans la premiere, ou deuxiéme Iointure auec vne ligne transversalle au dessous, elle suppose la personne méchante & fort portée d'inclination au larcin.

88. S'il se trouue vne figure qui soit coupée diametrallement & transversallement entre la premiere & derniere Iointure du Poulce, c'est vn signe de submersion ou de suffocation dans les eaux.

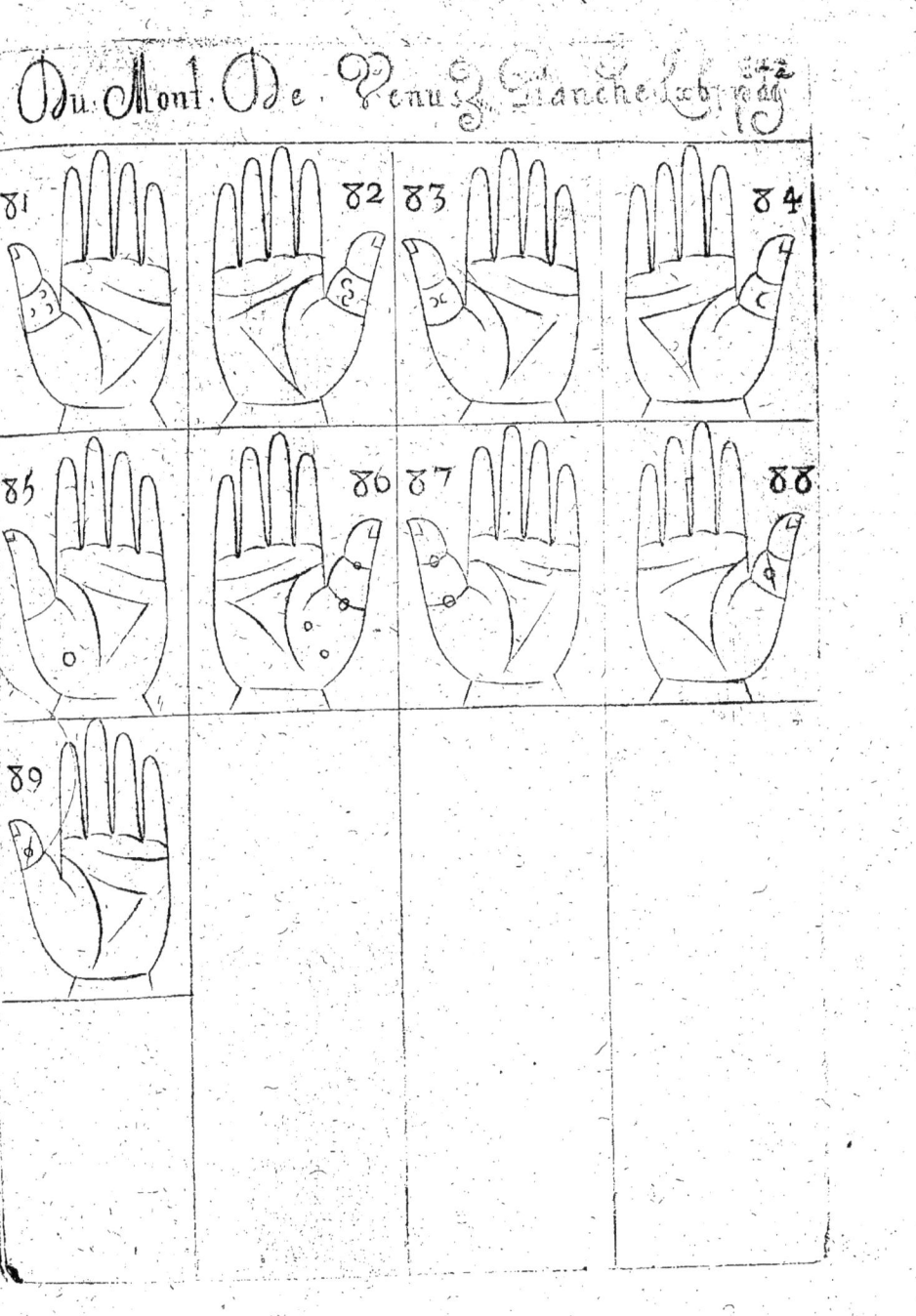

89. Et si ell'est proche de l'Ongle, elle suppose que la perfonne sera penduë à cause de ses méchancetez & larcins étant abandonnée à toutes sortes de crimes & de vices.

CHAPITRE XVII.

Du Mont de Iupiter & du doigt de l'Indice.

LE Mont, ou Montagne de Iupiter, ou de l'Indice auec son doigt, sont sous la domination de Iupiter, & en marquent les influences par les lignes qui s'y rencontrent; On en peut coniecturer toute sorte de bien & d'auantage (si nous en exceptons neantmoins les lignes cheueluës, les courbes en forme d'arc, celles qui ont plusieurs rameaux, celles qui sont fourcheuës, ou qui prennent leur principe vers la Racine des doigts descendantes vers le Mont de Saturne, ou qu'elles soient reflechies, ou qui enfin soient fort entrecoupées entr'elles-mesmes,) & encores plus considerables, si lesdites lignes sont toutes droites ; dautant que ces lignes marquent positiuement les douces influences de cette Planette de Iupiter.

Les lignes entrecoupées par degrez en forme d'échelle, & vnies dans leurs extremitez en forme d'Angle, marquent vn tres-grand malheur dans la personne, sous lequel enfin elle doit succomber infailliblement; dautant qu'elles supposent vne grande foiblesse dans les influences de cette Planette & dans la chaleur naturelle.

La ligne qui descend depuis la Racine du doigt de Iupiter vers ledit Mont, est vn signe tres-auantageux pour la personne, & ce dautant plus fauorable quand elle s'étend vers le milieu dudit Mont ; dautant que quelque ligne qui se rencontre dans le milieu de chaque Mont, soit bonne ou mauuaise, a tousiours vn effet plus signalé, & tire vne plus grande force des influences de la Planette qui y predomine.

Les lignes sur cedit Mont en forme d'arc & courbées, suppofent vne abondance d'humeurs melancholiques, & marquét par conſequent la perſonne fort malheureuſe dans ſon honneur & dans ſa dignité.

Vous connoiſtrez le reſte dans les obſeruations ſuiuantes marquées dans les lxvij. lxviij. lxix. lxx. & lxxj. Planches.

Plâche lxvij.
Lignes droites ſur led. Mont.

1. Si le Mont de Iupiter eſt ſans lignes, & qu'il ſoit clair & haut éleué, il ſuppoſe des dignitez Eccleſiaſtiques.

2. S'il ſe trouue vne ligne ſur ledit Mont de Iupiter, elle ſuppoſe la perſonne fidelle & veritable.

3. Et s'il s'en trouue pluſieurs qui ne ſoient point coupées, cette meſme perſonne ſera fort riche.

4. S'il ſe trouue pluſieurs lignes à l'extremité & ſeparées de la Menſalle ſur le Mont de Iupiter, elles ſuppoſent vne mort ſubite.

5. S'il ſe trouue vne ligne ſur ledit Mont qui ſoit pleine de rameaux vers la Naturelle, elle ſuppoſe vne mort ſubite cauſée par vne apoplexie.

6. S'il ſe trouue vne ligne ſur ledit Mont qui s'étende vers le doigt du Milieu & qui ſoit pleine de rameaux, elle ſuppoſe vne apoplexie.

7. S'il ſe trouue des lignes ſur ledit Mont en forme d'échelle, elles ſuppoſent que la perſonne ſera peu à peu eſleuée aux dignitez.

8. S'il ſe trouue des lignes entrecoupées qui forment preſque vne échelle ſur ledit Mont, elle ſuppoſe de grandes maladies.

Lignes tranſuerſalles.

9. Si ledit Mont eſt coupé par vne ligne tranſverſalle, elle ſuppoſe la perſonne veritable & heureuſe par le moyen des Eccleſiaſtiques.

10. Si ledit Mont eſt coupé par vne ligne tortuë, ou en forme d'arc qui ſoit tranſverſalle, elle ſuppoſe la fievre quarte & maladie contagieuſe.

11. S'il deſcend vne ligne du haut dudit Mont vers la Na-

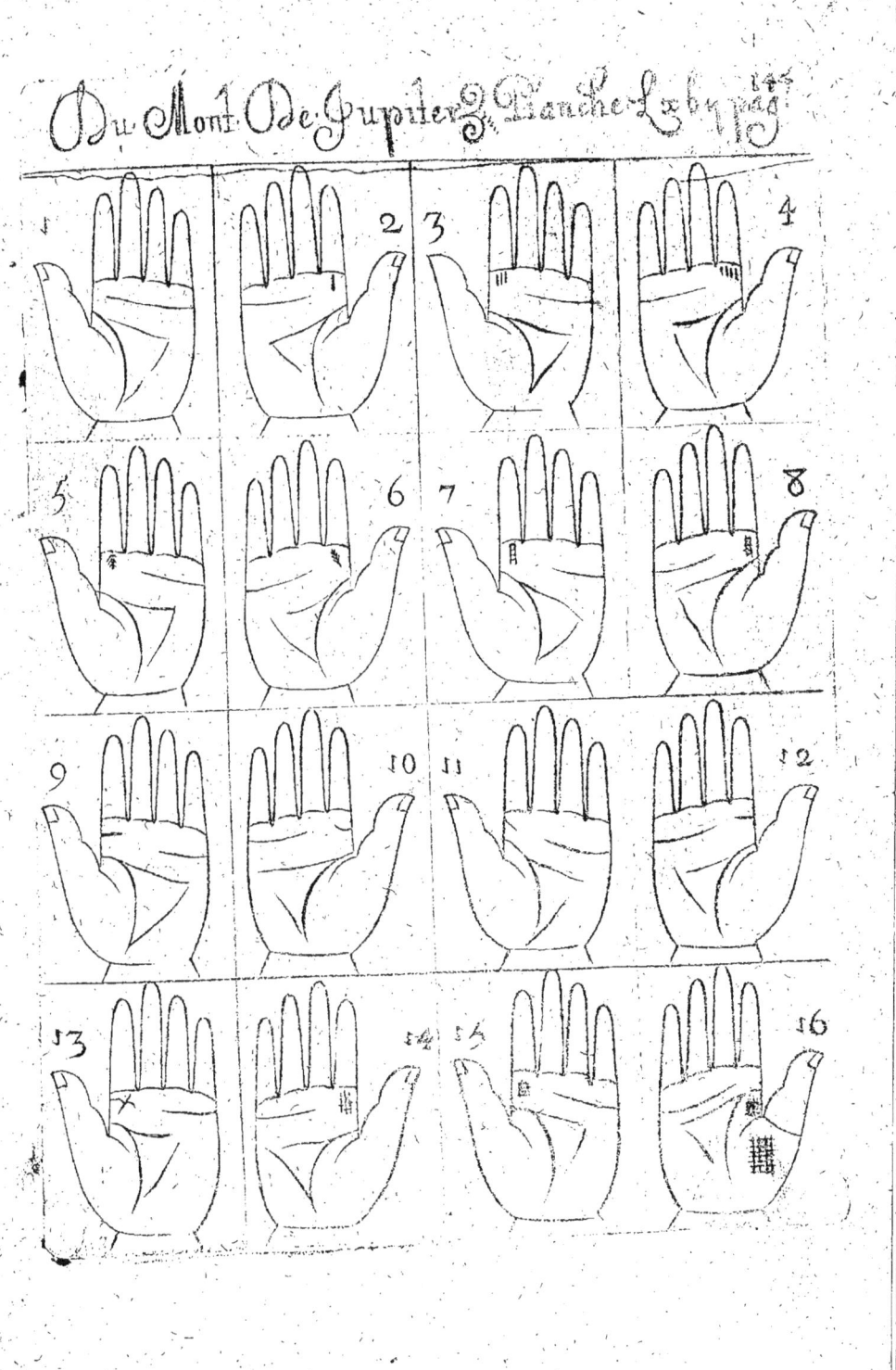

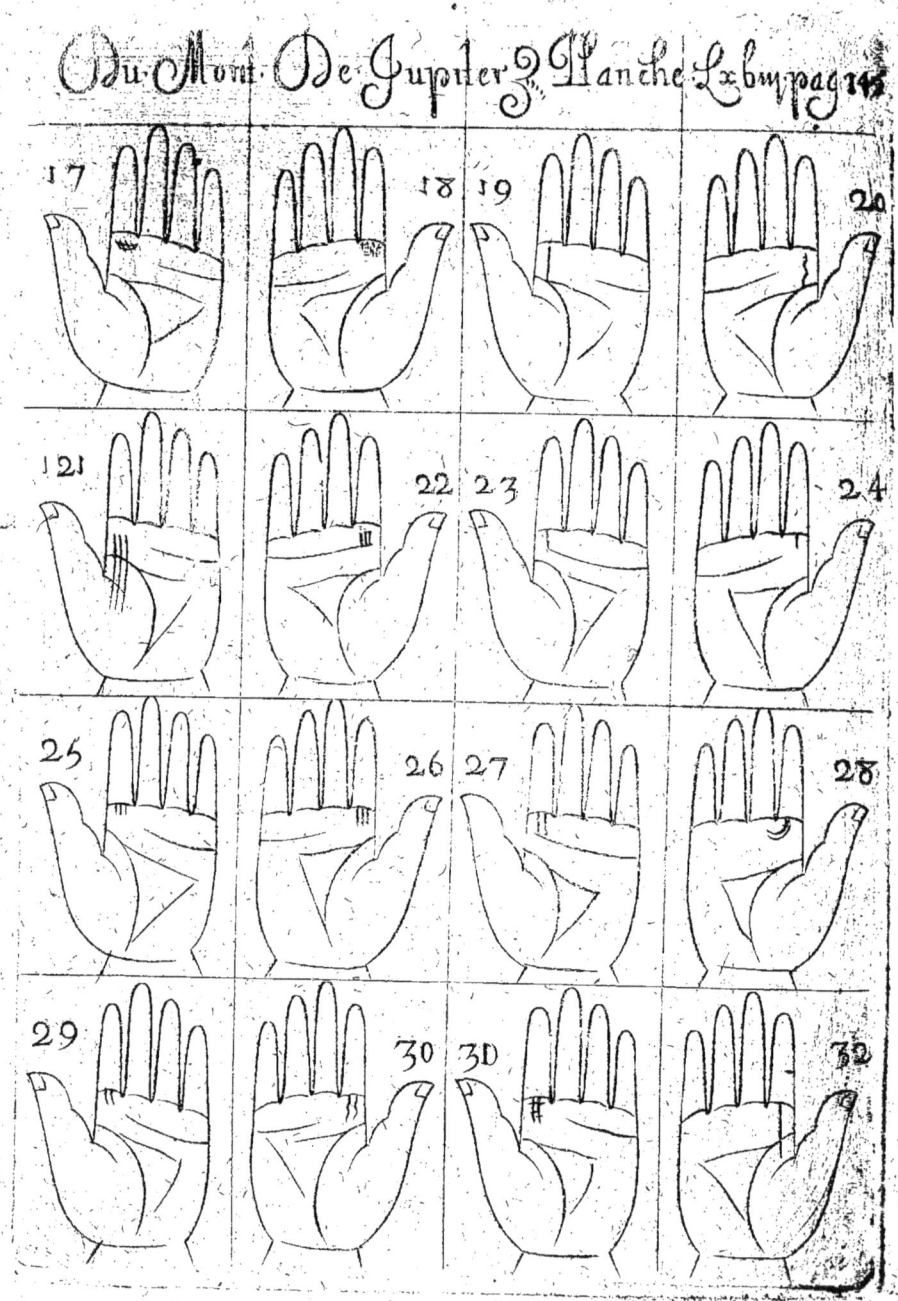

turelle, elle fuppofe vne fievre aiguë & violente, qui s'aug-
mentra par la fucceffion du temps.

12. Si ledit Mont eft coupé tranfverfallement dans le milieu par vne ligne groffe & rouge, elle fuppofe aux hommes
foibleffe dans les parties de la generation, & aux femmes peril
dans leur accouchement.

13. Si ledit Mont eft coupé par vne ligne tortuë, & qui foit
coupée fur ledit Mont, elle fuppofe procez auec les Ecclefiaftiques.

14. S'il fe trouue plufieurs lignes fur ledit Mont qui foient *Lignes*
entrecoupées, elles marquent mifere & pauureté caufée par *droites*
les femmes. *& tráf-*

15. S'il fe trouue des lignes en forme de grille fort doublée *uerfal-*
fur ledit Mont, elles fuppofent perfecutions, & peut-eftre *les.*
prifons caufées par les Preftres.

16. Si les Monts de Iupiter & de Venus fe trouuent marquez de grilles, ils fignifient que la perfonne aime l'amie d'vn
Ecclefiaftique.

17. S'il fe trouue fur ledit Mont de Iupiter des lignes en- Plấche
trecoupées qui fur l'extremité s'vniffent, elles fuppofent des lxviij.
perfecutions par les Grands auec des maladies, & principalement quand elles font vers le Mont de Saturne.

S'il fe trouue des lignes en confufion proche de la Racine
de l'Indice, elles fuppofent naufrage & fuffocation dans les
eaux.

19. S'il monte vne ligne de l'Angle Supréme vers la Racine de l'Indice, elle fuppofe que la perfonne poffedera des benefices confiderables.

20. S'il monte vne ligne tortuë de l'Angle Supréme vers
l'Indice, elle marque la perfonne colere & *M*artialle.

21. Si le Mont de Venus eft fort efleué, & que d'iceluy il
monte des lignes vers l'Indice, elles fuppofent autant d'a-
mourettes pour les femmes de fes voifins, que pour la
fienne.

22. S'il monte de la Menfallé des petites lignes au Mont

de Iupiter, elles fuppofent la perfonne defireufe d'honneur & de gloire, ayant beaucoup d'efprit & fort heureufe dans fa conduite.

23. S'il monte de la Menfalle vne ligne qui coupe le Mont de Iupiter, elle fuppofe vne mort fubite & violente.

Lignes touchã- 24. S'il defcend vne ligne de la Racine de l'Indice fur le-dit Mont, c'eft vn fort bon figne ; & dautant plus aduanta-*tes la* geux fi elle defcend vers le milieu.

Racine 25. S'il defcend trois ou plufieurs lignes courtes de la Raci-ne de l'Indice, elles fuppofent des playes au col.

26. S'il defcend de la Racine de l'Indice deux ou trois li-gnes iufques au milieu dudit Mont, c'eft vn figne de richeffe & bon-heur aupres des Grands, lefquels feront dautant plus puiffans & plus confiderables, plus lefdites lignes feront gran-des, qui dans cét eftat poura mefme eftre quelque marque de Prelature, & marque d'vn homme qui aime la vertu & qui hait le vice.

27. Si de la Menfalle il monte deux lignes iufqu'à la Raci-ne de l'Indice, c'eft vn figne de mort fubite.

28. S'il defcend des lignes de la Racine de l'indice fur ledit Mont qui foient inclinées vers le doigt du Milieu, elles fuppo-fent des bleffures à la tefte qui ariueront fi lefdites lignes font groffes & rouges, & qui font paffées, fi elles font palles & delicates.

29. Si cefdites lignes font mal apparentes, elles fuppofent perfécution.

30. Si elles font longues & tortuës, au moins peril de per-fecution.

31. Si elles font entrecoupées, elles marquent d'auoir du bien d'Eglife ou des Ecclefiaftiques.

32. S'il defcend de la Racine de l'Indice vne ligne fur le Mont de Venus qui s'étende vers la Racine du Poulce, elle donne vn aduertiffement aux femmes de ne pas étouffer leurs enfans.

Plãche lxix. 33. S'il defcend vne ligne de la Racine de l'Indice qui

33 34 35 36

37 38 39 40

41 42 43 44

45 46 47 48

s'êtende vers l'Auriculaire, c'est vn signe de bon esprit.

34. Si ell'est discontinuée, elle suppose inconstance dans ses desseins.

35. S'il descend vne ligne d'entre l'Indice & le doigt du Milieu s'êtendant vers l'Indice, elle suppose domination & commandement sur autruy auec dignité Ecclesiastique, quoy que ce soit par violence.

36. Si la Racine de l'Indice est coupée de plusieurs lignes, *Cou-* elle suppose la personne iuste & religieuse. *pantes*

37. S'il se trouue vne ligne belle & droite, qui s'êtende de *la Ra-* la premiere à la deuxiéme Iointure de l'Indice, elle marque *cine.* de la hardiesse, de l'honneur & vne bonne & heureuse fortu- *Lignes* ne, causée par les Prelats & par les femmes. *entre*

38. Si dans le mesme lieu il s'y en rencontre deux, elles sup- *les join-* poseront impudicité & inceste auec ses parens. *tures.*

39. S'il se trouue plusieurs lignes droites entre la premiere & deuxiéme Iointure de l'Indice, elles supposent autant de coups à la teste qu'il se trouuera de lignes.

40. S'il se trouue des lignes qui trauersent & qui descendent de la partie superieure de la Main, elles supposent vn temperament colerique & sanguin.

41. Mais si elles prouiennent du costé du doigt du Milieu auec le temperament colerique, elles supposent vne forte inclination naturelle à la melancholie.

42. S'il s'en trouue des deux costez, elles supposeront la personne flegmatique, & par consequent fantasque & bisare.

43. S'il se trouue vne espece de grille entre la premiere & deuxiéme Iointure de l'Indice, c'est vn signe de malheur causé par les femmes.

44. S'il se trouue vne ligne profonde & apparente en châque Iointure des doigts, elles supposent vne maladie incurable qui sera peut-estre causée par vne humeur froide & melancholique.

45. S'il se trouue à l'extremité de tous les doigts le signe

du Verſeur d'eau, il ſuppoſe impudicité dans vne femme.

Points   46. S'il ſe trouue quelques points rouges & apparens ſur le Mont de Iupiter, ils ſuppoſent que la perſonne poſſedera en bref quelqu'office ou quelque dignité.

47. Mais s'ils ſont palles ou peu apparens, les effets qu'ils produiront ſeront de peu de conſequence.

48. Comme au contraire s'ils ſont larges & étendus, ils produiront infailliblement leur effet, quoy qu'ils faſſent attendre long temps.

Plāche lxx.   49. S'il ſe trouue des points dans la Racine de l'Indice, ils ſuppoſent impudicité auec des perſonnes nobles, & des bleſſures à la teſte par des armes à feu.

Foſſes.   50. S'il ſe trouue des foſſes ou des points dans la Racine de l'Indice, ils ſuppoſent des enfans baſtards & illegitimes.

51. Des maſles ſi leſdits points ſont au deſſus de ladite Racine.

52. Et des filles s'ils ſe trouuent au deſſous.

Poi-reau.   53. S'il ſe trouue vn Poireau ou enleueure de chair ſur ledit Mont, il ſuppoſe la perſonne infortunée ſur les eaux.

Croix.   54. S'il ſe trouue vne croix ſur le Mont de Iupiter, elle ſuppoſe des honneurs, des biens Eccleſiaſtiques, & vn aduantage fort conſiderable par les Grands, ou des heritages ou ſucceſſions, & qui ſe plaiſt à faire des baſtards.

55. S'il s'y trouue vne petite croix bien formée, elle ſuppoſe des dignitez.

56. Que ſi cette croix eſt trop grande, & ſes branches ſoient fort eſtenduës; pour lors elle ſuppoſera la perſonne eſtimée auec honneur dans ſon art & vacation.

57. S'il ſe trouue vne croix ou vne eſtoille mal formée ſur ledit Mont de Iupiter, c'eſt vn ſigne de malheur & de foibleſſe d'eſprit.

59. S'il ſe trouue pluſieurs croix ſur ledit Mont, elles ſuppoſent à vn homme pluſieurs honneurs, & à vne femme, vn ſeulement.

S'il

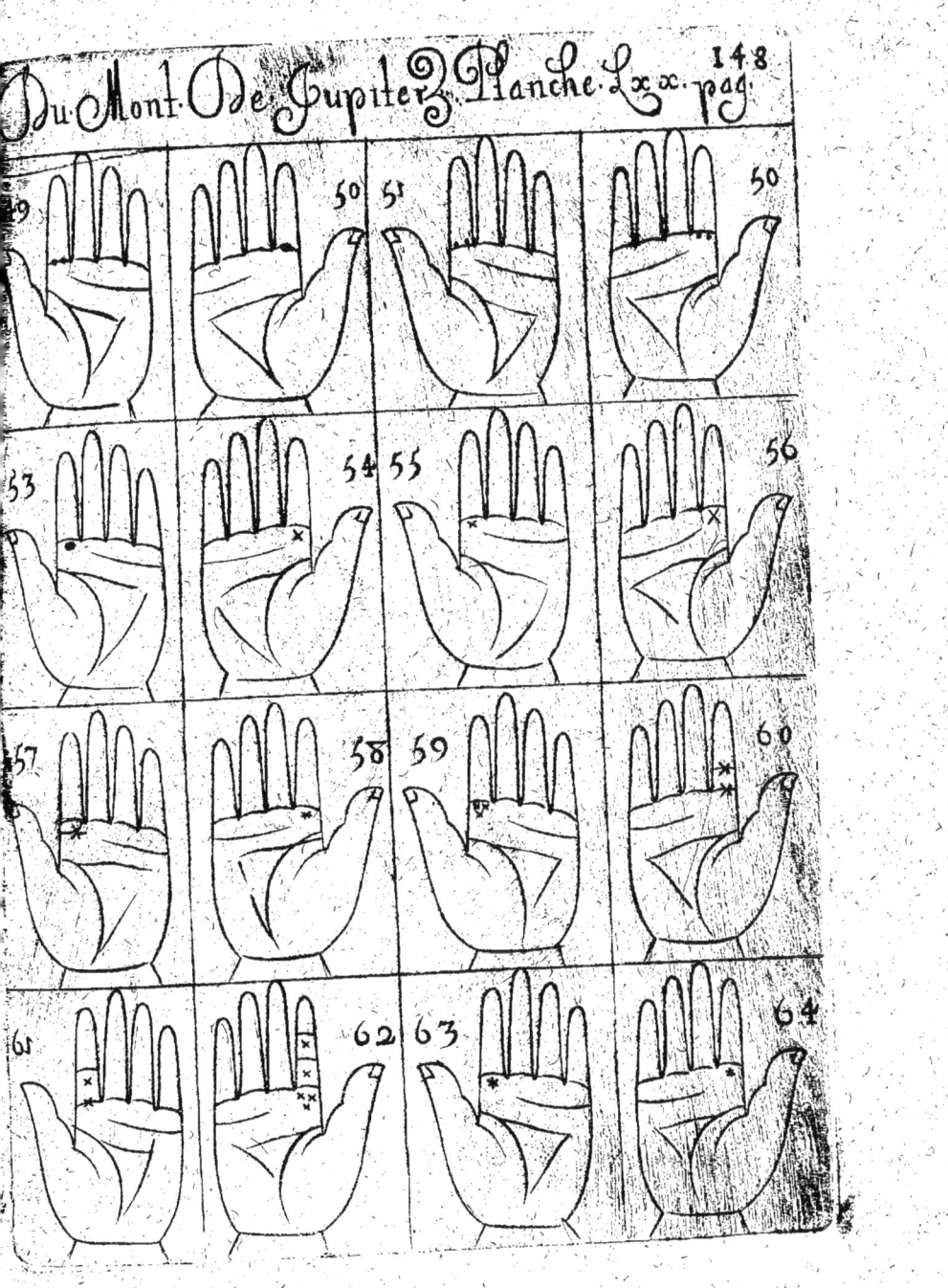

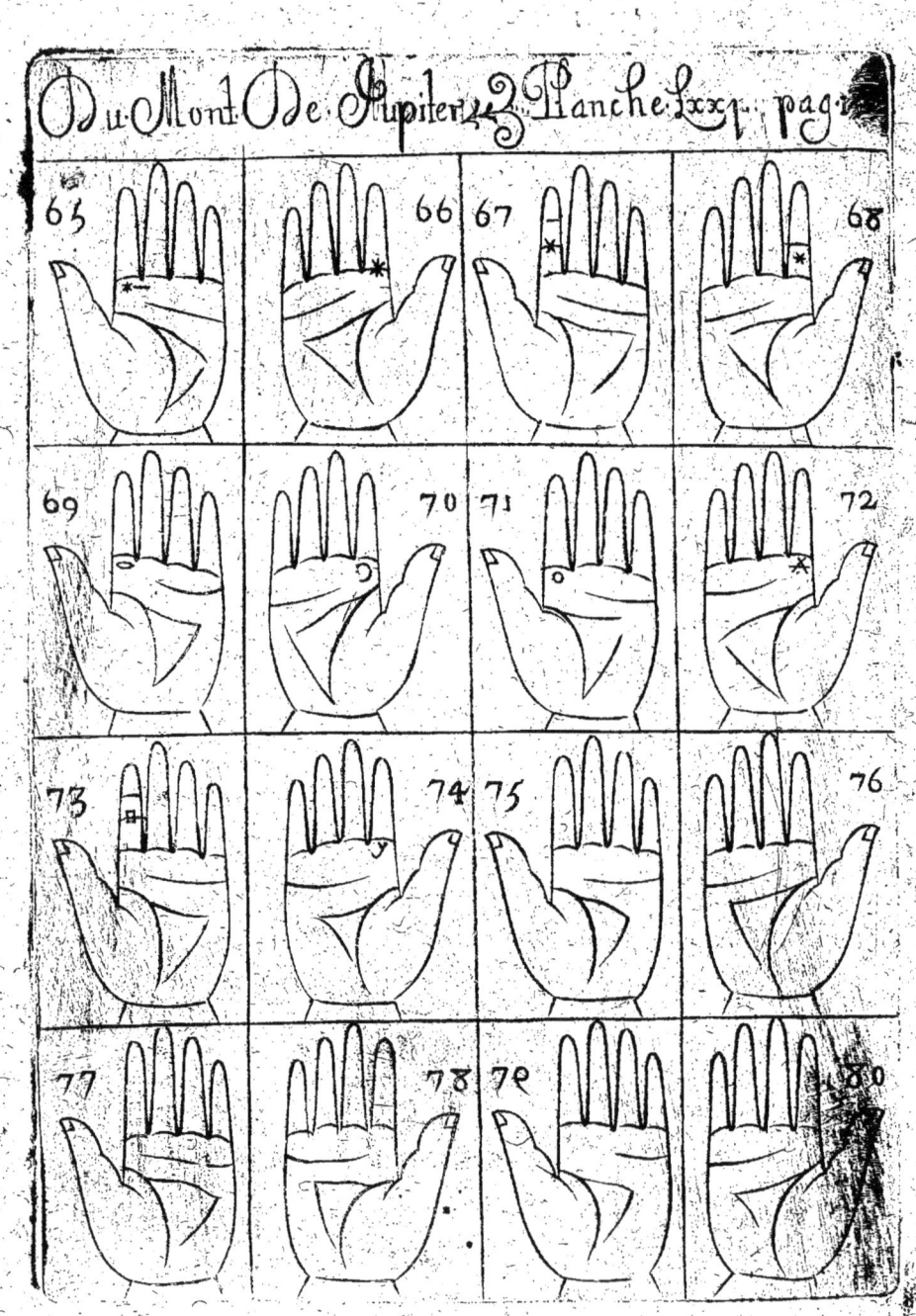

60. S'il fe trouue vne croix dans la premiere ou deuxiéme Iointure de l'Indice, elle fuppofe amitié auec les Seigneurs, & principalement auec les Dames, & lafciueté.

61. S'il fe trouue vne croix dans la Racine ou dans l'Indice, c'eft vn figne d'impudicité.

62. S'il fe trouue vne ou plufieurs croix fur ledit Mont & dans le doigt de l'Indice, elles fuppofent augmentation de biens & d'honneurs.

63. S'il fe trouue vne eftoille fur le Mont de Iupiter dont les rayons foient fort ètendus, elle fuppofe des dignitez, defquelles l'acquifition fera perilleufe pour la vie, furquoy il faut confiderer l'employ, ou l'exercice de la perfonne.

64. S'il fe trouue vne petite eftoille fur ledit Mont, elle fignifie dignitez. *Eftoille*

65. S'il s'y trouue vne groffe ligne du cofté du Mont de Saturne, elle fuppofe la perfonne peu heureufe, & qui fouffrira quelque difgrace des Grands. *Plache lxxj.*

66. S'il fe trouue vne eftoille dans la Racine de l'Indice, elle fuppofe vne femme d'honneur.

67. Si ladite eftoille eft dans la deuxiéme Iointure, elle paruiendra à de hautes dignitez.

68. Si ladite eftoille eft fur le dos de l'Indice, elle fuppofe impudicité, & qui peut-eftre par le moyen des femmes poura efleuer la perfonne à quelques dignitez, mefmes Ecclefiaftiques.

69. S'il fe trouue quelques lignes vn peu longues en forme d'vne foffe à iour fur le Mont de Iupiter, c'eft vn figne de perfecution par des Beneficiers & par des Grands. *Foffes à iour.*

70. S'il defcend vne ligne en forme de demy cercle de la partie fuperieure de la main fur ledit Mont, elle fuppofe procez auec des Ecclefiaftiques. *Demy cercle.*

71. S'il fe trouue vn cercle fur le Mont de Iupiter, il fuppofe des dignitez mefmes Ecclefiaftiques, eftant aymable & fidelle, & qui aura des amis, eftant de bon efprit, & qui toutefois ne fera pas aimé de fes parens. *Cercle.*

V

Trian-gle.   72. S'il se trouue vn Triangle sur ledit Mont de Iupiter, encore que les lignes excedent, il suppose vn bel esprit qui se poura acquerir des honneurs, des richesses & des biens d'Eglise, & aura des amis estant fidelle, mais non l'amitié de ses parans.

Qua-drangle.   73. S'il se trouue vn Quadrangle dans la deuxiéme Ioin-ture de l'Indice, il suppose aux femmes trauail en l'accou-chement; & aux hommes, foiblesses aux parties de la gene-ration.

   74. S'il se trouue vne y grec sur le Mont de Iupiter, il sup-pose que le voyageur pourra mourir dans ses voyages, ou du moins y sera fort infirme.

CHAPITRE XVIII.

Du Mont de Saturne & du doigt du Milieu.

LE Mont de Saturne, auec le doigt du Milieu qui luy est contigu, sont sous la domination de Saturne, lequel estant coupé de lignes trauersantes, fourcheües, ou auec de petits rameaux, marquent la personne tres-mal-heureuse & tres-infortunée dans tous ses desseins.

   Que si cesdites lignes sont de long, elles marquent des ri-chesses; dautant plus qu'elles supposent vne influence fauo-rable dans cette Planette, & vne grande force dans la cha-leur naturelle.

   Surquoy il faut remarquer que ce Mont doit estre simple-ment coupé d'vne ligne seule; dautant que s'il s'en rencon-troit plusieurs, elles supposeroient vne tres grande difficulté, & beaucoup de peines & d'inquietudes dans l'acquisition des richesses.

   Vous connoistrez le reste par les obseruations suiuantes marquées dans les Planches lxxij. lxxiij. lxxiv. & lxxv.

Du Mont de Saturne. Planche. Lxxvj. pag 151

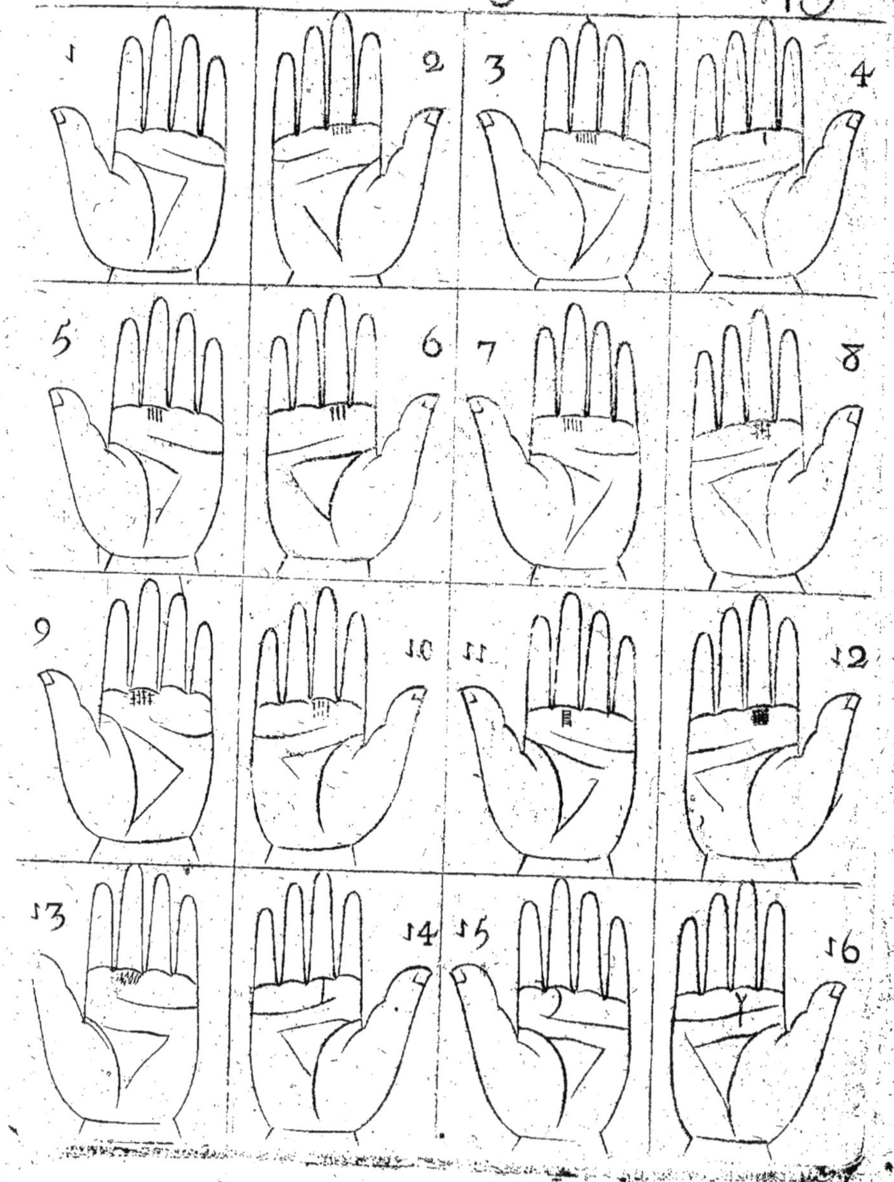

1. S'il ne se trouue aucune ligne sur le Mont de Saturne, *Lignes* il suppose vne vie douce, la personne simple & laborieuse, & *sur le* qui vit sans soin. *Mont.*

2. S'il se trouue des lignes courtes & delicates proche de la Pláche Racine du doigt du Milieu, elles supposent la personne pares- lxxij. seule, triste & malheureuse dans toutes ses entreprises.

3. Principalement, si lesdites lignes sont mal apparentes & confuses, & mesme elles menacent de prison.

4. Si ledit Mont se trouue coupé par vne seule ligne, c'est vn signe de bon heur dans l'acquisition des richesses.

5. Qui toutesfois ne reüssira pas quelque peine qu'on y prenne, si ledit Mont est diuisé de beaucoup de lignes.

6. Si lesdites lignes sont grosses & droites sur ledit Mont, elles supposent vne vie douce & tranquille.

7. Mais si elles sont delicates, subtiles & deliées, elles supposent tristesse.

8. Et mesme chose, si elles sont entrecoupées.

9. S'il se trouue beaucoup de lignes sur ledit Mont qui soient beaucoup coupées, & qui s'étendent vers la partie inferieure de la Main, elles supposent vn temperament cole-rique.

10. Elles ont mesme effet, si elles sont discontinuées & interrompuës.

11. S'il se trouue sur ledit Mont des lignes en forme d'é-chelle, elles supposent vne longue fievre quarte & douleur aux reins, & vn long seiour dans la prison, dans la misére & dans la captiuité.

12. S'il s'y trouue des lignes en forme de gril, elles n'auront pas meilleur effet.

13. S'il se trouue plusieurs lignes amoncelées & assemblées sur ledit Mont, elles supposent des inimitiez & des persecu-tions.

14. Si ledit Mont est coupé par vne ligne qui procede de *Lignes* la Mensalle, il suppose la personne inquiete & tout à fait occu- *sortâtes* pée à l'acquisition des richesses. *hors le*

Mont.

15. S'il monte de la Menſalle vers le doigt du Milieu vne ligne en forme de demy cercle, elle ſuppoſe la priſon.

16. S'il monte du Quadrangle vne ligne qui ſoit fourcheüe
ſur le Mont de Saturne, elle ſuppoſe malheur & diſgrace dans
tous ſes biens.

Plache
lxxiij.　17. Et ſi ladite ligne ſemble s'vnir, elle ſuppoſe vne paſſion
dereglée des richeſſes, meſme au peril & hazard de ſa vie.

18. Et preſque ineuitable, & peut-eſtre par les mains de la
Iuſtice, ſi les rameaux ou branches de ladite ligne ſont vnis.

19. S'il monte de la Concauité de la Main vne ligne vers le
doigt du Milieu qui ſoit entrecoupée, elle ſuppoſe des bleſſures.

20. Si ladite ligne eſt groſſe, les bleſſures ſeront à la teſte.

21. Si rouge, à la poitrine.

22. Et aux autres parties, ſi ell'eſt delicate & deliée.

Lignes
coupã-
tes la
Racine　23. S'il monte vne ligne de la Concauité, qui coupe la Racine dudit doigt du Milieu, elle ſuppoſe auſſi la priſon.

24. Qui ſera ſuiuie de la queſtion, ſi ladite ligne eſt noire.

25. Et meſme de mort de quelque qualité que ſoit la perſonne, ſi ladite ligne s'êtend iuſques à la deuxième Iointure dudit doigt du Miliu.

Lignes
toucha-
tes la
Racine　26. S'il deſcend de la Racine dudit doigt du Milieu de petites lignes, ou de groſſes ſur ledit Mont, elles ſuppoſent des
bleſſures dans le corps.

27. S'il deſcend de ladite Racine des lignes vers la Menſalle,
elles marquent des trauaux, des afflictions & des peines, dautant plus grandes, que leſdites lignes ſeront confuſes dans leur
extremité.

28. S'il deſcend de ladite Racine vne ligne vers la Menſalle,
& qu'elle ſoit coupée ſur ledit Mont en forme de croix de
Lorraine, elle ſuppoſe la priſon, l'eſclauage & la captiuité.

29. Vous pouuez adjouſter vne ſignification toute contraire ſi ladite ligne eſt ſeulement coupée par vne ſeule.

30. S'il deſcend de ladite Racine vne petite ligne ſur ledit
Mont, qui ſoit vn peu inclinée vers le Mont du Soleil, elle

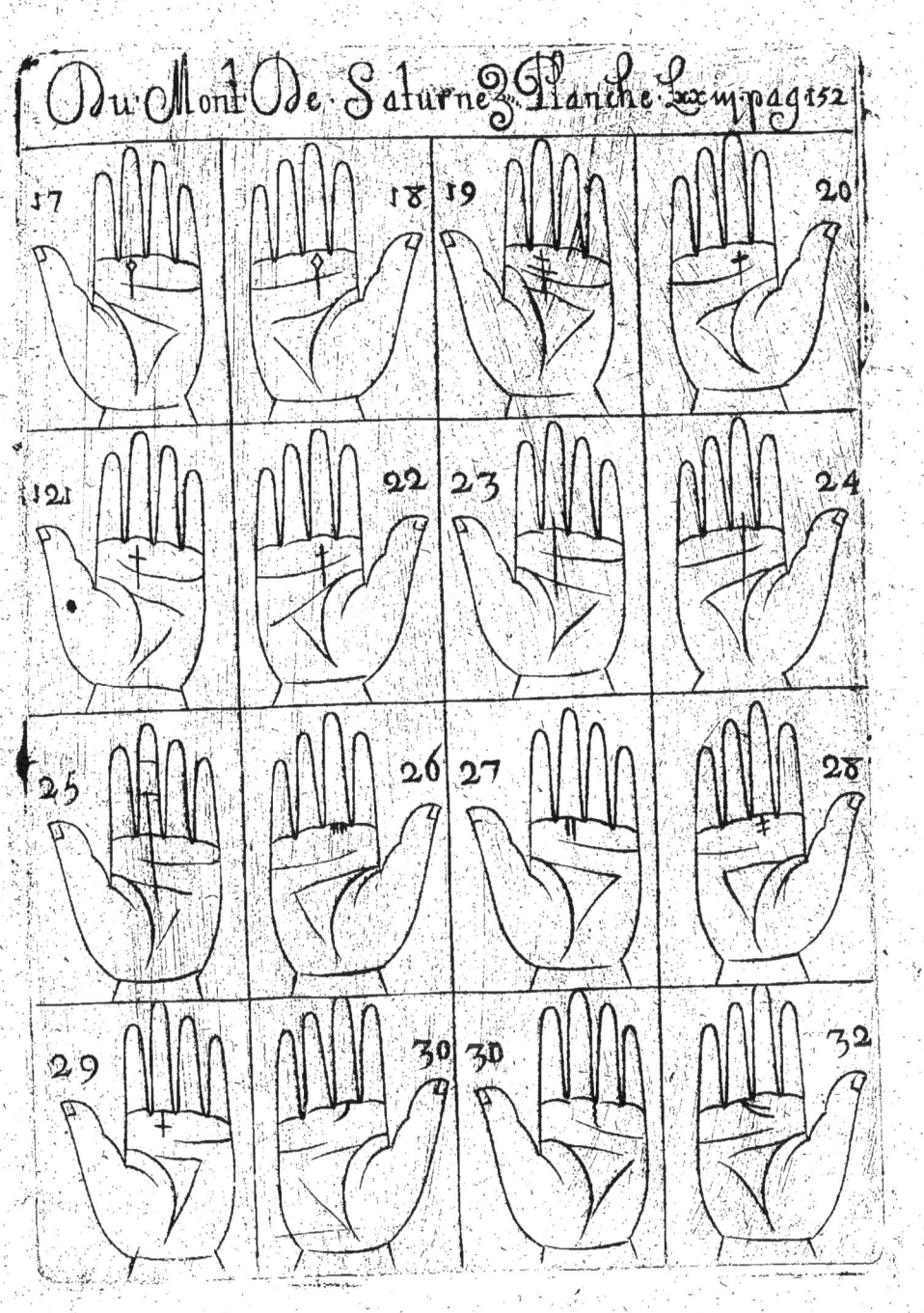

Du Mont De Saturne. Planche Lxxiiii pag 153

33
34
35
36
37
38
39
40
41
42
43
44
45
46
47
48

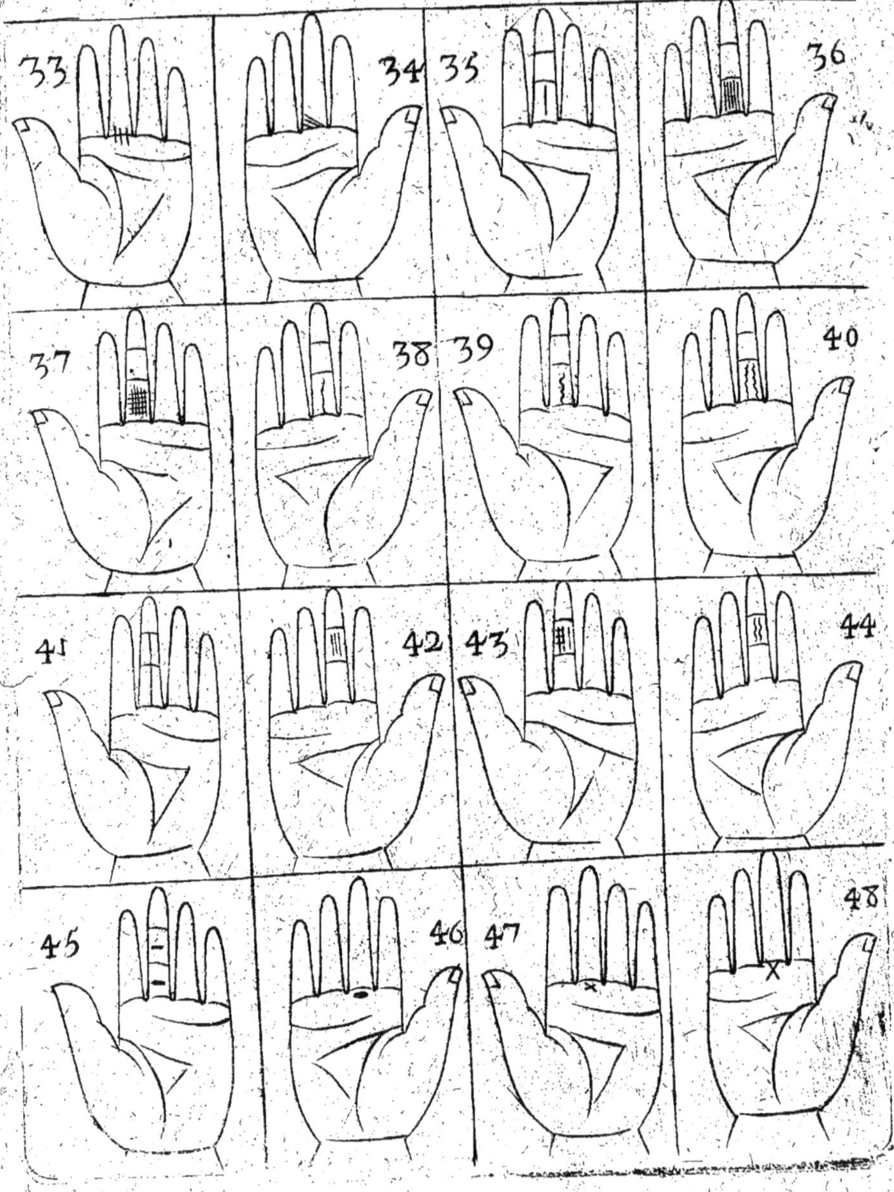

fuppofe du mépris auec vne peine tres-grande à reüffir dans toutes fes entreprifes.

31. S'il defcend d'entre les doigts du Milieu & de l'Annulaire vne ligne tortuë vers le Mont du Soleil, elle fuppofe la perfonne folle incenfée & prefomptueufe.

32. S'il fort deux lignes de deffus le Mont dudit doigt du Milieu qui s'vniffent vers la Racine de l'Annulaire, elles fuppofent vne cheute de quelque haut lieu.

33. Si la Racine dudit doigt eft coupée par quelques lignes, elles fuppofent vn homme Martial & guerrier.

34. S'il s'ètend de la Racine dudit doigt quelques petites lignes trauerfantes, elles fuppofent vne bonne complexion.

35. S'il fe trouue vne ligne droite & remarquable entre la premiere & deuxiéme Iointure, elle prefuppofe des pertes & des difgraces dans les armées.

36. S'il fe trouue cinq ou fix lignes droites entre la premiere & la deuxiéme Iointure dudit doigt, elles marquent à vne femme autant d'enfans mafles, qu'elle aura confecutiuement; quoy que la plus part tres-pauures & infortunez.

37. S'il fe trouue quelques lignes entrecoupées en forme de gril entre la premiere & deuxiéme Iointure dudit doigt, elles fuppofent la perfonne melancholique, auec toutes les circonftances de cette facheufe humeur.

38. S'il fe trouue quelque ligne oblique, ou vn peu tortuë entre la premiere & deuxiéme Iointure, elle fuppofe pérte de biens & mort dans le combat.

39. S'il fe trouue vne ligne tortuë entre la premiere & deuxiéme jointure dudit doigt, elle fuppofe malheur & oppofition à tous fes deffeins.

40. S'il y a plufieurs lignes tortuës dans ledit efpace, la perfonne eft menacée d'eftre morduë d'vn Chien, ou de befte à quatre pieds.

41. Si vne ligne s'ètend de la Racine dudit doigt iufques à la troifiéme jointure, elle fuppofe grande difpofition aux armes; bien que d'ailleurs elle marque vn efprit rude & mal poli.

Plâche lxxiv.
Lignes coupantes la Racine
Lignes entre la premiere & deuxieme Iointure.

V iij

Ligues entre la ij. & iij jointure. 42. Autant que des lignes qui se trouueront entre la deuxié-me & troisiéme jointure dudit doigt, marqueront selon quel-ques-vns à l'homme ou à la femme autant d'enfans.

43. S'il se trouue entre la deuxiéme & troisiéme jointure trois lignes dont deux soient coupées, elles supposent honte, & infamie auec peril de la vie à vn femme.

44. S'il se trouue entre la deuxiéme & troisiéme jointure deux lignes tortuës, elles supposent que la personne pourra estre morduë ou blessée d'vn Cheual.

45. S'il se trouue entre la premiere & deuxiéme jointure, mesme entre la deuxiéme & troisiéme jointure dudit doigt vne grosse ligne en trauers, elle suppose que la personne poura estre enuenimée & ensorcelée.

Fosse. 46. S'il se trouue vne fosse sur ledit Mont, elle suppose la prison pour larcin de choses sacrées.

Croix. 47. S'il se trouue vne croix sur ledit Mont, elle suppose des afflictions, des peines, & mesme la prison.

48. S'il se trouue vne croix sur ledit Mont, dont les extre-mitez soient vers la Racine dudit doigt, elle suppose la per-sonne heureuse & fortunée.

Plâche lxxv. 49. Si ladite croix se trouue dans la Racine dudit doigt, elle aura mesme effet que la precedente.

50. S'il se trouue vne croix à costé de l'Ongle dudit doigt, c'est signe que la personne pourra mourir pour les interests de la Religion.

Estoil-le. 51. S'il se trouue vne estoille sur ledit Mont, elle suppose captiuité.

52. S'il se trouue vne estoille en la Main d'vne femme dans la Racine dudit doigt, c'est vne marque de sterilité, & selon quelques-vns, d'assassinat & de meurtre.

53. S'il se trouue des estoilles à costé de l'Ongle dudit doigt, elles supposent la prison pour des affaires d'Estat ou de gran-de consequence.

Demy-cercle. 54. S'il se trouue vne ligne en forme de demy cercle, ou d'arc sur ledit Mont, c'est signe de mal-heur.

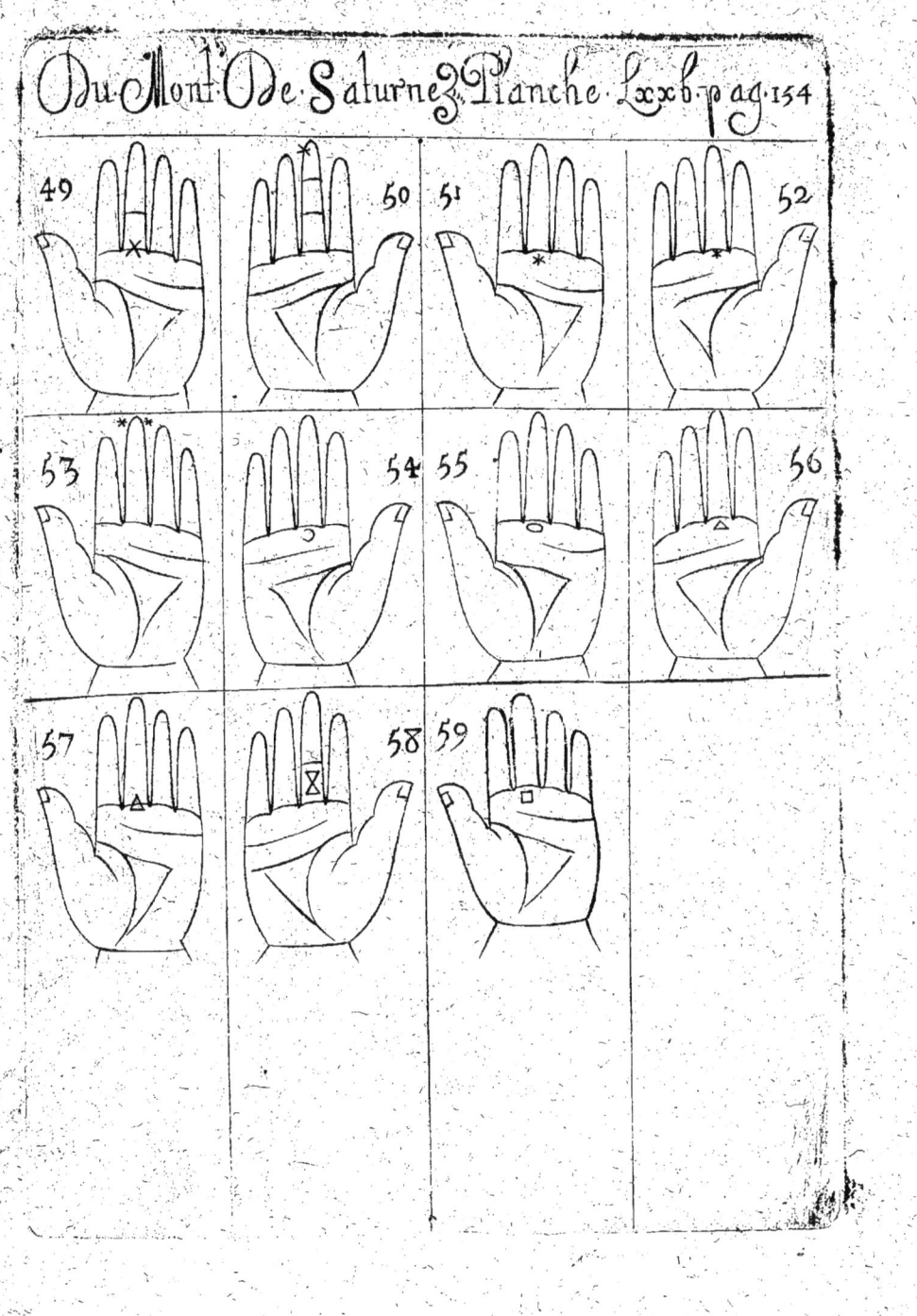

55. S'il fe trouue vne figure circulaire oblongue fur ledit *Cercle.*
Mont, elle fuppofe peril de la vie, & peut-eftre par les mains
de la Iuftice.

56. S'il fe trouue vn Triangle fur ledit Mont, il fuppofe *Trian-*
des douleurs dans les nerfs. *gle.*

57. S'il fe trouue vn Triangle dans la Racine dudit doigt,
il fuppofe vn homme infortuné & malheureux en toutes
chofes.

58. S'il fe trouue deux Triangles l'vn fur l'autre entre la
premiere & feconde Iointure, c'eft vne marque prompte
d'honneur hors de fon païs.

59. S'il fe trouue vn Quadrangle ou figure quarée, ou obli- *Qua-*
que fur ledit Mont, il fuppofe feruitude & prifon. *drägle.*

CHAPITRE XIX.

Du Mont du Soleil & du doigt Annulaire.

L E Mont du Soleil, auec le doigt Annulaire, font fous
la domination du Soleil & fujets à fon influence; Et ce
Mont pour marquer la perfonne legalle, fpirituelle,
aimable, familiere, noble & bien-veillante, ne doit auoir que
des lignes en long qui foient deux ou trois tout au plus; dautant qu'en cét eftat, elles fuppofent l'influence du Soleil fort
fauorable, & vne force remplie de vigueur dans la chaleur
naturelle.

Que fi ce Mont eftoit compofé de plufieurs lignes, elles
fuppofent vne grande feichereffe naturelle dans la conftitu-
tion meflée de chaleur, qui donneroit par confequent à la
perfonne des atteintes, de legereté de cerueau, de vanité &
de fuperbe.

La ligne droite qui prend fon origine du Triangle, & qui
monte audit Mont du Soleil, marque l'amitié des grands Sei-

gneurs, & principalement des Capitaines de guerre ; dautant
qu'elle ſuppoſe vne tres-grande ſechereſſe meſlée d'humidité ; en ſigne de quoy elle prend ſon origine ſous la domination de Mars ou aupres.

Le reſte s'apprendra par les obſeruations ſuiuantes, & qui
ſont marquées dans les Planches lxxvj. lxxvij. & lxxviij.

Lignes　1. Si ledit Mont eſt coupé par deux lignes droites & pro-
ſur le　fondes, elles ſuppoſent des richeſſes cauſées par les femmes,
Mont.　& ſelon quelques-vns, elles ſuppoſent la perſonne ſuperbe &
Plâche　malheureuſe à cauſe deſdites femmes.
lxxvj.　　2. S'il ſe trouue pluſieurs lignes droites & deliées prés la
Racine dudit Annulaire, elles marquent l'homme iuſte, aimable ; mais qui ſera malheureux à cauſe de ſes amis.

3. S'il ſe trouue deux lignes ſur ledit Mont formans vne
Angle prés la Racine dudit Annulaire, elles ſuppoſent vne
cheute de quelque lieu haut.

4. S'il ſe trouue ſur ledit Mont des lignes en forme d'é-
chelle, elles ſuppoſent que la perſonne pourra peu à peu paruenir aux honneurs & dignitez.

5. S'il le trouue vne ligne tortuë ſur ledit Mont, c'eſt vn
ſigne de ſuffocation & de ſubmerſion.

6. S'il ſe trouue ſur ledit Mont pluſieurs lignes confuſes,
& ſans ordre de coſté ou d'autre, elles ſuppoſent vn excez de
chaleur, & par conſequent vn homme ſuperbe, leger de cerueau, & ſelon quelques vns, peril ſur l'eau.

7. S'il s'étend vne ligne dudit Mont, & qui coupe la Racine de l'Auriculaire, elle ſuppoſe perte pour eſtre ſoubçonné
de larcin.

Lignes　8. Si des lignes confuſes touchent la Racine dudit Annu-
touchã-　laire, c'eſt vn ſigne de ſuffocation dans les eaux, & qui aura
tes la　beaucoup d'ennemis.
Racine　9. S'il deſcend quelques petites lignes courtes de la Racine
dudit Annulaire ſur ledit Mont, elles ſuppoſent la perſonne
fidelle, douce & liberalle.

10. S'il deſcend quelques lignes groſſes & courtes de la
　　　　　　　　　　　　　　　　　　　　　　　Racine

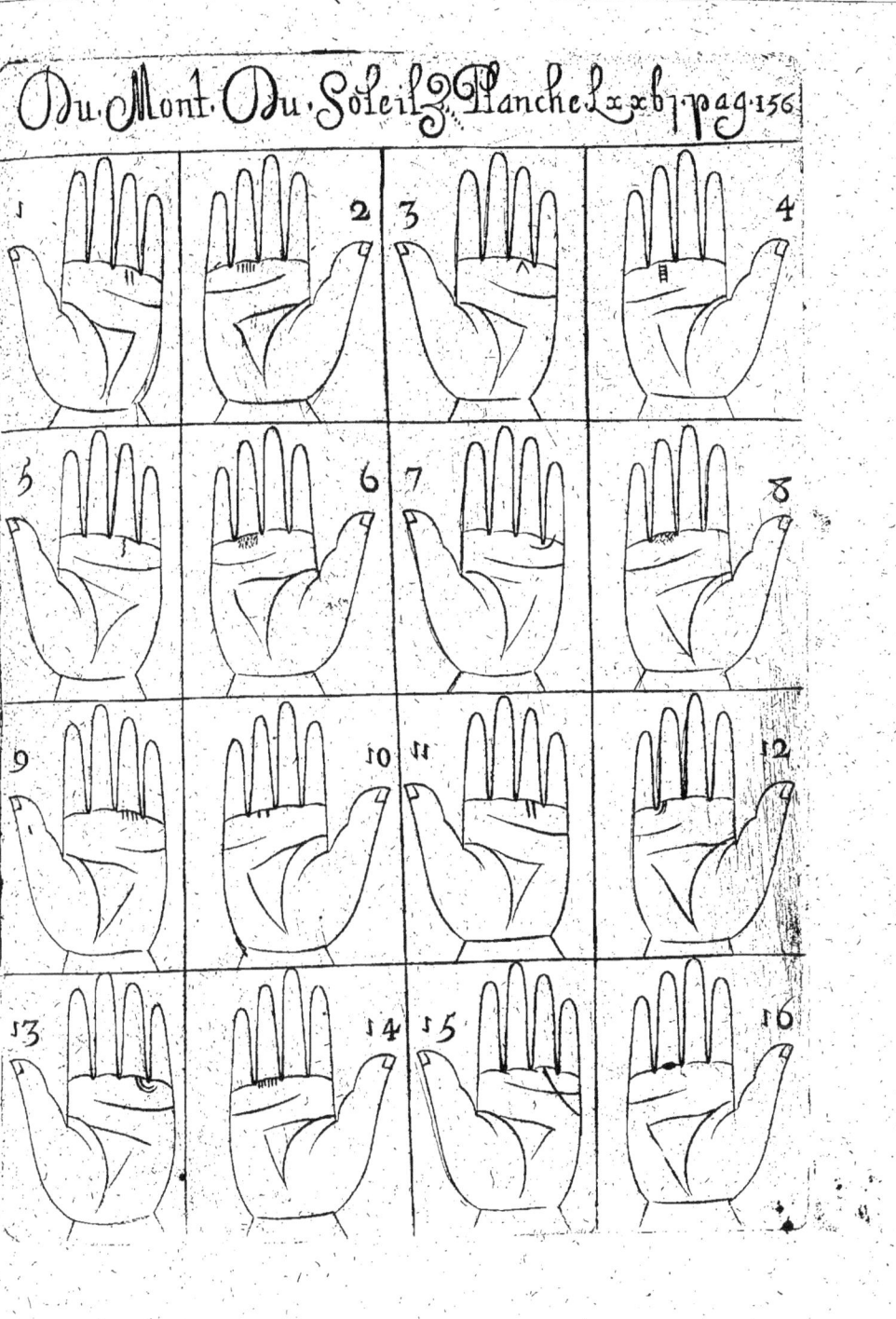

Racine dudit Annulaire ſur ledit Mont., elles ſuppoſent des bleſſures aux reins.

11. S'il deſcend deux lignes vn peu longues de la Racine dudit Annulaire ſur ledit Mont, c'eſt vn ſigne de prudence & d'honneur.

12. S'il deſcend de ladite Racine de petites lignes qui incli-nent vers le Mont de Mercure, elles ſuppoſent des bleſſures aux reins.

13. Qui toutesfois pourront deſcendre iuſques aux cuiſſes, ſi leſdites lignes ſont beaucoup inclinées.

14. S'il ſe trouue plus de lignes à la Racine dudit Annulai-re qu'aux autres Racines des doigts, elles ſuppoſent mal-heur & infortune cauſée par les femmes & des inimitiez auec ſes proches, bien que la perſonne ſoit fidelle & ſage.

15. Si de la Percuſſion il s'étend vne ligne iuſqu'à la Raci-ne de l'Annulaire, c'eſt vn ſigne de diſgrace auprès des per-ſonnes nobles cauſée par les femmes bien qu'iniuſtement.

Vous pouuez voir en cét endroit les obſeruations dans cet-te ſeconde partie de la ligne Solaire chap. viij. page 115.

16. S'il ſe trouue vne foſſe dans la Racine de l'Annulaire, *Foſſe.* elle marque des infirmitez & des bleſſures aux yeux; & ce dautant plus qu'elle ſera profonde. Et ſi ell'eſt vn peu oblon-gue, elle ſuppoſe impudicité auec vne perſonne de qualité.

17. S'il ſe trouue des foſſes ou de gros points ſous l'Annulai- *Plache* re, ils ſuppoſent des maladies aux reins. *lxxvij.*

18. Si la Racine de l'Annulaire eſt coupée par quelques li- *Lignes* gnes deliées & delicates plus que les Racines des autres *cou-* doigts, elle marque grande promptitude à la colere, qui pour- *pantes* ra eſtre preiudiciable à la perſonne, dont l'inclination ſera *la Ra-* telle, & laſciueté. *cine.*

19. Si leſdits Mont & Racine de l'Annulaire ſont rem-plies de pluſieurs lignes deliées plus que les autres Monts, c'eſt vn ſigne que la perſonne fera en public les affaires que les au-tres feront en cachette, & pour ce ils ſeront eſleuez des Roys, & auſſi quelquesfois rabaiſſez, & il ſera courageux & fidelle.

X

20. S'il monte de la Racine dudit Annulaire vers la deuxiéme Iointure plusieurs petites lignes, elles suppofent mal-heur,
& infortune caufé par les femmes & par fes propres amis.

21. S'il fe trouue des lignes droites & entieres entre la premiere & deuxiéme Iointure de l'Annulaire, elles suppofent
vn excellent efprit, qui par des inuentions fecretes pourra deuenir riche.

22. Mais fi lefdites lignes font coupées, pour lors elles marquent des bleffures aux cuiffes.

23. S'il fe trouue vne ligne qui monte de la Racine dudit
Annulaire à la deuxiéme Iointure, elle prefuppofe la perfonne magnanime & courageufe.

24. Et dautant plus s'il s'y en trouue deux.

25. Autant qu'il fe trouuera de belles lignes & profondes
entre la premiere & deuxiéme Iointure, elles suppofent autant de maris à vne femme.

26. S'il fe trouue vne ligne tortuë entre la premiere &
deuxiéme Iointure de l'Annulaire, elle suppofe trahifon par
fon amy, & peut-eftre à caufe de fon ingratitude.

27. S'il fe trouue des lignes tortuës entre la premiere &
deuxiéme Iointure de l'Annulaire, elles suppofent que la perfonne pourra eftre morduë par des beftes à quatre pieds.

28. S'il fe trouue deux lignes droites & profondes par le
trauers entre la premiere & deuxiéme Iointure, elles suppofent la perfonne riche par le moyen des femmes.

29. S'il fe trouue vne ligne droite & bien coloree, qui s'é-
tende de la Racine de l'Annulaire à la troifiéme & derniere
Iointure, elle suppofe vn excellent efprit & reputation auec
les perfonnes nobles & puiffantes.

30. Et ce dautant plus grande & eftenduë s'il s'en trouue
iufques à deux.

31. Si ladite ligne eft coupée de quelques lignes, elle fuppofe des playes aux cuiffes.

32. Si cefdites lignes font coupées, elles suppofent des bleffures aux cuiffes, & felon quelques-vns mal-heur auec oppo-

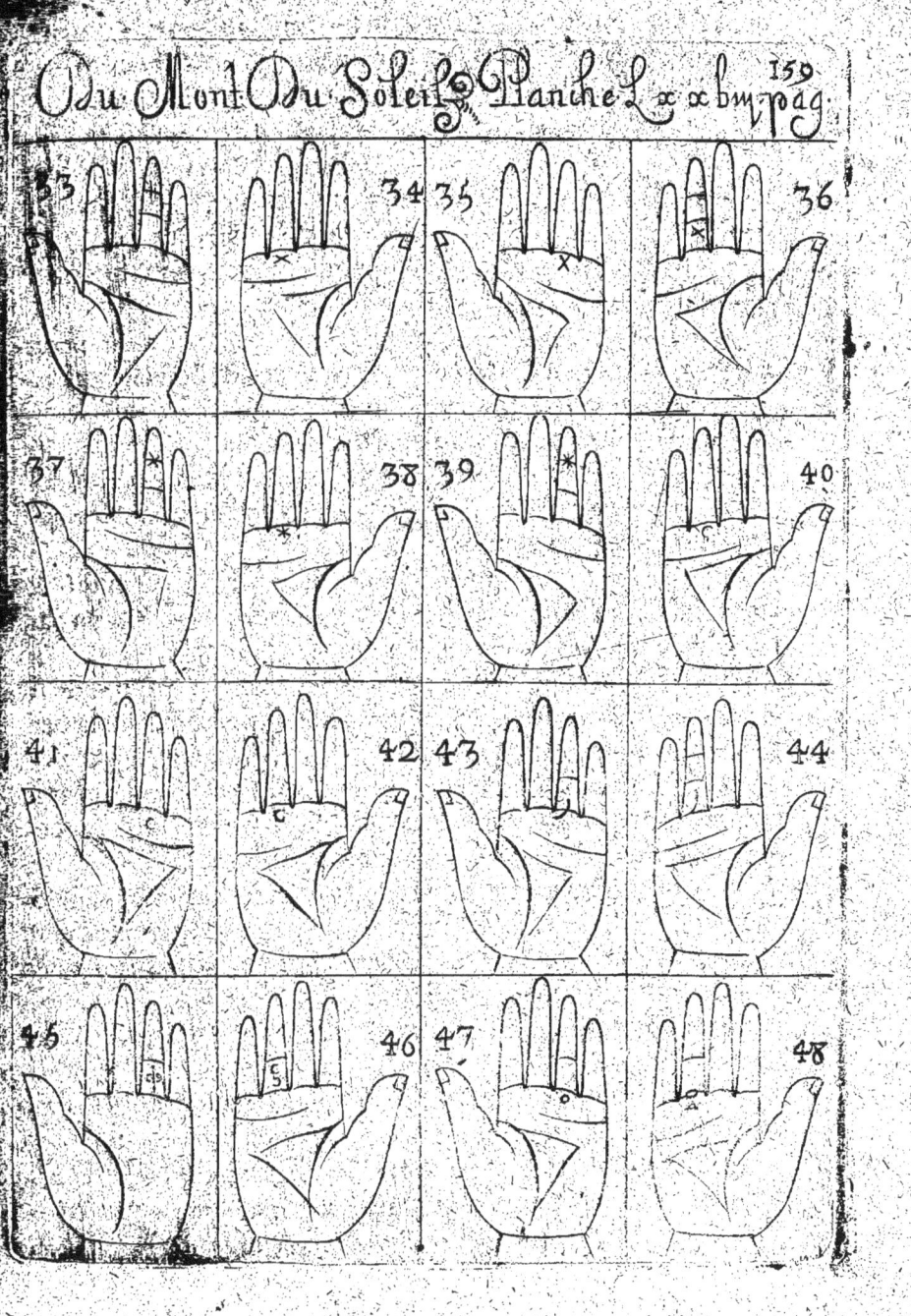

fition à fes deffeins , & ce à proportion de leurs coupeures.

33. S'il fe trouue quelques lignes qui coupent la deuxiéme Ioincture, elles fuppofent autant de maris à vne femme ; & les Chyromanciens difent qu'il faut que telles lignes foient le long de la Ioincture & non pas par le large. *Plâche lxxviij.*

34. S'il fe trouue vne croix fur ledit Mont du Soleil, elle fuppofe que l'on doit amaffer des richeffes, mais auec auarice: Si cette croix fe trouue en la main d'vne femme, elle fera fortune à la fueur de fon corps, eftant d'vn efprit fin & auare, fi ell'eft laide, elle feruira de truchement fous pretexte de deuotion & de fimplicité. *Croix.*

35. S'il fe trouue fur ledit Mont du Soleil des lignes en forme de croix de fainct André, & qui touchent la Racine dudit Annulaire, elles fuppofent la perfonne preuoyante, & qui fait fort bien fes affaires.

36. S'il fe trouue vne croix entre la premiere & deuxiéme jointure de l'Annulaire dans la main d'vne femme, elle fuppofe que la femme amaffera du bien par le moyen de fes marys.

37. S'il fe trouue vne croix fur la derniere Ioincture de l'Annulaire, elle fuppofe la perfonne riche par heritages & fuccefſions de patrimoine; mais malheureux au refte dans fes affaires.

38. S'il fe trouue vne eftoille fur le Mont du Soleil, elle promet des richeffes auec dignitez & des amis. *Eftoille.*

39. S'il fe trouue vne eftoille fur la derniere jointure de l'Annulaire, elle a mefme fignification que l'obferuation precedente.

40. S'il fe trouue fur le Mont du Soleil vne figure en forme de demy cercle dont les extremitez foient vers le Mont de Saturne, c'eft vn figne d'ingratitude & d'affaffinat. *Demy-Cercle.*

41. Et il fera plus à craindre, fi lefdites extremitez du demy cercle font vers le Mont de Mercure.

Si la lette C fe trouue fur le Mont du Soleil, elle fuppofe quelque bleffure par le feu, à quoy vous pouuez adioufter qu'elle marque tous les signes d'vne mort violente.

43. Si la Racine de l'Annulaire est coupée par vne grosse ligne en forme de demy cercle, elle suppose la personne emalheureuse auprés des Grands, & auec cela vn esprit malin & litigieux.

44. Si de la Racine de l'Annulaire il s'étend vne ligne en forme de demy cercle vers les deux & troisiéme Iointures, elle marque la personne tres-malheureuse & tres-méchante; laquelle toutesfois pourroit diminuer de sa malice, si cettedite ligne se trouuoit sur ledit Mont du Soleil, & que ledit Mont fust d'ailleurs bien-conditionné : Et ainsi de tous les autres doigts de la Main.

45. S'il se trouue entre la premiere & deuxiéme Iointure de l'Annulaire deux demy cercles opposez l'vn à l'autre, & vne ligne droite entre les deux, ils supposent que la personne pourra estre morduë d'vne beste domestique à quatre pieds, & trahy de ses plus proches & familiers.

46. S'ils se trouuent les vns sur les autres entre les deuxdites jointures, ils ont mesme signification que l'obseruation precedente.

Cercle. 47. S'il se trouue vn cercle sur le Mont du Soleil, il suppose beaucoup de bien, de tres-grands honneurs, & de treshautes dignitez, estant de bon esprit; mais infortuné à cause des femmes par lasciueté.

Triangle. 48. S'il se trouue vn Triangle sur ledit Mont du Soleil, il promet des honneurs & des richesses aupres des Roys & des Puissans de la terre, estant de bon esprit; mais infortuné à cause des femmes.

48. S'il se trouue vn cercle ou vne fosse sur la Racine de l'Annulaite, il suppose des maladies aux yeux.

Du Mont De Mercure 3e. Planche Lxxix pag. 161

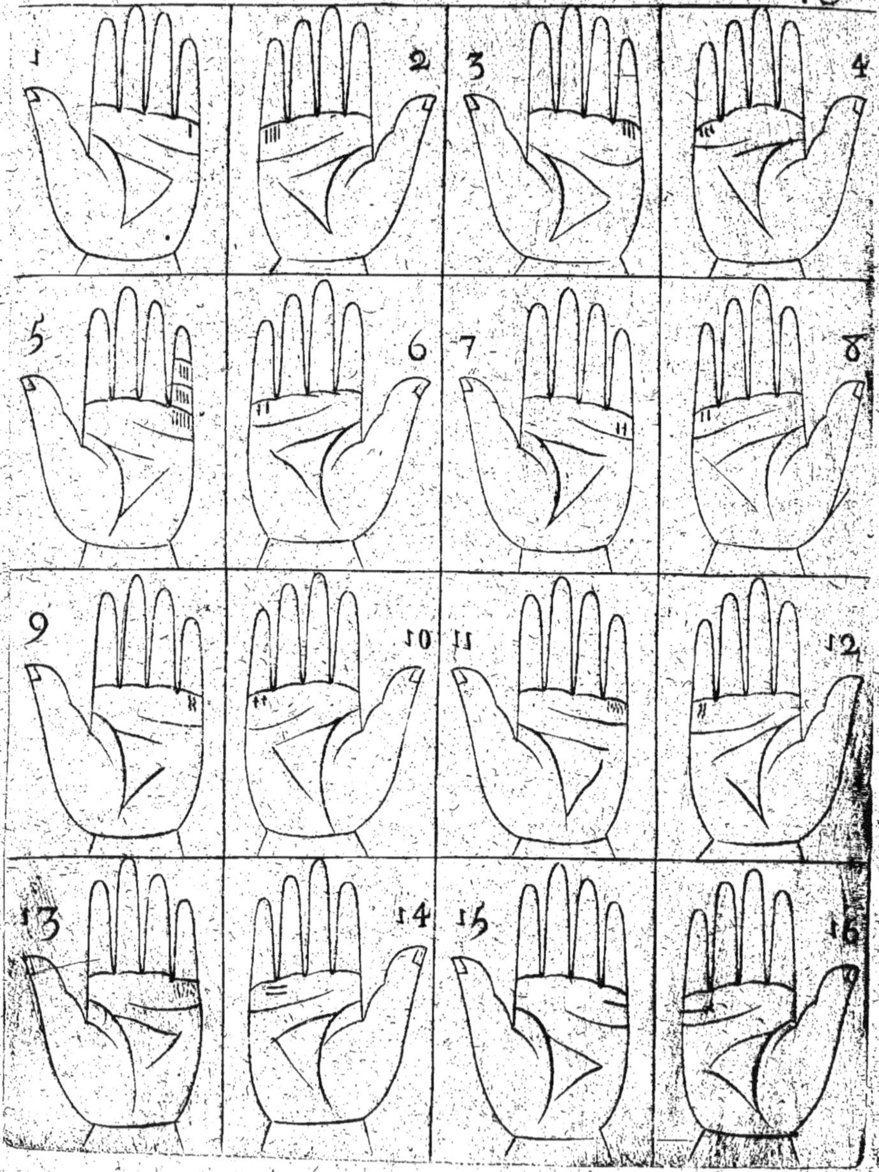

CHAPITRE XX.

Du Mont de Mercure & du doigt Auriculaire ou petit doigt.

LE Mont de Mercure auec le doigt Auriculaire font fous la domination de Mercure, & font fujets à fes influences; il ne doit pas eftre beaucoup chargé de lignes ny longues ny trauerfantes, mais bien le doigt qui luy eft contigu, lequel doit eftre remply de plufieurs lignes en long; & pour lors il marque vn bon naturel & vne bonne complexion; dautant que par la longueur & la concauité de ces lignes, l'on connoift la force & l'actiuité de la chaleur naturelle, & la bonté des influences de cette Planette, qui d'ailleurs feroient fort foibles & peu aduantageufes, fi cefdites lignes trauerfoient ledit doigt Auriculaire.

Que fi ledit Mont de Mercure eft rempli de plufieurs lignes, il faut pour lors fe deffier de la perfonne, qui pour l'ordinaire eft méchante, maligne, fine & rufée; dautant qu'elles fuppofent vne trop forte actiuité, & vne trop grande application des influences de cette Planette, qui le plus fouuent font plus mauuaifes que bonnes; à caufe de la trop grande feichereffe marquée par la multiplication de ces lignes.

Vous en connoiftrez le refte par les obferuations fuiuantes marquées dans les Planches lxxix. lxxx. lxxxj. lxxxij. & lxxxiij.

1. S'il fe trouue vne ligne deliée & delicate fur le Mont de Mercure, elle fuppofe la perfonne auare, & qui confent facilement au mal des autres. *Lignes fur led. Mont.*

2. S'il fe trouue de petites lignes fur ledit Mont, qui ne s'êtendent pas vers la Racine, elles marquent des bleffures au bras. *Plãche lxxix.*

3. S'il fe trouue fur ledit Mont plufieurs lignes droites &

X iij

bien ordonnées, elles fuppofent la perfonne experimentée &
adroite dans toutes fes entreprifes, eftant de bon efprit, &
inclination pour les perfonnes nobles.

4. Et fi elles font courbées & reflechies, l'inclination fera
pour les roturiers & gens de neant.

5. S'il fe trouue tant fur ledit Mont que fur le doigt Auriculaire de belles lignes claires, elles marquent vn efprit caché
& diffimulé.

6. S'il fe trouue quelques lignes groffes & courtes fur ledit
Mont, c'eft figne d'vn babillard & d'vn caufeur.

7. Et fi elles font vers la Menfalle, elles fuppofent des bleffures aux bras, pour le temps felon la diuifion.

8. Nota que toutes les lignes qui fe rencontrent fur cedit
Mont prés la Racine, marquent autant d'enfans mafles.

9. Qui toutesfois mourront bien-toft fi cefdites lignes font
tortuës, mal apparentes & courtes.

10. Et font defia morts, ou du moins bien proche de la
mort, fi cefdites lignes font coupées.

11. S'il fe trouue fur ledit Mont, ou à la Racine des lignes
peu apparentes, elles fuppofent la perfonne menterefle, trompeufe, larronne & propre à tout mal.

12. S'il fe trouue fur ledit Mont des lignes tortuës & mal
apparentes, elles fuppofent trahifon, infidelité, larcin & meurtrier.

13. Si ledit Mont eft marqué de beaucoup de lignes, elles
fuppofent la perfonne méchante, maligne, fine & rufée.

Lignes   14. S'il fe trouue quelques lignes par le trauers entre les
trauer- Monts du Soleil & de Mercure de l'vne à l'autre Racine, el-
fantes les fuppofent des bleffures & coups fur les genoux.
fur le   15. S'il fe trouue quelques lignes profondes & droites qui
Mont. montent de la Percuffion fur ledit Mont, elles marquent autant de mariages, ou de galanteries fecretes auec la femme
de fon prochain, ou bien auec des filles.

16. Et fi dans cedit lieu il fe trouue vne croix, elle fuppofe
que les femmes qu'on époufera feront riches.

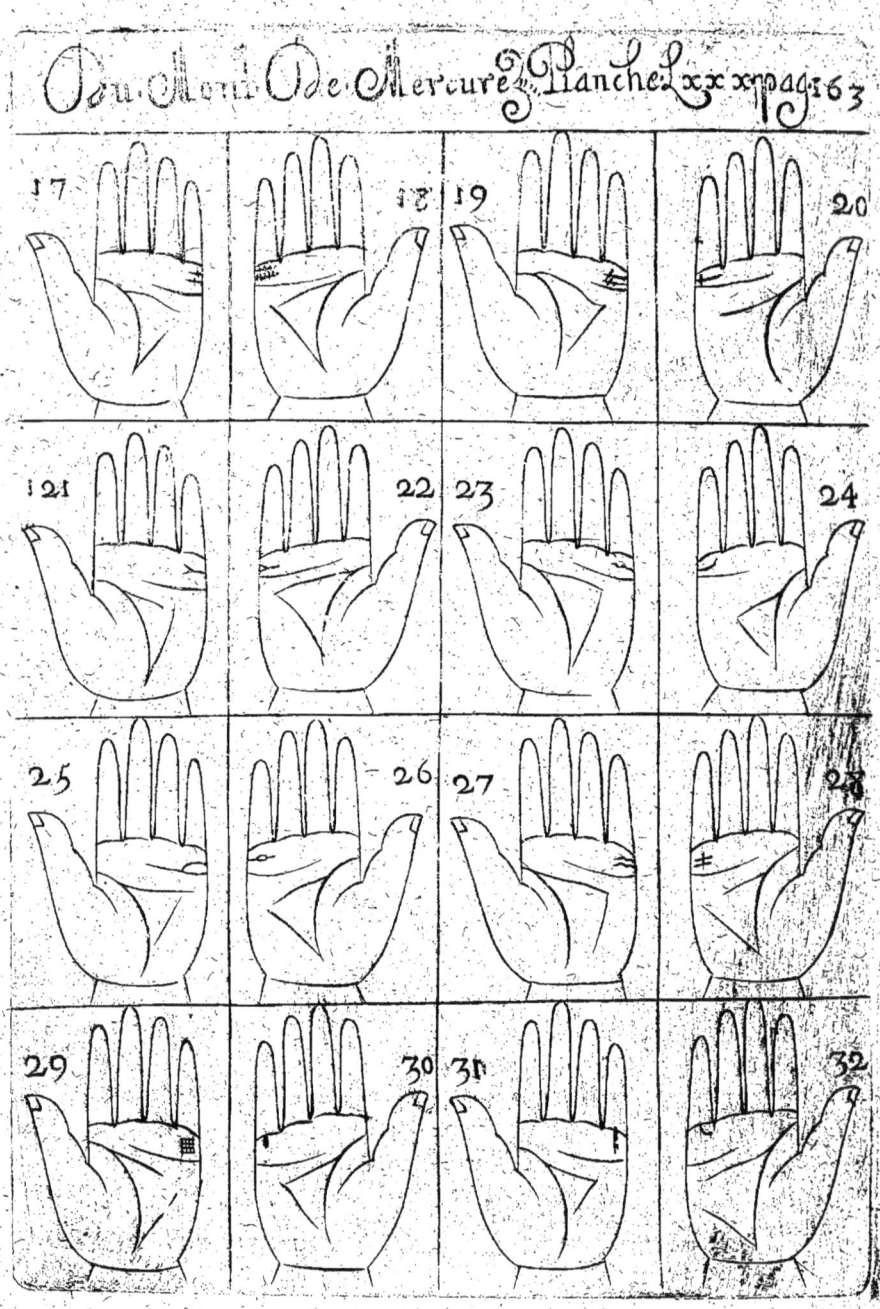

17. Que fi les fufdites lignes font petites & entrecoupées, c'eft vn bon aduertiffement à vn homme de ne fe point marier, s'il ne veut époufer vne femme auec fa tefte, & qui foit maiftreffe dans la maifon.

Plâche lxxx.

18. Si cefdites lignes font beaucoup coupées, pour lors c'eft vn figne évident qu'il ne fera point du tout marié.

19. Si lefdites lignes font coupées bien auant fur ledit Mont, le mary moura le premier.

20. Ou bien la femme, fi lefdites lignes font coupées vers la Percuffion.

Si cettedite ligne eft fourcheüe fur ledit Mont, elle fuppofe qu'il fera d'Eglife, ou bien qu'il fe feparera d'auec fa femme, ou du moins en aura bonne enuie à caufe de la diuifion qu'il y aura entr'eux, & aura procez auec les parens de fa femme, & ce dautant plus que les rameaux feront plus crochus.

22. Si cettedite ligne eft fourcheüe vers la Percuffion, elle fuppofe que l'homme pourra bien changer fa femme pour vne amie, & mefme fon amie pour vne autre : enfin qu'il fera inconftant dans fes amitiez,

23. Si cettedite ligne eft tortuë & mal apparente, elle ne fuppofe que des diffentions & des querelles auec elles.

24. Si cette ligne eft inclinée vers l'Annulaire, elle fuppofe diuifion entre le mary & la femme.

25. Si cettedite ligne eft inclinée vers la Menfalle, & la touche, elle fuppofe que la perfonne paffera le plus grand temps de fa vie dans le cabaret, & s'affujettira fur la fin de fes iours au mariage.

26. Si fur le milieu de cettedite ligne il fe trouue vne foffe blanche fur ledit Mont de Mercure, elle fuppofe alliance par mariage auec fes proches.

27. S'il fe trouue quelques lignes trauerfantes tortuës, & mal apparentes fur ledit Mont, elles fuppofent vn larron & vn meurtrier, felon plus ou moins qu'elles font tortuës, quand mefme lefdites lignes feroient droites.

28. S'il fe trouue des lignes groffes & apparentes fur ledit

Mont qui foient coupées par vne groffe ligne, c'eft vn figne d'vne impudicité honteufe.

29. S'il fe trouue fur ledit Mont des lignes en forme de gril, elles fuppofent beaucoup de mifere & de pauureté caufée par les femmes & par impudicité.

Lignes 30. S'il fe trouue vne ligne groffe & courte qui s'étende de *touchã-* la Racine de l'Auriculaire vers ledit Mont, elle fuppofe vn *tes la* larron & vn meurtrier.

Racine 31. A quòy vous pouuez adioufter beaucoup de mal fi cettedite ligne paroift peu à l'extremité.

32. Si ladite ligne eft reflechie dans fon extremité vers le Mont du Soleil, elle a mefme fignification que la precedente.

Planche 33. S'il s'y en trouue plufieurs reflechies de la forte, elles *lxxxj.* fuppofent mefme chofe, que l'obferuation xxxj. & des bleffures aux jambes.

34. S'il defcend vne ligne vn peu longue de la Racine dudit Auriculaire qui fe reflechiffe vers le Mont du Soleil, c'eft vn figne de conuerfion de meurs & d'vn meilleur reglement de vie.

35. S'il fe trouue des lignes droites & apparentes, qui defcendent de la Racine de l'Auriculaire fur ledit Mont, elles fuppofent la perfonne vertueufe, fage & capable de reüffir dans toutes fortes d'entreprifes, & fujette à des playes aux genoux.

36. Si cefdites lignes droites font coupées fur ledit Mont en forme de croix, c'eft vn aduertiffement d'éuiter telle perfonne, & de fuir telle compagnie, dautant qu'ell'eft méchante, maligne, menteufe, enuieufe, traitre, larronneffe, & enfin portée à toutes fortes de maux.

37. Si cefdites lignes font courtes & coupées prés de la Racine, elles fuppofent la mort d'autant d'enfans, defquels la mere pourra bien auorter, fi elle n'a vn foin tout particulier dans fa groffeffe.

38. S'il monte de la Menfalle vne ligne droite, & deliée
vers

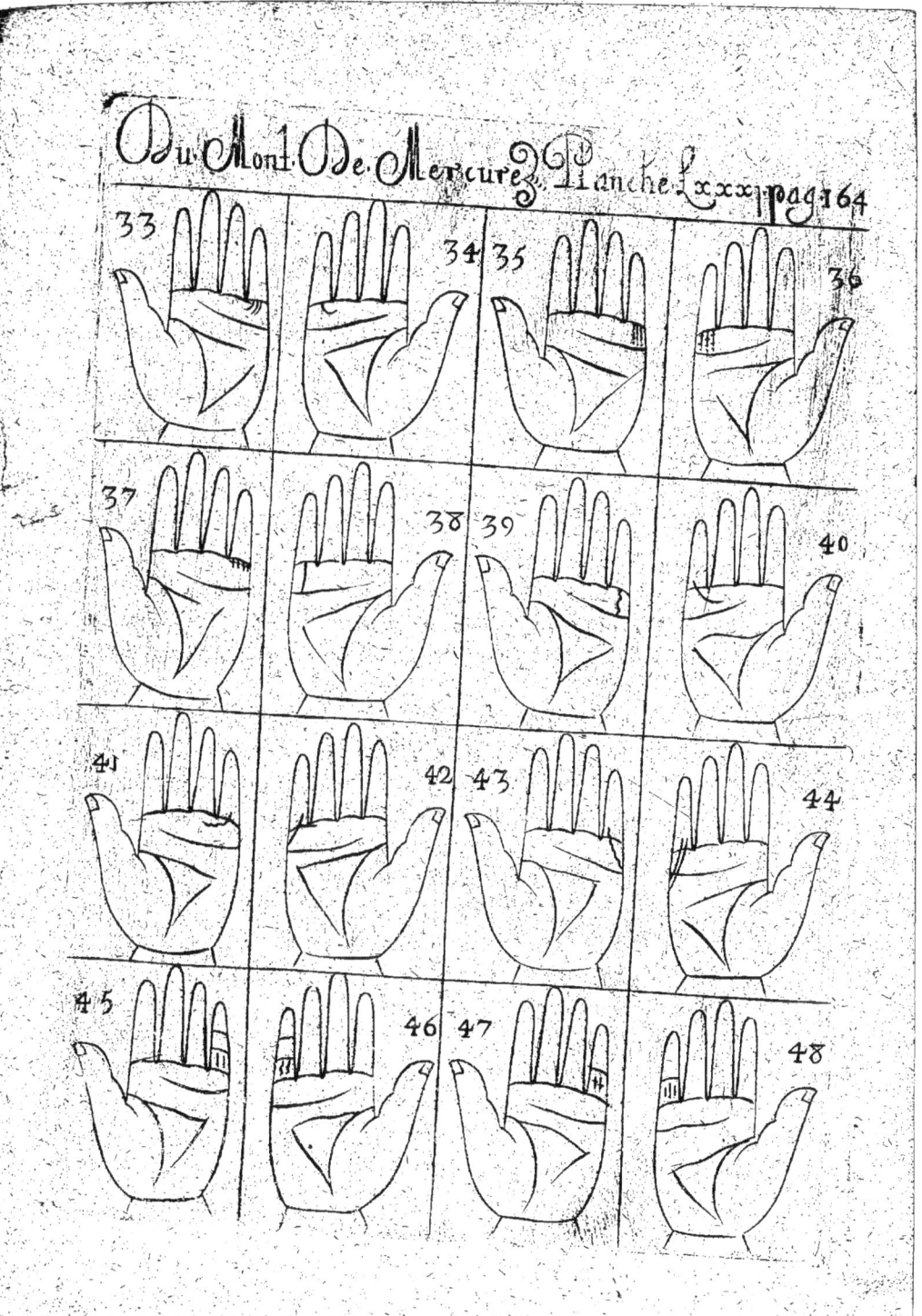

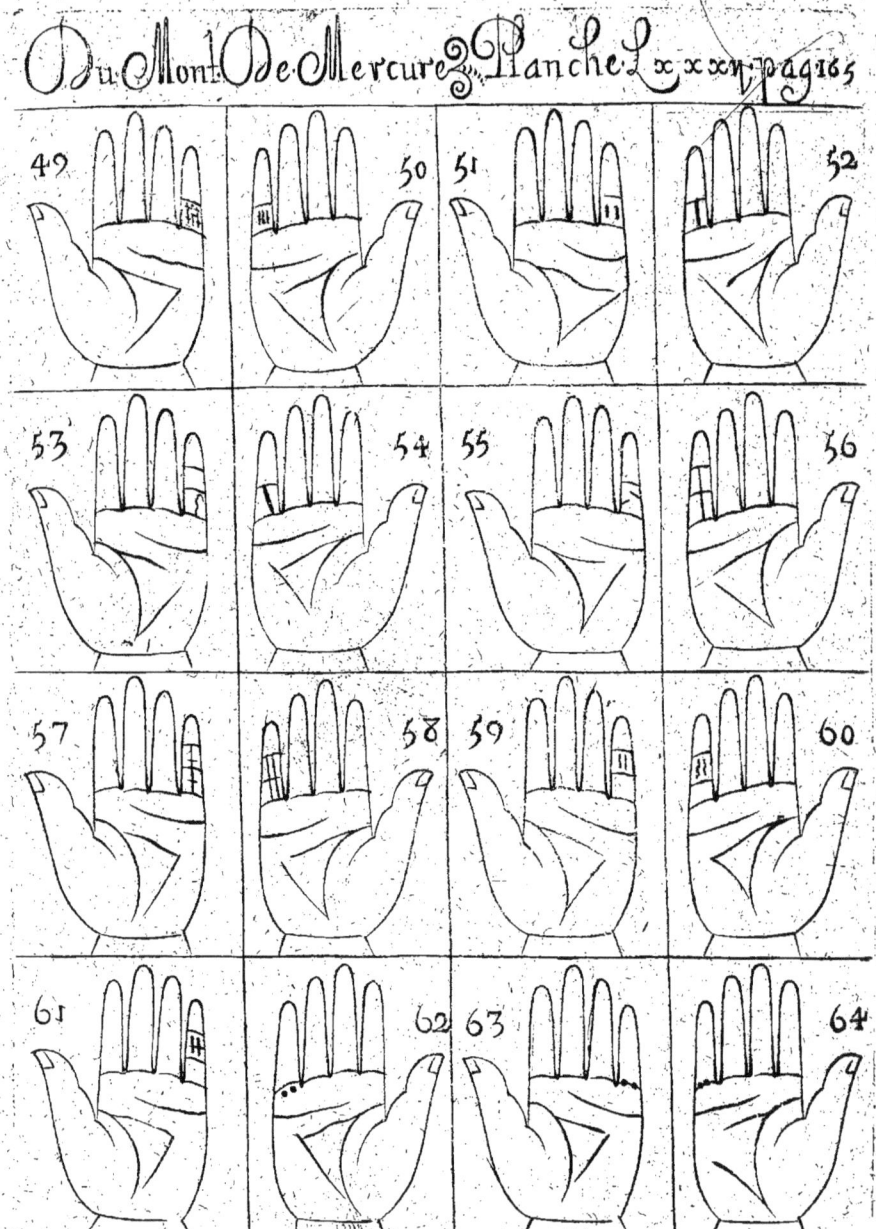

vers la Racine de l'Annulaire, elle fuppofe vn homme liberal & vne femme chafte.

39. Si ladite ligne eft groffe & tortuë, elle fignifie vn homme auaricieux & vne femme impudique.

40. S'il fe trouue vne ligne qui forte du Mont du Soleil,& coupe de trauers la Racine de l'Auriculaire, elle fuppofe qu'vn homme fouffrira du mal, eftant foupçonné d'eftre larron. *Lignes coupã-tes la Racine.*

41. Et fi cette ligne eft tortuë, elle rend auec cela la perfonne litigieufe.

42. S'il fe trouue vne ligne qui monte de la Percuffion, & coupe la racine de l'Auriculaire de trauers, elle fuppofe que la perfonne n'aura iamais inclination pour le mariage, auquel elle ne pourra eftre portée, que par force & violence; mais qu'elle fe pourra rendre Ecclefiaftique, & qu'elle aura beaucoup d'efprit, fine, rufée, & adroite auffi bien au mal qu'au bien.

43. Si ladite ligne eft tortuë, mefme fignification que la precedente.

44. S'il monte de la Percuffion des lignes qui coupent la Racine de l'Auriculaire, elles fuppofent impudicité.

45. Autant qu'il y aura de lignes droites entre la premiere & deuxiéme iointure, ce feront autant d'enfans en la main de l'homme. *Lignes entre la pre-*

46. Si elles font tortuës, autant de filles, en la main d'vne femme le contraire. *miere*

47. Si cefdites lignes font petites & coupées, elles fuppofent que la perfonne n'aura point d'enfans, ou du moins qui puiffent viure. *& deu-xieme Iointu-re.*

48. Et s'il s'en trouue vne plus grande que les autres, elle marque l'excellence & la preéminence d'vn frere fur les autres.

49. Que fi elles font courtes & coupées, elles marquent autant d'auortement. *Plãche lxxxij.*

50. S'il fe trouue des lignes deliées & belles entre la pre-

Y

miere & deuxiéme Iointure, elles supposent vn bel esprit, capable de toutes choses, & qui se plaira dans la musique, & si
elles sont de mesme dans la Main d'vne femme dans les deux
doigts Auriculaires, elles marquent impudicité, & des maladies aux bras.

51. S'il se trouue entre la premiere & deuxiéme Iointure
dudit Auriculaire des lignes grosses, courtes & profondes,
elles marquent des blessures aux jambes.

52. S'il se trouue vne ligne grosse qui monte de la Racine
de l'Auriculaire à la deuxiéme Iointure, & qui se reflechisse
vers ladite Racine, elle suppose la personne seditieuse, litigieuse & mutine.

53. S'il se trouue entre la premiere & deuxiéme Iointure
de l'Auriculaire des lignes tortuës qui reflechissent vers la
Racine, elles supposent la personne sotte & impertinente
dans tous ses discours, & auec cela vaine & süiette à larcin.

54. S'il se trouue vne grosse ligne qui paroisse plustost
comme vne incision, ou vne fosse montant de la Racine à la
deuxiéme Iointure, mesme signification que la precedente.

55. S'il se trouue des lignes petites ou grosses, courtes ou
longues de trauers du doigt Auriculaire, soit qu'elles commencent du costé de la Percussion ou du doigt Annulaire, elles supposent vn homme fin, malin & larron, & qui pourra
estre blessé de loin par quelques ferremens.

Lignes
entre la   56. S'il se trouue vne ligne qui monte de la Racine à la
ij. & iij   troisiéme Iointure de l'Auriculaire, & qui soit droite & con-
jointu-   tinuë, c'est vne marque d'vn homme de bien & de bon esprit,
re.   & experimenté en differentes sortes de sciences.

57. Si ladite ligne est entrecoupée, elle apporte empeschement.

58. S'il se trouue plusieurs lignes qui montent de la Racine
à la troisiéme Iointure, elles supposent vn homme curieux, &
inuenteur de sciences, leger de cerveau, & se repaistra souuent de belles imaginations.

59. Autant qu'il y aura de lignes entre la deuxiéme &

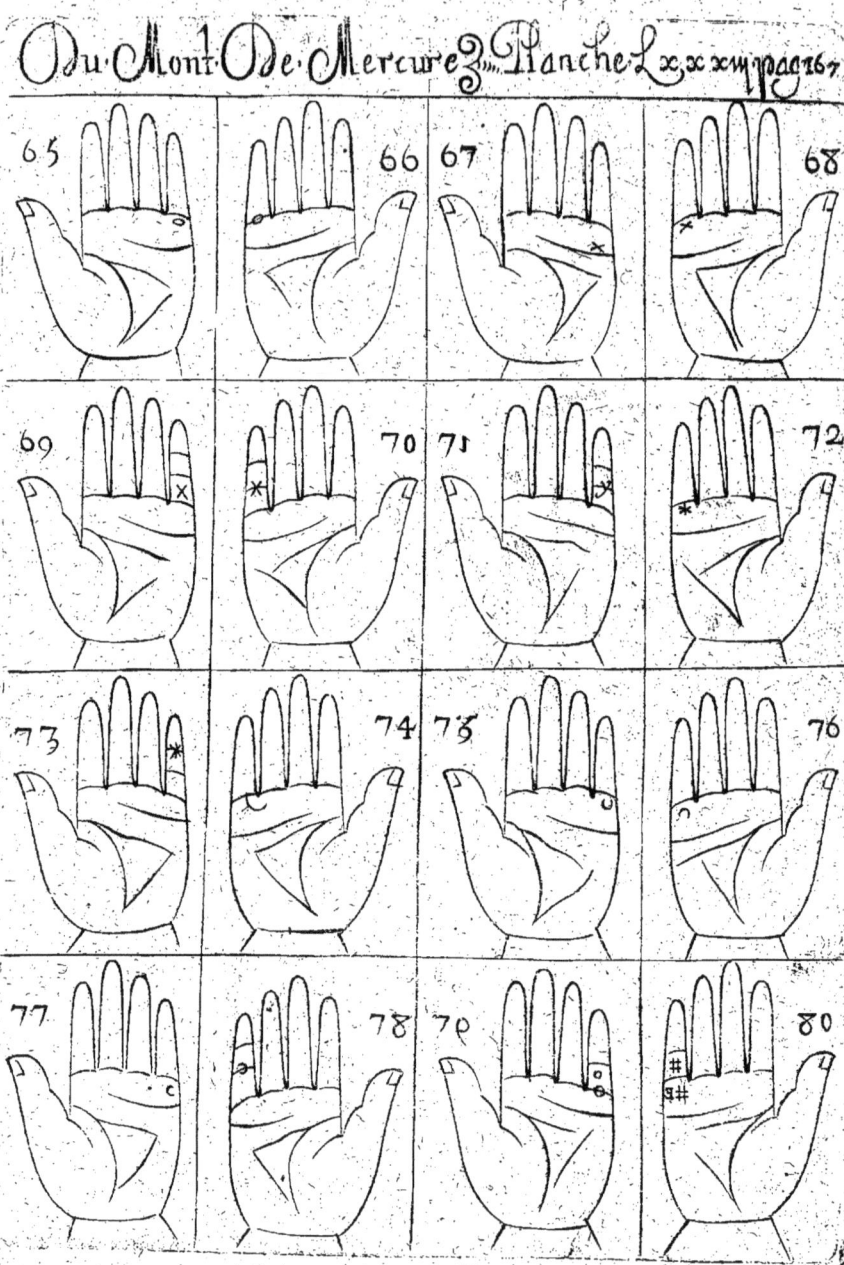

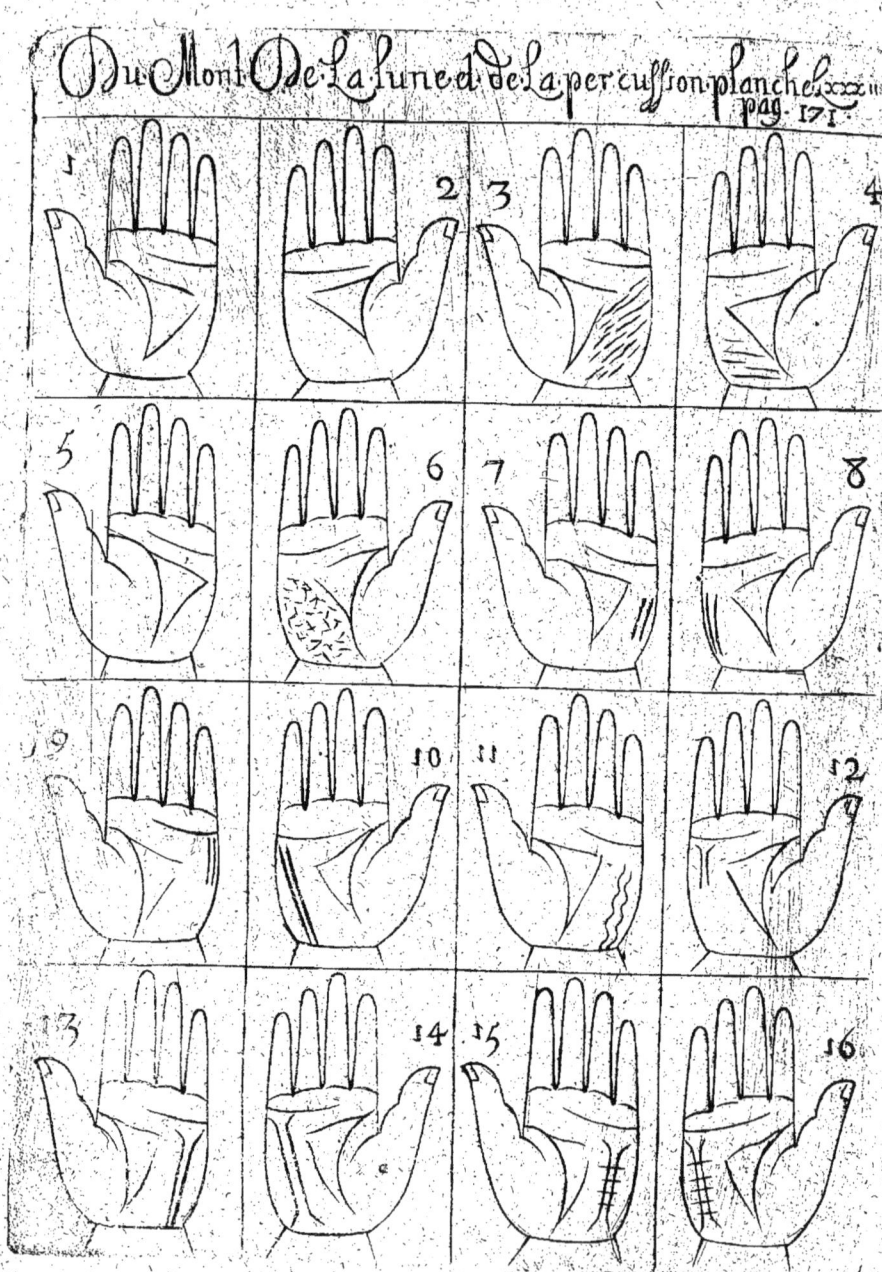

ou diſcontinuées, ou entrecoupées, elles marquent de tres-grands empeſchemens par impuiſſance naturelle, ſi elles ſont reflechies ; ou bien par quelques accidens eſtrangers, ſi elles ſont diſcontinuées.

Le reſte ſe reconnoiſtra par les obſeruations ſuiuantes, tant du Mont de la Lune que de la Percuſſion, marquées dans les lxxxiv. lxxxv. lxxxvj. lxxxvij. lxxxviij. Planches.

1. Le Mont de la Main pour marquer vne bonne & forte complexion, doit eſtre vn peu êleué, bien vny, doux, bien net, & bien coloré, & particulierement plus vers la Raſcette que vers la Menſalle. *Lignes ſur le Mont.* Plâche lxxxiv.

2. Que ſi ledit Mont eſtoit peu êleué, c'eſt vn ſigne êui-dent de malheur.

3. Et s'il eſtoit aſpre, ridé & ſec, il ſuppoſe dans cét eſtat la Lune peu fauorable dans ſes influences ; & par conſequent il marqueroit dans la perſonne toute ſorte de vices auec vn eſprit tres-malin.

4. Si les lignes qui ſont ſur ledit Mont ſont liuides, paſles & tirantes ſur la couleur noiraſtre, elles ſuppoſent que la perſonne ſera tres-malheureuſe, tant en ſes voyages, que dans ſes negociations & affaires.

5. Qui d'ailleurs ſeroit tres-heureux dans ſes entrepriſes ſuſdites, ſi les lignes de ce Mont ſe trouuöient abſolument oppoſées aux precedentes dans leur couleur.

6. S'il ſe trouue ſur ledit Mont pluſieurs petites lignes ſans ordre, elles ſuppoſent la mort par vn flux de ventre.

7. Si ſur cedit Mont il ſe trouue deux ou trois lignes en long, elles ſuppoſent beaucoup de bien apres auoir bien ſouf-fert du mal & de la peine. *Lignes droites*

8. Si ceſdites lignes ſont le long de la Percuſſion, elles ſup-poſent la perſonne phlegmatique, & naturellement in-cenſée.

9. Si ceſdites lignes ſont proche de la Menſalle, elles ſup-poſent que la perſonne pourra eſtre bleſſé par quelques beſtes à quatre pieds.

10. S'il ſort quelques lignes droites de la Raſcette qui s'ẽ-tendent par le Mont de la Main, & qu'elles ſoient bien colo-rées, elles ſuppoſent le bien aduenir.

11. S'il ſe trouue quelques lignes tortuës qui commencent vers la Raſcette, & ſe terminent vers la Naturelle, elles ſup-poſent la perſonne méchante & malheureuſe.

12. Si quelques lignes ſortent dudit Mont de la Main & s'ẽ-tendent vers la Menſalle, & que dans leur extremité elles ſe reflechiſſent vn peu, elles ſuppoſent des amis eſtrangers.

13. Et ſi elles commencent vers la Raſcette, ſes amis ſe pourront trouuer dans le païs & parmy ſes parens.

14. Et ſi ceſdites lignes ſont reflechies vers la Raſcette, el-les ſuppoſent des amis tres officieux; mais d'ailleurs fort im-puiſſans.

15. Et ſi ceſdites ſont coupées par d'autres lignes tranſver-ſalles, elles ſuppoſent la perſonne ſans amis, s'ils ne ſont infi-delles ou intereſſez.

16. Et qui toutesfois ne ſont plus ſi ceſdites lignes ne pa-roiſſent plus.

Plãche lxxxv.　17. S'il ſe trouue ſur ledit Mont deux lignes droites qui s'v-niſſent à l'extremité vers la Menſalle, elles ſuppoſent vne mort ſubite & impreueuë par apoplexie, catare, ou ſuffoca-tion naturelle, & quelques bleſſures.

18. Que ſi au contraire elles s'vniſſent, & forment vn An-gle vers la Raſcette, elles ſuppoſent la perſonne fameuſe, & qui donnera vn merueilleux acroiſſement à ſa fortune.

Lignes qui s'ẽ-tendẽt vers la percuſ-ſion.　19. S'il ſe trouue quelques ligues qui commencent ſur le Mont de la Main, & s'ẽtendent de trauers vers la Percuſſion, elles ſuppoſent des voyages ſur la mer.

20. S'il ſe trouue vne ligne ſur ledit Mont qui s'étende vers la Percuſſion, & ſoit reflechie à l'extremité vers la Raſcette; vn receueur qui reçoit & qui donne, mais qui nonobſtant ne ſçauroit iamais eſtre quitte.

21. S'il ſe trouue des lignes tortuës ſur ledit Mont qui s'ẽ-tendent ſur la Percuſſion, elles ſuppoſent perte de biens par

fraude

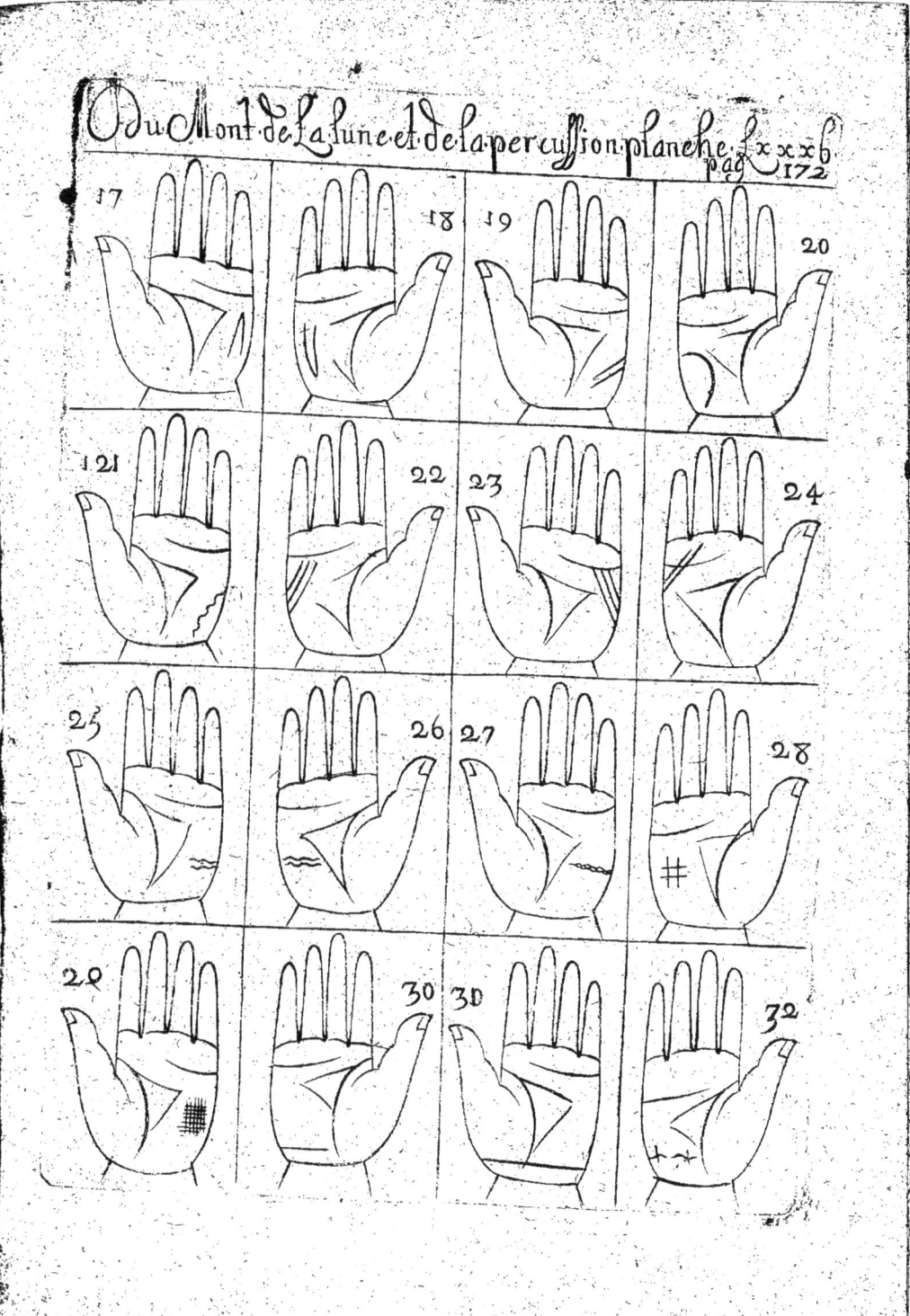

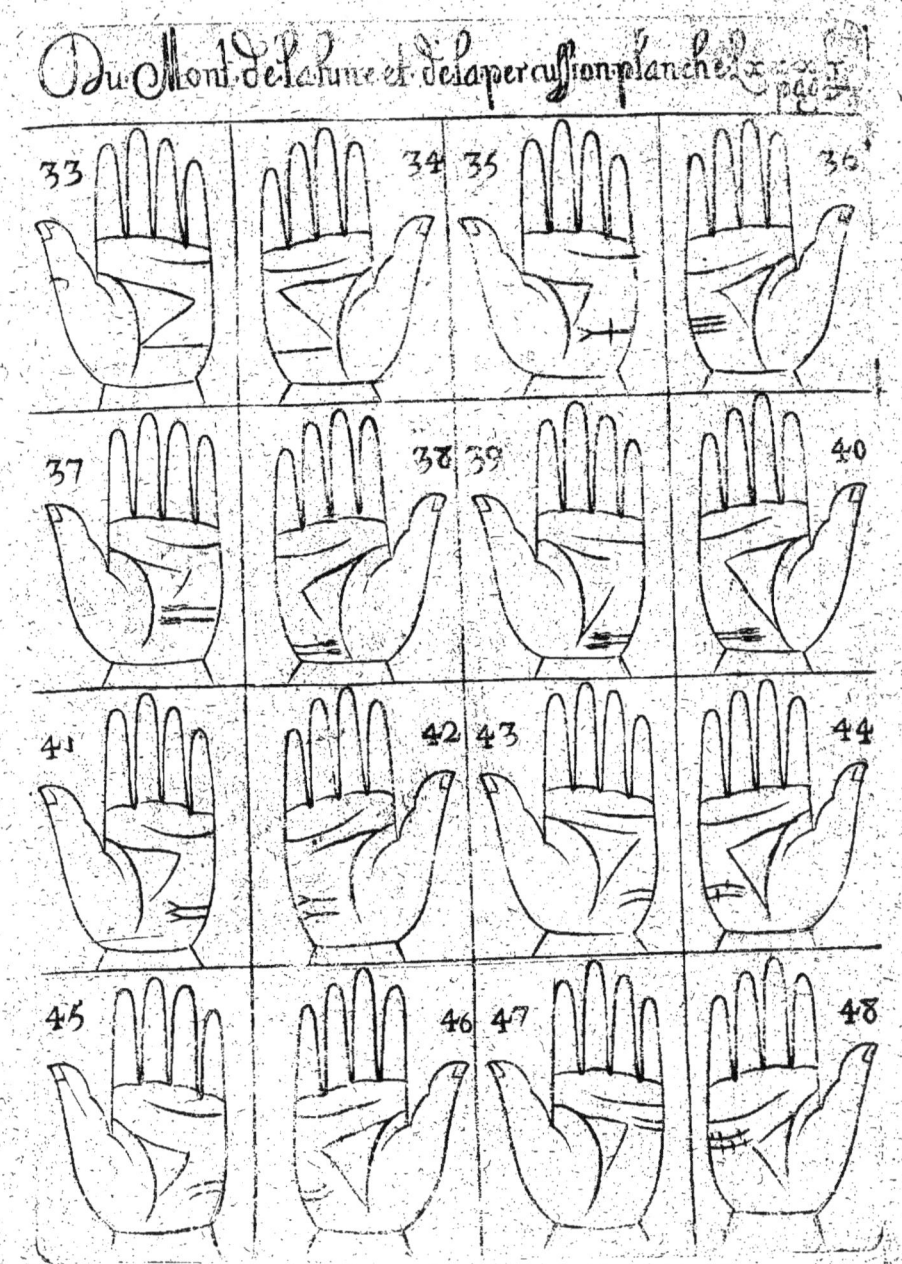

fraude & par tromperie.

22. Autant de lignes qui ſe trouueront commençantes vers la Percuſſion, & ſe terminent vers la Menſalle, elles ſuppoſent autant d'ennemis qu'il y aura de lignes.

23. Si leſdites lignes touchent le commencement de la Menſalle, elles ſuppoſent des inimitiez mortelles, & particulierement dans la jeuneſſe.

23. Si leſdites lignes coupent la Menſalle, & s'êtendent vers l'Annulaire, elles ſuppoſent la mort d'vne perſonne qui nous ſera tres-chere.

25. S'il ſe trouue quelques lignes tortuës ſur ledit Mont, elles preſuppoſent de mourir dans les eaux.

26. S'il ſe trouue le ſigne du Verſeur d'eau ſur ledit Mont, meſme ſignification que la precedente obſeruation.

17. Ou des lignes en forme de petits cheſnons qui commencent à la Percuſſion & finiſſent ſur ledit Mont.

28. Autant en faut-il ſuppoſer, s'il ſe trouue vne figure quarée, dont les lignes excedent de coſté & d'autre.

29. Et de meſme en faut-il ſuppoſer, s'il ſe trouue des lignes en forme de gril ſur ledit Mont ; & de plus, à vne femme, impudicité.

30. S'il ſe trouue vne ligne droite de trauers ſur l'extremité dudit Mont proche de la Raſcette, elle ſuppoſe la perſonne fidelle, remplie de bonne volonté, & plus heureuſe ſur la fin de ſa vie, que dans tout l'autre temps qui a precedé. *Lignes trauerſantes.*

31. Que ſi ladite ligne trauerſe tout le bras, ſon bon heur commençant auec ſa vie, ne ſera trouué que par la mort.

32. Si ladite ligne eſt tortuë, diſcontinuée ou coupée, elle ſuppoſe que la perſonne aura plus de ſoin des affaires des autres que des ſiennes, ſubmerſion, & peut-eſtre ſuffocation par catare ; & dautant plus promptement que ladite ligne ſe trouuera vers la Menſalle.

33. Si ladite ligne eſt enuiron le milieu dudit Mont, & qu'elle ſe termine proche de l'Angle dextre, elle preſupoſe vne heureuſe fortune auprés des grands & perſonnes puiſſantes. *Plache lxxxvij.*

Z

34. Et dautant plus fauorable que ladite ligne ſe trouuera ſur le commencement dudit Mont.

35. Si ladite ligne eſt coupée, fourcheüe, ou auec des rameaux, elle ſuppoſe changement d'vn Seigneur auec vn autre.

36. S'il ſe trouue quelques lignes droites par le trauers dudit Mont, elles ſuppoſent autant de voyages, & d'eſtre mordu des beſtes à quatre pieds.

37. S'il ſe trouue des lignes par le trauers ſur ledit Mont qui ſoient à l'extremité, comme des cheueux & ſans ordre, c'eſt vn ſigne d'vne bonne complexion.

38. Si ceſdites lignes ſe trouuent vers la Raſcette, c'eſt vne marque d'vn temperament froid & flegmatique; ce qui ſuppoſe vn flux de ventre.

39. Et ſi ledit Mont eſt doux & mol, la maladie ſera flegmatique.

40. Et ſi ledit Mont eſt aſpre & dur, la maladie prouiendra de melancholie ou de colere.

41. Si ceſdites lignes ſont fourcheües à l'extremité ſur ledit Mont, elles ſuppoſent vn eſprit double, & qui amaſſera du bien.

42. Et ſi au contraire ceſdites lignes ſont fourcheües vers la Percuſſion, elles ſuppoſent vn temperament froid & flegmatique, & par conſequent les gouttes.

43. S'il ſe trouue des lignes qui montent de la Percuſſion ſur ledit Mont, & ſoient inclinées à l'extremité vers la Raſcette, elles ſuppoſent des amis de bonne volonté.

44. Si leſdites lignes ſont coupées, elles ſuppoſent des amis diſſimulez.

45. Si elles ſont diſcontinuées, meſme choſe.

46. Si leſdites lignes ſont inclinées vers la Menſalle, elles ſuppoſent de bons & fidels amis.

47. Si elles ſont proches de la Menſalle, les amis ſont eſtrangers.

48. Si ceſd. lign. ſont entrecoupées, les amis ſont peu puiſ-ſans.

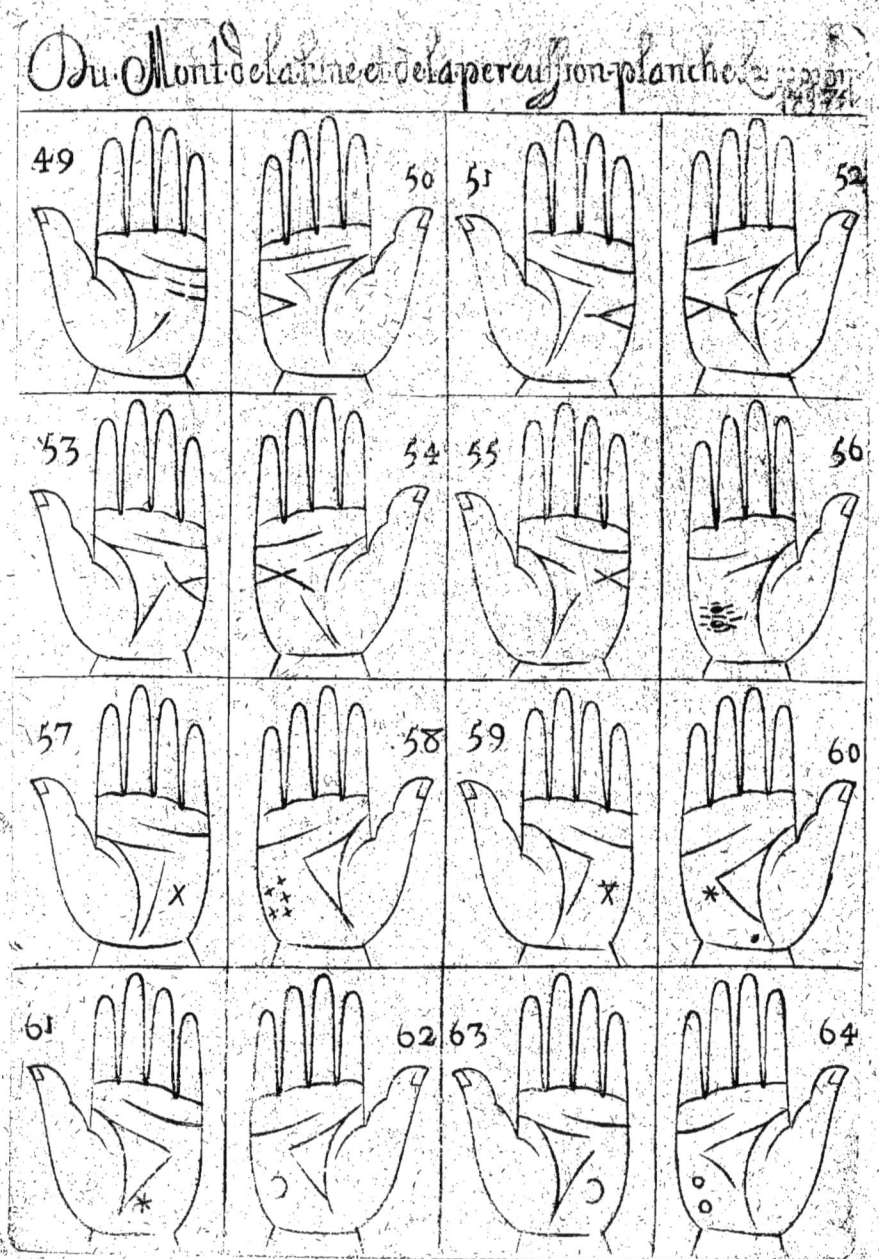

49. Et ont meſme effet ſi elles ſont diſcontinuees.

50. S'il ſe trouue quelques lignes qui montent de la Percuſſion & s'vniſſent ſur ledit Mont de la Main, elles ſuppoſent des ennemis mortels; on y peut adiouſter que la perſonne tombera d'vn haut lieu, ce qui la pourra mettre plus en peril, ſi l'Angle eſt fort aigu.

51. Et ſi dans le milieu de cét Angle, il s'y rencontre vne autre ligne, la cheute ne ſera pas mortelle.

52. Si l'vne des lignes qui forme l'Angle ſurpaſſe l'autre du coſté de la Menſalle, & qu'elle ſoit inclinée vers la Raſcette, les ennemis ſeront ſes propres parens.

53. Que ſi au contraire ell'eſt inclinée vers la Menſalle, pour lors les ennemis ſeront eſtrangers.

54. Deſquels on pourra facillement venir à bout, ſi ceſdites lignes ſe ſurpaſſent les vnes & les autres.

55. Comme au contraire, ſi elles ſont toutes ègalles.

56. S'il ſe trouue des foſſes ou des lignes confuſes ſur ledit Mont, c'eſt vn ſigne d'impudicité. *Foſſe.*

57. S'il ſe trouue des croix ſur ledit Mont, elles ſuppoſent la perſonne veritablement pieuſe & deuote. *Croix.*

58. Qui toutesfois ne viura pas long-temps, ſi ceſdites croix ſont au nombre de cinq.

59. S'il ſe trouue vne croix ſur ledit Mont de laquelle deux branches ſoient coupées par vne ligne, elle ſuppoſe ſubmerſion.

60. S'il ſe trouue vne eſtoille ſur le commencement dudit Mont proche de l'extremité de la Naturelle vers la Percuſſion, elle ſuppoſe auſſi ſubmerſion & dommage cauſé par les eaux, à quoy vous pouuez adiouſter vn ſigne éuident d'infamie, de crimes, & de méchancetez horribles, qui rendront la perſonne indigne de frequentation; & dautant plus, s'il s'en trouue dans les deux mains. *Eſtoille.*

61. Si ladite eſtoille eſt proche de l'Angle dextre, elle ſuppoſe des richeſſes, des heritages & bonnes ſucceſſions.

62. S'il ſe trouue ſur ledit Mont vne ligne en forme de de- *Demy-cercle.*

Z ij

my cercle, dont les extremitez ſoient vers la Percuſſion, elle ſuppoſe des inimitiez auec effuſion de ſang de ſes proches.

63. Et ſi les extremitez ſont tournées vers la ligne de Vie, elle ſuppoſe mal aux yeux, mort ſubite & apoplexie.

Cercle. 64. S'il ſe trouue vn, ou pluſieurs cercles ſur ledit Mont, ils ſuppoſent des bleſſures aux yeux, ou perte d'vn œil ; à quoy vous pouuez adiouſter quelque grande maladie, comme ſe-roit le mal caduc & vne paraliſie.

Trian-gle. 65. S'il ſe trouue vn Triangle ſur ledit Mont, c'eſt vn ſigne d'heritages & de ſucceſſions contentieuſes & auec procez.

Plache 66. S'il ſe trouue vn Quadrangle ſur ledit Mont proche *lxxxviij.* de la Percuſſion, il ſuppoſe la perſonne parricide, ou qui pour-ra eſtre maſſacrée par ſon propre frere.

Lignes 67. S'il monte du Mont de la Main vne ligne vers le Mont *ſortans* du Soleil, elle ſuppoſe la perſonne eſtre en hazard d'eſtre vo-*hors le* lée à cauſe de ſes biens.
Mont. 68. Si ladite ligne eſt coupée ſur ledit Mont du Soleil, il pourra eſtre bleſſé par les voleurs.

69. Mais ſi ell'eſt coupée dans le commencement, il ne laiſſera pas d'éuiter tel peril.

CHAPITRE XXIII.

Des Sœurs des quatre lignes principales; ſçauoir, de la Viſalle, Naturelle, Menſalle & ligne du Foye.

LEs lignes ſont appellées les Sœurs des quatre lignes principalles; dautant qu'elles reſtabliſſent, & reparent en quelque façon leur rupture, ou diſcontinuation, & leur ſciſſures ou coupures; comme par exemple ſi la ligne de Vie eſtoit dans ſon commencement interompuë, elle mar-queroit vne tres-courte vie, qui toutesfois ſeroit ſuppleée par l'aſſiſtence de la ligne qui l'accompagne, qui s'appelle ſa Sœur

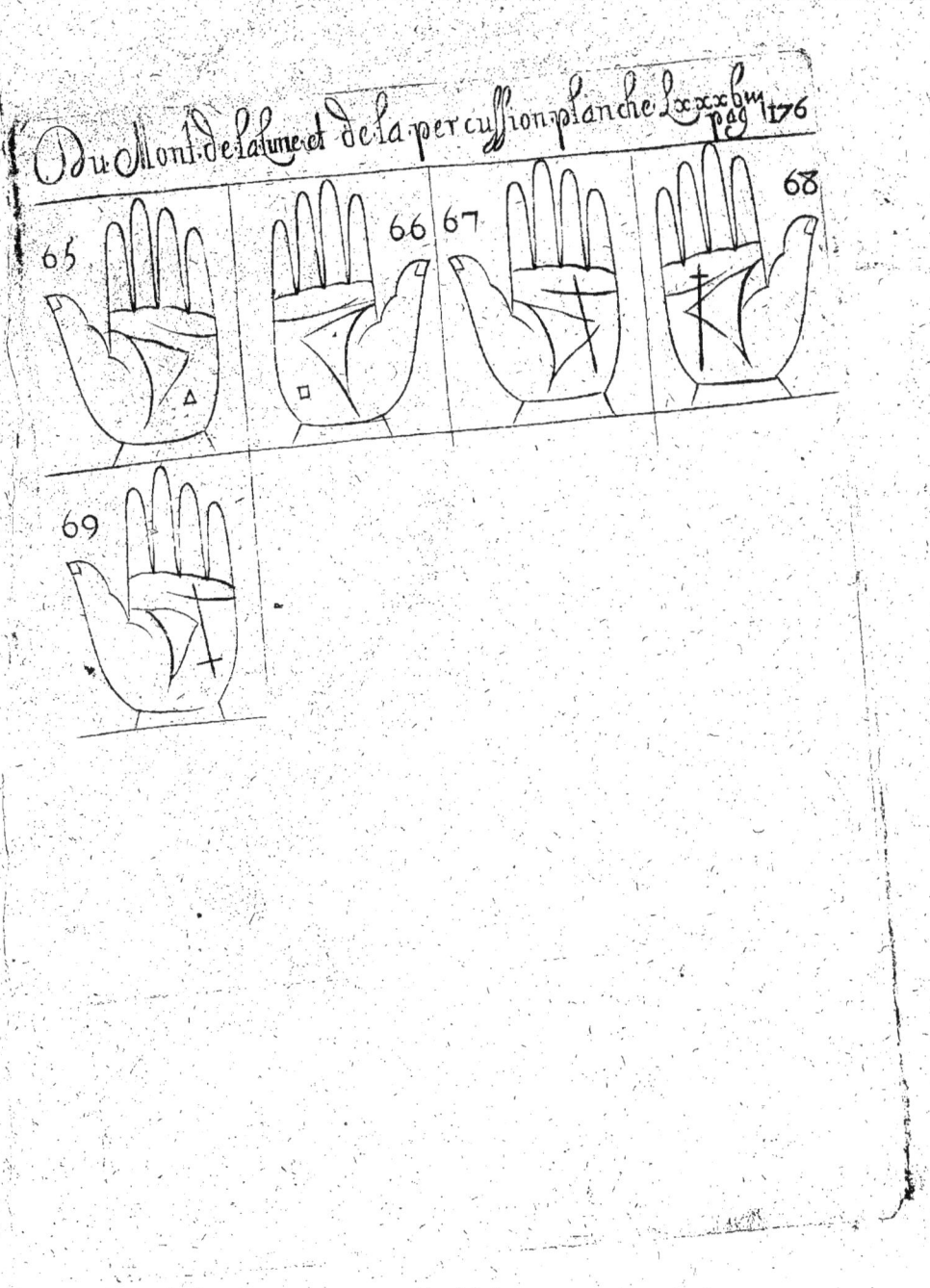

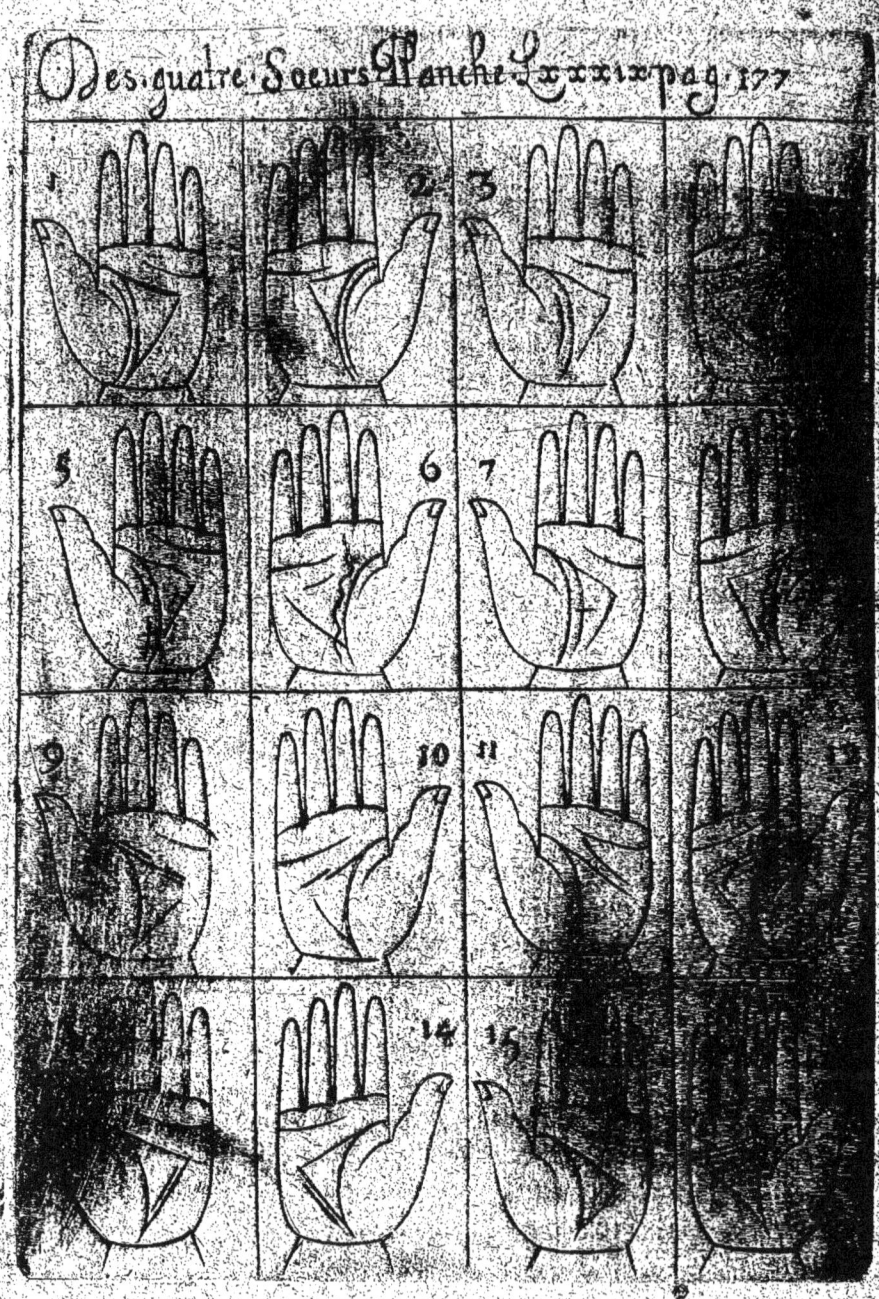

pour la correspondance qu'elle a auec elle, pourueu qu'elle soit entiere & non entrecoupée ; ce qui toutesfois n'exemptera pas la personne de quelque maladie correspondante au temps & au lieu de la fraction, de laquelle toutefois elle sera guerie sans courir hazard de la mort : Que si l'vne & l'autre de ces lignes, sçauoir la Vitalle & sa sœur, sont entieres & bien apparentes ; pour lors supposans vne surabondance excessiue de chaleur, elles marqueront la personne fort lasciue.

Que si cesdites Sœurs sont tortuës, ou inclinantes de quelque costé, elles marqueront la personne malveillante & de mauuaise volonté, & ce à proportion que lesdites lignes sont plus apparentes & plus profondes ; comme nous monstrerons cy-aprés en son lieu.

Pour la sœur de la ligne du Foye, elle presuppose tousiours quelque chose de bon.

Vous remarquerez le reste dans les obseruations suiuantes & dans la Planche lxxxix.

CHAPITRE XXIV.

De la Sœur de la ligne de Vie.

1. SI la Sœur de la ligne de Vie se trouue sur le Mont de Venus, & qu'elle soit entiere & continuë, elle suppose beaucoup de lasciueté dans tous les deux sexes, auec des richesses, & la mort dans vn païs estranger apres vne longue vie.

Plâche lxxxix.

2. Si ell'est rouge, elle suppose la personne colere & emportée.

3. Si ladite ligne ne commence pas auec la ligne de Vie, elle suppose que la personne ne deuiendra pas si-tost riche.

4. Si ladite ligne est diuisée, & doublée en plusieurs endroits, elle suppose beaucoup d'impudicité.

5. Qui ne sera toutesfois si grande si cettedite ligne est seulement diuisée ou discontinuée, & non pas doublée.

6. Si ladite ligne est tortuë & passe par la concauité, & s'étend, iusqu'au Mont de Saturne, elle suppose tres-grandes infirmitez.

7. Si ladite ligne est droite & coupée dans la Concauité, elle suppose vne cheute auec grande blessure, & de grandes infirmitez.

8. Si cettedite ligne est tortuë, & coupée dans la Concauité, elle suppose dautant plus de mal.

CHAPITRE XXV.

De la Sœur de la ligne Naturelle.

9. SI la Sœur de la Naturelle se trouue au commencement, & à l'extremité de la ligne Naturelle, plus elle est longue, plus elle est aduantageuse; & par consequent suppose beaucoup de bien, & de richesses par heritages & successions, & la personne heureuse, hardie & Martialle.

10. La ligne Naturelle se terminant dans la Concauité, si sa Sœur se trouue entr'elle & la ligne Mensalle, elle suppose fraction d'os, & peut-estre des jambes.

11. Si la sœur de la Naturelle se trouue entre ladite ligne Naturelle & la ligne Mensalle, & qu'elle soit inclinée à l'extremité vers la Mensalle, elle suppose vne mort subite, apoplexie & vestiges; lesquels accidens seront dautant plus dangereux, que ladite ligne sera profonde.

12. Si la sœur de la ligne Naturelle se trouue dans le Triangle, & qu'elle soit inclinée vers la ligne du Foye, elle suppose promesses auec plusieurs, principalement si l'Angle suprême est desvny & separé, auec vn méchant esprit, grandes infirmitez, & peut-estre celle de Naples.

CHAPITRE XXVI.

De la Sœur de la ligne du Foye.

13. & 14. SI la ligne du Foye ſe trouüe double de quelque coſté que ce ſoit, c'eſt touſiours vn ſigne de bon eſprit.

CHAPITRE XXVII.

De la Sœur de la ligne Menſalle.

15. & 16. DE quelque coſté que la Sœur de la ligne Menſalle ſe trouue, principalement du coſté des Monts, elle ſuppoſe beaucoup d'impudicité auec vne complexion ſanguine, & vne inclination portée naturellement au mal, colere & emportée.

CHAPITRE XXVIII.

Des lignes ſituées dans la Racine des doigts & entre iceux.

CE ſeroit tout à fait faire injure à cette belle ſcience de la Chiromance, que de paſſer ſous ſilence l'explication des lignes qui prennent leur origine dans la Racine des doigts ; C'eſt pourquoy pour ne rien obmettre de tout ce qui peut contribuer à leur connoiſſance parfaite, il faut ſçauoir que de meſme qu'il y a quelques lignes qui ſont particulierement attribuées à quelques membres du corps, & quelques autres à tout le corps, Ainsi il s'en rencontre quelques-vnes qui pronostiquent de grands desordres à quelques membres particuliers.

Il se trouue aussi d'autres signes entre les espaces intermediates de chaque doigt, Et tout de mesme que nous obseruons dans la ligne Mensalle qui est à tout le corps, nous obseruons vn ordre selon son origine, son milieu & son extremité : Ainsi auec celles desquelles nous traitons presentement, il faut obseruer ce mesme ordre selon l'ordre de chaque doigt.

Les lignes qui s'estendent de l'Indice au doigt du Milieu, marquent des blessures à la teste vers la partie superieure, & des playes par derriere du costé du col.

Celles qui s'estendent du doigt du Milieu vers l'Annulaire, supposent des blessures dans le corps & dans les bras.

Celles qui s'estendent de l'Annulaire dans les reins & dans les parties de la generation.

Et celles de l'Auriculaire, tant vers l'Annulaire que vers la Percussion dans les pieds & dans les cuisses.

Le reste s'apprendra dans les obseruations suiuantes, marquées dans la xc. & derniere Planche.

Lignes 1. S'il se trouue des lignes qui sortent de l'Indice, & s'esten-
sous dent vers le Mont de Saturne, elles supposent des playes &
l'Indi- des blessures à la teste & à l'épaule.
ce.   2. Qui ne seront neantmoins que contusions si cesdites li-
Planche gnes sont mal-apparentes ou tortuës.
xc.   3. S'il se trouue vne grosse ligne entre l'Indice & le doigt
du Milieu, elle suppose peril pour les femmes dans leur accouchement & flux de sang.

4. Si ladite ligne est grosse & rouge s'inclinant vers le Mont de Saturne, la personne est menacée de mort par vne fievre aiguë & vn flux de sang.

5. Si ladite ligne s'incline vers le Mont de Saturne ou de Iupiter, elle suppose que l'on pourra estre prisonnier.

Lignes 6. S'il descend vne ligne de la Racine du doigt du Milieu,

qui

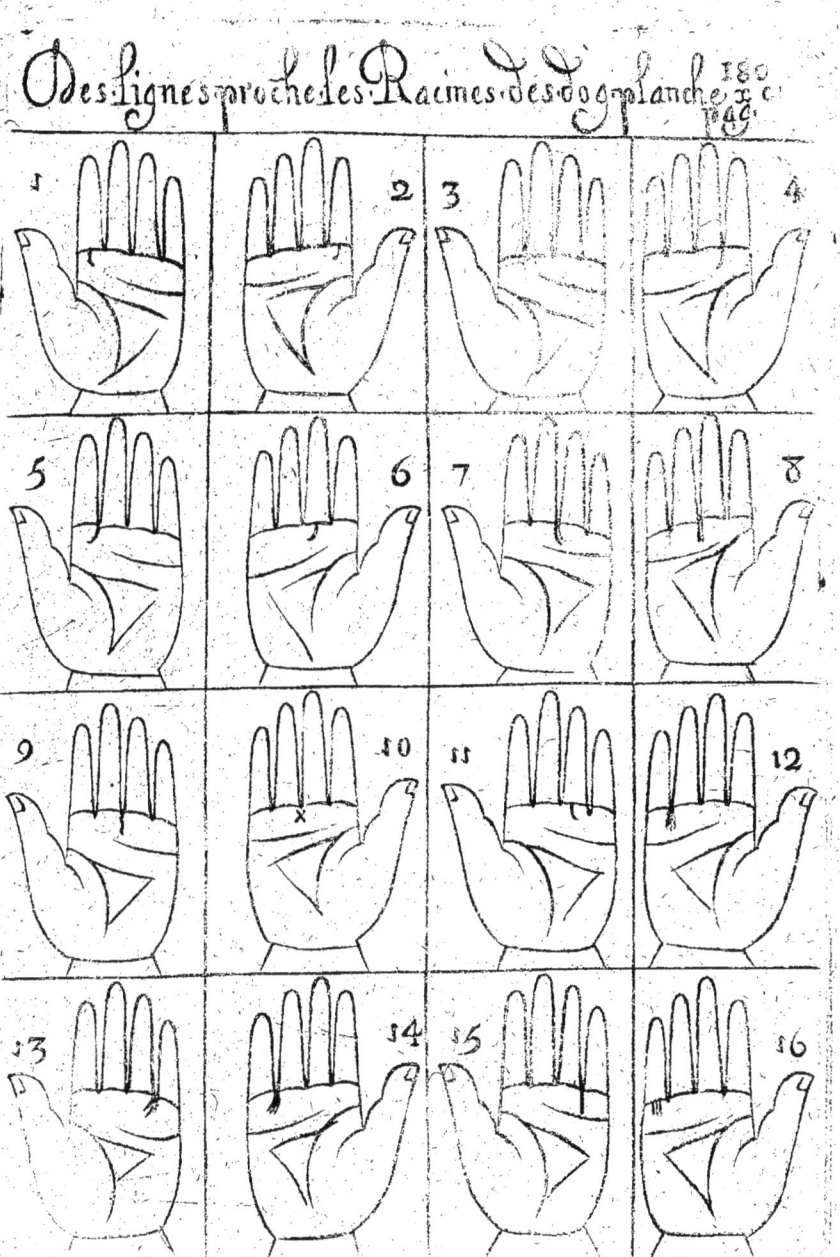

qui s'incline vers l'Annulaire, elle suppose des playes dans la poitrine, & dans les bras.

7. S'il se trouue de petites lignes entre les doigts du Milieu, & l'Annulaire, qui s'inclinent à l'extrémité vers l'Annulaire, les blessures seront aux bras.

8. S'il se trouue des lignes droites, & longues, entre les doigts du Milieu, & l'Annulaire, elles supposent à vne femme, plus de garçons que de filles, & enuie d'en faire.

9. S'il se trouue vne ligne tortuë, qui descende d'entre les doigts du Milieu, & l'Annulaire, elle suppose folie, & témérité.

10. S'il se trouue vne croix entre les doigts du Milieu, & l'Annulaire, elle suppose beaucoup de differends pour les interests de ses amis; suiuis enfin de bon-heur.

11. S'il se trouue vne petite ligne, qui descende de la Racine de l'Annulaire, & qui s'incline vers l'Auriculaire, les playes seront dans les reins.

12. S'il se trouue plusieurs petites lignes entre l'Annulaire, & l'Auriculaire d'vne femme, elle suppose impudicité.

13. S'il se trouue de petites lignes entre l'Annulaire, & l'Auriculaire, inclinées à l'extrémité, vers l'Annulaire; les blessures seront à la jambe.

14. Et si elles fons inclinées vers l'Auriculaire, les blessures seront aux pieds.

15. S'il descend vne ligne droite, & profonde, d'entre l'Annulaire, & l'Auriculaire, vers la Mensale; elle suppose vn homme magnanime. Et si elle est plus proche de l'Annulaire, que de l'Auriculaire, il sera heureux, par le moyen de ses amis. Et si elle est plus près de l'Auriculaire, par sa propre vertu; & à vne femme grosse, elle suppose danger à l'acouchement.

16. S'il se trouue quelques lignes qui descendent de la Racine de l'Auriculaire sur le Mont de Mercure; elles supposent des blessures aux genoux.

FIN *de la seconde partie.*

A 2

FAVTES.

PAge 57. ligne 21. empreſſement, liſez empriſonnement. Pag. 58. liſez 58. pour 85. Pag. 62. lig. 26. deſſus, liſez deſſous. Pag. 66. lig. 6. ou, liſez vne. Pag. 84. lig. 29. &, liſez de la. Pag. 87. lig. 34. trouuant, liſez terminant. Pag. 137. lig. 5. ſuperieur, liſez ſupréme. Pag. 173. lig. 26. trouué, liſez terminé. Pag. 178. lig. 33. liſez auec pluſieurs femmes.

Le Lecteur ſupléera aux autres, n'ayant peu vacquer à l'impreſſion, à cauſe de quelques voyages que i'ay eſté obligé de faire hors le Royaume; ayant prié vne perſonne de condition de mes amis de ſe vouloir donner la peine d'y veiller, mais ſes affaires l'en ont auſſi diuerty.

TABLE
DES MATIERES
CONTENVES DANS CE LIVRE.

La lettre P. signifie Page. Et la lettre O. Obseruation.

A

B

C

E

E

F

F

B b 2

H

I

I

I

Inimitiez.

Pag. 52. O. 15. P. 92. O. 62. P. 123. O. 18. P. 151. O. 13.

Inimitiez mortelles.

Pag. 73. O. 94. P. 76. O. 126. P. 132 O. 32. & 33. P. 173. O. 23.

Ioüeurs.

Pag. 123. Obfer. 15. & 18. Pag. 124. Obf. 20. P. 135. O. 1.
Pag. 140. Obfer. 57. & 58. & 59.

Iouial & Ioyeux.

Pag. 66. Obfer. 4. Pag. 80. Obfer. 2. Pag. 94. Obfer. 84.

L

Laron.

P. 68. O. 37. P. 69. O. 49. P. 70. O. 62. P. 81. O. 10. & 17.
Pag. 82. Obf. 24. & 26. & 28. P. 123. O. 14. P. 142. O. 87.
P. 143. O. 89. P. 154. O. 46. P. 156. O. 7. P. 162. O. 11. & 12.
Pag. 163. Obfer. 27. P. 164. O. 30. & 31. & 32. & 33. & 36.
Pag. 165. Obfer. 40. & 41. Pag. 166. Obfer. 53. & 54. & 55.
Pag. 167. Obfer. 69. & 73. P. 168. O. 79.

Lafciueté, voyez *Impudicité.*

Liberal.

Pag. 52. O. 10. P. 54. O. 46. P. 72. O. 82. P. 94. O. 84. & 86.
Pag. 100. O. 156. P. 119. O. 7. P. 156. O. 9. P. 164. O. 38.

Liberalité vaine & exceſſiue auec regret.

Pag. 73. Obfer. 91. Pag. 94. Obfer. 88. Pag. 123. O. 17.

Litigieuſes, voyez *Procez.*

M

Maladies.

Maladie prochaine.

Pag. 58. Obfer. 86. Pag. 75. Obfer. 125. P. 81. O. 18. & 21.
Pag. 82. O. 30. & 32. P. 106. O. 32. P. 120. O. 11.

Maladies, Infirme & Valetudinaire.

Pag. 51. Obfer. 3. P. 55. O. 54. & 57. P. 56. O. 68. P. 58. O. 88.

M
Maladies.

M

Maladies.

C c

M

Maladies.

M

Maladies.

Beaucoup de Sang.

M

M

M

Melancoliques & Saturniens.

P. 53. O. 31. & 33. P. 67. O. 16. P. 71. O. 68. P. 77. O. 140.
Pag. 112. O. 12. P. 122. O. 2. P. 147. O. 41. P. 153. O. 37.

Bonne Mémoire.

Pag. 66. Obser. 2.

Mauuaise Mémoire.

Pag. 66. Obser. 8. & 9.

Menteurs.

P. 61. O. 119. P. 66. O. 8. & 9. P. 68. O. 37. P. 71. O. 69.
Pag. 83. Ob. 37. P. 87. O. 14. P. 94. O. 83. P. 96. O. 108.
P. 118. O. 1. & 2. & 3. P. 123. O. 15. P. 124. O. 20. & 21. & 27.
Pag. 136. Obser. 14. P. 162. O. 11. P. 164. O. 36.

Meurtriers.

Pag. 51. Obser. 7. Pag. 53. O. 36. & 38. & 39. P. 61. O. 121.
Pag. 66. Obser. 8. & 9. Pag. 69. Ob. 41. P. 70. O. 58. & 61.
Pag. 72. O. 83. P. 75. O. 119. P. 76. O. 136. P. 77. O. 144.
Pag. 83. Ob. 36. P. 87. O. 9. P. 101. O. 168. P. 120. O. 20.
P. 123. O. 14. P. 127. O. 6. P. 154. O. 52. P. 159. O. 40. & 41.
P. 162. O. 12. P. 163. O. 27. P. 164. O. 30. & 31. & 32. & 33.

Meurtrier de ses Proches.

Pag. 70. Obser. 61. Pag. 96. Obser. 112. Pag. 101. Ob. 159.
Pag. 128. Obser. 12. Pag. 132. Obser. 25.

Miserable , voyez *Infortuné.*

Mocqueurs , voyez *Railleurs.*

Modeste , voyez *Sage.*

De bonnes Mœurs , voyez *Sage.*

De mauuaise Mœurs , voyez *Méchant.*

Faux-Monnoyeurs.

Pag. 73. Obser. 98.

Mordus, Blessez , ou Peril de Vie par des Bestes.

Pag. 123. Obser. 12. Pag. 125. Obser. 32. Pag. 128. Obs. 10.
P. 153. O. 40. P. 158. O. 27. P. 160. O. 45. & 46. P. 174. O. 36.

Mordus , ou Blessez par des Chiens.

Pag. 101. Obser. 167. Pag. 153. Obser. 40.

P

P

D dd

P

Q

R

R

S

S

T

V

V

V

Y

F I N.

guyon de sardieve